ALBORADA

CHERIE PEDREIRA FEELEY

ALBORADA

UNA ISLA ENTRE DOS BANDERAS
UNA FAMILIA QUE FORJA SU DESTINO

Créditos de portada: © Genoveva Saavedra / aciditadiseño
Imagen de fondo utilizada en la portada: iStock.com /aleksandarvelasevic
Fotografía de portada: Jack Delano. San Juan, Puerto Rico. *At the Escambron, a night club,* 1941. Farm Security Administration - Office of War Information Photograph Collection (Library of Congress Prints and Photographs Division)
Diseño de interiores: © Juan Carlos González Juárez
Ilustraciones de interiores: © Elisa Orozco
Fotografía de la autora: © Jessica Bennett

Bajo el sello editorial PLANETA M.R.
Avenida Presidente Masarik núm. 111,
Piso 2, Polanco V Sección, Miguel Hidalgo
C.P. 11560, Ciudad de México
www.planetadelibros.us

Primera edición impresa en esta presentación: septiembre de 2025
ISBN: 978-607-39-2867-0

Impreso en los talleres de Corporación en Servicios
Integrales de Asesoría Profesional, S.A. de C.V.,
Calle E # 6, Parque Industrial
Puebla 2000, C.P. 72225, Puebla, Pue.
Impreso y hecho en México / *Printed in Mexico*

A mis padres y a sus padres,
quienes me enseñaron que detrás de cada cuento
hay un universo.

A John, Nick y Jack, fuentes de amor, inspiración y fuerza.

Washington, D.C.
Abril de 2025

Océano Atlántico
Isabela
Arecibo
Aguadilla
Rincón
Añasco
Utuado
Pasaje de la Mona
Mayagüez
Adjuntas
Cabo Rojo
Yauco
Guánica
Ponce
Puerto de Guánica
Puerto de Ponce
Convoy proveniente de Cuba bajo el mando del general Nelson A. Miles
Mar Caribe

Convoy proveniente de los Estados Unidos
San Juan
Bayamón
Naranjito
Aguas Buenas
Comerío
Barranquitas
Aibonito
Coamo
Salinas
Guayama
Arroyo
Yabucoa
Fajardo
Bahía de Jobos
N
O
E
S
Puerto Rico
Madrugada del 25 de julio de 1898

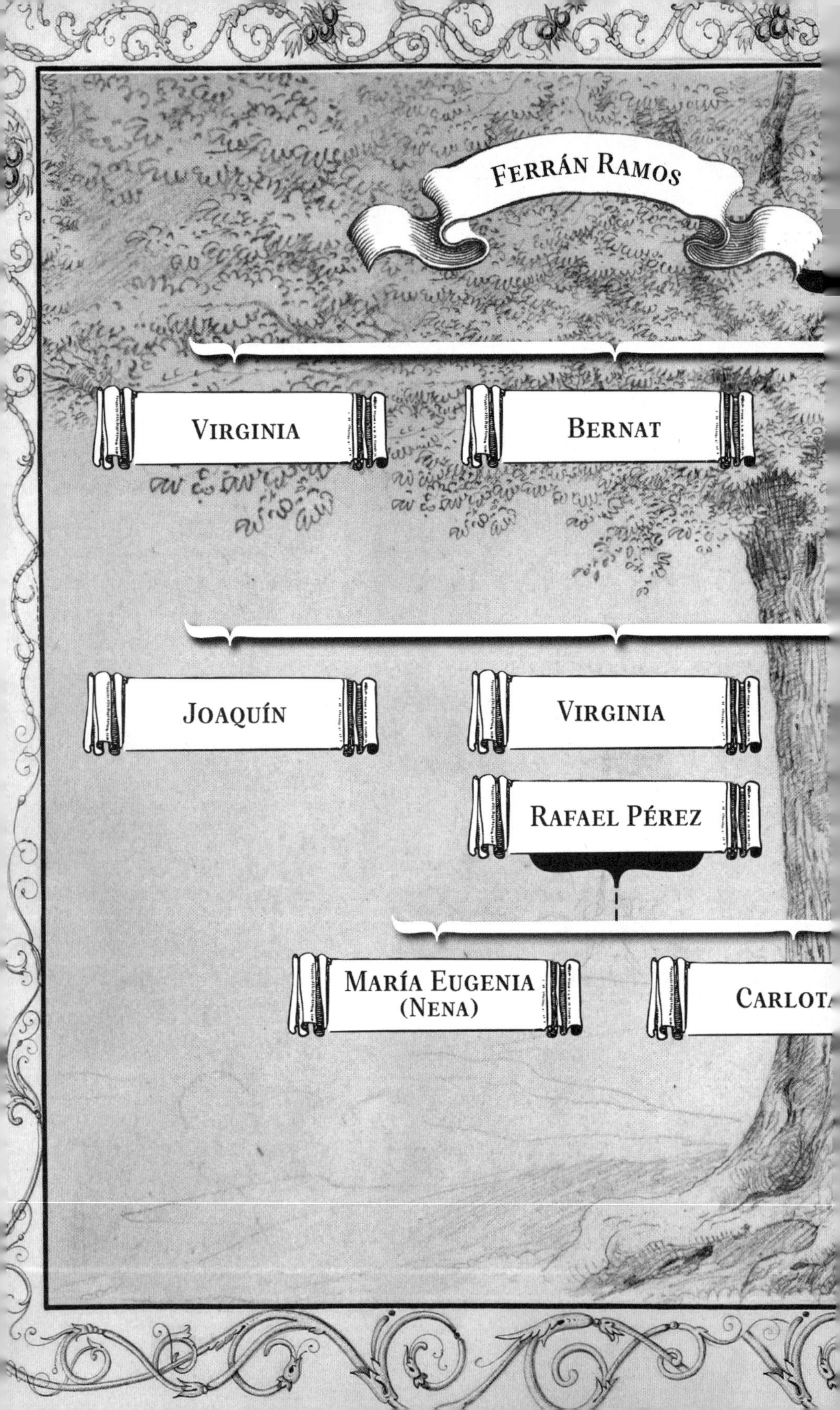

Ferrán Ramos
Virginia
Bernat
Joaquín
Virginia
Rafael Pérez
María Eugenia
(Nena)

Victoria Pérez
María Eugenia
(Maruja)
Fernando
Anselmo Longoria
Lucía Cabrera
Fernando
(Nando)
Regina
Familia
Ramos Pérez

Prólogo

Mi papá y mi mamá dirían que siempre fui una niña observadora. Y es verdad. Yo prefería la compañía de gente mayor, en especial miembros de mi familia que pudiesen contar, con lujo de detalles y sin prisa, las historias sobre el pasado de nuestra familia y de Puerto Rico. Para mí no había mayor placer que sentarme a escuchar a mis padres y otros relatar las anécdotas que formaron parte del legado que tanto enriqueció mi conocimiento y experiencia. Al cabo de los años me di cuenta de que yo iba a ser el repositorio de todos estos testimonios, y que no tenía idea de cómo conservarlos de la manera que lo merecían.

A veces la ausencia de un plan lleva a una solución inesperada. Hace diez años, para complacer a mi mamá, me senté a escribir lo que pensaba sería un solo capítulo de nuestra singular historia. A pesar de estar trabajando a tiempo completo y de estar segura de que mis escritos terminarían olvidados en alguna gaveta, seguí, impulsada por el deseo de plasmar lo más que pudiese antes de que se me olvidara algún detalle, sin que me importara mucho la continuidad o el arco narrativo de cada capítulo. Cuando al fin alcé la cabeza para tomar un respiro, me di cuenta de que tenía suficiente material para un libro.

Lo primordial era hacer permanentes los relatos que escuché en el regazo de mi familia, y qué mejor trasfondo que la historia de Puerto Rico, comenzando con la invasión de la isla en julio del 1898. La isla y su complejidad política, social y económica proporcionó el marco ideal para hilvanar las historias de amor, de guerras, de carencia y de dolor experimentadas por la familia y otros personajes en los cincuenta años que siguieron a la invasión.

La dualidad de Puerto Rico, con sus casi 300 años como colonia española y más de ciento veinticinco años como territorio norteamericano, reflejaba la de mi entorno familiar. Una parte apoyaba fervientemente a la Corona española y la otra respaldaba la intervención norteamericana con el mismo ahínco. Intenté capturar esa dualidad de la manera más fiel, consistente con las personas que poblaron y los eventos que marcaron los últimos dos años del siglo XIX y los de la primera mitad del siglo XX en la isla.

Espero de todo corazón que al explorar nuestro pasado le podamos hacer cara al futuro de la manera más informada posible, y que *Alborada* sea parte de ese proceso tan primordial.

Washington, D.C.
Abril de 2025

PARTE I

«No permitirá la Providencia que en estas tierras descubiertas por la raza hispana dejen de repercutir los ecos de su idioma, desapareciendo el flamear de nuestras banderas. Habitantes de Puerto Rico: ha llegado el momento de los heroísmos y de contestar, fuertes en la razón y la justicia, a la guerra con la guerra.

»¡Viva Puerto Rico siempre español! ¡Viva España!».

Proclama hecha por el general Manuel Macías y Casado, último gobernador y capitán general español de Puerto Rico, el 23 de abril de 1898.

CAPÍTULO UNO

La Habana, Cuba

15 de febrero de 1898, 9:40 pm

El estruendo que siguió la explosión sacudió el palacio de la capitanía general con tal fuerza que el gobernador Ramón Blanco y Erenas, quien acababa de cenar, corrió apresurado hacia las ventanas del comedor. Desde allí divisó, en las aguas de la bahía de La Habana, una silueta anaranjada de la cual emanaba una espesa capa de humo negro. Cohetes rojos y dorados salían disparados hacia el cielo desde lo que parecía ser el contorno de una nave. Al gobernador se le revolvió el estómago. «No puede ser», pensó horrorizado, «que esto suceda en tal mal momento, no puede ser». Escuchó la voz de su edecán, pero no le podía quitar los ojos al infierno que se desplegaba ante él en toda su terrible gloria.

—Su excelencia, ha llegado un mensaje avisando que la explosión se originó en el *Maine* y que han sufrido una gran cantidad de bajas —reportó el edecán con voz triste, como si intuyera que era el principio del fin.

El gobernador asintió en silencio.

—Viene guerra —contestó abatido.

Columbus, Ohio

Primavera de 1898

Emily Montjoy leyó de nuevo y con creciente enojo el telegrama acabado de llegar anunciando el alistamiento de su hijo mayor, Daniel.

—Henry, le tienes que decir que esto es una locura. ¿Es que no se acuerda del precio que pagó esta familia durante la última guerra?

—preguntó Emily, incrédula—. Dime, ¿es demasiado pedir que Daniel termine la carrera y regrese a casa?

El doctor Montjoy, aunque sorprendido por la noticia, no se extrañó al oír del alistamiento de su primogénito.

—Mi vida, lo hecho hecho está. Estoy segurísimo de que Daniel le dio muchas vueltas al asunto antes de tomar su decisión, y de que pronto recibiremos otro mensaje en el cual nos explicará todo —respondió el doctor Montjoy con tono neutral—. Pronto tendremos la oportunidad de hablar sobre todo esto con él. Es más, te apuesto que toda esta farsa con España va a pasar en par de meses sin mayores consecuencias. ¿Quién rayos quiere enredarse en esos sitios de los cuales nada sabemos?

Las nuevas teorías de poderío naval del académico norteamericano Alfred Mahan proponían que el control de los mares era primordial para el bienestar y seguridad de una nación. El presidente McKinley, firme proponente de las posturas de Mahan, le pidió que sirviera como asesor en su gabinete. El presidente y su secretario adjunto de la Marina, Theodore Roosevelt, eran de una misma opinión cuando hablaban de asegurar la supremacía naval de los Estados Unidos. Lo primero era adquirir colonias para abastecer a la nación con mano de obra y materia prima, y lo segundo era la producción del armamento necesario para conquistar rutas comerciales estratégicas.

McKinley, Mahan y Roosevelt comprendían que la insurgencia en Cuba, una colonia española a solo noventa millas de la costa de la Florida, podría ayudar a alcanzar las metas que habían puesto sobre la mesa. Sabían que, por varios años, el gobierno español había intentado sofocar la disidencia en Cuba y en su otro territorio, el enorme archipiélago que conformaba las islas Filipinas. Era clarísimo que los problemas de España podrían resultar en enormes ganancias para los Estados Unidos.

Los despachos de Fitzhugh Lee, cónsul general estadounidense en La Habana, documentaban la inestable situación política en la isla, subrayando los daños cometidos por rebeldes cubanos a plantaciones de azúcar norteamericanas. Alarmado por la incompetencia del gobierno español al afrontar la insurgencia cubana, Lee solicitó un buque de guerra para transportar a los residentes norteamericanos de regreso a los Estados Unidos si la situación empeoraba.

En enero del 1898, el *Maine* zarpó hacia La Habana, donde flotó plácidamente en la bahía por un mes. Su mera presencia era un incómodo recordatorio para las autoridades españolas del creciente poderío militar de su vecino, y de lo dispuesto que estaba a desplegarlo. Los españoles, comprendiendo que se enfrentaban a una situación militar imposible, trataron de postergar lo inevitable. Hasta se llegó a organizar una tarde de toros para el capitán y los oficiales del *Maine*. Pero no hubo cortesía diplomática suficiente que pudiera reducir la tensión entre ambas naciones.

Tres semanas después, el *Maine* se hundía ante la mirada horrorizada del gobernador Blanco y Erenas, Marqués de Peña Plata, llevándose consigo a doscientos sesenta marineros y oficiales norteamericanos al fondo de la bahía. Los ánimos del pueblo norteamericano, enardecidos por la pérdida, empeoraron al leer lo que la prensa amarilla reportaba, que el hundimiento había sido causado por un misil español. No hubo mención alguna de que la causa probable del desastre había sido una explosión interna en la carbonera del mismo *Maine*.

La noticia del hundimiento del *Maine* fue catártica para Daniel Montjoy y sus compañeros. Aunque reconocían que los periódicos de Hearst y Pulitzer atizaban sentimientos nacionalistas, inundaron las oficinas de reclutamiento en su afán de unirse a las filas norteamericanas. Mientras tanto, el gobierno estadounidense, espoleado por el rechazo español a la petición de independencia cubana, e ignorando las urgentes peticiones a la paz propuestas por los representantes europeos, retiró a su embajador y comenzó los preparativos para una movilización.

Daniel disponía de unos días de licencia antes de reportarse a Camp Thomas en Georgia. Decidió regresar a su casa para despedirse de su familia, entendiendo que la noticia les había llegado de manera un tanto abrupta y que habría objeciones. Sus profesores, de quienes se despidió antes de irse, lamentaron su partida, pues era un estudiante excelente. Su habilidad para debatir un tema hasta cansar o confundir al oponente era famosa entre sus compañeros.

Esa noche durante la cena intentó explicar a sus padres su decisión, pero tenía la impresión de que sus argumentos y razones sonaban huecos.

—Nunca me he aventurado más allá de Ohio y Pennsylvania —dijo, tratando de esconder su entusiasmo—. Pienso que esta experiencia me puede ayudar cuando regrese a la universidad a terminar la carrera.

—Daniel, no puedo entender por qué te quieres ir. Aquí estás, a ley de dos meses de graduarte, y te vas así porque sí... —interrumpió su madre—. Es que no entiendo por qué no puedes esperar que la situación se calme. Y Helena, ¿ella sabe que te alistaste?

Daniel pensó en Helena, quien todavía no sabía nada de sus planes. Se había topado con ella hacía dos meses en una cena navideña. La niña de las trenzas se había convertido en una preciosa mujer con opiniones bien planteadas y mirada directa. Impulsados por un potente ponche y una animada discusión sobre el *affaire* Dreyfuss y la reciente liberación carcelaria de Oscar Wilde, reconocieron que tenían espíritus e intereses afines.

En los días siguientes Daniel la visitó, atraído por la amplitud de su conocimiento y fino sentido del humor. No hubo tema que no tocaran, fuera el futuro del movimiento de las *suffragettes* o la poesía de Walt Whitman. Los intercambios fueron seguidos por largas excursiones al parque, los dos bien abrigados para resistir las ráfagas heladas de invierno. Cuando terminó la vacación decembrina entendieron que algo extraordinario se había despertado entre los dos.

Su madre tenía razón. Helena merecía saber lo que se traía entre ceja y ceja. Esa noche se sentó, pluma en mano, debatiendo cómo darle la noticia.

1 de mayo de 1898

Mi querida Helena:

Te escribo durante un breve alto en lo que va a ser un largo camino en dirección sur. Te preguntarás por qué ahora, y no en junio, el mes en que ambos se supone que nos graduemos. Pensarás que estoy loco de remate cuando te diga esto, pero decidí alistarme como voluntario en el ejército hace dos semanas. Sé que tú, más que nadie, me darás el beneficio de la duda y que, con el pasar del tiempo, entenderás el motivo de mi cambio de planes. Pase lo que pase, pienso que regresaré más preparado para enfrentar cualquier cosa que la vida arroje en mi dirección.

No tengo idea de lo que sucederá cuando termine el entrenamiento en Georgia. Nos pueden enviar a las Filipinas o a Cuba, pero creo que Cuba (o quizás la isla de Porto Rico) es donde vamos a terminar. De todos modos, voy a hacer lo posible por contarte todo la próxima vez que te vea, lo cual espero que sea muy pronto.

Quiero que sepas que tu lindo semblante (gracias por la fotografía) estará siempre en el bolsillo de mi camisa junto a mi corazón. Anhelo poder leer tus cartas muy, muy pronto. ¡Estaré tocando en tu puerta para que vengas a tomarte un helado conmigo antes de que te des cuenta de que me fui!

Con afecto,
Daniel

Camp Thomas estaba lleno de unidades regulares de infantería y caballería, y todas competían por el mejor espacio para montar sus tiendas de campaña, preferiblemente lejos de las letrinas y de la enfermería. Quedaba claro que el ejército no estaba listo para el enorme número de reclutas nuevos. Los uniformes de lana no eran adecuados para el trópico, y la carne enlatada resultó estar contaminada y, por ende, incomible. Daniel hervía el agua que usaba religiosamente y ganó fama por bañarse, o tratar de bañarse, todos los días.

Para no aburrirse escribía carta tras carta a su familia y a Helena. Al cabo de varios días se comenzó a acostumbrar a la estructura de cada jornada, la cual semejaba en ciertos aspectos a la rutina de un monasterio: el clarín mañanero, un desayuno magro de avena y café negro, ejercicios de marcha, entrenamiento de armas, calistenia, almuerzo, clases de teoría e historia militar, tiempo libre o, en el caso de Daniel, servicio voluntario a las hermanas de la Misericordia en la enfermería, cena y el clarín nocturno. De noche caía rendido en su camastro, agradecido por la comodidad miserable que le acordaba.

A las seis semanas de haber llegado, Daniel se detuvo para leer un pasquín clavado en un poste con tachuelas. Pedía que todo soldado que hablara o entendiera francés, alemán o español se reportara al edecán del comandante de Camp Thomas de inmediato. Daniel poseía una excelente base en francés al entrar a la universidad, así que aprender español fue más fácil de lo que imaginaba. Le dio su nombre al cabo de turno y se olvidó del asunto.

Dos semanas después, él y tres otros tenientes esperaban ansiosos afuera del cuartel del general Wade. Un capitán los escoltó hasta el interior de una casa de campaña dominada por un enorme escritorio en donde mapas, papeles y libros formaban una precaria pila. A su lado se arrimaba el escritorio mucho más pequeño de su edecán, igualmente atiborrado. El general, poseedor de un enorme bigote detrás del cual se escondía buena parte de su rostro, subió la vista para contemplarlos.

—Así que aquí están los lingüistas del campamento. Señores, nunca creí que hablar otro idioma que no fuera el inglés fuera necesario para pelear, pero mi estimado general Miles parece no estar de acuerdo conmigo —echando para atrás la cabeza, se rio a carcajadas.

Daniel y los otros, todavía sin saber cómo iba a terminar la conversación, contestaron: «Sí, general Wade», al unísono, resignados a ser blanco de la sorna del general. Afortunadamente su cuota de humor había llegado al límite y miró a su edecán mientras acariciaba su imponente bigote.

—Capitán Ellis, no hay tiempo que perder, haga los cambios necesarios para que estos muchachos salgan cuanto antes rumbo a Charleston —ordenó el general, gesticulando con su mano hacia un horizonte imaginario—. Buena suerte, caballeros, y cuidado con demostrar destrezas que quizás no sean necesarias, especialmente durante una guerra… —y rio de nuevo, esta vez con tanto deleite que sus lentes cayeron en la pila de papeles amontonados en su escritorio, perdiéndose en ellos.

Daniel estaba feliz de salir de Camp Thomas. El sitio era un hervidero de enfermedades, y varios de los voluntarios de su unidad habían contraído fiebre tifoidea. Pasó por la enfermería para despedirse de las hermanitas y para escribir cartas en nombre de aquellos demasiado enfermos para sostener pluma y papel. El capitán Grenier, comandante de la compañía K, aceptó el cambio cuando Daniel le informó de la decisión del general Wade.

—No se preocupe, Montjoy; el ejército tiene una manera extraña de juntar a la gente, separarla y volverla a juntar. Apuesto a que nos vamos a volver a ver cuando usted menos se lo espere —dijo sentado en una mesa donde escribía los reportes concernientes a la compañía. De repente miró a su alrededor.

—Ajá, aquí esta. Teniente, creo que esto le va a ser útil. Yo ya tengo otro que me regalaron —de una mochila sacó un diccionario encuadernado con elegante cuero rojo labrado. Dándoselo, se despidió de él con un marcado acento—. Adiós, amigo.

El 8 de julio los cuatro tenientes abordaron el *Yale* dos horas antes de que el transporte izara anclas. Apiñados en un camarote diminuto, agradecieron su suerte al saber que no estaban bajo cubierta con los caballos o cerca del cuarto de máquinas. Un edecán les informó de sus nuevas responsabilidades, entre las cuales estaba atender al grupo de observadores extranjeros y generar reportes escritos relevantes al conflicto. Hacía un calor de mil demonios y no cabían los cuatro en el camarote si no estaban sentados en sus literas, pero a Daniel ni se le ocurrió quejarse. Lo único que le daba trabajo era dormir. A veces pensaba que oía los relinchos desesperados de los caballos y las mulas encima de los ronquidos de sus compañeros de cuarto y el estruendo mecánico del barco.

El general Miles paseaba ansioso en la cubierta del *Yale*, preocupado por la fiebre amarilla que había comenzado a azotar a las tropas norteamericanas en Cuba. Ordenó que las tropas bajo su mando se quedaran a bordo de los transportes, una decisión poco popular por el poco espacio disponible y el sofocante calor tropical, pero acertada, pues ni un solo soldado a bordo de las naves ancladas en Guantánamo se contagió con la enfermedad.

El 1 de mayo, el general Dewey diezmó a la flotilla española del Pacífico en Cavite; el almirante Sampson hizo lo mismo con la del Atlántico cuando esta intentó evadir el bloqueo estadounidense de la ciudad de Santiago de Cuba el 3 de julio. Allí, el 16 de julio, más de veintitrés mil tropas españolas se rindieron incondicionalmente a las fuerzas enemigas. El general Miles leía con impaciencia los cables que documentaban el progreso del conflicto, sabiendo que tendría que actuar rápido para abrirle el paso a sus tropas.

El 21 de julio, alertado de que la prensa estaba al tanto del plan de invadir a Puerto Rico por Fajardo, y sin quererse enredar en los pormenores del bloqueo naval de la bahía de San Juan, el general Miles desobedeció las órdenes del secretario de la Marina y ordenó al capitán del *Massachusetts* trazar nuevo rumbo hacia el suroeste de la isla. La otra mitad del convoy, navegando desde los puertos de Charleston, Tampa y Newport News, abrazaría la costa este de Puerto Rico, girando a la derecha cuando llegaran a Maunabo. Las dos flotas harían *rendezvous* en un punto en la costa suroeste.

Guánica, P.R.
25 de julio de 1898

La mañana del 25 de julio el general Miles sorprendió a los habitantes del pueblo de Guánica al bajar ancla en las aguas profundas de la bahía. El cuidador del faro espió al *Gloucester*, el precioso yate que había sido propiedad del banquero J.P. Morgan y que ahora funcionaba como barco cañonero, entrar sigiloso a la bahía, y salió en dirección a Yauco para alertar al alcalde. La bahía de Guánica, con su entrada estrecha y perímetro fácil de defender, era el refugio perfecto para la flota y proporcionaba excelentes opciones para el transporte de mar a tierra de las tropas. Al día siguiente, en Washington, el presidente McKinley y su secretario de la Marina se enteraban de la invasión de la isla al leer, con creciente incredulidad y algo de disgusto, los despachos de la prensa asociada, los cuales reportaban que el general Miles había desacatado la orden de desembarcar en Fajardo.

Los primeros en llegar a la orilla en Guánica fueron marineros e infantes de marina, quienes reemplazaron la bandera española con la de los Estados Unidos y establecieron un nido de ametralladora antes de que la pequeña tropa española los pusiera en la mirilla de sus carabinas. La abrumadora andanada de tiros generada por la ametralladora fue suficiente para convencer a los defensores españoles de retirarse a Yauco y para que los habitantes del pueblo salieran huyendo despavoridos hacia el monte.

Al día siguiente, el general Garretson movilizó sus tropas en dirección a Yauco por el Camino Real, batallando con tropas españolas al mando del coronel Francisco Puig. En la madrugada del 27 de julio, Puig, esperando refuerzos que no llegaron, obedeció las órdenes de sus superiores de retirarse inmediatamente hacia Arecibo. Al hacerlo, tuvo que abandonar su artillería, pues el equipo era demasiado pesado para cargar durante lo que se suponía fuera una marcha rápida por caminos montañosos. En la confusión generada por la orden de retiro, Puig olvidó su tarea más importante: la destrucción del cruce ferroviario, lo cual sin duda hubiera retrasado el avance de las tropas estadounidenses.

La retirada de Puig abrió de par en par el camino hacia la ciudad de Ponce. El 27 de julio el silbido agudo del jefe contramaestre avisó que el *Yale* iba de camino a esa ciudad para juntarse con el general Wilson y sus tropas, las cuales acababan de llegar de Charleston.

El *Wasp*, liderando un convoy de naves que entraba a la bahía de Ponce, no encontró resistencia alguna. El teniente Merriam, portando la bandera de tregua y las condiciones de rendición, tomó posesión del despacho del capitán del puerto y de la casa de aduanas. Las fuerzas regulares españolas, bajo el mando de Rafael Martínez Yllescas, se habían retirado, dejando en su sitio a trescientos voluntarios locales para defender la ciudad. El comandante de dicha fuerza, dándose cuenta de que sus tropas mermaban con cada minuto que pasaba, concentró sus esfuerzos en no perder la poca dignidad que le quedaba. Pidió que los cónsules del Reino Unido, Holanda y Alemania asistieran a los notables de Ponce a pactar una rendición honorable. Los representantes solicitaron que las negociaciones se llevaran a cabo a bordo del *Dixie*, y en la tarde del 28 de julio se llegó a un acuerdo que permitiría a los infantes de marina obtener control del puerto.

Daniel, todavía a bordo del *Yale*, estaba profundamente decepcionado de no haber sido llamado a prestar servicio como traductor durante las negociaciones. Concluyó apesadumbrado que era muy probable que no llegara a tomar ni armas verbales ni de fuego durante la invasión.

Ponce

31 de julio de 1898

«Las tropas españolas están retirándose del sur de Puerto Rico... Este es un país próspero y hermoso... El ejército estará en la región montañosa en pocos días... Clima delicioso; tropas saludables y animadas... No anticipamos obstáculos en resultados futuros... Resultados hasta el momento han sido logrados sin la pérdida de una sola vida».

Extracto de cable enviado por el general Miles al secretario de Guerra Alger el 28 de julio de 1898.

Nelson Miles repasó mentalmente los eventos de los últimos tres días. Había tomado un enorme riesgo profesional al ignorar las órdenes que el mismo presidente le había encomendado. Pero lo hizo solo después de haber estudiado cuidadosamente la información que tenía a la mano. Confiaba que, una vez que Washington evaluara la situación, su decisión de desembarcar en Guánica continuaría siendo la mejor de todas las opciones expuestas.

Las razones para un desembarco en el suroeste eran tan obvias que el general se preguntaba por qué no había sido propuesta por Washington. La bahía de Guánica era más profunda que la de Fajardo, lo cual permitía que naves de mayor calado pudieran desembarcar su carga de tropas, equipo y caballos a tierra firme por medio de pontones. En el área existía un cable submarino que hacía posible el intercambio de mensajes telegráficos entre los buques y Washington, D.C., y en el sur de la isla, especialmente en Ponce y Yauco, residía una gran cantidad de simpatizantes de la causa norteamericana. Por último, Miles tenía un as bajo la manga: el teniente Henry Whitney, un espía militar, quien, posando como periodista, vendedor y marinero, reunió información sobre el sentimiento antiespañol y la condición de la flota española, la cual estaba arrinconada en la bahía de San Juan desde el 25 de junio. Whitney reportó lo que el general ya sospechaba, que muchas naves españolas estaban en estado de deterioro, y que desembarcar en Ponce o cerca era una mejor estrategia que la propuesta original de la Casa Blanca.

Luego de establecer su cuartel en la casa aduanal, el general Miles se dispuso a calmar los nervios de la población local mediante una proclamación que, entre otras garantías, enfatizaba categóricamente que los Estados Unidos de Norteamérica no tenían intención de interferir con las leyes o costumbres existentes y aseguraba además que a los trabajadores locales se les pagaría por ayudar a erigir campamentos militares, y que su trato y paga serían justos. La ciudadanía, entendiendo que no se había derramado sangre durante el traspaso de poder, y que no había mala intención por parte de las huestes invasoras, respiró aliviada.

Los intérpretes se reportaron para ayudar al comando en sus interacciones con representantes locales. Urgía establecer un sistema de correos y recaudación de impuestos, tasas de cambio y aduanas, asegurar el debido funcionamiento de los ferrocarriles y sedes telegráficas en el área y determinar cuál ley aplicaba, la civil o la militar. Daniel, a pesar de su nivel de fluidez, tuvo que consultar su diccionario más de una docena de veces ese primer día mientras ayudaba a los intendentes de la flota a conseguir alojamiento y comprar abastos. Como era de esperarse, Ponce estaba completamente abrumado por la gran cantidad de visitantes atrapados por la invasión.

Entrando la noche Daniel se fue a pasear por la plaza de las Delicias. Flanqueada en uno de sus lados por la catedral de la Guadalupe, la plaza albergaba un pabellón octagonal diseñado para eventos musicales y un quiosco morisco. En la plaza pululaban vendedores pregonando sus mercancías y parejas de enamorados paseando bajo la mirada de sus chaperonas. Allí y en las calles aledañas los ponceños tomaban el fresco o tomaban posiciones estratégicas en sus balcones para criticar o elogiar a quienes paseaban bajo ellos.

Sentado en un banquillo, Daniel miraba absorto a los carruajes que le daban la vuelta a la plaza. Había gran cantidad de espléndidos caballos andaluces, y unos corceles más pequeños que tenían una marcha muy distinta al caminar, sus pezuñas marcando cabriolas en los adoquines de la calle.

Los observadores militares extranjeros paseaban lentamente a un costado de la plaza. Un hombre vestido de traje y sombrero negro se esforzaba en caminar paralelo al grupo, agarrando en su mano lo que parecía ser un bastón. Algo en su caminar hizo que a Daniel se le tensara el cuerpo, y se puso de pie para seguirlos. Hablando animadamente, los militares extranjeros hacían caso omiso del hombre, quien se acercaba a ellos con cada paso. En un instante, Daniel vio que del bastón emergía un pequeño pero afilado estilete, y que el hombre tenía intención de atacarlos. Corrió sin pensarlo, abalanzándose contra el hombre, quien, al perder el balance y caer en el piso, gritó con voz ahogada: «¡Viva España; muerte al invasor!».

Los ponceños, mortificados de que alguien del pueblo, y aún peor, un simpatizante español, hubiese tenido la osadía de atacar a un invitado, y para colmo el equivocado, lo agarraron, aplastando su sombrero en el proceso. Las autoridades locales, asistidas por la policía militar, se lo llevaron antes de que la multitud, molesta con el mal rato, pudiera alborotarse. Uno de los extranjeros, sorprendido de que no se había dado cuenta del peligro bajo el que había estado, fijó su mirada en Daniel.

—¡Señor! —se oyó en un inglés marcado por un fuerte acento francés—. ¡Si es tan amable, dígame su nombre para darle las gracias como debe ser!

—Mayor, teniente Daniel Montjoy de los voluntarios de Ohio. Estoy asignado como traductor al mando del general Miles —se esforzó por pronunciar su respuesta con cuidado—. Es mi responsabilidad que pueda proceder con sus colegas sin mayor contratiempo.

El militar francés le dio las gracias de nuevo con un elegante gesto que arrancó varios suspiros entre las muchachas de la multitud, y continuó con sus colegas su paseo nocturno.

A la mañana siguiente a Daniel lo convocó uno de los oficiales del general Miles, un tal coronel Nichols, temprano el 2 de agosto. Le preocupaba haber hecho, o peor aún, haber dicho algo inapropiado, pero concluyó que quizás no lo había hecho, pues un error así le hubiera traído consecuencias inmediatas. Pero, aun así, se encontraba intranquilo.

Luego de esperar quince minutos, lo escoltaron a una oficina que parecía más una guarida por la penumbra que reinaba en el espacio. El coronel Nichols estaba concentrado leyendo y marcando despachos, y no subió la vista hasta que terminó, lo cual tomó aproximadamente cinco minutos. Daniel, en atención frente al escritorio, dispuso de más que suficiente tiempo para observar al hombre. Tenía una cabeza tan calva y perfectamente afeitada que parecía una bola de billar, y silbaba suavemente al cotejar los cables, despachos, memoranda y una que otra nota escrita a mano por el mismo general Miles. Una vez dado por terminado el escrutinio de los documentos, el coronel le puso la tapa a su pluma fuente y fijó sus extraños ojos claros en Daniel.

—Teniente Montjoy, por favor, tome asiento —dijo, sin expresión alguna—. Llegó a nuestra atención que anoche hubo un incidente en la plaza, y que usted respondió —pausó, y con una calma pasmosa, recortó y encendió un puro.

—Mi contraparte francés me relató lo sucedido —continuó en el mismo tono mientras echaba una bocanada de humo—. Que usted saltó a su defensa cuando un malhechor se disponía a desentrañarlo con un estilete. Bien hecho, Montjoy, ha traído honor a su unidad y a nuestro ejército.

—Gracias, coronel —contestó Daniel, sin saber si le debía al hombre una explicación más completa de lo que había sucedido.

—Entiendo que tiene un nivel avanzado de francés y que habla muy bien el español, ¿estoy en lo correcto, Montjoy? —continuó, mirándolo con esos ojos raros.

Daniel comprendió súbitamente por qué el coronel tenía un semblante tan poco común. No tenía pelo ni en la cabeza, ni en la cara, ni en ningún área visible de su cuerpo. Tampoco tenía cejas ni pestañas que le enmarcaran el rostro. Tenía un aire vagamente reptil.

—Esa es una descripción generosa, coronel —alcanzó a decir Daniel, todavía intentando entender por qué estaba allí.

—Bien. Nos gustaría aprovechar sus conocimientos lingüísticos mientras nos abrimos camino en este pequeño paraíso —dijo el coronel, dándole vuelta al puro entre los dedos—. Regrese a la compañía K y proceda con ellos hacia Arroyo y Guayama. Ambos poblados son grandes productores de melaza de azúcar. Observe y tome nota de todo lo que vea: la gente, las estructuras, los cultivos, el comercio… —dicho esto, hizo un ademán en el aire con el puro—. El general desea que se concentre en tres cosas de camino a San Juan: azúcar, tabaco y café. Sabe usted… —añadió casualmente, midiendo su reacción mientras examinaba la ceniza perfecta en la punta de su cigarro—. El general leía sus reportes con mucho interés mientras estábamos en el

Yale —exhaló satisfecho. Un cigarro que quemaba parejo era un excelente cigarro.

Nuevamente Daniel se quedó callado. No tenía ninguna intención de decir algo que sonara estúpido o descabellado. Al fin soltó una respuesta cautelosa.

—Coronel, el ejército me honra con esta asignación. Perdone, coronel, por preguntar… —y tragó nerviosamente—. ¿Importará si no soy experto en ninguno de los temas que le interesan al general?

—No, Montjoy, como usted hay otros reportando sobre temas similares, pero desde perspectivas distintas —contestó, pausando para saborear su cigarro de nuevo—. No esperamos que sean expertos, pero sí estamos interesados en algo más detallado y con un nivel de análisis más sofisticado que el usual —posó el cigarro sobre un cenicero y lo miró—. Usted es un joven inteligente y culto. Sus informes están bien redactados y tienen el nivel justo de detalle y contexto. Confiamos en que va a enfocar su atención en los temas que nos interesan, y que será diligente en hacerme llegar los informes por medio de nuestros salvoconductos usuales. ¿Tiene alguna otra pregunta? —Las cejas del coronel, o más bien, la parte de su rostro donde debían de haber estado sus cejas, se movió reflexivamente.

—No, coronel, ninguna —contestó.

—Entonces, teniente Montjoy, eso es todo. Buena suerte —concluyó el coronel con una leve sonrisa.

Esa noche, Daniel se reportó al capitán Grenier, el cual no se mostró nada sorprendido de verlo de nuevo.

—¿Qué le dije Montjoy? Sabía que nos encontraríamos de nuevo —dijo el capitán, riéndose—. Vaya y acomódese con el resto de la tropa, que salimos al amanecer.

Guayama, P.R.
Agosto de 1898

Arroyo estaba oficialmente bajo la bandera norteamericana, lo cual le dio a Daniel menos de un día para explorar el pueblo. Debía tener cuidado de no aventurarse muy lejos. La situación fuera de los pueblos no era estable, y podía haber simpatizantes españoles listos para atacar a quien se les presentara en el camino. Uno de los mozos de caballeriza le había dicho que había varias grandes plantaciones de caña en la vecindad, y ofreció llevarlo a las que estaban cerca en cuanto terminara con las monturas.

Daniel, vestido de civil, agarró lápiz y libreta y salió con el muchacho, cuyo nombre era Simón. Decía tener dieciocho años, pero a Daniel le pareció que tenía catorce por lo pequeño y delgado que era. Saliendo de Arroyo pasaron un almacén enorme y decrépito que todavía emanaba olor a melaza.

—Ese almacén era propiedad del señor Lind —mencionó Simón, señalando las ventanas rotas del edificio como si Daniel supiera quién era—. Estaba casado con la señorita Morse. El padre de ella inventó el telégrafo —continuó, complacido por poderle ofrecer un dato interesante—. ¿Sabía usted que hemos tenido telégrafo acá desde que el mismo señor Morse instaló la línea hace casi cuarenta años? —dijo, subiendo el brazo para enseñarle lo que parecían ser líneas telegráficas.

Simón cerró los ojos mientras hablaba. El caminar perezoso de su caballo parecía haberlo arrullado hasta dejarlo en un trance.

—Dicen que la hija del señor Morse era muy bella. Mi abuela se acuerda de verla pasear por el pueblo con sus esclavos. Aquí hubo esclavos hasta hace veinticinco años atrás. Apuesto a que usted no sabía eso —Simón echó su sombrero de paja hacia atrás para poder mirar a Daniel—. Ella llegó a Puerto Rico a pasar la temporada con un tío en su plantación en Guayama, la hacienda Concordia. Durante uno de esos viajes conoció a Eduardo Lind, quien vivía con su hermana, la dueña de la hacienda Enriqueta de Arroyo. Cuando ella enviudó, su hermano Eduardo le compró la propiedad y se casó con la señorita Morse, llevándosela a vivir a la hacienda Enriqueta —Simón respiró hondo antes de continuar—. Su padre los visitaba de vez en cuando. Un buen día se le ocurrió instalar una línea entre la hacienda Enriqueta y la casa de la familia en el pueblo.

Llegaron a las ruinas de lo que había sido la magnífica hacienda Enriqueta al mediodía. El lugar había caído en el abandono desde hacía más de una década, pero todavía retenía una belleza digna y austera a pesar de que el balcón se estaba cayendo y que la profusión de matojos escondía lo que habría sido el jardín formal. Daniel echó un suspiro triste sin darse cuenta. Simón pareció comprender su melancolía.

—Las haciendas empezaron a decaer cuando la Corona abolió la esclavitud. Los ingenios son lo que los productores usan para sembrar y transportar la caña a donde se procesa, pero imagínese la mano de obra que se necesitaba para mover toda esa caña y melaza. Cuando se liberó a los esclavos todo eso se comenzó a ir a pique. Esta hacienda, la Enriqueta, y otras como la Milagrosa y la Berdecía, son reliquias de otros tiempos —añadió Simón sin mucha pena—. Dicen en el pueblo que hay planes de construir un ingenio enorme, capaz de sembrar, procesar y transportar la caña, en la vecindad de Guayama. Si ese es el caso quizás me vaya para allá a buscar trabajo.

Regresaron al caer la tarde y se encontraron con que la marcha a Guayama iba a ser el día siguiente. Daniel se apresuró a la casa de campaña que compartía con otros tres tenientes para descifrar sus notas. El muchacho partió rumbo a los establos para darles agua y alimento a los caballos. Ambos iban pensativos, rumiando sobre el primer día de trabajo bajo nuevo mando.

Mientras tanto, el mayor español Rafael Martínez Yllescas se había refugiado en Guayama luego de haber tenido que salir a toda velocidad de Arroyo. Antes de que llegaran las tropas norteamericanas el mayor envió a un centinela al campanario de la iglesia, y dispersó sus fuerzas en las crestas de dos lomas que se erguían a ambos lados de la carretera entre los dos pueblos. Cuando aparecieron las tropas enemigas en la distancia, Martínez Yllescas hizo caer sobre ellos una lluvia de balas, aprovechando la confusión para refugiarse en el pueblo. Su centinela, alarmado por el número creciente de soldados norteamericanos que veía desde su atalaya, sonó la alarma, lo que forzó al mayor a abandonar a Guayama al enemigo.

A la una de la tarde entró el general Brooke al pueblo sin encontrar resistencia alguna y decidió acuartelarse en la magnífica residencia de Genaro Cautiño, ciudadano notable de Guayama y coronel en la milicia voluntaria. Daniel, presente durante la transferencia de poderes, le aseguró al dueño repetidamente que el ejército le devolvería su propiedad tal como la había encontrado. La casa, una fantasía arquitectónica en el centro del pueblo, albergaba una importante colección de libros y muebles de hechura europea. Habiendo visto a uno de los generales haciendo uso frecuente de las escupideras, entendió de inmediato por qué el hombre estaba nervioso.

Daniel salió a buscar a Simón, pero no lo encontró. Para ahorrar tiempo, decidió explorar el pueblo de Guayama a solas. Bajó la calle Santiago Palmer, notando las torres gemelas de la iglesia de San Antonio de Padua a su izquierda. Un grupo de niños y pueblerinos lo seguían, manteniendo una distancia prudente. Daniel palpó el bolsillo de su túnica buscando su estuche de cigarrillos.

Un muchacho tomó un paso hacia adelante. Quitándose el sombrero dijo simplemente:

—¿Tabaco, señor?

Al verlo asentir comenzó a caminar, y haciendo un ademán con la mano para que lo siguiera, lo llevó a la tabaquería Puerto Rico. Pensando que quizás lo necesitaría luego, el muchacho se paró en silencio al lado de la puerta. Daniel se detuvo antes de entrar en la penumbra del local, el cual mantenía puertas y ventanas cerradas para conservar la hoja con el nivel de humedad correcto.

—¿Cómo te llamas? —preguntó curioso.

—Me llamo Manuel Guardiola, pero me dicen Manolo.

Manolo, alto, de ojos negros y sonrisa contagiosa, andaba vestido como un muchacho pudiente, con pantalón de dril oscuro, camisa blanca y unas buenas botas. Intuía que Daniel lo estaba midiendo y se irguió para dar mejor impresión.

—El dueño de este local es Tomas Pérez. Él puede conseguir cualquier hoja o tabaco que desee usted —dijo, quitándose el sombrero.

En los anaqueles de madera docenas de jarrones de vidrio estaban llenos de variedades de tabaco en hoja o cortado y listo para enrollar. Una jovencita con un vestido azul y lazos blancos en sus largas trenzas los miraba desde la puerta trasera.

Tomás Pérez no esperaba que los americanos llegaran tan rápido, pero ya que el primero estaba frente a él, se dedicó a ponerlo a gusto.

—Inés, dile a tu mamá que me envíe el ron bueno y dos vasos, por favor —le pidió a su hija, quien, desde la puerta, miraba sin disimulo, no solo al soldado, sino a Manolo. El muchacho, por su parte, la ignoraba con la misma intensidad.

Daniel le preguntó a Tomás Pérez sobre las cosechas de tabaco, los dueños de las haciendas locales y dónde más en la isla se cultivaba la hoja comparable a la de Vuelta Abajo, tomando nota para incluir la información en sus despachos. La misión, comentar sobre el café, el tabaco y el azúcar, estaba poniéndose más interesante con cada día que pasaba.

Inés regresó con una bandeja. Tomás Pérez sirvió un ron color oro en dos copitas, alzando la suya en un brindis.

—¡Al futuro! —dijo satisfecho.

Luego de comprar algunos excelentes cigarros, Daniel salió de la tabaquería para caminar de regreso al campamento. Manolo todavía estaba allí, como si esperara órdenes. A pesar de haberlo conocido hacía apenas una hora, sentía una extraña conexión con el muchacho. Su mirada registraba deseo, ambición y voluntad. Quitándose una insignia de metal, la sostuvo con los dedos frente a él.

—Manolo, estoy en deuda contigo por tu servicio en este día. Me gustaría darte esto como muestra de agradecimiento para que cuando te acuerdes del día de hoy el recuerdo sea grato —el muchacho tomó la insignia solemnemente, agradeciendo el regalo con una sonrisa. Le pidió a Daniel que escribiera su nombre en un pedazo de papel para guardarlo con la insignia. Lo dobló con cuidado, poniéndolo en el bolsillo de su camisa junto a la insignia para que no se extraviara.

Al amanecer del 8 de agosto los voluntarios de Ohio montaron sus caballos y se dirigieron hacia Cayey, ciudad donde se concentraba un gran número de tropas españolas. El trayecto no fue fácil, especialmente para la artillería. Pero agradecieron a la Corona española la construcción de la magnífica carretera que cruzaba el espinazo de la isla, la cual permitió que el cruce de la costa sur hacia la costa norte fuera menos azaroso.

Daniel respiró aliviado cuando el coronel Coit hizo un alto en la marcha para permitir que las tropas descansaran. Estaba tan exhausto que cayó en un sueño profundo hasta el toque de diana de la madrugada siguiente. A primera hora dos de las compañías se adelantaron para explorar el área del puente de Guamaní. La red de informantes reveló que había una fuerza española grande posicionada para impedir el progreso de las tropas a Cayey. Al poco tiempo los oficiales al mando de las tropas de avanzada confirmaron la veracidad del reporte.

El 9 de agosto el coronel llegó a las alturas de Guamaní, las tropas bajo su mando listas para tomar el puente de hierro. Daniel consiguió que lo dejaran ir con la avanzada, argumentando que podría interceder con los locales o los españoles si se llegara a presentar la ocasión. La verdad es que no había estado presente en ninguna ofensiva, y le aterraba regresar a Ohio y decirle a la familia que todo lo que había hecho durante esos meses había sido conversar en español y francés.

Comenzó a seguir a uno de los voluntarios, teniendo cuidado de no meterse en su camino ni en el de sus compañeros mientras intentaban pronosticar el ataque español. Bajó en silencio por una colina cubierta de helechos detrás de él cuando oyó la voz del coronel Coit hablando con sus oficiales. Habían llegado a la casa del caminero. Subiendo la vista, divisó al coronel en el techo plano de la casa, auscultando el terreno y las líneas enemigas. Los francotiradores españoles, viéndolo tan tranquilo en el techo con sus binoculares, soltaron ráfaga tras ráfaga de balas con sus rifles Mauser. A los pocos segundos una lluvia de hojas, tallos y pedazos de corteza cayó sobre los dos.

El cuerpo de Daniel, afilado por el entrenamiento y la adrenalina, se echó al suelo, su rifle listo para disparar. Por la mirilla de su fusil veía las figuras de los soldados españoles como fantasmas nebulosos atrincherados en sus posiciones. Su compañero portaba una pistola que parecía tener por lo menos un siglo, pero la tenía agarrada como si la supiera manejar. Mirando a Daniel, sacudió la cabeza.

—Teniente, si nos quedamos aquí nos van a matar en los próximos diez minutos. Mire, están todos allá, y están bien protegidos —dijo, amartillando su fusil—. Sugiero movernos cuesta arriba ahora mismo para juntarnos con el resto de la tropa.

Y sin darle oportunidad a Daniel de responder o debatir la sugerencia, lo haló por la túnica para que corriera hacia la colina lo más rápido posible. Daniel oyó el zumbido de la bala y sintió su calor cuando rasgó el visor de su gorra. En ese preciso momento decidió de manera racional y calmada, considerando las circunstancias en las cuales se hallaba, que si no veía más combate no le parecería mal cosa.

CAPÍTULO DOS

Ponce, P.R.

Agosto de 1898

El cabo James Denby agarró una mochila llena de lápices, plumones, tinta y papel, y se fue caminando hacia el muelle de Ponce. Un galeón de nubes caía pesado desde la cordillera sombreando de repente el cielo. Caminó un rato para decidir qué perspectiva quería, se acomodó en un pilón al borde del muelle y comenzó a dibujar sus trazos seguros y definidos. Pronto la silueta del muelle y los edificios que lo bordeaban estaban plasmados en el papel, y un pequeño grupo de niños y trabajadores del muelle se aglomeraron a sus espaldas a mirar lo que hacía. Estaba acostumbrado a ser objeto de curiosidad cuando dibujaba, así que no prestó atención.

Al terminar, recogió sus pertenencias, teniendo especial cuidado con el boceto. El coronel Nichols insistía en que tenía que dibujar y fotografiar los puertos de Guánica, Arroyo y Ponce lo más rápido posible. Lo de los dibujos no era complicado, pero lo de las fotos sí. La cámara que le entregaron era último modelo, con lente alemán y un ingenioso armazón de madera y cuero retractable, pero las placas que servían como negativos eran frágiles. Al amanecer llevaría la cámara al puerto para fotografiarlo antes de que comenzara a apretar el calor.

«Casi como Panamá», pensó James, dando gracias de que por lo menos en Ponce hacía algo de fresco.

Regresó al campamento, donde una infinidad de casas de campaña habían tomado posesión temporal de la playa. Afortunadamente la de él no estaba allí, así que no se tenía que preocupar de que el equipo se accidentara con el agua y la arena que se colaba por todos lados. Al llegar hizo un inventario de su equipo. Bajo la protección de tela de caucho estaba la cámara en su elegante estuche de madera, el trípode, la caja de negativos de vidrio y su maletín con los útiles de delineante. Sacó de su mochila otro objeto de gran valor —uno de los mosquiteros que había comprado en Panamá—. Colgándolo de un clavo, lo acomodó para que cubriera su camastro, y cerró los ojos.

En la penumbra entre el sueño y la conciencia, su mente lo llevó a la casa de sus padres. Barbados era todavía un trapiche de caña donde la emancipación de la esclavitud había sido proclamada hacía cuarenta años, pero nadie con poder y privilegio parecía haberse percatado del hecho. Su padre inglés había llegado a la colonia en un barco cargado de cacao y café con la meta de convertirse en un hombre pudiente. Hecho lo primero, se dedicó con el mismo ahínco a buscar esposa en lo que pasaba por sociedad en la isla, pero no tuvo éxito alguno con las candidatas disponibles. Fue de pura casualidad que encontró a la que terminó siendo su esposa. Un día, visitando a su socio, se topó en el pasillo con una de las criadas, una muchacha alta, espigada y de piel canela. Hija y nieta de humildes pescadores, tenía todo el carisma, la inteligencia y el cariño que buscaba en una mujer.

James heredó los ojos amarillos de su madre, y quizás en cualquier otro sitio pasaba por blanco, pues tenía la piel tan clara que hasta pecas le salían cuando le daba el sol en el rostro. Sus tutores comentaban asombrados lo inteligente y curioso que era, y lo fácil que se le hacían las matemáticas y el dibujo. Cuando no estaba leyendo en la biblioteca estaba montado en yolas con sus primos atrapando tiburones, mantarrayas y anguilas para dibujarlos. A los dieciséis años, pidió a sus padres permiso para estudiar arte y composición en París.

Su padre, sabiendo que la vida de sus hijos iba a ser una marcada por el desdén de la sociedad a la cual aspiraban pertenecer, quiso, por medio de la fortuna que había acumulado, suavizar las asperezas que les esperaban. Decidió que llevarían a James a París para que tomara los exámenes de entrada necesarios y a su hermana menor a Londres para matricularla en un prestigioso internado.

Su madre lloró al despedirse del muchacho en el umbral de la casa de huéspedes en St. Germain. La dueña, una viuda con tres hijas ya apuntando a la soltería, se hizo de la vista larga cuando entrevistó a la familia. No permitía que personas con antecedentes cuestionables se alojaran en su casa, pero este era un caso especial. El muchacho había entrado a la Academia de Bellas Artes, una institución parisina de fama internacional, en el primer intento, cosa inaudita. Cualquier duda que pudo haber tenido la viuda se disipó al ver la cantidad del cheque que le giró el señor Denby para cubrir los gastos de su hijo por adelantado.

La tristeza de James por la partida de su familia duró exactamente una semana, pues no tuvo tiempo para más. El rigor del currículo lo obligó a estudiar como nunca, y duplicó sus esfuerzos para producir los estudios y bocetos requeridos además de las tareas que asignaban los profesores de anatomía y perspectiva. Dibujaba noche y día, y los fines de semana los aprovechaba para hacer largos recorridos por la ciudad.

El muchacho se rindió ante los encantos de París. Visitaba los museos, unas veces para mirar y otras veces para dibujar. Paseaba por la infinidad de parques, embelesado por las estatuas, los jardines meticulosamente podados y las fuentes, porque el ruido del agua le recordaba su casa. La torre Eiffel, recién construida para la feria mundial del 1889, era objeto de especial fascinación, no solo por su insólita apariencia, sino por su construcción. Sentía gran admiración por los ingenieros franceses, quienes erigieron un armazón enorme pero flexible para que la torre pudiera coexistir con el viento a gran altura. Hasta la famosa estatua de la libertad en la bahía de Nueva York también había sido diseñada y fabricada por un ingeniero francés.

Al cabo de tres años James subió de rango en el atelier, de estudiante a aprendiz. Sus pinturas, escenas de mar y espuma y juegos de luz y sombra en las faldas blancas de su madre y su hermana, eran luminosas y capturaban un espíritu feliz y libre. Los miembros del comité de la exhibición de final de semestre incluyeron cuatro de sus lienzos entre los trabajos sometidos. Tenía esperanzas de poder entrar como ayudante en algún atelier de renombre, y el hecho de que cuatro de sus trabajos fueran escogidos lo ayudaría una vez se graduara, de eso no tenía duda.

Todo París transitó las salas de la academia el mes que duró la exhibición. La promesa de una carrera exitosa o una tendencia nueva nacía allí con una crítica favorable, un premio o la compra de los trabajos expuestos. James iba todos los días, feliz por poder capturar, de manera anónima, las opiniones y expresiones de quienes paseaban por los pasillos. El día antes de la clausura de la exhibición el comité otorgó premios y certificados de mérito a los exponentes. Al escuchar su nombre entre los ganadores en la categoría de pintura James sintió que las piernas se le aflojaban de la emoción. Pero su dicha absoluta duró pocos segundos. Al recoger la medalla de las manos del rector oyó que alguien gritó: «¡Qué barbaridad, un mulato!». Después de tres años en París sin sentirse marcado por su ascendencia mixta, escuchar comentarios sobre el color de su piel tan vulgarmente expuestos lo sacudió hasta la médula.

Durante la exhibición, uno de sus profesores, sabiendo que tenía especial interés por las estructuras de diseño francés, le presentó a un amigo que se encontraba en París en esas fechas. Philipe Bunau-Varilla era un ingeniero egresado de la famosa Escuela Politécnica y ex socio de Ferdinand de Lesseps, famoso desarrollador del canal de Suez. Bunau-Varilla y De Lesseps trabajaban en un proyecto de enorme envergadura en el departamento de Panamá en Colombia, un canal que, en un futuro quizás cercano, uniría el océano Atlántico y el Pacífico, facilitando el comercio y acortando el tiempo de travesía de manera radical.

El ingeniero estaba en París para apaciguar los ánimos de los inversionistas y políticos que sostuvieron pérdidas millonarias cuando la compañía que De Lesseps había armado para financiar el costo del proyecto se fue a la quiebra. Bunau-Varilla habló con el muchacho, complacido de que alguien todavía mostrara entusiasmo por el proyecto. El ingeniero no se había rendido todavía, pues sentía en sus huesos que el canal todavía podría ver la luz del día. Pero estaba plenamente consciente de los terribles sacrificios hechos por los que estaban todavía envueltos en el proyecto. De Lesseps defendió el diseño del canal a pesar de que estaba plagado de fallas técnicas, aprendiendo a las malas que era imposible construir un canal al nivel del mar. Ni el poderoso río Chagres ni la impenetrable jungla del Darién iban a ser domados por nadie, y menos por extranjeros que no parecían entender la geografía y topografía de la región.

Los ingenieros franceses no estaban preparados para lo que se encontraron al llegar a la estación de Culebra. La vegetación era tan densa que los machetes más afilados y del mejor acero se embotaban varias veces al día, y había que mantenerlos bien resguardados porque si no se corroían por la humedad. Las cargas de dinamita desataban deslaves mortales, y los ríos, hinchados por las lluvias torrenciales de la temporada invernal, se salían de sus cauces y se llevaban hombres y maquinaria con cada golpe de agua que bajaba de los cerros.

Pero lo peor de todo era la constante enfermedad. Bunau-Varilla le explicó a James que la fiebre amarilla de la cual él mismo se estaba recuperando y la malaria azotaban sin tregua, y que no sabían cómo remediar la situación, aun después de diez años y veinte mil trabajadores muertos. Tenía esperanzas de que el problema que conllevaba construir un canal al nivel del mar se iba a solucionar pronto. James le dijo que le encantaría tener la oportunidad de dibujar la obra, pues tenía un gran interés en la ingeniería. Bunau-Varilla sonrió y le ofreció su tarjeta de presentación, pidiéndole que le escribiera si en algún momento decidía visitar el istmo. Había trabajo interesante para muchachos con talento como él.

Los días que siguieron la exhibición fueron mágicos. Sus pinturas se habían vendido a coleccionistas privados, y tenía varias ofertas de trabajo, una de ellas en el atelier de Bouguereau, pintor de gran fama y reputación. Escribió a sus padres para explicarles que como estaba un paso más cerca de la meta de independizarse, había decidido quedarse en París. Le explicó a su padre que usaría el monto ganado por la venta de los cuadros para que no tuvieran que enviarle más dinero. Luego de que pasara par de años como ayudante en el estudio de Bouguereau estaría bien encaminado para trazar su propio camino.

Las primeras semanas en el estudio transcurrieron sin incidente. James y sus compañeros dibujaban y pintaban por la mañana, y por la tarde los maestros se paseaban entre ellos haciendo correcciones y sugiriendo cambios. James terminó un torso que se exhibió en el *foyer* del atelier. Estaba orgulloso de su obra, fruto de una semana de trabajo intenso. Al día siguiente se topó con un grupo de estudiantes arremolinados frente a su boceto, el cual alguien había desfigurado con trazos de pintura escarlata. James se abalanzó contra uno que tuvo la desfachatez de reírse y mostrar sus manos manchadas de rojo como si no pasara nada. Cuando lograron separarlos, James ya le había roto la nariz y partido el labio.

Esa tarde el pintor recibió a James en su despacho. Sabía quiénes eran los culpables, pero no podía hacer nada al respecto, pues eran hijos de gente importante de la sociedad parisina. Suficientes problemas le vendrían al tener que explicar la nariz rota del alumno culpable. El maestro, cabizbajo, le entregó un sobre con una carta de recomendación. James entendió. Su tiempo en el atelier había terminado.

Tomó de sus manos el sobre, y dándole unas escuetas gracias, salió a recoger sus pertenencias. Estaba horrorizado, pero no extrañado. Siempre supo que algún día iba a pasar algo así, y que iba a tener que cambiar de planes de un día para otro. Salió del atelier sin despedirse de nadie porque no quería que nadie sintiese lástima por él. Más que vergüenza, sentía rabia.

Caminó de regreso a St. Germain, el cuello de su chaqueta levantado para protegerse de una suave lluvia de primavera. Cuando llegó a casa de la viuda, se encerró en su cuarto para pensar en lo que iba a hacer. Para relajarse, pasó revista a sus pinceles, tubos de pintura y plumones. Guardó las cartas de familia en su baúl, contó por décima vez el dinero de las pinturas. Al hacerlo, su ojo captó algo que cayó al piso, una tarjeta que se asomaba de la pila de francos.

Phillipe-Jean Bunau-Varilla
Compañía Nuevo Canal de Panamá
París, Francia - Panamá, Colombia

James le dio vuelta a la tarjeta, pensando en la novedad de un canal sin terminar en un sitio exótico e inhóspito como Panamá. De repente se dio cuenta de que su destino no estaba ni en París ni en Bridgetown, sino en algún lugar nuevo. Y si Panamá no era el sitio indicado, pues entonces sería otro. En menos de una hora le había escrito a Bunau-Varilla una carta donde se ponía a sus órdenes y le pedía la oportunidad de demostrar sus habilidades trabajando para la compañía en Panamá.

James pasó una semana con los nervios a flor de piel. Paseó París de rabo a cabo durante esos siete días, intentando mantenerse lejos de la casa para no estorbar a la viuda y evadir las atenciones de sus hijas. Desesperado, tomó el tren a Giverny a ver, aunque fuera de lejos, la casa y el estudio de Claude Monet, pintor a quien admiraba. Caminó desde la estación hacia las afueras del pueblo hasta llegar a un punto donde se divisaba un valle colmado de cipreses y flores. Allí se sentó en la sombra para disfrutar la vista y descansar, arrullado por la suave brisa y el ruido de las hojas batiéndose encima de él. Al rato notó la silueta de un hombre con un gran sombrero de paja en la lejanía. James se fijó de nuevo. Le parecía que la figura estaba gesticulando con energía, como si pasara algo urgente.

Al darse cuenta de que el hombre era una persona mayor, James apretó el paso. Un señor tan alto como él y con una gran barba blanca le daba patadas furiosas a una carretilla, al parecer rota. A su lado, tirados en la hierba, una canasta llena de pinceles y tubos de pintura y un caballete con un boceto a medias.

—¿Puede creer, joven, que se ha roto la rueda? —comentó el hombre, incrédulo, como si lo conociera desde siempre—. Cuando salí de casa la carretilla parecía estar perfectamente bien y mire usted. Maldito jardinero, ¿cómo es que permitió que saliera con ella sabiendo que se iba a averiar? Que suerte que lo vi, sentado tan tranquilo a lo lejos. ¿Sería usted tan amable de ayudarme a regresar a la casa? Le aseguro que estoy cerca.

El hombre fijó sus ojos negros en James, su mirada curiosa y vivaz. El muchacho lo ayudó a recoger sus pertenencias, y arreglando una de las ruedas de la carretilla lo mejor que pudo, la empujó hasta llegar a un sendero que colindaba con los extensos jardines de una casa. Tenía la impresión de que lo había visto antes, pero el enorme sombrero del hombre le impedía ver su rostro claramente.

—Joven, usted es un verdadero héroe. Me ha salvado hoy, pues me hubiera tocado regresar para recobrar el caballete y lo demás —el hombre paró en medio del sendero y se quitó el sombrero para abanicarse—. Le ofrezco un humilde almuerzo en mi casa como recompensa. ¿Viene usted de París? Lo veo muy bien vestido, no como yo, que parezco un campesino.

James detuvo la carretilla para no atropellar al hombre, y al fin se dio cuenta de quién era, nada más y nada menos que Claude Monet. Asintió mudo y lo siguió hasta la casa, atravesando jardines llenos de flores nunca vistas excepto en los libros de botánica de su padre, puentes en construcción, estanques con *kois* japoneses, y sauces llorones, hasta llegar a una terraza dominada por una enorme mesa llena de comensales. Aparentemente estaban esperando a que llegara el pintor para poder comenzar el almuerzo.

Monet insistió en que James se sentara a su derecha, y durante dos horas mágicas le dedicó toda su atención. Sonrió complacido al enterarse de que cuatro de sus pinturas habían sido elegidas para la exposición de la Academia, y más aún cuando le contó que iba a probar fortuna lejos de París. Al servir el café la señora Monet se levantó, y le dijo a su esposo que era tiempo para su siesta. Luego de despedirse, Monet se viró hacia él.

—*Monsieur* Denby, usted va a llegar lejos porque tiene talento y es una persona amable e inteligente. No deje que nadie le diga que no puede.

James tomó el tren de regreso a París, hipnotizado por el encuentro fortuito con el maestro y repitiendo sus palabras como una oración. Al llegar a la pensión, la viuda lo recibió en la puerta y sin decir palabra le dio un sobre con el membrete de la Compañía Nueva del Canal. James suprimió el deseo de abrir la carta frente a ella, pues sabía que se estaba muriendo de la curiosidad. Ya sentado en su escritorio y respirando hondo, abrió el sobre.

Estimado M. Denby:

Conociendo su profundo interés en nuestra empresa, y aprovechando mi corta estadía en París, me complace ofrecerle un puesto de delineante en la oficina de ingeniería. También va a tener otras responsabilidades, pero eso lo discutimos si llega a aceptar la posición. Lo importante es saber si le interesa el puesto, y si puede tomar una decisión rápida. Partimos de regreso a Panamá el próximo viernes en el vapor Bretagne *desde Le Havre, así que apreciaría una respuesta en cuanto sea posible.*

Atentamente, P. Bunau-Varilla

Diez días después de recibir la carta, James paseaba por la cubierta de segunda clase del *Bretagne*. El francés quería que hiciera una serie de bocetos que le sirvieran para vender el concepto del canal a posibles inversionistas, entre ellos el gobierno estadounidense. James tenía mil preguntas, la principal de ellas cómo iban a convencer al gobierno de Colombia de que cediera los derechos del canal a los Estados Unidos, pero se la guardó, intuyendo que para eso no había respuesta todavía.

La comitiva arribó al puerto de Colón sin mayores rezagos y al cabo de varias horas Bunau-Varilla, los inversionistas y James, seguidos por tres carretas colmadas de baúles, bolsas de correo, cajas de vino y equipo de agrimensura llegaron a la estación de ferrocarril. De ahí partieron en tren hacia el interior hasta llegar al pequeño pueblo de Culebra.

James se acopló rápidamente a su nueva situación. El calor era abrumador. Uno se despertaba y se dormía sudando, y buscar la sombra o el fresco de la tarde era tan primordial como respirar. Vivía con otros tres delineantes en una casita de madera con techo de dos aguas y un balcón. Por la noche, el zumbido de los mosquitos era tal que se despertaba dándose manotazos para espantarlos. Su primera compra fue un mosquitero para protegerse de los zancudos. La tela, la cual rodeaba la cama completamente, era la mejor protección contra los mosquitos.

Sus compañeros lo ignoraban, apostando entre ellos cuánto tiempo iba a durar en Panamá. Pero a James eso no le incomodaba. Solo una vez tuvo que agarrase a puños con un ingeniero que le lanzaba insultos en voz baja cada vez que lo veía. El día que le mentó la madre mientras lanzaba un chorro de tabaco mascado en la escupidera, James se le fue encima como una fiera hasta que intervino el mismo jefe de ingenieros. Los franceses, impresionados, lo empezaron a tratar con más respeto. Pero entendía que tenía que andar con mucho cuidado. La burocracia del canal no se había dado cuenta de que James era de sangre mixta, pues le pagaban su salario en oro y no en plata, como remuneraban a los trabajadores negros. Se calló la información, seguro de que tarde o temprano alguien lo iba a delatar. Afortunadamente para James, al ingeniero se lo llevaron a la clínica al poco tiempo luego de que se desmayara en la oficina. El diagnóstico de fiebre amarilla garantizó su ingreso inmediato al hospital francés en Ancón.

Los detallados bocetos y acuarelas de James mostraban su afán de presentar el trabajo hecho por los franceses en el canal de la manera más precisa. Si no era del corte de Culebra eran las excavadoras en Gatún, vistas imponentes que aflojaran los bolsillos de futuros inversionistas. Por las noches dibujaba a los que vivían por allí, plasmando en su libreta los rostros exhaustos de los trabajadores y las faldas mustias de las prostitutas que frecuentaban sus caseríos.

Pasó un año sin que se diera casi cuenta. Sus padres, preocupados por el giro inesperado de su carrera, le escribían carta tras carta, implorándole que regresara a casa. Sabían de los cientos de barbadianos que se habían ido a trabajar al canal, y de la muerte de muchos de ellos por enfermedad o accidente. Pero James no quería regresar. Vivía con la austeridad de un monje. Los días de pago recibía su dotación de monedas de oro y las depositaba en el banco, quedándose con lo mínimo para comer y mantenerse bien puesto. Los trabajadores lo conocían, no solo los isleños sino los panameños, y al cabo de poco tiempo añadió el español a su vocabulario.

Bunau-Varilla pasó un día por donde él estaba con su caballete y le dijo que quería que aprendiese a tomar fotografías con una cámara que acababa de traer de París. Tomar fotos en el área de las obras era complicado porque tenía que desplegar la cámara en lugares donde abundaba el lodo, la humedad y el polvo. A pesar de la lluvia y el calor tomó innumerables fotos de las excavaciones. En ellas mostró la labor titánica de extracción: trenes cargados de escombros, trabajadores con picos y palas al hombro y las laderas de los montes despojadas de vegetación.

Unos meses después, el francés le mencionó que se iba a llevar las fotos y los dibujos a Colón para usarlas durante sus reuniones con funcionarios del gobierno norteamericano sobre el futuro del proyecto. James asintió complacido.

—Denby, usted ha estado aquí ya casi dos años, trabajando como una mula sin queja alguna. Venga a Colón para que vea cómo se mueven las montañas —le dijo Bunau-Varilla, sonriendo bajo su bigote encerado.

En Colón, James se mantuvo al margen de las reuniones. En la comitiva norteamericana se encontraban varios militares de alto rango, ninguno de ellos capaz de hablar francés. La mayoría del *entourage* de Bunau-Varilla masticaba el español, pero ninguno de ellos hablaba un inglés pasable. El edecán, sudando del calor y de la preocupación de haber asumido incorrectamente que los visitantes hablaban francés, le pidió a James que fungiera como intérprete durante las reuniones. La comitiva norteamericana examinó con detenimiento las fotos y los dibujos del canal.

Un general de dos estrellas que fumaba puros en el patio entre reuniones llamó a James.

—Oiga, joven, ¿cómo se llama usted y de dónde viene? —le preguntó, echando una bocanada de humo—. Porque tiene un acento que no llego a identificar cuando habla inglés.

—Soy originalmente de Barbados, pero me eduqué en Francia y llevo casi dos años aquí, general… —dijo James, apostando a que el general no le dirigiría mas la palabra una vez supiera de donde venía.

—Tillbury, general Josiah Tillbury. Disculpe mi falta de modales, pero es que con este calor infernal me da una pereza tremenda todo esto… —hizo un ademán con su brazo como para decir que las reuniones y sus protocolos lo cansaban—. Lo felicito por haber aprendido tres idiomas. Yo, bueno, me defiendo con el inglés, ¡y eso que es mi lengua materna! —el general echó una carcajada que retumbó en los arcos de la terraza del hotel—. Y cuénteme, ¿usted es el de los dibujos y las fotos?

James le explicó que era él, y que el ingeniero Bunau-Varilla lo había conocido en París. La expresión del general era difícil de leer tras el humo denso que emanaba del cigarro, pero James creyó ver una expresión de interés en sus ojos. No tuvieron oportunidad de hablar más. La comitiva francesa regresó a Culebra complacida con los resultados preliminares de la consulta. Los norteamericanos parecían estar interesados en asumir la construcción del canal, pero solo si el gobierno colombiano se mostraba receptivo a un tratado.

A los dos meses llegó en el correo un sobre de manila marrón de remitente desconocido. Intrigado, James lo abrió y sacó una carta con membrete y sellos dorados. Se recostó en su camastro y comenzó a leer.

Estimado Sr. Denby:

Tuve el placer de conocerlo durante nuestras consultas con el ingeniero Bunau-Varilla en Colón, y quedé muy impresionado con sus habilidades artísticas y su don para los idiomas.

El ejército norteamericano tiene gran necesidad de personas como usted, así que me tomo la libertad de hacerle una propuesta. ¿Qué le parece si acepta entrar al ejército de los Estados Unidos de América, como soldado alistado con posibilidad de promoción, para trabajar para mí? Lamento no poderle ofrecer una comisión de teniente, pero eso sería posible solo si usted decidiera liderar tropas negras.

De aceptar esta propuesta sepa usted que el plazo de trabajo es de 5 años. Fungirá como secretario adjunto (ya tengo un secretario, pero no habla ni francés ni español), entre otras cosas. No se preocupe de lo de su nacionalidad; eso lo puedo arreglar con las autoridades pertinentes en Washington.

En espera de su decisión, la cual espero que sea favorable.

Atentamente,

General Josiah Tillbury

Cuerpo de Ingenieros, División del Atlántico - Sur

Ejército de los Estados Unidos de Norteamérica

James leyó la carta tres veces y sintió lo mismo que cuando zarpó con Bunau-Varilla en el *Bretagne*, emoción mezclada con incertidumbre. Sus ojos captaron un movimiento en la pared. Un lagartijo verde esmeralda se abalanzó sobre una mosca dormida del calor en un abrir y cerrar de ojos. James sonrió.

Cinco semanas después, el 7 de junio de 1896, James Denby arribó en el puerto de Jacksonville, Florida, donde el trato de los locales le recordó nuevamente que ser un mulato tan claro como él no contaba para nada. Era negro y punto.

Ponce, P.R.

Agosto de 1898

En los años que James trabajó para el general Tillbury mantuvo un perfil bajo, siempre en los márgenes de su comitiva. Sabía que el mero hecho de estar allí —un soldado de sangre mixta y de nacionalidad dudosa— le caía mal a algunos bajo el mando del general, en especial su secretario personal, un capitán que no dejaba pasar ocasión de criticarlo. James se especializó en no llamar la atención, pues sabía que Tillbury no lo iba a poder defender en toda ocasión. Los que siempre lo protegían eran las tropas negras que trabajaban como cocineros, jardineros y choferes. Aunque nunca lo decían abiertamente, intuían que el muchacho era uno de ellos y consideraban que su progreso les pertenecía también.

James vio cómo el conflicto de Estados Unidos con España tomaba forma desde sus días en Panamá. Pero su experiencia con Tillbury lo convenció de que los norteamericanos estaban más que interesados en ejercer control absoluto de las vías marítimas en ambas costas y de extender su influencia más allá del hemisferio. El puerto de Jacksonville, con su profunda bahía, acogía naves de gran desplazamiento. La ciudad no solo albergaba el cuartel sureste del Cuerpo de Ingenieros, sino que era también destino para los que venían buscando un clima más templado. Los trenes entraban y salían colmados de pasajeros de vacaciones y mercancía.

Mientras tanto, el país empezaba a flexionar su poderío militar. Para James no fue sorpresa que Estados Unidos apoyara la causa cubana y le hiciera frente a una España ya en descenso. Era una manera relativamente fácil de establecer una nueva postura geopolítica y expandir intereses económicos en dos regiones completamente distintas, una en Asia y la otra en el Caribe. La movilización de las tropas norteamericanas, y con ellas los ingenieros, llegó en la primavera del 1898 y, en un abrir y cerrar de ojos, James se encontró a bordo del *Nueces* apoyando al contingente liderado por el general Miles.

Los ingenieros bajo las órdenes del general Tillbury llegaron poco después de que el *Gloucester* entrara a la bahía de Guánica, uniéndose al convoy de navíos rumbo a Ponce. Al llegar, establecieron su base de operaciones en el puerto para facilitar el desembarque del equipo pesado, y la infinidad de mulas y caballos necesarios para transportarlo. Desde allí se desplazaron hacia Yauco, desde donde aseguraron que el sistema ferroviario funcionara sin rezagos, que puentes, caminos y estructuras existentes permanecieran en buenas condiciones y que los que faltaran se construyeran rápidamente.

James era la sombra de Tillbury en sus reuniones con los representantes municipales, susurrando discretamente en su oído. Los alcaldes y sus comitivas lo miraban extrañados. Los norteamericanos hablaban de boca para afuera de democracia para todos, pero en Puerto Rico se sabía que no tenían mucha tolerancia para los que no fueran blancos. Intuían que esta fuerza iba a ser muy diferente a la española, pero no sabían cómo exactamente. El cabo Denby, con su uniforme perfectamente planchado, piel clara y ojos color miel, añadía un nivel más de complejidad al asunto.

El coronel Nichols se enteró de la existencia del cabo Denby por medio del secretario particular del general Tillbury. Al secretario le crispaba que James poseía un nivel de sofisticación y educación superior a él, un egresado de la academia militar de West Point. No solo tenía James Denby sangre negra, aunque no fuera evidente, admitía el capitán a regañadientes, sino que tenía la osadía de sobrepasar a muchos en porte y habilidad. Para colmo de males hablaba varios idiomas con soltura y los escribía igual de bien. Trató de excluirlo del círculo de confianza de Tillbury repetidas veces, pero la última vez que lo hizo el general le llamó la atención. Tendría que esperar un mejor momento para dar el cuchillazo.

El momento se le presentó en bandeja de plata el día en que echaron ancla en Ponce. Esa misma tarde Miles convoco una reunión con sus generales y como secretario particular de Tillbury a él le tocó acompañarlo. El coronel Nichols, sentado fumando su usual cigarrillo, observaba a los recién llegados con interés. Notó que Tillbury llegó con su secretario, y tras ellos, un soldado alistado. Este caminó con toda calma hacia el fondo del salón, sentándose en un rincón detrás de los demás ayudantes y edecanes. Nichols se fijó en que sacó de su carpeta un cuaderno y un lápiz, pero no para tomar nota, sino para dibujar.

«Bueno, bueno, nada más y nada menos que un artista…», pensó Nichols, fijando su vista en el muchacho. Curioso, se propuso entablar conversación con el capitán. Como era de esperar, consiguió una respuesta mucho más compleja e interesante que la anticipada. No había mejor manera de sacar información que quedarse callado y esperar que se la entregaran a uno en la mano, especialmente cuando el que la ofrecía se sentía desagraviado. Decidió allí mismo que los múltiples talentos de Denby tendrían mejor uso bajo otra batuta. Formuló su plan mientras los generales discutían, pensando en cómo se lo iba a quitar a Tillbury sin que fuese obvio.

A las nueve de la mañana del día siguiente el coronel Nichols se presentó en el cuartel del general Tillbury en el puerto de Ponce para comunicarle personalmente de la necesidad de mover el equipo pesado cuanto antes hacia San Juan. Nichols observó a Denby en un rincón de la pequeña oficina, notando con interés su piel color caramelo claro. Su uniforme estaba impecable a pesar del calor y en sus manos tenía una carpeta de cuero llena de papeles. Tillbury salió de la oficina y Nichols aprovechó para acercarse al muchacho, por sus insignias, un cabo.

—¿Y usted es…? —preguntó Nichols en su voz baja habitual, sus manos jugando con un pequeño estuche de cigarrillos de plata.

—Coronel, cabo James Denby, a sus órdenes —respondió James irguiéndose en un saludo. De inmediato su ojo de pintor notó la falta de cejas y pestañas.

Nichols fijó su vista en el portafolio.

—¿Y qué tiene usted ahí? ¿Dibujos? ¿Usted pinta? —la mirada del coronel era un tanto desconcertante.

—Sí, coronel, estudié en París tres años —contestó James, teniendo cuidado de fijar la vista en un punto más allá del hombro del coronel. En la chaqueta de su uniforme figuraba una insignia que no reconocía, una esfinge cruzada con una llave y un rayo.

—Hmmm. Interesante. ¿Y por qué ir de París a Panamá? Tiene que haber una razón increíble para hacer un cambio tan drástico, me imagino… de los Campos Elíseos a Colón, qué horror… ¿Me permite? —abriendo el portafolios, comenzó a cotejar los dibujos en tinta y lápiz de James. Cuando se dio cuenta de que James no le había contestado, subió la vista con una mirada curiosa.

—No se ofusque, Denby, con mis mil y una preguntas. Sus secretos son míos también, y sepa usted que los guardo todos celosamente —dando pasos hacia atrás, se sentó en una de las butacas con los bocetos y encendió un cigarrillo con toda la calma del mundo—. Cuénteme, soy todo oídos.

James abrió la boca para hablar y paró en seco cuando vio al general Tillbury entrar con expresión de pocos amigos.

—Coronel, infórmele al general Miles que acabo de dar la orden para movernos lo más rápido posible hacia San Juan por la carretera pavimentada. Los bueyes que necesitamos para mover las piezas de artillería de mayor calibre van a estar en el puerto mañana, saldremos tan pronto los enyuntemos a las carretas —dijo Tillbury.

—Con gusto, general —respondió Nichols, agrupando los dibujos y guardándolos con parsimonia en el portafolios—. Cabo, posee usted un gran talento. Muy buenas tardes, general, y no se olvide de que nos reuniremos mañana por la noche. Será el último juego antes de que salgamos rumbo a San Juan.

El coronel Nichols inclinó la cabeza en dirección a James y dedicó un saludo más formal al general Tillbury. El general esperó a que saliera y que estuviera en la calle antes de hablar.

—No confío en ese lagarto pálido. Juega cartas como una máquina, y siempre parece estar tramando algo entre ceja y ceja. Bueno, esa comparación no es acertada porque no tiene cejas, pero usted sabe, Denby, a lo que me refiero —comentó, un tanto incómodo por encontrar a Nichols tan a gusto en su oficina.

James regresó al cuartel tratando de atar cabos con lo que había escuchado. Había algo ahí pero no estaba a plena vista. Tendría que ser paciente y esperar.

Al día siguiente estuvo involucrado en la entrega de docenas de bueyes en el área del muelle con el oficial a cargo. La llegada de los animales cansados y polvorientos al puerto fue más complicada de lo que esperaban. Algunos bueyes, espantados por el ruido y la bulla, se dieron a la fuga y fueron encontrados en la playa al lado del puerto, con las pezuñas hundidas en la arena, mugiendo de miedo y sed. Ya entrada la noche James regresó al cuartel, deseando nada más que una gran palangana de agua para quitarse el polvo y la arena de encima.

Esa noche, en el edificio de aduanas, el coronel Nichols ganaba una importante mano de póker. Nadie se extrañó cuando bajó sus cartas, un póker de cuatro aces. Nichols era un experto jugador y tenía una disciplina férrea cuando se trataba de cartas y apuestas. Bebía y hablaba poco cuando jugaba, y sus extraños ojos claros registraban los gestos y ademanes de los otros jugadores. En cambio, sus compañeros de mesa trataban el juego de póker semanal como una ocasión para relajarse y comentar entre ellos los temas del día. El juego era secundario y, como resultado, se distraían y no se concentraban en el ritmo del juego o la caída de las cartas. La mano que Nichols le ganó a Tillbury determinó la transferencia del cabo James Denby al comando del general Miles.

La mañana siguiente, un sábado, James se reportó donde su jefe, carpeta en mano para darle el informe del traspaso de los bueyes. Lo encontró sentado en su silla, contemplando de manera lúgubre un sobre de manila.

—Denby, ahí está —dijo Tillbury sin mucho entusiasmo—. Le tengo noticias que son buenas para usted, pero no tan buenas para mí. El coronel Nichols quiere que se vaya a trabajar para él.

James miró al general, sorprendido.

—Nichols notó su habilidad con los idiomas y la calidad de sus bocetos, y me convenció de que sus talentos iban a tener mejor utilidad bajo su supervisión. La verdad es que muchas veces me he preguntado qué futuro tendría usted cuando regresáramos a Jacksonville. Aunque preferiría que se quedara conmigo admito que tendrá muchas más oportunidades bajo el mando del coronel Nichols.

—General, siempre agradeceré la oportunidad que me extendió, y espero que tenga razón —respondió James, un poco aturdido por la extraña cadena de eventos desatada por una simple conversación. Se tragó cualquier duda que pudo haber tenido y trató de concentrarse en el futuro.

—Cabo James Denby, acepte de mi mano sus nuevas órdenes y una recomendación personal que quizás le sirva de algo en el futuro —dijo el general Tillbury—. No me voy a despedir de usted porque sé que lo voy a ver por ahí en lo que abrimos camino hacia San Juan. Además, usted ya sabe que detesto las despedidas.

James tomó el sobre y lo colocó con cuidado en su carpeta para que no se arrugara. Dando un saludo, dio media vuelta para irse cuando oyó al general.

—Cabo Denby, no se vaya sin darme un saludo como el de los civiles —le dijo Tillbury extendiendo su mano—. Le deseo lo mejor, porque usted se lo merece.

James regresó al rincón del cuartel donde él y cinco otros alistados dormían. Guardó sus tintas y plumas con especial cuidado. Encima puso su caja de pinturas, el frasco de aceite de linaza y sus pinceles. En su mochila metió el uniforme, el otro par de botas y el preciado mosquitero. Se alegró de estar solo, pues no tenía ánimos de despedirse. Pero al salir a la calle con el baúl y la mochila a cuestas se dio cuenta de que los cocineros, los mozos de caballeriza, cocineros y rasos que apoyaban a la comitiva de Tillbury habían salido en silencio para desearle buena suerte. James, conmovido por el gesto, soltó sus aperos y les dedicó el más sincero saludo militar antes de seguir su camino en dirección al cuartel del general Miles.

En el cuartel de la calle Bonaire edecanes y secretarios particulares corrían por los pasillos con carpetas llenas de órdenes e instrucciones. Yauco había capitulado y, poco después, Arroyo y Guayama. En Juana Díaz el alcalde había hecho entrega de los sellos municipales al periodista y escritor norteamericano Stephen Crane pensando que él era parte del avance invasor.

La resistencia española atrincherada en Aibonito puso un brevísimo alto en el avance norteamericano, tiempo suficiente para que los invasores posicionaran la artillería y refuerzos. Ambos bandos esperaban batirse en combate feroz. Los españoles estaban bien resguardados en territorio conocido y, contrario al sentimiento antiespañol desplegado en el sur de la isla, contaban con más apoyo local. Pero la batalla campal esperada por los dos bandos no aconteció. El 12 de agosto, pocos minutos antes de comenzar el ataque, el general Brooke declaró un cese de operaciones al enterarse de que el secretario de Estado norteamericano y el embajador de Francia en Washington habían negociado un armisticio el día antes. La guerra había terminado.

En Ponce, el coronel Nichols le pidió a James que dibujara las estructuras y áreas más importantes de la ciudad, mientras más rápido, mejor. Salía de madrugada antes de que apretara el calor y regresaba entrada la noche. Apenas le daba tiempo de revisar sus bocetos pues, luego de aprobarlos, Nichols los embalaba en una valija destinada a Washington con la correspondencia del general. Al cabo de varios días Nichols lo mandó a llamar.

—Cabo Denby, como ha probado ser tan versátil, le voy a pedir que se haga cargo de un par de cosas más —dijo el coronel sin preámbulos—. Acabamos de recibir una cámara fotográfica que nadie parece saber usar —señaló con la mano una caja de madera embalada con sellos militares—. Como usted manejó un aparato similar en Panamá lo voy a designar como uno de los fotógrafos de la campaña. Lo otro es que quiero que cuando dibuje o tome una foto no solo ponga el nombre del lugar, sino que añada una descripción para que los que las vean en Washington tengan mejor idea de lo que están examinando.

James se adueñó de una carretilla para poder transportar la cámara y protegerla de los elementos durante su estadía en Ponce. El calor apretaba, por lo tanto, había que revelar las fotografías antes de que las placas y las emulsiones de bromuro de plata que las cubrían se estropearan. Como no había espacio alguno en el cuartel para montar un cuarto de revelado, James caminó por la ciudad hasta que vio un letrero que leía:

Estudio Fotográfico Feliciano Alonso
Fotógrafo de la Casa Real y Ganador de Medalla de Oro
en la Feria Agrícola de Ponce, 1882

Si James esperaba resistencia de parte del dueño por lo de ser fotógrafo oficial de la casa real y él un soldado del ejército invasor, no la encontró. El señor Alonso, feliz con la inminente avalancha de retratos que esperaba se tomaran los soldados presentes en la ciudad, le dio entrada libre a su estudio para que procesara las placas a su gusto. James deambuló por la ciudad, pausando para decidir cuáles eran las mejores vistas y paisajes. Sus fotos capturaron el pueblo y su gente días después de la invasión: parejas de sociedad en sus calesas yendo a misa, novios dándole la vuelta a la plaza por quinta vez, niños, algunos vestidos y muchos casi desnudos, corriendo en las calles, pescadores desenredando sus redes en la playa y campesinos, llamados *jíbaros*, llegando al mercado con sus carretas llenas de plátano verde, yuca y café. También fotografió a soldados norteamericanos marchando por las calles del puerto, la larga cola de bueyes, mulas y caballos que llevaba la artillería hacia la cordillera y las edificaciones donde ya ondeaba la bandera norteamericana, como la casa de aduanas y la capitanía del puerto.

El mensaje de Nichols lo encontró en el estudio de Alonso, donde James estaba sentado anotando cada imagen con su caligrafía elegante y precisa.

Salimos mañana a las 6 am del cuartel general camino a Arroyo y Guayama. Traiga la cámara y todo su equipo.

Al amanecer del día siguiente, James, a caballo y halando una mula cargada con su equipo, partió con destino a Arroyo. El coronel Nichols tenía intereses bastantes específicos. Además de todo lo relacionado a la inteligencia militar como la geografía y las edificaciones, fijó su atención en las industrias de tabaco, azúcar y café. Tomó fotos de los ingenios y haciendas de azúcar en Arroyo y de la bahía de Jobos en Aguirre, donde se decía que ya había un plan para erigir una gran central azucarera con la maquinaria más moderna del mundo. Al subir la cordillera, apuntó el lente de su cámara a los enormes almacenes donde se secaba la hoja de tabaco y más allá, en los altos de Aibonito y Barranquitas, las fincas de café con sus amplias terrazas para secar el grano.

Mientras más alto subía, más disfrutaba del paisaje. Estaba cautivado por todo lo que veía: la cordillera, el mar a la distancia, los colibríes, los niños que corrían a la carretera para verlos pasar. Una noche, luego de múltiples intentos, atrapó a un *coquí*, un sapito que cantaba por las noches, para poderlo pintar.

El convoy siguió hacia Naranjito, y bajando la cordillera llegó al pueblo de Bayamón. De allí marcharon de inmediato hacia Cataño, donde les esperaban barcazas para transportarlos a la bahía de San Juan. Nichols reunió a su equipo antes de que abordaran. Entre ellos estaba James, quien no tenía idea de que era parte del grupo hasta que alguien lo fue a buscar.

—Caballeros, los aquí presentes no van a regresar a los Estados Unidos en los próximos días —dijo Nichols sacando un cigarrillo de su estuche de plata—. Nos vamos a instalar en San Juan por un tiempo para ofrecerle al general Miles la mejor información posible sobre la isla. Al llegar especificaré lo que necesito de cada uno de ustedes, pero por el momento eso es todo.

El grupo de Nichols se mantuvo en silencio durante el trayecto de Cataño a San Juan. Hacía brisa y las barcazas se movían más de lo usual, lo cual incomodó a unos cuantos. James, pendiente a que la consabida cámara y su baúl llegaran sanos y salvos a la otra orilla, casi ni se percató del oleaje. La bahía de San Juan era amplia y con una entrada natural defendida por varios impresionantes castillos, el más grande de ellos San Felipe del Morro. Varios buques españoles averiados durante el bloqueo naval permanecían amarrados en el muelle o anclados en la bahía a la espera de la conclusión de las negociaciones de paz entre Madrid y Washington. Desde el muelle se veía Cataño y, a la distancia, los pueblos de Guaynabo y Bayamón. Las murallas de la ciudad, enormes y sólidas, eran de construcción colonial y detrás de ellas se veía el campanario de una que otra iglesia.

Al entrar a la ciudad James quedó prendado. San Juan, a primera vista, era una pequeña joya. Los adoquines a sus pies reflejaban arcos boreales al posarse la luz del sol sobre ellos. Las casas eran en su mayoría de tres pisos y techos de teja, con balcones de los cuales pendían trinitarias de todos colores. Hasta los nombres de las calles le parecieron encantadores: calle Luna, calle Sol, calle del Cristo.

El grupo, compuesto de tenientes excepto James, llegó a su nuevo hogar en el castillo de San Cristóbal, situado en la entrada de la ciudad en un promontorio perfecto para dispararle cañonazos al enemigo. Había espacio de sobra, y James encontró una habitación aún vacía para tender su colchón y guardar su baúl. Abrió la ventana y su corazón saltó de felicidad cuando vio el azul del mar y sintió la brisa. No esperaba que nadie quisiera compartir cuarto con él, pero eso no le preocupaba. En ese momento era dueño y señor absoluto de ese espacio y de la magnífica vista también.

Había perdido la cuenta de los minutos que habían pasado cuando oyó una leve tos. Se viró rápidamente, listo para ponerse en atención por si era un oficial, cuando vio a una persona que se esforzaba por cargar su colchón, una gran mochila y una caja llena de libros. No reconocía quién era a simple vista.

—Perdón por la molestia, pero es que ya no queda espacio en las habitaciones de abajo —dijo la voz tras la caja—. ¿Sería inconveniente para usted si compartimos este espacio? Le aseguro que no ronco ni lo voy a torturar con quejas sobre lo mucho que me hace falta mi novia.

James se empezó a reír a pesar de que había perdido la exclusividad del espacio. De inmediato cruzó la habitación y agarró la caja de libros. Lo miraba un muchacho tan alto como él, de pelo castaño y ojos verdes con las barras de un teniente. Alzó el brazo para dar el saludo usual.

—Cabo, por favor, el que lo debe saludar soy yo por ser usted tan amable —dijo el teniente, tendiendo la mano—. Permítame presentarme. Me llamo Daniel Montjoy, de Columbus, Ohio.

«Su Majestad agradece el leal saludo que usted envía en nombre de ese Gobierno autonómico, Corporaciones, Ejército, Armada, Voluntarios y habitantes de la Isla, con quienes comparte las amarguras que atraviesan, esperando su pronto y valioso término».

Puerto Rico, 18 de mayo de 1898
El Secretario de Gobierno General, Benito Francia

CAPÍTULO TRES

Comerío, P.R.

Agosto de 1898

En el pueblo de Sabana del Palmar, donde las laderas de los montes estaban sembradas con la mejor hoja de tabaco de la isla, había tantos habitantes de apellido Pérez que se usaba el matronímico para saber quién era hijo de quién. Y para todo peninsular que llegaba había una criolla de apellido Pérez lista para matrimonio. Dos de las tres hermanas de la rama Pérez-Vázquez, Victoria y Violeta, eran perfectos ejemplos de lo postulado, la primera casada con un español oriundo de Tarragona y la segunda con uno de Oviedo.

Román Quirós, esposo de Violeta y fiel súbdito español, se había inscrito en el cuerpo de voluntarios en marzo, poco después del hundimiento del *Maine*. Todo el verano practicó maniobras con su batallón de infantería, y lo que le quedó claro después de varias vueltas con su rifle a cuestas era que estas tropas españolas no tenían experiencia alguna, y las que sí la tenían estaban peleando en Cuba.

Los notables del pueblo comenzaron a reunirse semanalmente en la alcaldía para discutir los eventos en Cuba y las Filipinas. Al principio *La Gaceta*, el periódico oficial del Gobierno, publicaba reportes de triunfos en Manila y en Santiago, pero al poco tiempo llegaron noticias de pérdidas catastróficas en ambos frentes, cosa que empezó a roer la confianza de los más entusiastas. Lo único positivo de la guerra en Cuba era que los insurgentes cubanos habían concentrado sus escaramuzas en Vuelta Abajo, la provincia donde se cultivaba la mejor hoja de tabaco en el mundo. Como consecuencia, la producción de hoja cubana en Cuba se había reducido a tal punto que los cultivos en Comerío de la misma hoja habían subido en valor.

Anselmo Longoria, natural de Oviedo, era dueño de una finca que generaba una considerable cantidad de tabaco, por lo tanto, cualquier discusión sobre ese tema le interesaba grandemente. Rubio, bajito y regordete, era conocido no solo por su habilidad para el negocio, sino por su generosidad y fino sentido del humor. Las señoras del pueblo se afanaban por buscarle pareja, pero él decía que por el momento se quería concentrar en su finca y nada más. En la última reunión mencionó algo que generó mucho interés entre los hacendados de la comarca.

—Señores, hay rumores de que los norteamericanos traerán con ellos grandes cambios en lo que concierne a la producción de nuestro tabaco —dijo Anselmo—. Tenemos que prepararnos para lo que viene.

Otro dejó a los allí reunidos aún más nerviosos cuando repitió lo que había oído de boca de sus primos en San Juan. Todo el mundo hablaba sobre la existencia de un buque de guerra fantasma, el cual, aunque efímero, había sido visto por muchos, hasta por el mismo Ángel Rivero Méndez, capitán de batería del castillo de San Cristóbal y de sus imponentes cañones. El buque, un vapor de tres chimeneas, aparecía y volvía a desvanecerse en la lejanía. Su mera existencia, caprichosa e impredecible, generaba un hondo sentimiento de ansiedad entre la población de la capital.

La noticia del bloqueo naval y del bombardeo de la capital el 12 de mayo dejó a los simpatizantes españoles abatidos. El capitán Sampson, luego de buscar sin éxito al general Cervera y la flota española, se conformó con atacar a San Juan, pero lo hizo sin esperar a que se evacuaran los civiles que allí se encontraban. Hubo daños considerables a las barracas de Ballajá, el hospital de beneficencia, el asilo, la intendencia y la iglesia de San José. Y aunque todavía no existían acuerdos sobre la ética y conducta militar, se entendía que las naciones civilizadas no atacaban poblaciones civiles sin darles la oportunidad de salir del área de operaciones.

Los simpatizantes del cambio de régimen, que no eran muchos en el pueblo, celebraban en silencio, pues sabían que la corrupción y el descuido de la colonia por parte de la Corona había sido garrafal a través de los años, y que no había fuerza española capaz de detener al ejército americano una vez comenzara la invasión. Román se aferraba a la noción de que pronto llegarían refuerzos de Cartagena y Madrid para hacerle mejor frente a este nuevo y formidable enemigo. Mientras tanto, los jóvenes del pueblo formaron su propia guerrilla, consiguiendo que el municipio contribuyera mil pesos para la organización de dicha fuerza y que sus madres, esposas y hermanas ensartaran sus agujas para coser los uniformes necesarios.

En junio, los buques españoles, entre ellos el *Isabel II*, el *Ponce de León* y el *Antonio López*, desafiaron a los acorazados norteamericanos *St. Paul*, *Terror* y *Amphitrite*, sufriendo las naves españolas daños tan graves que tuvieron que regresar a la bahía hasta nuevo aviso. Los efectos del bloqueo empezaron a sentirse más allá de San Juan, y en los suburbios aledaños a la capital los refugiados se apretujaban en hoteles y albergues como mejor podían.

La noticia de la entrada del *Gloucester* a Guánica llegó a Comerío por medio del telegrafista, quien corrió con la misiva a casa del alcalde. Allí reunidos estaban los ciudadanos prominentes del pueblo, entre ellos el capitán de voluntarios Beltrán Ramírez y el teniente Román Quirós. La marcha del ejército norteamericano desde Ponce hacia el oeste y al centro de la isla se estaba efectuando a una velocidad vertiginosa. Ninguno de los allí reunidos podía creer lo que oían de boca del telegrafista a los tres días de la invasión: que pueblo tras pueblo se rendía sin un solo disparo, y que las fuerzas españolas iban de retirada.

Las fiestas patronales del Santo Cristo de la Salud se celebraron la primera semana de agosto a pesar del bajo ánimo y consternación de los habitantes. La coronación de la reina, la fiesta más esperada del año, estuvo deslucida a pesar de que la orquesta tocó danzas y polonesas hasta el amanecer, y de que los allí presentes pudieron admirar el fabuloso cortejo de la reina desde tarimas erigidas en la plaza.

Las tarimas, casetas y juegos de la verbena yacían desarmados en la plaza cuando Román y los otros voluntarios se reportaron donde el capitán Ramírez la mañana del 10 de agosto.

—Señores, las tropas invasoras se encuentran en Coamo —lo interrumpieron exclamaciones de sorpresa e indignación—. Y las nuestras han encontrado refugio en los altos del Asomante. Eso quiere decir que entre ellos y nosotros solo se encuentra Barranquitas, y solo Dios sabe cuánto podamos resistir antes de que lleguen nuestros refuerzos desde San Juan —dijo el capitán con voz sonora y la fusta bajo el brazo, sin mencionar que había telegrafiado a las autoridades militares españolas para pedir refuerzos el día antes, y el telegrama de respuesta contenía nada más tres palabras: *aguanten como puedan*.

—Desde las alturas del Asomante los vamos a despedazar con nuestros cañones. Los voluntarios de Comerío parten a las dos de la tarde desde la plaza para incorporarse al batallón de Cazadores de la Patria. ¡Que viva España y que viva el rey!

Los voluntarios, muchos de ellos jíbaros de la vecindad, murmuraban entre sí, preocupados por dejar el cuido de sus parcelas a sus hijos mayores o a aquellos que por edad o enfermedad no se habían alistado. Mientras tanto, la tropa juvenil echaba vítores y apostaba a los enemigos que iban a ultimar con sus rifles y pistolas.

Román regresó a la casa con paso rápido. Lo que más temía no era a los invasores, sino a su esposa Violeta. El hecho de que estuviera encinta no quitaba que era una mujer de armas tomar, y cuando se enterara de que Román partiría con la tropa en par de horas iba a echar la pataleta más grande de todos los tiempos. Al llegar a la casa se percató de que ya todos sabían la noticia. Las criadas, alertadas por los vendedores cerca de la plaza, habían regado la voz por toda la calle. Violeta salió a recibirlo con semblante serio, seguida por los hijos de la pareja. La mayor de los niños, Carmen, corrió a abrazarlo, llorando como una magdalena.

—Ay, Carmen, pero mira que eres dramática. No va a pasar nada, niña mía —bromeó Román, tratando de consolarla.

—Román, entra para que por lo menos puedas comerte algo antes de que te tengas que ir —le dijo Violeta mientras le daba la espalda a su esposo para que no viera las lágrimas que a duras penas reprimía. Tenía coraje de ponerse tan sentimental en un momento tan importante, pero cuando estaba encinta lloraba por cualquier cosa.

Violeta sentó a su marido en la mesa del comedor y le sirvió ella misma el almuerzo antes de llevárselo de la mano a la habitación. De acuerdo con el padre Martorell y el doctor del pueblo un bebé de camino era suficiente razón para poner un alto a toda actividad considerada lujuriosa, pero Violeta quería que su marido saliera a pelear con un recuerdo agradable.

A las dos menos cuarto salió Román, oliendo a colonia y con una sonrisa tonta bajo el bigote, rumbo a la cocina a despedirse de los niños. En el patio lo esperaban el caballo ya ensillado, sus armas y los aperos de campaña en una mula negra que tenía fama de mordiscona. Chasqueó suavemente y, mirando una vez más hacia la casa, se fue cabalgando hacia el punto de partida de la tropa.

Dentro de la habitación, Violeta, con las enaguas arrugadas y las horquillas del moño esparcidas en las sábanas de la cama, miró fijamente a la estatua de la Virgen.

—Más vale que me lo traigas de regreso, María —dijo con voz desafiante—. Tú nada más tuviste un hijo y mira el trabajo que te dio. Imagínate yo.

Mientras salía la tropa de Comerío entraba Ferrán Ramos, sastre y cantante aficionado de zarzuela, de regreso de un viaje a San Juan. Como iba a caballo, pudo divisar a su cuñado Román entre la multitud y despedirse de él a voces antes de que la tropa desapareciera cuesta abajo. Apenas pudo entrar por la puerta de la casa por la algarabía tan grande que allí reinaba. Victoria venía por el pasillo seguida de cerca por los cuatro hijos de la pareja, Virginia, de dieciséis años, Bernat, de doce, María Eugenia, apodada Maruja, de once, y Fernando, de ocho.

—Me topé con Román y la tropa cuando salían del pueblo. Lo del Asomante tiene a todo el mundo patas arriba —le dijo a su esposa—. Acabo de pasar por la sastrería para dejar las compras y me contó Dimas las últimas nuevas. Dile a tu hermana que estamos aquí para ayudarla con lo que necesite —comentó, dándole el sombrero a Maruja para que lo pusiera en el estante del pasillo.

Ferrán se sentó en el comedor rodeado de sus hijos, dando gracias a Dios en silencio por haberlo colmado de bendiciones. Había llegado a Comerío desde Tarragona hacía veinte años y pensó que había llegado al cielo. Había muchos como él, españoles dueños de nada de valor excepto el certificado de nacimiento y la cultura que habían recogido en el camino. Había llegado con unos pesos en el bolsillo y pudo montar la sastrería sin mayores trastornos. Y pese a que tenía una educación básica, poseía una curiosidad insaciable, y pasaba por universitario, pues podía abordar, con gran soltura y autoridad, una amplia gama de temas.

Admiró a su esposa cuando entró al comedor y se acordó de cuando la vio por primera vez, vestida de blanco en una procesión de la iglesia. Quedó prendado, incapaz de pensar en nada más que en ella noche y día. En sus momentos de lujuria le daba rienda suelta a la imaginación, y destrenzaba su pelo mientras desabotonaba su blusa. Intentó racionalizar sus sentimientos, diciéndose que lo que sentía no era amor, sino una infatuación ridícula, y que la diferencia de edad entre ambos —diez años— era un obstáculo demasiado grande de superar. Pero cada vez que se cruzaba con Victoria en el pueblo el corazón le daba brincos en el pecho, y reconoció que estaba perdidamente enamorado, pues no podía concebir un futuro sin ella.

Tuvo la delicadeza de seguir las normas acostumbradas, y envió una nota a su padre pidiendo permiso de visitar la casa. Al verla entrar con su hermana Valeria a la sala donde lo habían sentado casi se pone a cantar de la alegría. Pero al poco rato notó, sería por el intercambio de miradas entre el matrimonio, que deseaban fervientemente que enfocara sus atenciones en Valeria, la mayor, quien estaba ya en plena edad de casamiento. Por fortuna Ferrán tenía un carácter sensible. Intuyó que iba a tener que planear una estrategia para no ofender a Valeria, ganarse a los padres y enamorar a Victoria.

A Victoria no le cabía en la cabeza que se pudiera enamorar de Ferrán, un hombre hecho y derecho. Sus padres, sin dejar de albergar esperanzas para su hija mayor, pensaron que el sastre se aburriría de Victoria una vez se diera cuenta de que era demasiado joven para él. Al cabo de varias semanas dejaron que los tres se sentaran solos en la sala. Valeria, aceptando resignada que Ferrán tenía ojos nada más que para su hermana menor, se entretenía con las revistas que él le traía. Mientras Valeria suspiraba con las aventuras de la Bella Otero, Victoria coqueteaba con Ferrán.

Tres meses después, Victoria, vestida de tafeta color marfil y su pelo adornado con un velo de encaje, se casó con su peninsular. Varias señoras, ofendidas por la diferencia de edad entre los novios, salieron de la misa con mucho sacudir de faldas, revoloteo de pañuelos y abrir y cerrar de abanicos. El escándalo pasó rápido, pues siempre llega otro que lo opaca, como lo fue la visita del gobernador Ramírez de Arellano a Sabana del Palmar para entregar los nuevos sellos oficiales del pueblo, ahora llamado Comerío en honor a su antiguo cacique. Muchos de los habitantes del pueblo no estaban contentos con la decisión de la Corona. El padre Alboy, intentando mantener la paz luego de que agrias trifulcas irrumpieran antes y después de los rosarios y las misas, prohibió mención del nuevo nombre en los predios de la iglesia hasta que se enfriaran un poco los ánimos.

Virginia Ramos Pérez, hija mayor de Victoria y Ferrán Ramos, era considerada por muchos la muchacha más hermosa de Comerío. Alta, esbelta y con una melena de pelo castaño claro con hebras rubias, tenía los ojos rasgados de su madre. A veces eran verdes y a veces eran pardos como las piedras en el fondo de un río. Su padre decía que tenía la boca como una rosa de primavera, lo cual la hacía reír de vergüenza. Tenía unas manos que eran su orgullo secreto, no solo por lo finas y largas que eran, sino porque en ellas yacía su verdadero talento. Virginia cosía y bordaba prendas tan primorosas que los clientes de Ferrán le hacían encargos especiales cuando visitaban la sastrería.

Al terminar la escuela, Virginia entró de lleno a la sastrería a trabajar. Era una muchacha de carácter reservado y eso la hacía aún más intrigante a todos. Los hombres del pueblo la contemplaban embelesados cuando caminaba de la casa a la sastrería, imaginando la conversación que tendrían si se atrevieran a acercase a ella. Bella, sencilla y habilidosa, era el orgullo de sus padres, quienes no tenían duda alguna de que iba a ser agraciada con un magnífico matrimonio. Algunas veces, Victoria le daba rienda suelta a su imaginación y la coronaba como reina de las fiestas patronales, pero regresaba a la realidad al acordarse de que para ser reina se necesitaba mucho dinero, y ellos, aunque vivían cómodamente, no eran ricos.

Maruja, su hermana, era la otra cara de la moneda. Lo único que tenían en común era la estatura heredada del padre, atributo poco usual entre las muchachas del pueblo. Era morena, con enormes ojos negros enmarcados por unas cejas bien arqueadas y una melena ondulada azabache. Carecía del carácter desenfadado y tranquilo de Virginia, y si no estaba enredada con Bernat o con Fernando, estaba dando candela con Carmen y Celeste, sus primas por parte de Violeta.

Anselmo Longoria desayunó la mañana del 13 de agosto su usual café con leche y pan dulce, se montó en su yegua y tomando su tiempo, salió rumbo al pueblo para reunirse con el alcalde. El mayordomo de la finca, César, le había dicho que en el Asomante sí hubo batalla, y que decían algunos que ya se había firmado un tratado de paz. Mientras la yegua trotaba con paso suave, Anselmo cavilaba, intentando descifrar lo que venía de camino. Si había algo que le disgustaba es que lo agarraran desprevenido. El triunfo en los negocios requería disciplina e imaginación. Y con esto de la invasión iba a tener que poner la imaginación a trabajar más de lo usual, pues no tenía idea de cómo el gobierno nuevo iba a tratar a los agricultores como él.

—Ante todo, calma —se dijo a sí mismo—, estoy seguro de que esta gente también quiere ganancias, igual que el rey.

Al llegar a la plaza dejó a la yegua en manos de uno de los mozos del alcalde, notando que había más gente de lo usual en las calles del pueblo. Parece que había pasado algo y que la gente estaba en espera de más noticias.

El alcalde Cirilo Cruz, visiblemente nervioso y sudando la gota gorda bajo su chaleco y corbatín de seda, recibió a Anselmo en la sala.

—Don Anselmo, me han enviado un telegrama que dice que los gobiernos de los dos países decretaron un cese al fuego ayer tarde, y que las tropas están todavía atrincheradas en el Asomante en espera de órdenes nuevas —dijo, secándose la frente con un enorme pañuelo de hilo—. Nicasio, diles a los señores lo que me dijiste a mí —añadió, señalando con un ademán de la cabeza a un hombre flaco y bajito que estaba en la esquina de la sala vestido con una casaca de voluntarios manchada de fango y pólvora, y un pantalón de basto amarrado con una cuerda a la cintura. Iba descalzo, armado con un simple machete.

—Los voluntarios de Comerío están bajo el mando del capitán de artillería Hernáiz, y a su instrucción se dispararon los cañones, lo cual espantó al enemigo —Nicasio hizo una brevísima pausa respetuosa para honrar a las fuerzas de Hernáiz antes de seguir—. Ellos se retiraron, y a eso de las cinco ondearon una bandera blanca para poder retirar a sus heridos, pero al mismo tiempo nos percatamos de que estaban moviendo más soldados y artillería para atacar cuando cayera la noche. Estábamos cuan listos podíamos estar, esperando la embestida. Casi no nos quedaban balas ni munición para los cañones. Suerte que… —el hombre titubeó y empezó de nuevo—. A eso de las siete bajó un oficial norteamericano para darle al capitán un pliego que decía que se había acabado todo —Nicasio dejó escapar un suspiro de alivio. Estaba secretamente feliz de que su papel en la trifulca había sido menor y de que volvería a su parcelita pronto—. Pero el capitán no lo creyó hasta que recibió la noticia del mismo gobernador Macías. Aun así, todavía las tropas están en el Asomante y parece que no se van a mover hasta nuevo aviso.

Anselmo Longoria se sentó, y agarrando pluma y papel, comenzó a escribir. Cuando el alcalde Cruz le preguntó lo que estaba haciendo, él le dio una respuesta como quien se la da a un niño.

—Bueno, señor alcalde, creo que debe usted informar a los ciudadanos de Comerío lo que ha pasado cuanto antes. Queremos que, en el interés del bienestar de este hermoso pueblo, todo el mundo sepa que llegó la paz, y que se mantengan al pendiente de nuevas noticias —contestó Anselmo mirando al grupo a ver si concordaban con él. Nadie protestó.

El alcalde salió al balcón de la alcaldía a dar su mensaje flanqueado por el nuevo párroco de la iglesia y otros oficiales municipales. En ese momento, Bernat, Maruja y Fernando Ramos, acompañados de sus primas Carmen y Celeste Quirós, salían de la escuelita del pueblo rumbo a la casa para el almuerzo. Cuando vieron a la gente aglomerada frente a la alcaldía les picó la curiosidad y decidieron quedarse a ver lo que estaba pasando. El mensaje del alcalde fue brevísimo, e igual de rápido salieron los cinco niños hacia sus casas, batallando a ver quién llegaba primero. Carmen, siempre trágica, empezó a llorar.

—Carmen, por favor, no seas tan idiota, no es el fin del mundo —le dijo Maruja, propinándole un codazo.

—A ti qué te importa, Maruja, si tu papá ni es soldado —dijo Carmen, haciendo un alto en su llanto—. Mi papá está en el Asomante, y quién sabe lo que pasó. ¡No me pegues más, desgraciada… solo porque seas mayor no quiere decir que me puedas pegar… se lo voy a decir a mamá!

Maruja se espabiló. La verdad es que ella no le temía a mucha gente, pero Violeta inspiraba respeto, y ella andaba derechita cuando su tía estaba cerca. Dejó a Carmen en su casa luego de pedirle un perdón poco sincero y marchó hacia la de ella para ver si su padre, quien iba a la casa a almorzar todos los días, sabía ya la noticia.

Cuando la cocinera, quien andaba en el mercado de compras, le dijo a Violeta Quirós lo que había dicho el alcalde, su patrona se puso a gritar como si estuviese poseída. Victoria encontró a su hermana postrada en la cama rodeada de sus hijos, los cuales la miraban aterrorizados. No había duda de que se iba a acabar el mundo si Violeta, normalmente en completo control de sus facultades, estaba en ese estado.

Victoria se quedó con Violeta ese día, y durante los días que siguieron, trayendo de su casa caldos de paloma y flanes para tentarle el apetito. Pero Violeta estaba tan afligida que casi no probaba bocado, y los que terminaban comiéndoselo todo eran los niños, en especial Carmen, quien comía cuando estaba ansiosa, lo cual era todo el tiempo.

Al fin llegaron noticias nuevas, pero no muy alentadoras. Victoria decidió comunicárselas a su hermana de inmediato antes de que las criadas, quienes eran soplonas por naturaleza, se lo dijeran.

—Violeta, Ferrán me dice que los norteamericanos tienen a algunos de los voluntarios prisioneros, y que no ha oído de bajas de la tropa de Comerío. Eso de por sí son buenas noticias, pienso yo —le informó Victoria con voz mesurada para no alterar a su hermana—. Él y Anselmo tienen planes de ir a donde estén para ver cómo está Román, y a interceder con las autoridades militares para poderlo devolver a su casa.

Violeta la miró como si hubiera despertado de un gran sueño. Se bañó y se vistió con la ayuda de su hermana, y sin hacer caso a sus protestas, mandó a que alistaran la calesa. Iba a buscar a su marido, y más valía que se le quitaran del camino, porque era capaz de usar la vieja pistola de Román para matar al que se le pusiera enfrente. Victoria, alarmada, corrió a la sastrería para avisarle a Ferrán que Violeta había perdido la razón y que iba donde los norteamericanos ella misma. Cuando Ferrán llegó a la casa, ya Violeta se había marchado, ataviada con su vestido más elegante y un hermoso mantón de Manila para dar la mejor impresión posible al enemigo.

La calesita daba brincos en el camino, y Violeta, preocupada de repente, se puso a rezar rosarios hasta que divisó soldados vestidos de dril caqui y camisas azules. Siguió adelante hasta que un grupo de soldados le bloqueó el camino. Uno de ellos le agarró las bridas al caballo, y Violeta, muy calmada, le pidió en español hablar con el oficial a cargo. El soldado se rio hasta que vio de soslayo el viejísimo fusil que tenía acunado en la falda. Le habló a su compañero en inglés y el otro se fue corriendo, regresando a los pocos minutos con un teniente muy joven y uno de los prisioneros, el hijo del licenciado Jiménez, quien hablaba un inglés pasable.

Al cabo de varios minutos, el teniente estableció el propósito de la visita de Violeta y aprobó la transferencia del prisionero de guerra Román Quirós de manos de la fuerza norteamericana a manos de su esposa Violeta. El teniente esbozó una sonrisa misteriosa bajo su gorra, comentándole a Teodoro Jiménez algo en inglés. Con un saludo, dio la vuelta y regresó a su caseta.

Violeta, algo atolondrada por lo fácil que se le había hecho la misión de recobrar a su marido, le preguntó a Teodoro qué era lo que le había dicho.

—Doña Violeta, dijo el teniente que si llegara a encontrar una mujer como usted cuando regrese a los Estados Unidos se va a casar con ella lo más rápido posible —dijo el muchacho, añadiendo con un poco de vergüenza—. Una mujer capaz de hacer cualquier cosa por su esposo.

El 29 de septiembre el pueblo de Comerío pasó a manos norteamericanas. Ferrán, Victoria, Violeta y Román, y el resto de la familia, vieron desfilar las tropas desde la periferia de la plaza. Ahora lo que más importaba era adaptarse a un mundo nuevo.

San Juan, P.R.
18 de octubre de 1898

Al recibir el mensaje de capitulación de parte del representante del gobierno español en Washington, el capitán-general Ricardo de Ortega y Diez dio rienda suelta a su frustración y furia, embistiendo el reloj de caja de la residencia oficial con el puño de su espada. El golpe fue tal que las manecillas del reloj no avanzaron más, marcando las cuatro y veintinueve de la tarde como el final de quinientos años de dominio español.

El 16 de octubre, deseando evitar a toda costa las ceremonias del traspaso, partió con destino a España el general Manuel Macías y Casado a bordo del buque *Covadonga.* La artillería del castillo de San Felipe marcó con 21 cañonazos el tránsito del buque a su salida de la bahía, honrando así al último gobernador de Puerto Rico y a las tropas españolas. Al mediodía del día 18 se llevó a cabo la entrega de la ciudad de San Juan. Con el traspaso se desarticuló el gobierno autónomo de Puerto Rico, abriendo paso a un gobierno militar bajo el mando del general John Brooke.

El solemne acto fue presenciado por las multitudes en la calle y los que miraban desde sus balcones en la calle de la Fortaleza. Aunque algunos vitoreaban con gran regocijo, otros sintieron un gran pesar al ver arriar la bandera española al marcar los relojes de la capital las doce del mediodía. Su tristeza no provenía de sentimentalismos de patria o bandera, sino de las oportunidades económicas que se perdieron por la codicia o por la falta de imaginación por parte de la Corona española.

El equipo del coronel Nichols iba y venía de sus labores en San Juan y sus barrios aledaños como abejas al panal. Las fotos e informes solo se enviaban a Washington luego de que el mismo Nichols los revisara y anotara en los márgenes con una caligrafía digna de monje escribano. Mientras tanto, en San Juan se reunían las comisiones españolas y norteamericanas para supervisar la entrega de la isla y la repatriación de las tropas españolas.

James Denby y Daniel Montjoy, compartiendo espacio y labores desde finales de agosto, descubrieron que tenían una multitud de intereses en común. Daniel sabía que la mayoría de sus compañeros no aprobaban su amistad con el cabo Denby, pero no se atrevían a decir nada. Sabían que si el coronel Nichols lo había incluido en el grupo había razón de interés nacional, y eso lo hacía un poco más tolerable. James, agudamente sensible a lo que estaba pasando, le ofreció a Daniel la oportunidad de romper la amistad sin rencores.

—Yo sé que estar aquí te trae problemas con los demás, así que entendería completamente si quieres regresar al primer piso —dijo James un día—. Pero te pido que me dejes aquí arriba, pues puedo pintar en paz.

—Prefiero compartir espacio y tolerar el aroma de tus pinturas que aguantar la lata que dan los que pierden dinero en juegos de cartas o dados. Además, no hay mejor vista que la que brinda esta ventana —le replicó Daniel.

Como muestra de aprecio, James le regaló tres acuarelas y un boceto de Daniel leyendo hecho en lápiz. Las acuarelas fueron empacadas con mucho cuidado entre hojas de papel y cartón y guardadas en su baúl; el boceto, igualmente protegido, fue enviado a Helena a su nueva dirección en Nueva York.

15 de diciembre de 1898

San Juan, Puerto Rico
Mi querida Helena:
No te puedes imaginar la alegría que me dio recibir tus cartas.

Lo del balazo en la gorra no fue nada, solo un susto, y más que peligroso fue vergonzoso. Estábamos intentando salirnos de ahí cuando alguien decidió que mi cabeza era el blanco perfecto para su fusil. Conservo la gorra, con todo y agujero, para recordar mi mortalidad, y la suerte que tuve.

Esta guerra que algunos insensatos han llamado una «pequeña y espléndida guerra» ha sido una extraña, pero interesante aventura.

Mi compañero de habitación se llama James Denby. Él es quien ha dibujado el boceto que te envío con esta carta. Es inteligente, bien educado y talentoso. El que sea mulato, como dicen algunos de la tropa, a veces abiertamente y a veces a escondidas, me es completamente irrelevante. Estoy feliz, pues tengo con quien conversar y practicar mi francés, entre otras cosas.

¿Te he dicho lo mucho que te extraño? Imagino tu linda sonrisa y tu cabello escapándose de tu sombrero y estoy de nuevo allí contigo intentando robarte un beso. Quiero que sepas que te tengo presente en todo lo que veo, hago y digo. Mi único consuelo al no tenerte cerca es nuestra correspondencia, la cual aprecio y atesoro más cada día que pasa.

Me despido para poder enviar esta carta con las que salen en el transporte mañana. Te envío mil besos y la promesa de que algún día te traeré aquí para que juntos disfrutemos el verde de este lugar.

Te quiere,

Daniel

De vez en cuando el coronel Nichols dejaba que la tropa descansara de sus menesteres. Los domingos los soldados paseaban por la ciudad, hartándose de mallorcas y café con leche y saludando con sus gorras a las muchachas lindas de la vecindad.

—Oye, si no te molesta decirme, ¿qué planes tienes cuando termine todo esto? ¿Vas a quedarte con Nichols o regresas a París? —preguntó Daniel el domingo antes de Nochebuena al salir del teatro municipal.

Varios tenientes habían ido —más por aburrimiento, pues no había mucho que hacer— a ver una zarzuela. La mayoría no entendía nada de la trama, pero la ocasión traía consigo un alto grado de distracción. Luciendo sus mejores galas, aprovechaban la oportunidad de admirar a la flor y nata de la sociedad capitalina desde los palcos del segundo piso. Algunas de las muchachas les dedicaban sonrisas discretas tras sus abanicos, los cuales abrían y cerraban constantemente.

—Yo creo que regreso a graduarme y luego… quién sabe… quizás leyes —añadió Daniel.

—Pues, aunque le he dado vueltas y vueltas al asunto todavía estoy indeciso. Mi contrato con Tillbury estipula un periodo de cinco años en el ejército, pero no sé si Nichols lo honre o me exija uno nuevo —contestó James—. Quizás regrese a París o me vaya a Madrid.

—Estos días de fiesta son difíciles para los que estamos lejos de la familia y amigos. Por eso propongo que aproveches la invitación hecha a la tropa de pasar la Nochebuena con alguna familia. Sería interesante ver cómo la celebran aquí —añadió, removiendo una mota invisible de su uniforme.

—Bueno, yo no voy sin ti, así que estate listo para cuando nos avisen —dijo Daniel, abanicándose con el programa—. Preferiría que nadie la pasara solo en una noche tan especial. Eso no es bueno para la salud.

James no dijo nada, respondiendo al comentario con una sonrisa.

El 24 por la tarde el coronel Nichols reunió a los tenientes y al cabo bajo su mando en la explanada del castillo. Hacía un día precioso, con los cielos límpidos y sol suave de diciembre. La tropa, feliz de haber recibido correo esa mañana, estaba ansiosa por saber si pasarían la Nochebuena fuera del castillo, deduciendo correctamente que la mejor manera de levantar el ánimo era cenar como lo harían en sus propias casas. Muchos sanjuaneros, deseando que las fuerzas norteamericanas vieran a la cuidad y sus habitantes de manera favorable, abrieron las puertas de su casa a los jóvenes oficiales para la cena de Nochebuena.

—Caballeros, ya saben que van a representar al ejército de los Estados Unidos esta noche, y a nuestra unidad en particular, así que donde vayan más les vale que se porten bien, pues ya ustedes saben que yo siempre me entero de lo que pasa —dijo Nichols. Sacando un papel de su chaqueta se lo pasó a su edecán para que lo leyera. Luego caminó hasta uno de los grandes balcones de piedra y encendió un cigarrillo. Todavía no entendía cómo los españoles habían conseguido erigir no solo San Cristóbal, sino el imponente castillo de San Felipe del Morro, en la boca de la bahía de San Juan. Las paredes de las estructuras eran enormes, y bajaban hasta el mismo mar, el cual era más que bravo en esa parte de la ciudad.

—Cuántos esclavos y conquistadores habrán dejado los huesos aquí —musitó Nichols, quien era particularmente aficionado al estudio de las estructuras castrenses. La voz del edecán rompió su ensimismamiento.

—Teniente Montclair Alexander, con la familia de don Alfredo Sobrino, en la calle Norzagaray #3; tenientes Wilhelm Schaeffer y

Peter Braun, con la familia de don Francisco Keller, en la calle Tetuán #18; teniente Steven Deveraux, con la familia de don Ramón Falcón, en la calle de San Francisco #83… —voceó el capitán hasta que se acabaron los nombres. Al terminar miró al coronel con expresión curiosa. Faltaban dos.

Nichols se enderezó, y aplastó la colilla del cigarrillo con su bota perfectamente pulida.

—Montjoy y Denby me acompañarán esta noche —le dijo Nichols al capitán, la visera de la gorra tapando sus ojos. Sin virar la cabeza, se dirigió a James y Daniel—. Estén listos para salir a las ocho en punto. Tendremos nuestra propia cena navideña.

Esa noche los edecanes se formaron detrás del coronel Nichols. No tenían la menor idea de dónde los atenderían esa noche.

—Vamos al hotel Inglaterra, que les quiero dar mi regalo de Navidad —dijo, mientras se ponía la gorra. James y Daniel se miraron confundidos.

Al llegar al hotel, el portero les abrió la puerta con gran ceremonia. El recepcionista, al ver al coronel, saltó como una liebre de detrás de su gran escritorio, las llaves de su cinturón tintineando discretamente. Otras parejas sentadas en el área de la recepción los miraban curiosas. Ver soldados uniformados en un hotel no era cosa de todos los días, especialmente en Nochebuena.

—Buenas noches, coronel, la cena para usted y sus invitados los espera —dijo el encargado en un inglés pasable mientras los escoltaba al comedor. Allí, dos meseros se encargaron de llevarlos a una mesa atiborrada de manjares locales y una botella del mejor ron añejo.

El mismo Nichols destapó la botella de ron y llenó tres pequeños vasos hasta el borde.

—Montjoy, Denby, ¡feliz Navidad! —dijo Nichols, tomando el primer sorbo del ron—. Les confieso que no esperaba pasarla aquí con ustedes, pero me alegro de que fuese así. ¡Salud! —y empinando el vaso, se tomó el ron de un trancazo. Los soldados contestaron el gesto algo confundidos pero alzaron sus copas de igual manera.

—Los he invitado a cenar hoy no solo porque es la víspera de Navidad y no quiero que nadie bajo mi mando pase esta noche solo, sino también para hacerles una propuesta. Ustedes saben la gran labor que nos espera para incorporar a Puerto Rico a nuestra órbita de una manera organizada y que beneficie a ambas partes —dijo Nichols, haciéndole un ademán al camarero para que comenzara a servir la cena.

Los muchachos lo miraban con expresión neutral para no delatar los nervios que sentían en el momento. ¿Qué les estaba tratando de decir?

—Es por esa razón que los he escogido para que sean los autores de un informe destinado a la Casa Blanca, el cual va a tener mucho peso, tanto allá como aquí. ¿Qué opinan?

Nichols los miraba con sus ojos despestañados, esperando que no se notara cuánto quería que le dijeran que sí. Eran dos de los mejores voluntarios con quienes se había topado en su carrera, y sabía que si unían fuerzas el resultado iba a ser un informe excepcional.

Daniel miró a James y luego a Nichols.

—Coronel, cuente conmigo —dijo Daniel, poniendo su vaso de ron sobre la mesa.

—Coronel, acepto con gusto —respondió James de igual manera.

—Bien, muy bien —respondió Nichols más que complacido—. La asignación viene con una promoción, así que felicitaciones a los dos, primer teniente Montjoy y sargento Denby. Van a movilizarse a finales de enero, así que hasta esa fecha sigan haciendo lo mismo que ahora. Les aviso sobre próximos pasos a tomar en cuanto Washington me lo indique —concluida la conversación, sonrió y dejó que el mesero sirviera—. Bueno, ahora qué mayor placer luego de hablar sobre el futuro que una magnífica cena.

Nichols los entretuvo con relatos sobre sus asignaciones anteriores, haciéndolos reír y maravillarse del hecho de que tener un semblante tan particular no hizo mella ni en su carrera ni en sus aventuras amorosas. Los camareros retiraron los platos luego de varias horas de sobremesa. Era ya medianoche y el comedor se había vaciado.

Nichols se levantó y ellos también. Se ajustó la chaqueta y se puso la gorra.

—Yo regreso, ustedes quédense un rato si lo desean. De nuevo, feliz Navidad y felicitaciones a los dos. Se lo han merecido —y con un brevísimo saludo salió a la calle.

Daniel y James aprovecharon el silencio en el comedor para pensar en la noticia con más detenimiento.

Daniel se fijó que la botella de ron todavía estaba en la mesa. Agarrando dos de los vasos, los llenó nuevamente y propuso un nuevo brindis.

—¡Por la amistad y por el informe! —dijo Daniel empinando el vaso.

—¡Y por las promociones y el futuro! —contestó James alborozado.

El mozo y el recepcionista, observándolos porque no había más que hacer a esas horas de la noche, intercambiaron una sonrisa.

CAPÍTULO CUATRO

San Juan, P.R.

17 de febrero de 1899

Informe confidencial
Capitán Ralph Van Deman, Departamento del Ejército de los EE. UU., Buró de Inteligencia

San Juan, Puerto Rico
15 de febrero de 1899

Como previamente acordado, los activos se han integrado a la comitiva encabezada por el civil Walter B. Townsend, subcontratado por la editora N.D. Thompson para que tome las fotografías que formarán parte de un nuevo libro sobre Cuba, Filipinas y Puerto Rico titulado Our Islands. *Los acompañará un asistente que hará las veces de chofer.*

En Ponce el Sr. Townsend se embarcará de regreso a los EE. UU.; los activos continuarán rumbo a Guayama y Salinas para evaluar el progreso de la nueva Central Aguirre, subiendo por Cayey y Aibonito hacia Comerío para hacer una evaluación preliminar de la cuenca del río de la Plata.

Estimamos que el resultante informe y las fotos estén en sus manos a mediados de septiembre.

Coronel Aubrey M. Nichols, Ejército de los EE. UU., Buró de Inteligencia Militar

Dos carretas cargadas de equipo fotográfico e instrumentos de medición avanzaban lentamente por la calle Fortaleza hacia la bahía de San Juan. Al llegar abordaron una lancha reservada para uso exclusivo de los cuatro pasajeros con destino a Cataño, perdiéndose de vista bajo la resolana feroz del mediodía.

Mientras las carretas cruzaban la bahía de San Juan, Antonio Berríos y su esposa Susana se tomaban un café bajo los nuevos abanicos eléctricos de techo de La Mallorquina. Susana exhaló una bocanada de humo de cigarrillo hacia el techo, contemplando absorta cómo se esparcía con el girar del abanico. Al rato fijó la vista en una señora que la miraba escandalizada hasta que la mujer, incómoda, bajó los ojos.

Antonio dobló su copia del *La Correspondencia de Puerto Rico* y contempló a su esposa. No la describiría como una mujer bonita, pero tenía algo que la hacía parecer más atractiva de lo que en verdad era. Quizás era que no le importaba un bledo lo que pensara nadie de ella. Tenía facciones finas, entre las cuales se destacaban una piel blanquísima y unos grandes ojos grises bajo cejas bien arqueadas. Con el pelo negro trepado bajo el sombrero aparentaba no mucho más de los veintiún años que tenía.

Al quedar Susana huérfana de padre se convirtió en una de las mujeres más ricas del pueblo de Yabucoa. Vivía con su madre, Susana Mamá, apodada así por la servidumbre y por todos los demás para diferenciarla de su hija, y su tía abuela Ana en una gran casa en las afueras del pueblo. Allí creció, rodeada de antiguos esclavos que no tenían a dónde ir luego de ser emancipados. Su madre, entendiendo que Susana era por naturaleza parca y solitaria, contrató tutor tras tutor —los cuales usualmente renunciaban luego de una semana— para que la educaran. Susana, como heredera única, tendría que aprender a manejar asuntos más allá de escoger cucharas de plata o la tela de las cortinas de la sala. Pero la niña tenía un genio de mil demonios, y como no le temía a nadie ni a nada, era casi imposible de disciplinar. Sagaz, desconfiada e inteligente, aprendió solamente lo que le interesaba.

No ayudaba que su madre y tía Ana la consentían sin vergüenza alguna.

Lo que pasaba por sociedad en el pueblo no se cansaba de hablar de las peculiaridades de la familia, como cuando llegó a Yabucoa el espectáculo de marionetas de Mateo Sanz, cuyas carretas y saltimbanquis Susana vio pasar desde la ventana de su habitación, pues se estaba recuperando de paperas. El señor Sanz y sus marionetas tenían fama en toda España, y sus presentaciones, las cuales incluían versiones de las sagradas escrituras como *Jonás y la ballena*, cantares de gesta como *Amadís de Gaula* y *Lancelot*, leyendas históricas como *Juana de Arco* y *Genoveva de Brabante*, causaban gran emoción, y a veces, conmoción, entre el público.

Susana Mamá, alentada por la tía Ana, envió a uno de los mayordomos de la casa al hotel donde se hospedaba Mateo Sanz con el siguiente mensaje:

Estimado Sr. Sanz:

A mi hija le hacía mucha ilusión ver su espectáculo de marionetas, pero no va a poder asistir a la función en el pueblo por razones de salud. Yo sé que a ella le haría mucha ilusión poder ver la función antes de que se marchen a San Lorenzo. Le propongo que monte su espectáculo aquí para que mi hija lo pueda ver. Tenemos un patio enorme donde se puede montar el escenario, y suficiente mano de obra para ayudarlo. Le ofrezco veinte pesos de oro si acepta mi propuesta.

Sinceramente, Susana de la Fuente

Mateo Sanz aceptó sin reparos. Las carretas, los saltimbanquis y sus perritos entrenados, acompañados por el resto de la *troupe*, entraron al patio de la casa por la parte de atrás. Sanz, un señor corpulento con pelo sospechosamente negro, tomó asiento con sus anfitrionas en la terraza para tomarse la copita de ron que le habían ofrecido. Cuando todo estaba dispuesto sacaron a la niña, con todo y cama, a la terraza para que viera la función. Las criadas, jardineros, planchadoras, cocineras y sus respectivas familias se sentaron en el patio con una solemnidad normalmente reservada para la misa, conscientes de que la tía Ana los podía despachar a sus ranchos con un simple ademán si hacían demasiado ruido.

Durante la función, Mateo Sanz notó que lo único que se escuchaba eran las carcajadas de Susana y la risa discreta de los que miraban el espectáculo desde abajo. Mientras más viajaba por la isla, menos entendía a estos criollos ricos y sus costumbres.

A los dieciocho años, Susana se casó con Antonio Berríos, más por aburrimiento que cualquier otra razón. Susana Mamá lo consideraba como parte de la familia, y confiaba plenamente en él. Casarse significaba poder escapar de vez en cuando de Yabucoa y su acomodada, pero lúgubre, existencia. La vida de casada le sentaba mejor porque a pesar de que su marido no era el galán que su imaginación llegó a conjurar, tenía la libertad de hacer lo que quisiera.

Esa mañana estaban en San Juan para reunirse con sus respectivos médicos. Ya habían cumplido tres años de casados y Susana no había salido embarazada todavía. Demás estaba decir que, a falta de tema más jugoso para discutir, la crema y nata de Yabucoa vivía pendiente al dilema de la pareja. Susana Mamá y tía Ana, aunque preocupadas, desmentían rumores sobre la situación, exiliando de manera contundente al que tuviera la osadía de comentar sobre la falta de descendientes del matrimonio. Pero Susana, a pesar de los esfuerzos de las dos mujeres, estaba al tanto de que todo el pueblo hablaba de ella.

Un día se dio el gusto de echarse una rabieta porque no encontraba su abanico favorito, el de las varillas de marfil y el paisaje de Versalles. Las criadas salieron corriendo de la habitación para que la lluvia de zapatos y los otros objetos que lanzaba la muchacha no dieran con el blanco de sus cabezas. Al rato Susana recobró los estribos y salió a la terraza a fumarse un cigarrillo. Allí, contemplando el jardín nocturno de tía Ana, donde las flores blancas —el jazmín, la gardenia, el alhelí y la azucena— perfumaban las noches, decidió ir a San Juan para que la examinara un médico. Incluyó a su marido en la excursión también, por si él era el del problema.

—Ya vámonos, que hace calor —dijo Susana con un dejo de impaciencia. Nada más acordarse de la cantaleta de su madre y tía Ana con lo de los niños la puso de mal humor. ¿Qué tal si fuera estéril y que nunca pudiera tener niños? El malestar dio paso a una gran angustia al llegar a la oficina del doctor.

Se dejó llevar por la enfermera a la sala de examinación, apretando la mandíbula al sentir metal frío en sus entrañas y haciendo caso omiso de la conversación del doctor.

—... Y entonces yo le dije a mi esposa que no valía la pena ir a Europa este año, pues los ánimos todavía estaban caldeados con lo de la invasión... lo de la carta autónoma tiene a todo el mundo con los pelos de punta... —el doctor, escondido detrás de una sábana blanca sostenida por la impávida enfermera, seguía su monólogo—. Hace un calor tremendo para ser febrero y creo que vamos a invertir en abanicos eléctricos muy pronto... bueno, doña Susana, le cuento que usted está perfectamente bien, y que no hay ningún impedimento para que venga un bebé pronto.

Al oír el último comentario, Susana despertó de su trance, aliviada hasta la médula. Ya por lo menos sabía que no era ella la del problema. Pensó en Antonio, y en los achaques que ya padecía. ¿Qué tal si el problema fuera él y no ella? ¿Cómo abordaría el tema con él sin ofenderlo? Ella necesitaba herederos para la finca de su padre; si Antonio no podía... no sabía qué iba a hacer. Se concentró en arreglarse las faldas como mejor pudo, a solas.

Susana salió del consultorio y caminó hacia el Gran Hotel de Francia bajo su parasol de seda para encontrarse con su marido. Una brisa subió desde la bahía, espantando a las palomas y alborotando las cofias blancas de las novicias carmelitas que cruzaban la calle. Susana las siguió con la mirada. Iban en doble fila hacia la catedral, las manos metidas en las mangas del hábito. El interior del templo estaba oscuro como boca de lobo, y entró sin pensarlo tras las novicias con el propósito de encender una vela. Se sentía vulnerable y expuesta luego de la consulta médica y, aunque resentía las incontables e interminables misas a las cuales su madre la había sometido, razonó que Dios la tendría en consideración si le pedía el favor ella misma. Dándole a la anciana encargada monedas para pagar sus velas, se concentró en encenderlas y sembrarlas derechitas en la base de arena.

—Yo sé que no hablo contigo mucho —dijo Susana en silencio—. Y que quizás no sea tu hija favorita, pero te pido que me ayudes. Necesito un bebé, no solo para quererlo como tú quisiste al tuyo, pero para que Antonio y mi familia estén contentos. Un bebé que pueda heredar las tierras de papá y formar su propia familia. Te pido que me ayudes y prometo no molestarte más.

El reloj de la catedral dio doce campanadas que resonaron profundas en el interior casi vacío de la iglesia. Atolondrada por el rugido de las campanas, Susana agarró el parasol y el bolso y caminó hacia las puertas laterales, los tacones de sus botines franceses marcando un compás decidido en las losas blancas y negras. Ya casi en el umbral sintió una ráfaga de viento, tan fuerte que hasta oyó su silbido. Se dio cuenta que se le habían quedado los guantes en el reclinatorio. Giró de regreso para recogerlos y quedó paralizada cuando vio que las tres velas que marcaban su petición eran las únicas que se habían apagado entre las muchas que allí estaban. Sabía que eran las suyas porque tenían el escudo de San Juan Bautista pintado a mano. Agarró sus guantes y caminó casi corriendo hacia las puertas, tan alterada que por poco atropella a las novicias que entonaban el Ángelus bajo la cuarta estación de la cruz, la del Cristo encontrándose con su madre.

Bajó por la calle cuan rápido pudo, incomodada de repente por el corsé que le apretaba y el gentío que aglomeraba las aceras.

—Eso fue casualidad y nada más —se repetía a sí misma, respirando hondo—. Si crees en que fue señal de algo eres una cretina y no mereces nada —pero aun así, le temblaban las manos.

Decidió entrar al Gran Bazar de Novedades antes de encontrarse con Antonio. Total, nunca compraba nada, porque todo se lo compraba su madre. No era como si a Susana le incomodara gastar. Sin embargo, los gastos más mundanos los consideraba un tanto vulgares. Quizás era porque siempre estaba su madre o tía Ana asegurando que todos los detalles de su vida estuvieran en orden. Susana tenía buena cabeza para los números y entendía cabalmente el funcionamiento de la finca, pero le daba ansiedad el tener que pensar en el dinero. Siempre le quedaba la duda de que la gente la quería no por quien era, sino por su espléndida herencia. Hasta llegó a cuestionar los motivos de Antonio cuando le propuso matrimonio —¿lo había hecho por interés económico o por amor?—. A veces se sentía como el ser más solitario del planeta.

Al entrar al Bazar se acercó al mostrador de artículos para el pelo. Tenían un surtido extenso de cepillos, alfileres de sombrero, peines y peinetas. Dos muchachas experimentaban con unas peinetas de carey frente a un espejo oval. Susana, todavía dándole cuerda mental al episodio de las velas y la visita al doctor, decidió comprar las mismas peinetas, diciéndose a sí misma que un poco de frivolidad le iba a venir bien.

Decidió no decirle a nadie lo de las velas. Cualquier comentario sobre los hechos de seguro impulsaría a su madre y tía Ana a visitar la iglesia de los Ángeles Custodios para encargar una plétora de rosarios y misas, lo único que pudiera contrarrestar un evento de tal magnitud.

Quizás le debía sugerir a Antonio que se fueran a algún sitio por unos cuantos días antes de regresar a Yabucoa. Como no tenían planes de regresar hasta el fin de semana, no había prisa alguna. Llegó al hotel con una idea entre ceja y ceja.

Antonio la recibió en la terraza del hotel, también aturdido por su visita al doctor, y confundido sobre cómo iba a discutir un tema tan delicado con su esposa. Decidió esperar a que ella diera el primer salvo. Susana se sentó en la mesa y sin más agarró al toro por los cuernos.

—Antonio, dice el doctor que estoy perfectamente bien —dijo, quitándose los guantes—. Me imagino que te hayan dicho lo mismo, ¿verdad?

Antonio la miró de reojo, doblando el periódico para ganar tiempo. La verdad era que el doctor le había dado muchísima lata, pero por razones no ligadas a posible infertilidad, sino porque tenía anemia perniciosa y una arritmia que se podía detectar hasta sin estetoscopio. En lo referente a la falta de bebé, el doctor lo examinó minuciosamente y lo proclamó cien por ciento capaz de procrear. Le recetó varios remedios para la anemia, aconsejándole que no se agitara mucho físicamente. Lo del corazón era algo que ameritaba cuidado.

—Sí, estoy perfectamente bien y me alegro muchísimo de que tú también lo estés —contestó Antonio de manera neutral, mirando hacia la bahía y deseando fervientemente ponerle fin la conversación—. ¿Cuándo quieres regresar? Pregunto porque hay una función esta noche en el teatro municipal, *El ojito derecho*, de los hermanos Álvarez Quintero.

—Pues creo que… —empezó Susana, interrumpiendo para encender un cigarrillo. Como era de esperarse, otra señora en la terraza batió su abanico para telegrafiar su disgusto, pero Susana no le hizo caso—. Nos debemos quedar para ver la función y creo que nos vendrían muy bien unos días de paseo.

Antonio detectó una leve sonrisa en sus labios.

—Nos hace falta salir de la casa un poco. Yo nunca he ido a los baños de Coamo y me intriga lo de las aguas termales —dijo Susana, exhalando una delicada pluma de humo—. ¿Qué te parece Antonio, si nos vamos unos días para allá, tú y yo solitos?

—Pero mujer, tu mamá y tía Ana, ¿no te echarán de menos? —le preguntó Antonio, genuinamente intrigado.

Susana no era una mujer dada a las sorpresas, y la propuesta le pareció extraña. Pero algo en su mirada, y la manera en que se acomodó un mechón de pelo que se le zafó del moño en su nuca lo enterneció.

—Claro que vamos. Uno nunca sabe cuándo se presente la próxima oportunidad —dijo Antonio—. Ahora mismo le pido al dependiente que envíe un telegrama al hotel para que nos reciban.

Susana, complacida, acarició las peinetas en su bolso.

Comerío, P.R.
Julio de 1899

Las mulas rebuznaban, cansadas de halar cuesta arriba. La pequeña expedición estaba en su cuarto mes.

Primero atravesaron los llanos costeros del norte hasta Mayagüez, cortando hacia el sur por Yauco hasta llegar a Ponce. Allí se despidieron de Walter Townsend, quien tomó un vapor de regreso a Nueva York para dedicarse de lleno a la publicación del libro *Our Islands*. James, Daniel y Poncio, el chofer y también asistente, giraron en dirección este a Salinas y Guayama. Daniel, obedeciendo las nuevas órdenes del coronel Nichols, regresó a San Juan a finalizar el reporte sobre la futura Central Aguirre. James y Poncio, ya en la recta final, enfilaron la carreta hacia el norte, atravesando Cayey, Aibonito y Cidra con destino a Comerío.

Ese día la cordillera central se desplegaba frente a ellos en un fulgor verde de vertiginosos desfiladeros y riscos. La carreta abrazaba la orilla interior del camino, y las orejas de las mulas se crispaban al detectar el tintineo del agua. Estaban a principios de julio y ya apretaba el calor. Dos caballos amarrados con una soga a un aro de hierro en la parte posterior de la carreta caminaban sonámbulos tras ellos.

James pulía los lentes de la cámara, ajeno al cuchicheo de los niños que salían de la maleza para acompañarlos parte del camino. La escolta infantil mantenía una distancia respetuosa. La cámara, montada en su trípode durante el día para tomar las fotos necesarias, era el aparato más exótico que jamás habían visto en sus vidas. A veces la carreta se detenía y la harapienta comitiva observaba en silencio mientras James alistaba la cámara para fotografiar el entorno. Si tenían suerte, dejaba que uno mirara por el lente del aparato.

—Señor, con su permiso voy a parar para darles agua a los animales, porque si no beben y descansan un rato no vamos a llegar a Comerío antes del anochecer —dijo Poncio.

James asintió. En la lejanía, los grandes toldos blancos de los tabacales parecían delantales en las laderas del pequeño valle. El río de la Plata seguía escondido desde que lo cruzaran al salir de Aibonito, pero los manantiales que lo acrecentaban se colaban entre las laderas de piedra y perlaban los helechos de humedad. En cuanto llegaran a Comerío tendría que llevar su ropa al sastre, pensó. Había perdido peso en los últimos meses y los pantalones le quedaban tan holgados que lo único que lo salvaba de que se le cayeran era la correa.

En el tiempo que pasaron en el sur de la isla descubrieron por qué la Central era de especial interés para Washington y el consorcio azucarero que la iba a financiar. Inmediatamente después del cese de hostilidades, cuatro socios de Henry DeFord and Company llegaron a San Juan desde Boston, listos para establecer un banco que prestara sus servicios al gobierno militar estadounidense. En pocos meses se convirtieron en los que manejaban tres funciones clave: la nómina militar, los depósitos de tarifas aduanales y el cambio de pesos españoles a dólares americanos. De camino también consiguieron el derecho de operar un *trolley* en Ponce, además de notables intereses en la construcción de redes telefónicas en San Juan, Mayagüez y Ponce.

DeFord también tenía importantes inversiones en la industria azucarera, y al estallar el conflicto con España, los socios comprendieron que la apertura del mercado caribeño era una oportunidad dorada para la compañía. Uno de ellos, John Luce, era cuñado del poderoso senador Henry Cabot Lodge de Massachusetts y, por tanto, tenía acceso a los más altos círculos del poder e influencia en Washington, D.C. No tuvieron dificultad alguna en reunir el capital, ni en conseguir las firmas necesarias para acelerar la compra. En febrero del 1899 los terrenos, edificios, equipos y animales de la hacienda Aguirre pasaron a manos de DeFord and Company.

James vio a Poncio regresar con las mulas y los caballos asistido por varios de los niños que se encontraban en el camino. Manolo Guardiola le vino a la mente. Él y Daniel se habían topado con él nuevamente durante su estadía en Guayama al dar una vuelta por la plaza del pueblo. El muchacho le pidió a Daniel una carta de recomendación, explicando que su papá había decidido que era hora de que se pusiera a trabajar, pues tenía que echar para adelante a su madre y a sus hermanas.

—Lo que pasa es que nosotros somos hijos de mi padre, pero no los hijos con las ventajas, ¿entienden? —les dijo Manolo, mirándolos de reojo como si estuviera avergonzado—. Llegará el día en que lo seremos en los ojos de la ley, y seré yo el que empuje el asunto para poder llevar su nombre. Si consigo un buen trabajo, con posibilidades de aprender y ganar más, pues entonces estaré en mejor posición de hacerlo.

Antes de partir de Guayama los soldados redactaron una magnífica recomendación para asegurar que a Manolo lo consideraran para un buen puesto, preferiblemente uno con un periodo de aprendizaje para que pasara a las filas profesionales de la Central.

Poncio volvió a enyuntar a las mulas y amarró las bridas de los caballos al aro de hierro. Las mulas, felices de encontrar camino a nivel después de tanta cuesta, trotaban alegres.

James sacó de su mochila los mapas que les habían suministrado en San Juan. Al rato, identificó las laderas del cerro Viento Caliente, las cuales se erguían al lado derecho de la carreta.

—Creo que pronto vamos a dar con la casa del caminero. Una vez allí el río de la Plata va a estar a nuestra derecha —murmuró James como si hablara consigo mismo.

Las haciendas se extendían bajo doseles de ceiba y roble, y en la periferia de cada una se arrimaban precarias casuchas hechas de tablas y techos de palma. Dejaron que los animales bebieran en la pequeña quebrada que colindaba con la casa del caminero, apurando el paso para aprovechar la luz que quedaba. Y tal como James predijo, el río de la Plata apareció de repente a la derecha, su corriente revolcando el fondo del barranco. A las seis de la tarde la carreta cruzó el puente de metal y madera al repique de las campanas de la iglesia marcando la hora. Las mulas, inquietas con el reflejo del sol poniente en el agua, peleaban sus bridas.

Lo primero que vieron al otro lado del río fueron calles que subían desde el centro del pueblo hacia los cerros. Los dos pasajeros se bajaron de la carreta para que las mulas no se rehusaran halar cuesta arriba de nuevo y subieron caminando en silencio, maravillados por la niebla sinuosa que se asentaba sobre los altos del pueblo. En la tenue luz crepuscular, Comerío parecía acurrucarse en sí mismo como un caracol.

—¡Llegaron los americanos! —gritó alguien desde uno de los callejones que desembocaba a la plaza.

A los pocos segundos del aviso, los vecinos se asomaron discretamente por puertas, ventanas y balcones. Lo que vieron —una carreta llena de bártulos, animales polvorientos y cansados y dos hombres vestidos de civil— los dejó decepcionados. El pueblo esperaba algo de más envergadura, cornetas anunciando la llegada de la tropa, caballos briosos adornados con pecheras y bridas de cuero labrado, uniformes con galones y medallas, no esta muestra un tanto patética que pasaba lentamente por la calle. James miraba a su alrededor cuando de la alcaldía salió apresurado un muchacho que no pasaba de los veinte años.

—Señores —dijo en un inglés pasable, sus manos acariciando nerviosamente el ala de su sombrero—. Bienvenidos a Comerío. Me llamo Alejo Jiménez y me ha designado el señor alcalde José Antonio Carmona como ayudante de vuestras mercedes durante su estadía en nuestro pueblo.

El muchacho se acercó a la carreta cauteloso, esperando respuesta.

—Señor Jiménez —respondió James en un español ya marcado por su tiempo en la isla—. Permítannos darle las gracias a usted, al alcalde Carmona, y a los habitantes de este hermoso pueblo, por su gentil hospitalidad durante nuestra estadía. Estamos honrados de estar aquí —en su experiencia, la cortesía más básica, como lo era hablar en español, ayudaba a desarmar a la gente e inspiraba confianza.

Alejo Jiménez había sido parte de la fuerza local en el Asomante y, una vez vencido el ejército español, fue reclutado como traductor para facilitar el retorno de los prisioneros de guerra a sus respectivos pueblos. Cuando llegó el telegrama avisando la inminente llegada de los soldados, lo primero que hizo el alcalde fue mandarlo a buscar.

—Alejo, acércate a ellos tanto como puedas para ver si puedes descifrar el verdadero motivo de la expedición —dijo el alcalde Carmona, poniendo el ya arrugado telegrama bajo un libro para alisarlo.

Con el alcalde ese día estaban los hacendados y comerciantes más importantes de Comerío, entre ellos Anselmo Longoria, dueño de considerables terrenos donde cultivaba café y tabaco. Desde la invasión había redoblado sus esfuerzos por mantenerse informado. Lo que parecía venir al doblar la esquina era control norteamericano del mercado tabacalero local.

—Prudencia ante todo, Alejito —aconsejó Anselmo—. Lo que veas, lo que escuches, o lo que consideres interesante se lo comentas directamente al señor alcalde.

El grupo acordó acoger a los viajeros en la parte trasera de la alcaldía, donde había unas cuantas habitaciones sin usar y un patio trasero para los animales y la carreta.

La comitiva de bienvenida, la cual consistía en Alejo nada más, había crecido durante la travesía de tres cuadras. A la periferia del grupo se sumaron unos cuantos curiosos, entre ellos dos borrachos y uno de los locos del pueblo, quienes salieron corriendo al bajarse Poncio de la carreta, fusta en mano.

—Sargento Denby, mañana a las nueve vengo a recogerlo para llevarlo a conocer el pueblo —dijo Alejo despidiéndose—. Ya saben que estoy a sus órdenes para lo que necesiten.

Al cabo de varias horas bajaron de la carreta el equipaje, cepillaron y alimentaron a las mulas y los caballos, y luego cada uno se acomodó como mejor pudo. A los cinco minutos los dos sucumbieron a un sueño tan profundo que ni los maullidos románticos de los gatos ni el cantar frenético de los coquíes los molestó.

A la mañana siguiente tomaron el café bajo el escrutinio de más de una decena de curiosos en la panadería local. James estaba acostumbrado al revuelo que causaban cada vez que llegaban a un sitio nuevo. La cantaleta de *«míster, míster»* era de esperarse, y de vez en cuando, algún valiente queriendo impresionar intentaba frases con un fuerte acento criollo, cosa que le divertía muchísimo.

Alejo y James regresaron a la alcaldía a un brindis convocado para que los ilustres del pueblo lo conocieran. Aunque nadie admitía tener curiosidad, todos se morían por ver al extranjero en persona. La señora Carmona, vestida de gran gala, presidía desde un lado del salón, el alcalde y el párroco de la iglesia a su derecha. Los invitados esperaban en el otro lado del salón, copitas de anís en mano. El alcalde estaba nervioso. Sabía que entre los invitados había unos cuantos que no estaban conformes con lo que estaba pasando.

James entró, gorra en mano, con el uniforme más decente que cargaba, el cual le quedaba holgado luego de cuatro meses de expedición. Los allí concurridos se quedaron con la conversación en vilo. El tic-toc del reloj de caja sonaba como un martillo en el silencio.

Eloísa Carmona, preocupada por que el brindis fuese a terminar con armas desenfundadas y huesos y copas rotas, agarró del brazo a su esposo y cruzó el salón con él para darle la bienvenida al soldado recién llegado. Lo de quedar como maleducados frente a este muchacho con pinta de extranjero era algo que no iba a permitir.

A las dos semanas de la recepción, una veintena de niños esperaban en el jardín de la casa de Ferrán Ramos. Este, con la servilleta del almuerzo todavía abotonada al cuello, se esforzaba en leer las partituras del maestro Federico Chueca, pero no podía concentrarse con la bulla generada por los niños, quienes, envalentonados con el prospecto de participar en las fiestas patronales, cantaban, chiflaban y se peleaban entre sí.

—¡Cállense todos y siéntense en el balcón inmediatamente y en silencio! —gritó Ferrán furioso—. Y el que no obedezca lo mando a la casa para que les explique a sus padres por qué no pudo estar en el coro.

—Esto me pasa por bocón —se dijo, resignado ante el prospecto de tener que entrenar a la jauría en el balcón. Anselmo Longoria, al saber que él y otros españoles residentes en San Juan traían compañías de zarzuela a la isla, le sugirió que presentara una selección de las canciones de Chueca durante las fiestas patronales en agosto.

Ferrán hizo un ademán de silencio con la servilleta para que prestaran atención.

—Bueno, óiganme bien. Fórmense en grupos para que todos puedan ver la letra de las canciones. Yo voy a cantar el primer párrafo del coro para que los varones oigan la melodía y luego lo cantamos juntos. Luego, haremos lo mismo con la de las niñas.

Ferrán tocó un acorde en su guitarra. Las primeras notas de la mazurca de los marineritos flotaron en la brisa de la tarde. Todos, excepto sus hijos y sobrinos, quienes ya estaban acostumbrados a oírlo cantar, lo miraron boquiabiertos. Su voz era tan resonante y sonora que hasta la gente en la plaza alzó la vista para ver de dónde venía.

En la sastrería, Virginia cosía y bordaba sentada al lado de la ventana para aprovechar la luz natural lo más posible. Una vez se nublaba el cielo o bajaba el sol, se concentraba en ordenar los estantes y revisar las cuentas por cobrar. Pero a las tres de la tarde de ese día de julio estaba sentada al lado del ventanal, su pelo ondulado escapándose del moño que se había hecho a toda prisa al salir de la casa. Los aprendices de su padre, Casimiro y Paco, hilvanaban en silencio en la parte trasera del local.

James, montado en su caballo, regresaba al pueblo acompañado de Poncio luego de un largo día a las orillas del río de la Plata. Había recibido un telegrama desde Washington hacía varios días que pedía midieran y fotografiaran el sector de El Salto con especial cuidado. En Comerío había un fotógrafo, y pudo revelar muchas de las placas que yacían acolchonadas en una caja llena de pajilla en el fondo de la carreta. Las fotos, anotadas y catalogadas por él mismo, se enviaban al cuartel del coronel Nichols por mensajero militar dos veces a la semana.

Los caballos empezaron a trotar con más entusiasmo al saber que pronto Poncio los estaría consintiendo con un buen cepillazo, agua y avena. Entrando al pueblo, James se acordó de la encomienda que tenía pendiente, la de sus pantalones. Ahora sí que le quedaban grandes, y para rematar, la túnica de su uniforme necesitaba que le cosieran tres botones que se le habían caído. Encaminó a su caballo, el cual protestó con un relincho, rumbo a donde creía haber visto un negocio de sastrería, y lo dejó con Poncio para buscarlo. A una cuadra de la plaza, un letrero amarillo y rojo anunciaba la sastrería Tarragona.

James entró al local, fijándose en los estantes de caoba y vidrio, y en los rollos de lino, algodón y dril. Una gran mesa dominaba el medio del local, y encima de ella había tijeras, cintas de medir, alfileres, cajas de botones y revistas de moda. Al fondo de la sastrería, dos muchachos hacían sus labores, y al lado de la ventana una muchacha que acercaba su aguja al borde de la pieza que trabajaba. Tal era la concentración de los tres que ni se dieron cuenta de que había un cliente esperando ser atendido. James echó un «buenas tardes» tentativo al aire, fijando su atención en la muchacha, quien estaba tan concentrada que no parecía haberlo escuchado. Paco subió la mirada, causando que se le cayeran al piso los pantalones que estaba terminando.

James puso los dos pares de pantalones y la túnica del uniforme en la mesa y al suelo cayeron los tres botones de bronce que había guardado con tanto cuidado dentro de un pañuelo, rebotando estrepitosamente en el piso de madera. No ayudaba que Paco trató de agarrarlos y falló, y que Casimiro tuvo que ponerse de rodillas para poderlos alcanzar.

—Al fin, señor, ¡aquí están! —exclamó Casimiro triunfante, levantándose y tropezándose con Paco. Y con eso se volvieron a caer al piso. Se oyó un suspiro desde la ventana, como si alguien se diese por vencida. La muchacha levantó la vista y miró a James por primera vez.

James inclinó la cabeza en saludo respetuoso. En sus meses en la isla no había visto un rostro tan lindo. El sol le daba a la muchacha por la espalda, haciendo que su pelo castaño claro pareciera un halo dorado. Tenía los ojos verdosos bajo unas cejas bien arqueadas, y una boca perfecta de la cual se escapó una sonrisa. Levantándose de su silla, capturó uno de los botones y se acercó al mostrador.

—Aquí les traigo al último rebelde —dijo Virginia riéndose—. No lo vayan a fusilar, pues está muy arrepentido de haber salido corriendo.

En los tres segundos que pasaron antes de que le diera las gracias a la muchacha, James sintió un zumbido en la cabeza. No entendía esta reacción tan absurda. Mujeres de todo tipo habían atravesado su vida, y a todas las había sometido al análisis minucioso de su ojo de artista, a veces generoso, a veces cruel. Unas pocas habían sido más que modelos, pero nunca dejaba que se acercaran mucho. Mientras menos ataduras, mejor. Pero esta mujer con su cara de virgen de retablo italiano y sus manos largas y finas, ¿quién era?

—Perdone, señorita, pero… ¿cómo se llama usted? —la pregunta se le salió a James de la boca antes de que la pudiera frenar—. Me llamo James Denby.

—¿Y para que quiere saber, señor Denby? —preguntó la muchacha, todavía sin alzar la vista de la factura que estaba preparando, causando que James comenzara a sentirse como un perfecto idiota.

—Para saludarla con toda la cortesía que se merece la próxima vez que la vea, lo cual creo que va a ser en un par de días, cuando venga a buscar mi uniforme —contestó James con tono ligero, lo cual maldijo mentalmente. «Va a creer que me estoy burlando de ella», pensó furioso.

La muchacha alzó la vista y se enderezó. Era más alta que los aprendices. Hizo un ademán de arreglarse el pelo, el cual amenazaba caerse del moño, pero detuvo el impulso. James se dio cuenta de que ella lo estaba mirando a él también, pero quizás más por curiosidad que interés. Y por primera vez en años James experimentó la fatídica y familiar sensación de que su raza estaba a flor de piel, y de que esta mujer divina no le iba a decir nada, ni su nombre. Al no oír respuesta inmediata agarró su sombrero, resignado a salir del local lo mas pronto posible con la poca dignidad que le quedaba.

—Me llamo Virginia Ramos Pérez. Me da mucho gusto conocerlo y saber que desde hoy es cliente nuestro —dijo la muchacha, sonriendo. Sus espléndidos ojos pardos buscaron los suyos sin reparos, y ese gesto bastó para que James Denby se enamorara completa y totalmente por primera vez en su vida.

CAPÍTULO CINCO

Comerío, P.R.

10 de julio de 1899

El párroco tenía los nervios de punta. Apenas quedaban tres semanas antes de que comenzaran las fiestas del Santo Cristo de la Salud y nada estaba listo, ni los cruzacalles que anunciaban las misas y las actividades, ni las cubiertas nuevas del altar, ni el nuevo manto de terciopelo del Cristo. Su diácono y supuesta mano derecha no tenía ni dos dedos de frente y, por tanto, él, quien de por sí estaba hasta el cuello con sus responsabilidades como párroco, tenía que liderar todas y cada una de las decisiones relacionadas al evento. Para rematar, el alcalde y su esposa, y muchas de las damas del pueblo, estaban pendientes de las idas y venidas del soldado norteamericano. Si hubiese sido por él lo sacaba del pueblo a patadas.

—Gente como esa, viles protestantes, ¿quiénes se creen que son? —se preguntó, todavía furioso por la guerra perdida, y por su firme convicción de que los herejes que conformaban el ejército invasor pondrían en jaque el poder y el prestigio de la Santa Madre Iglesia en la isla.

La fiesta del Santo Cristo era tan importante que atraía gente de los pueblos aledaños y sanjuaneros buscando escaparse del calor sofocante de agosto. Todo tenía que estar perfecto, desde los programas que proclamaban la novena en la primera página, la cartelera con las carreras de caballos y las peleas de gallos en la última, hasta la procesión del santo, cargado con devota reverencia por aquellos a quienes él había escogido personalmente. Y, por último, el carnaval, el cual incluía el desfile de la reina y su séquito, culminando con la coronación el sábado. Para fortalecerse se tomó un sorbito del brandy que escondía en un rincón del armario. Relamiéndose los labios, se puso su bonete y cruzó la calle hacia la alcaldía, dispuesto a echar de allí a los mercaderes del templo, aunque fuese de manera simbólica.

En la sastrería Tarragona, los aprendices de Ferrán Ramos se apresuraban en terminar los encargos relativos al carnaval. El tema, *Sueño de una noche de verano* de Shakespeare, el cual solo los cultos del pueblo conocían, permitió que se armara una vasta corte de hadas, duendes, animales y flores.

Desde hacía meses Virginia llegaba temprano para, entre otras labores, coser lentejuelas y pedrería de cristal a los trajes de las damas o pegar plumas a las alas de alambre y tul de las hadas. Sus hermanos desfilarían también como parte del séquito, Maruja y sus primas como hadas, y Bernal y Fernando como duendes. A ella la habían invitado a participar como una flor en la corte de la reina, pero no le habían dado más instrucciones desde el día que llegó la invitación. La falta de información no le causó mayor trastorno. Asumió que tendría rienda suelta para diseñar su propio disfraz y que desfilaría con las demás damas de la corte cuando llegara el momento.

La campanita de la puerta tintineó, y Virginia alzó los ojos para ver entrar al sargento Denby. Lo había visto entrando y saliendo del pueblo a caballo varias veces desde la ventana de la sastrería. Llevaba siempre en la grupa del caballo una carpeta de dibujo. Le parecía de buenas a primeras una persona de mucho mundo, y muy guapo también, añadió mentalmente, con su piel aceitunada y ojos color miel.

Virginia dejó que los muchachos lo atendieran, tomándose su tiempo en terminar la pieza que cosía. Una vez dio la última puntada, cortó el hilo con las tijeritas de plata que le había regalado su padre, guardó el corpiño en una canasta en la mesa y se puso de pie, sacudiendo los hilos de su falda de algodón. Acercándose al mostrador, lo saludó con la cabeza, cotejando la factura para asegurarse de que estaba pronunciando su nombre correctamente.

—Sargento James Denby, ¿verdad? —dijo sonriendo—. Por favor asegúrese de que todo esté a su gusto —mirando a James se rio suavemente—. Mire, aquí están los botones traviesos que intentaron escaparse de su túnica, sargento. Le aseguro que Paco y Casimiro hicieron muy buen trabajo en las alteraciones y que ahora no va a necesitar una correa si no la quiere usar.

James se acercó al mostrador para examinar la túnica y los botones. Un rayo de sol reflejado por los espejos del local caía justo en la corona de trenzas de Virginia y se movió juguetón a su cara. Sus ojos, centelleando por el sol, eran de color del agua de río. Se dio cuenta de que la estaba mirando con demasiado interés y fingió inspeccionar los botones.

—Espero sean de su agrado. No sé cómo sean en el norte, pero le aseguro que mi padre y yo revisamos toda pieza minuciosamente antes de entregársela al cliente —dijo Virginia, interpretando el mutismo de James por descontento.

—No, señorita Virginia, las camisas están perfectas. Le agradezco que me hayan atendido con tanto esmero en vista de todas las otras órdenes que tienen con esta fiesta del Santo Cristo —contestó James, poniendo sobre el mostrador su gorra y mochila—. Dígame, si no es mucha molestia, ¿qué fiesta celebran ustedes que tiene al pueblo entero tan conmocionado?

Virginia lo miró, sorprendida de que se había acordado de su nombre.

—Son las fiestas del Santo Cristo de la Salud, patrón del pueblo. Si está en Comerío durante esos días no se las puede perder. La misa del día 30 de julio marca el comienzo de las fiestas, la noche del 5 de agosto es la coronación de la reina del carnaval y todo concluye con una misa el día 6 —al hablar de las fiestas la expresión de la muchacha se llenó de ilusión—. Debería quedarse para que pueda ver las carreras de caballos, pues traen ejemplares de toda la comarca para competir, y luego está el desfile el sábado, y yo… —y con eso Virginia miró a James a los ojos, de repente falta de palabras al percatarse de que él, al no ser de allí, era muy probable que no entendería ni de reinas ni de carrozas.

James Denby no era dado a romances fantasiosos, ni creía en los llamados flechazos del corazón, pero concedió que desde el día que vio a Virginia por primera vez no se podía concentrar en nada. Al verla sentada al lado de la ventana, con su vestimenta usual de blusa blanca y falda, y las manos largas y finas desplegadas sobre la tela, lo único que quería hacer era acercarse a darle un beso, pero al no poder hacerlo, pensó que intentaría pintarla así mismo, aguja en mano, con su permiso o a escondidas si no se lo daba.

—Estaremos en Comerío durante las fiestas, y regresamos a San Juan el domingo —explicó James. Creyó ver una sonrisa en el rostro de la muchacha, pero no estaba seguro. Lo que era cierto era que no podía dejar de mirarla. Se acordaba de los cuadros de Vermeer que había estudiado en París, con su luz diáfana y clara, y las mujeres en ellos plasmadas haciendo de lo cotidiano especial, fuese contar monedas o contemplar el contenido de un cofre de alhajas. Virginia ajustaba una peineta de madreperla en su pelo con una mano, mientras la otra buscaba apoyo en el mostrador. Suprimió un deseo loco de agarrar su mano y llevársela al pecho para que sintiera el batir loco de su corazón.

El sonido de la campanilla de la puerta lo sacó del trance.

—Vamos, entren, pequeños salvajes, que hay trabajo que hacer —dijo un señor con barba, muy elegante en un traje de lino claro. Era alto en comparación con los otros hombres del pueblo y muy blanco. Detrás de él entraron dos niños y una niña, parecidos a él, pero más trigueños, y a diferencia de Virginia, de pelo oscuro. Los niños, quienes venían cuchicheando entre ellos, se quedaron mudos al verlo.

—Buenos días, pero qué sorpresa y qué placer encontrarlo aquí hoy día, sargento. Espero que los hayamos atendido bien. Virginia, ¿hemos cumplido el pedido puntualmente y a cabalidad? —preguntó Ferrán Ramos, extendiendo su mano para saludar al soldado.

—Papá, creo que el sargento Denby está satisfecho —respondió Virginia.

Bernat y Fernando se acercaron para observar al soldado más de cerca. Ellos y los otros niños del pueblo los habían seguido a distancia, intrigados por la cámara, los enormes caballos que montaban y las cosas que parecían examinar o medir, como el cauce del río o los cultivos de tabaco. Hoy revisaban detenidamente las botas con sus espuelas, los cartuchos de su cinturón y la pistola Colt que portaba. Maruja, de repente tímida, se había escondido tras su padre.

Ferrán sabía de la visita del soldado a la sastrería pero no esperaba encontrárselo en persona. Lo había visto en la recepción del alcalde Carmona. Su cuñado Román lo acompañaba en esa ocasión, y por respeto a él no se había acercado para conocerlo.

El soldado era más alto que él, con un aire un tanto exótico por su piel tostada y sus ojos color melao. Tenía una sonrisa franca y abierta, y parecía feliz de estar allí en ese momento.

«¿De dónde será este señor?», se preguntó Ferrán, «tiene aire de gitano, o quizás de magrebí…».

—Bernat, Fernando y Maruja, saluden a nuestro visitante, que va a pensar que no tenemos modales. Vamos, niños, que el sargento merece algo mejor que ustedes mirándolo como si tuviera dos cabezas —dijo en tono suave, empujándolos ligeramente hacia el frente para que dieran la mano. Maruja seguía detrás de él, inmovible.

—Ya lo más probable se ha enterado de que mi hija mayor es Virginia, y que tiene las manos más habilidosas de la comarca —dijo, orgulloso de su niña e ignorante de los pensamientos de James, los cuales marcaban como excepcionales e inigualables todo lo que tenía que ver con la muchacha—. Este es Bernat y este es Fernando… —Fernando, un tanto cohibido, se acercó con mano extendida tras su hermano mayor—. Y esta que está detrás de mí se llama María Eugenia, apodada Maruja. Vamos, niña, quien te ve ahora tan tímida no creerá que poseas una voz preciosa y que te encanta bailar… —Maruja se ofuscó tanto que nada más fue capaz de ofrecer un saludo abrupto con la mano. Salió disparada de regreso a la casa para contarle a su madre lo sucedido en la sastrería.

La campana sonó de nuevo y Anselmo Longoria entró al local.

—Ferrán, qué está pasando, que por poco me atropella Maruja… —dijo Anselmo, perdiendo el hilo del comentario al ver a James. Se quitó el sombrero de paja y se abanicó con él, pues ya hacía calor—. Le aseguro que vengo en son de paz —dijo, esbozando una sonrisa inocente y alzando los brazos en el aire como si se rindiera—. Nada más para escoger la tela de un traje que he encargado —y comenzó a reírse con tal gusto que los allí presentes se empezaron a reír también.

—Ven, Anselmo, te presento al sargento Denby —interrumpió Ferrán, tomando especial cuidado de pronunciar su nombre correctamente—. Anselmo Longoria es uno de los hacendados más importantes de Comerío. Tiene una finca de tabaco y frutos menores en el barrio Naranjo, que es la más linda de la comarca —Anselmo le tendió la mano a James.

—Tuve el placer de conocerlo durante la recepción que brindó el alcalde Carmona, pero dudo que se acuerde de mí, pues había muchísima gente —dijo con tono amable—. Si algún día dispone de tiempo me honraría mucho si aceptara visitar mi finca. No es la gran cosa, pero quisiera que se llevara la mejor impresión de Comerío antes de que regrese a San Juan.

—Qué gran idea, Anselmo. Insisto, sargento, que tome ventaja de esta invitación. Anselmo no solo tiene una finca maravillosa, sino que allí cultiva la mejor hoja de tabaco de Comerío, y si se va sin probarla sería una tragedia —subrayó Ferrán mientras Virginia, los niños y los asistentes escuchaban el intercambio con interés. La emoción del momento impulsó a Bernat a propinarle un codazo a su hermano, y este, ofendido, le contestó con una patada.

—Pero qué es esto… ¿ahora son mulas ustedes? Qué falta de respeto a nuestro visitante, por Dios santísimo —dijo Pedro, genuinamente indignado—. Paco, Casimiro, pónganlos a trabajar, pues tenemos encargos de sobra.

—Entonces, amarremos esto de una vez —concluyó Anselmo—. Como imagino que el domingo es de asueto hasta para usted, encontrémonos aquí en la sastrería al mediodía del domingo que viene para de ahí salir a la finca. Qué mejor manera de pasar el día, ¿verdad?

Notó la carpeta de dibujo de James y añadió:

—Y traiga si quiere sus pinceles y caballete. No faltan allí vistas hermosas para retratar.

James, feliz con el prospecto de un pasadía, aceptó la invitación entusiasmado, su mirada deslizándose hacia Virginia, quien esbozó una discreta sonrisa desde el mostrador.

—Ferrán, trae a tu familia también. Le digo a Socorro que prepare algo especial de almuerzo. Señores, nos vemos el día 22 si Dios lo permite. Ahora me excuso para ir a ver la tela prometida —Anselmo se despidió y pasó al interior del taller.

Virginia escuchó a su padre despedirse de James y salió de detrás del mostrador con el encargo envuelto en papel para hacer lo mismo.

Al hacerlo, la cinta de seda que sostenía sus tijeritas de plata se atoró en una de las gavetas del mostrador y, al romperse, cayeron al piso. Ferrán, ocupado ahora con Anselmo, no se dio cuenta. Virginia se acuclilló frente al mostrador para recogerlas, pero James llegó primero, y sus manos se tocaron por primera vez. Los dos se quedaron en esa posición, sin respirar apenas, sintiendo la energía que pulsaba desde sus dedos que aferraban la fría plata de la tijera hasta el más profundo rincón de sus corazones. James se levantó primero, tendiendo su mano a Virginia para ayudarla a levantarse. Se despidieron con un breve pero intenso «gracias».

Aturdida por lo acontecido y aferrada a las tijeras como si se le fueran a caer de nuevo, Virginia tomó su asiento usual al lado de la ventana. Las manos todavía le temblaban y a duras penas logró concentrarse.

Virginia tenía los pies firmemente puestos en la tierra, pero de vez en cuando daba rienda suelta a su imaginación. ¿Cómo sería si ella fuera la reina del carnaval? ¿Qué tal si un pretendiente rico y educado la cortejara? Sus padres no cesaban de repetirle lo linda que era, y de que sus prospectos eran muy buenos para atraer a alguien pudiente. Pero a ella le daba trabajo pensar en cómo pasaría algo así. Apenas había salido de Comerío, y esos pocos viajes habían sido para comprar telas o ir a ver una zarzuela con sus padres. Era claro que tenía gran habilidad para coser, pero no poseía una educación más avanzada que la de octavo grado, la máxima que se podía conseguir en Comerío sin salir del pueblo o contratar a un tutor. Leía todo lo que le caía en las manos, y le pedía a su padre que le trajera libros y periódicos cuando iba a Bayamón o San Juan, pero aun así sentía que no era suficiente.

¿Y James Denby, qué había sido aquello? No entendía por qué sentía que le faltaba la respiración cuando pensaba en él. Había algo en su mirada que parecía guardar secretos de vidas pasadas, y sus manos finas y fuertes prometían caricias y mucho más (cosas que no se atrevía a imaginar). Se imaginó esas manos rodeando su cintura y su boca buscando la suya y puso sus dedos en las sienes para aclarar sus pensamientos. Se oían las voces de Ferrán y Anselmo discutiendo qué tipo de hilo era el mejor para un traje de domingo, y el chasqueo del papel de las revistas españolas que tenían a la mano para mostrar a los clientes. Virginia ensartó la aguja y, agarrando un cristal, lo pegó a la tela del corpiño, diciéndose a sí misma que dejara de pensar en musarañas.

El domingo despuntó claro y fresco, con una brisa que olía a yerba recién cortada. Anselmo Longoria, vestido con un elegante traje gris claro y luciendo su mejor sombrero, montó a una yegua baya con patas negras y se fue en dirección al pueblo para escoltar a sus invitados. Estaba determinado a presentar la mejor cara, volviendo locos al mayordomo, a las criadas y a las cocineras con los preparativos del almuerzo.

La casa principal de la finca era de madera, con una escalinata que terminaba en una terraza que rodeaba la fachada completa. El piso, de loza azul y crema con diseños vagamente moriscos, era el orgullo de Anselmo, pues lo había encargado a Andalucía. Los muebles y estantes de caoba, recién pulidos con aceite de limón, brillaban como espejos.

El reloj marcaba la una cuando llegó la comitiva. Socorro y Sabina, las cocineras, y Trini y Sarita, las criadas, los contemplaban desde una esquina de la terraza.

—Mira qué grandotes son —dijo Sarita con voz coqueta, dándole un codazo a Trini—. ¡Don Anselmo se ve chiquitito al lado de ellos!

La voz del mayordomo las espantó.

—¿Qué se creen ustedes, que están en la galería de un teatro? —declaró indignado César, mientras ajustaba su uniforme blanco. No iba a permitir que la tarde fuese nada excepto perfecta.

La familia Ramos, vestida con sus mejores galas domingueras, subía las escaleras, intentando no dar muestras de asombro. Maruja, a quien le habían puesto un enorme lazo en el pelo, el cual se arrancaría de la cabeza sin piedad antes de que se sirviera el almuerzo, estaba impresionada. Una gran mesa dominaba el comedor, sin duda importada, pues tenía las patas talladas, y nada menos que doce hermosas sillas con espaldares trabajados en caña. De la cocina emanaba el olor del guiso, y sin poderlo evitar se le hizo agua la boca. Se percató de la presencia del mayordomo, las criadas y las cocineras, y de los peones en el jardín.

—Qué linda casa —musitó.

La conversación durante el almuerzo se centró en el precio de la hoja en el mercado. Bernat, Maruja y Pedro, amenazados por su madre con un castigo bíblico siquiera hablaran, comían en silencio. Virginia sentía cada latido de su corazón como un martillazo en el pecho. Llevaba puesto un vestido blanco primorosamente alforzado con mangas de tres cuartos y una falda que terminaba al tobillo, un largo riesgoso en Comerío, pero la última moda en París. Agradeció en silencio que los hombres ahora hablaban sobre el río de la Plata y la posibilidad de construir una represa allí.

—Señorita Virginia —dijo James, interrumpiendo su trance—. Me mencionó la semana pasada que iba a haber una coronación, y que tenía un tema literario. Cuéntenos un poco para saber qué esperar.

—Entiendo que la reina ha elegido *Sueño de una noche de verano* como tema, pero muchos en el pueblo no conocen ni el cuento ni al autor —Virginia pausó para dejar que las criadas retiraran los platos—. Al parecer van a repartir pasquines para explicar la obra antes del desfile. Sería muy difícil que la gente entendiera cómo una reina se pudiera enamorar de alguien con cabeza de asno —dijo riéndose.

El almuerzo fue opíparo. Anselmo y Ferrán, como buenos españoles, se retiraron a las hamacas de la terraza para tomar una siesta. Victoria, luego de encomendarle los niños a Sarita, se sentó en un sillón con la intención de trabajar en su pieza de mundillo y, luego de cabecear cinco minutos, se quedó dormida. James, Virginia y los niños se fueron caminando hacia el arroyo que atravesaba la propiedad. De camino pasaron varios ranchos cuyos habitantes, peones de la finca, se asomaron para echar un vistazo a los visitantes.

Virginia se sentó con cuidado en una piedra lisa para no estropear su vestido. La luz que se filtraba entre las copas de los árboles se desparramaba sobre ella. Los niños se quitaron los zapatos y las medias para meter los pies en el arroyo, chillando por lo fría que estaba el agua. James, sentado cerca de Virginia, sacó de la mochila papel y lápiz y comenzó a hacer bocetos. Nadie dijo nada por quince minutos.

—James, ¿en qué piensa cuando dibuja? —preguntó ella.

James sonrió.

—Pienso en el jardín de mis padres, en los puentes de París, en la jungla del Darién, en lo hermosa que es esta isla, en personas a quienes he conocido... usted en particular —pausó antes de continuar—. Quiero decirle, con todo el respeto que se merece, que usted figura en mi pensamiento más que cualquier otra cosa o persona. Su rostro es el que veo cuando algo me conmueve o me emociona.

El roce del lápiz de carbón en el papel y el suave murmullo de la brisa era lo único que se escuchaba. Los niños chapoteaban en el arroyo a poca distancia.

—Virginia, pienso en usted cuando me quiero sentir feliz y no es solo su belleza lo que me hace sonreír, sino todo lo que ella conjura: el rugir del mar, el fulgor de las estrellas, la caricia del viento que baja de estos cerros —James bajó su libreta y la miró a los ojos—. No quiero parecer atrevido, pero sí quiero que sepa lo mucho que la aprecio y admiro, y cómo deseo profundizar nuestra amistad. Si usted acepta, me gustaría pedir permiso a sus padres para visitarla —dijo, con expresión esperanzada.

Virginia se levantó y, sacudiendo las hojas de su falda, sonrió.

—Me complacería mucho que pidiera permiso a mis padres para visitar la casa. Cuando venga me puede contar de su vida en París y de sus aventuras en la jungla —dijo, ajustando su corona de trenzas.

James no sabía si debería estar feliz o no, pero creía haber intuido que ella también lo estaba. Virginia se acercó a él sigilosa. Estaba tan cerca de ella que olió la fragancia de las azucenas que tenía prendidas en el pelo. La muchacha tomó su mano izquierda, y abriéndola puso algo suave en ella. Sin decir nada, la cerró con las de ella y lo miró seria.

—Yo también oigo el mar, veo las estrellas y siento la brisa cuando pienso en usted —dijo susurrando para que no la escuchara nadie más que él.

En ese momento se oyeron gritos y ambos dieron un paso atrás. Bernat y Fernando perseguían a Maruja, dispuestos a tumbarla en el agua. Virginia se apresuró hacia ellos para asegurar que no terminara nadie mojado.

James abrió la mano con cuidado. En ella encontró una de las azucenas del tocado de Virginia amarrada con una cinta de seda verde agua.

Nunca había sido tan feliz.

Comerío, P.R.
30 de julio de 1899
En la plaza se erigió una gran tarima de madera para que el pueblo pudiera ver la procesión, la misa, los espectáculos artísticos y la coronación. Durante el día se oía la interminable cacofonía de los martillos y serruchos armando los puestos de refrigerios y de juegos. Fotógrafos itinerantes, expertos en pirotecnia y músicos llegaban al pueblo atraídos por la enorme popularidad de las fiestas patronales del Santo Cristo. En las casas, las señoras sacaban sus mejores galas al patio para sacudirlas, remendarlas o remozarlas. Las criadas corrían a limpiar habitaciones y vestir camas para los parientes que llegaban de pasadía. En la cocina se preparaban conservas, bizcochos y dulces, teniendo cuidado de cebar a los puercos con las mejores sobras, y los mozos cepillaban a los caballos, trenzando crines y colas, o pulían carruajes, calesas y bridas. Todo tenía que estar listo.

Bernat, Fernando y Maruja paseaban por la plaza acompañados de sus primas Carmen y Celeste. Casilda, una de las criadas de la familia Ramos, los seguía de cerca.

El grupo se detuvo para admirar el magnífico carrusel que se estaba armando cerca del río. Había montura fantasiosa a escoger: corceles en dos patas, delfines con colas como abanicos, tigres y leones con fauces abiertas y banquetas para los que querían dar la vuelta más cómodos. A su lado, una estrella de casi cuatro pisos de altura, diseñada para aquellos con nervios de acero, pues sus asientos se mecían de manera tan vertiginosa que provocaban mareos y ataques de histeria entre algunos de los que osaban montarse.

Los puestos de juegos de azar y la plaza para las corridas de novillos ya estaban listos. Hasta el mismo párroco reconoció que había perdido la batalla de montar unas fiestas puramente religiosas y libres de apuestas. Y en una covacha, escondida hasta el sábado 5 de agosto, día del desfile y coronación, estaba la carroza de la reina. Allí Casilda dio la orden de dar la vuelta, y los niños subieron la calle de regreso a la casa. Esa tarde había ensayo del coro y al señor Ferrán le desesperaba que llegaran tarde.

Victoria, encerrada en su habitación, debatía qué hacer. Por la mañana había llegado un mensajero con un sobre para ella y Ferrán. Lo escondió en el bolsillo de su delantal hasta que los niños y la criada salieron por la puerta. Le dio la vuelta al sobre de papel color crema, tomando nota de la calidad y peso del papel. Rompió el sello del sobre y leyó…

26 de julio de 1899

Estimados Sr. y Sra. Ramos:

En primer lugar, quiero agradecerles las atenciones que han tenido conmigo, extranjero y militar. Sepan que Comerío ha calado profundamente en mi corazón, no solo por la excepcional belleza del lugar, sino por la calidez y amabilidad de su gente.

Me dirijo a ustedes con todo el respeto que merecen, para pedirles permiso de visitar a su hija Virginia, a quien tuve el placer de conocer en la sastrería en días pasados, y verla nuevamente en casa del Sr. Longoria. Me gustaría poder continuar nuestras conversaciones con su completa aprobación, para seguir conociendo a una persona a quien, a pesar del poco tiempo que ha pasado, estimo y admiro profundamente.

A la espera de su respuesta, la cual espero de todo corazón que sea de aprobación.

Atentamente,
James Denby
Sargento, Ejército de los Estados Unidos de Norteamérica

Victoria dobló la carta y cerró los ojos, pensando en cómo responder. Ella no había notado nada entre su hija y el soldado, pero al leer la misiva entendió por qué Virginia había estrenado vestido ese día, y por qué le pidió ayuda con las trenzas, insistiendo en que prendiera en ellas azucenas del jardín.

¿Cómo iba a reaccionar su marido, quien tenía, al igual que ella, un plan para Virginia? Quizás deberían de recapacitar. James Denby era un muy buen partido, de eso no había duda. El soldado tenía unos modales exquisitos, una educación de primera y un alto nivel de sofisticación. Se veía que venía de una familia acomodada, pero ¿quiénes eran?

Victoria volvió a leer el mensaje, acordándose que en poco más de una semana el sargento regresaría a San Juan. Convencer a Ferrán no iba a ser imposible, especialmente si le recalcaba que solo sería por unos días. Se sentó en la mesa del comedor a escribir una respuesta.

En la habitación detrás de la alcaldía, James, olvidándose de su usual discreción, exhaló aliviado al abrir la misiva.

A las siete en punto, el sargento James Denby, portando una caja de polvorones, subió hasta la calle del Río bajo el escrutinio de todos los que tomaban el fresco de la noche en sus respectivos balcones. Ferrán, con el pelo engominado y oliendo a lavanda, le abrió la puerta, disimulando su nerviosismo como mejor podía. No era que le disgustara la idea de que el soldado cortejara a su hija, es que sabía que si progresaba la relación, el futuro que Victoria y él habían imaginado para su hija cambiaría radicalmente.

Esa noche, la familia Ramos, incluyendo a las criadas, quienes observaron todo tras las persianas de la sala, se transportó a París con los relatos de James. Este, sentado entre Virginia y Victoria, describió el diseño insólito de la torre Eiffel, los contrafuertes de construcción medieval que apoyaban la enorme fachada de la catedral de Notre Dame, el encanto bohemio del barrio de Montmartre y la belleza de los jardines de Luxemburgo. Virginia, sus manos entrelazadas en la falda, y Bernat, Fernando y Maruja, sentados en la banqueta del balcón, escuchaban absortos.

Cuando menos se lo esperaban dieron las nueve, y la velada se dio por terminada. Las criadas regresaron con paso sigiloso a la cocina, tratando de recordar todo lo que habían oído.

—Cuánto ha viajado ese señor y nosotros por acá, sin salir de este bendito pueblo. Pero por lo menos tenemos la fiesta como consolación —murmuró Agripina, quien le llevaba a Casilda por lo menos veinte años y alimentaba muchas menos expectativas.

La noche siguiente, James regresó, esta vez portando ramos de gardenias, uno para la madre y el otro para la hija. Después de un rato,

Ferrán y Victoria dejaron a la pareja bajo la tutela de las criadas y los niños. Sabían que la inocente retahíla de preguntas sobre las culebras y monos de la jungla panameña ayudaría a mantener una distancia prudente entre Virginia y el soldado.

El domingo, tras la misa y la novena, el pueblo entero se volcó a la calle para ver pasar la procesión del Santo Cristo de la Salud. Diez feligreses cargaban la imagen tallada por las calles del pueblo. Al frente del desfile, el párroco, vistiendo sus mejores galas eclesiásticas, caminaba solemnemente tras una falange de sacristanes portando pendones y botafumeiros encendidos. Desde los balcones caían ráfagas de pétalos y una que otra saeta dedicada al patrón de Comerío. La imagen del Cristo recorrió el pueblo hasta llegar a la plaza, donde el párroco aprovechó hasta el último momento antes de que el pueblo sucumbiera a la algarabía general.

—Dios los va a estar mirando desde su morada celestial, y no perdonará a aquellos que se arrastren en la servidumbre infame del pecado, sea por el vicio del juego, las tentaciones de la carne o la celebración excesiva —dijo, apuntando con el dedo hacia el cielo—. Es más, yo mismo los voy a estar mirando, y sabré cuál de ustedes no celebra esta magna fiesta con la dignidad y sobriedad que se merece… —amonestó con tono estentóreo.

Al cerrarse las puertas de la iglesia tras el párroco y los sacristanes, los diáconos y las viudas que formaban parte de su séquito, empezó la celebración. El alcalde Carmona, luego de un breve discurso (tenía que serlo, la gente estaba cansada y con hambre) y al repique de campanas y silbatos, dio comienzo oficial a las fiestas.

James montaba la cámara en el balcón de la alcaldía para conmemorar el evento. Hacía un día espectacular, con una brisa que batía los banderines de colores que adornaban la plaza. En la calle, la gente caminaba rumbo al río para echarle una ojeada a los juegos y puestos de refrescos.

Casilda bajaba por la calle con los hijos de Victoria y Violeta. La comitiva pasó frente a la alcaldía y los niños vieron al sargento Denby armando la cámara. Bernat, Fernando y Maruja, felices de presumir de su amistad con el sargento frente a sus primas, lo saludaron antes de seguir cuesta abajo. James tomó varias panorámicas de la plaza y se disponía a guardar la cámara cuando escuchó a una voz familiar.

—Sar-gen-to… sar-gen-to… —cantaba Virginia, parada debajo del balcón—. No me puedo quedar, pues cumplo como la retaguardia del grupo, pero espero que nos podamos encontrar esta noche. Ya sabes que con mis hermanitos interrumpiendo cada cinco segundos no puedes terminar ni siquiera una oración —y se rio encantada, al notar que había migrado del «usted» al «tú» sin darse cuenta siquiera.

James la contempló, feliz de haber dejado las formalidades en el pasado. Hoy, a diferencia de otras veces, tenía el pelo suelto y el sol fulguraba a su alrededor mostrándola como un ángel de retablo. La quería grabar en su memoria para siempre. Se acordó de que tenía la cámara lista, y de que le quedaba una placa por tomar.

—Virginia, no te muevas, que te voy a tomar una foto —dijo, moviendo el trípode y la cámara al borde del balcón—. Tienes que quedarte en la misma posición hasta que te diga. No, no te muevas, así estás perfecta, te lo aseguro. Aprovechando el tránsito de una nube frente al sol, tomó la foto. No la revelaría hasta llegar a San Juan.

Esa noche, y las que siguieron, James llegaba a la casa Ramos a las siete y media en punto para recoger a Virginia y su séquito, compuesto por sus tres hermanos menores y Casilda. Victoria y Ferrán, determinando que cuatro personas constituían protección suficiente de la virtud de su hija, dieron el visto bueno a los paseos. Poncio se unía a la comparsa al llegar a los puestos de juego, dando consejos a los niños de cómo brincar mejor para ganar las carreras de sacos, y de paso cortejar a Casilda, quien, sabiéndose admirada, lucía su mejor vestido y un delantal blanco almidonado.

Casilda y Poncio aprovechaban el bullicio para estar juntos, y a su vez darle a la otra pareja tiempo a solas. Los varones no eran difíciles de distraer, pero Maruja siempre estaba pendiente a su hermana mayor. La oportunidad se les presentó la segunda noche de las fiestas. Al ver a James y Virginia montarse en la estrella Maruja insistió en ir con ellos, sentándose entre los dos en la banqueta. El aparato, un enorme círculo de acero que giraba en un eje perpendicular, era famoso no solo por subir y bajar vertiginosamente, sino por los efectos que causaba, entre ellos mareos, náuseas y terror. A Maruja, pálida, trémula y humillada, la bajaron de la estrella luego de que diera apenas tres vueltas porque empezó a gritar de pánico.

Virginia, sola en el asiento con James, experimentó por primera vez una sensación de arrojo salvaje. La máquina giraba, lanzándolos al cielo estrellado como dos cometas. Sintió la mano de James apretar la de ella, cálida y segura, y su preocupación de ser vistos por alguien se esfumó en un instante. Entrelazó sus dedos con los de él, apretándolos al sentir su cuerpo responder al movimiento de la estrella. Se movió hacia él instintivamente y cuando oyó su risa alegre y profunda se sintió tan dichosa que pensaba que iba a estallar de la felicidad.

Virginia escuchó desde su habitación el ruido de las palanganas de agua traídas para bañar a Bernat y Fernando, quienes habían estado mirando las carreras de yolas desde la orilla del río y estaban llenos de lodo. Encima de la cama estaba su vestido, una sencilla columna de seda marfil bordada con azucenas, los guantes de cabritilla que le había prestado su tía Violeta y, para recoger el pelo, una diadema de azucenas naturales entrelazadas con cinta de seda verde claro. Estaba convencida de que su traje le traería otros encargos al taller, pero con cada día que pasaba pensaba menos en ese futuro y más en la vida que pudiera tener junto a James. Se acordó de la estrella, cuando su mano buscó la suya y sintió cómo cambió el ritmo de su respiración.

Anselmo, deduciendo correctamente que sería difícil para Casilda cruzar el pueblo con un hada, dos duendes y una azucena, envió su calesa y al chofer para que los llevara a sus respectivas carrozas. Dieron las seis y los niños salieron a la sala para esperar a Virginia, primero Maruja vestida de hada y, al rato, disfrazados de duendes, Bernat y Fernando, quienes no paraban de reírse el uno del otro. Fernando, el más payaso de los dos, se quitaba la gorra de pico y daba saludos exagerados, haciendo que a Bernat se le cayera el antifaz de la risa. Al poco rato, Virginia salió de su habitación, el aroma de las azucenas rodeándola como un manto invisible.

La familia la contempló en silencio por unos segundos. Su melena color castaño claro, engarzada por la diadema, bajaba por su espalda como una cascada. Los guantes de cabritilla, prestados por su tía Violeta, cubrían sus manos y brazos hasta el codo. Un toque de carmín en los labios y en las mejillas y una atrevida aplicación de hollín en las pestañas resaltaban su belleza natural. Sonrió, sintiéndose tímida de repente.

—Estás preciosa, mi niña —dijo Ferrán con un dejo de emoción—. Vayan, no hay tiempo que perder, que el desfile comienza en media hora.

—¡Ahí está Maruja! —gritó Celeste desde lo alto de la carroza de las hadas—. ¡Ven, que el desfile está a punto de comenzar!

Le siguieron Bernat y Fernando, quienes se incorporaron a la carroza de los duendes y criaturas del bosque, mofándose de los que iban vestidos de cotorras y pitirres.

La gente del pueblo se volcó a la calle ataviada de toda variedad de disfraces. Indios, majas y cabezudos se mezclaban con piratas y diablos, y con los que nada más podían gastar en un antifaz barato de cartón. Se oían los acordes de la tuna *Fígaro*, traída especialmente desde San Juan por el padre de la reina.

Las damas del comité organizador habían hecho una magnífica labor decorando la carroza principal, en la cual se destacaba un claro del bosque donde descansaban el rey, la reina, y su corte de lacayos, flores y mariposas. La reina sufría en silencio mientras su madre le hincaba la cabeza con otra horquilla. La voluminosa falda de su vestido arropaba casi todo el trono y una pesada capa de terciopelo con cuello isabelino le cubría los hombros. La corona le quedaba grande, y se deslizaba con facilidad de un lado al otro en su cabeza. A su lado, su rey consorte coqueteaba sin disimulo con una de sus damas, lo cual, combinado con el dolor causado por las horquillas, el picor de la crinolina y el prospecto de una corona inestable, la puso de mal humor.

Casilda se dio cuenta de que ya no podrían acercarse más y se bajó para ayudar a Virginia, quien salió de la calesa de la mano de

James. Los que rodeaban el vehículo cesaron su algarabía al verla. Nunca habían visto mujer tan hermosa.

—¡Es una azucena! —empezaron a clamar los que recobraron el habla.

—¡Qué bella es!

—¡Viva la azucena!

Un aguzado se percató de que Virginia tenía que llegar a la carroza principal y sombrero en mano comenzó a abrirle paso.

—Tiene que llegar a la carroza de la reina; déjenla pasar! ¡Abran camino que tiene que llegar!

No faltaron los comentarios de los curiosos.

—Es mucho más bonita que la reina.

—Qué vestido tan lindo, ¿viste qué fino el bordado de las flores?

—¡Blanca azucena, qué bella eres!

—¡Qué cara de ángel!

—¿Oye, de quién es hija?

—Ella es de los Pérez de Comerío, son primos lejanos míos…

—¿Quién es el fulano que la sigue?, porque de aquí no es…

—Qué guapo.

—¿Dices que es americano? Es trigueño, pero uy, qué alto es…

—Es que allá los crían grandes, ¿sabías?

La madre de la reina, ocupada acomodando el vestido de su hija, se viró al oír la algarabía de la muchedumbre. Sintió furia e incredulidad cuando vio a Virginia avanzar hacia donde estaban las otras damas, bellísima en su traje color marfil. Que se atreviera la hija de un sastre, aunque fuese de los Pérez de Comerío, a eclipsar a la reina del carnaval, para colmo después de que tuviera la cortesía de invitarla a ser parte de su séquito… ¿Cómo era posible que tuviera tales ínfulas de grandeza? Calmó a su hija, quien había comenzado a llorar, prometiéndole resolver el agravio de inmediato. Tener que lidiar con el atrevimiento de parte de esta mequetrefe era lo último. El rey consorte se fijó en la escena desarrollándose a pocos metros de la carroza.

—¿Quién es esa muchacha tan linda? —preguntó curioso a un paje sentado en una de las escaleras del trono.

—Es Virginia, la hija de Ferrán Ramos —susurró el niño, preocupado de que lo desterraran a una carroza de menor importancia.

La madre de la reina bloqueó el avance de Virginia, quien, confundida, detuvo su marcha. La multitud mantuvo una discreta distancia, pero se mantuvieron pendientes de la conversación. Al parecer algo no andaba bien.

—¿Dónde crees que vas, Virginia? —preguntó con voz ríspida—. Porque en esta carroza no te vas a montar. Eso de llegar así, vestida como estás, tratando de opacar a mi hija, eso no lo voy a permitir —las plumas de su tocado se movían al compás de sus palabras—. ¿De cuándo acá gente como tú se cree igual a nosotros? Nosotros cumplimos con invitarte, pero parece que nadie te explicó tu lugar en la coronación. Nunca fue para que estuvieras en esta carroza, sino en la de los niños. Si asumiste que estarías en la de la reina estabas bien equivocada…

Viendo con satisfacción que Virginia, pálida tras el carmín, la miraba atónita, le echó el último insulto.

—Es más, no vas a montarte en ninguna de las carrozas. Puedes regresar a tu casa a pie o en la calesita que te trajo —y dio media vuelta dándole al mozo de los caballos la señal para que pusiera en posición la carroza para el desfile.

Virginia, enmudecida y rodeada por más de un centenar de personas que la miraban, sintió que se caía, como si estuviera deslizándose al vacío. Entendió en un instante por qué la reina y su madre no le habían dado detalles de la coronación. No les incomodaba que fuera parte de los festejos en calidad de nodriza, pero como protagonista no, de ninguna manera. Sintió la mano de James en su codo, apoyándola suavemente.

—Virginia, si quieres te llevo a donde tus padres. Estás preciosa, mil veces más bella que cualquier reina, y sé que tu familia y amigos te van a querer ver —le dijo James sonriendo, como si no estuviera nadie allí.

Mientras tanto, aquellos que se aglomeraban a su alrededor, entre ellos el señor del sombrero, hablaban entre sí, horrorizados por lo que habían presenciado.

—¿Quién se cree esa mujer tan insoportable?

—Qué feo le quedó eso…

—¿Tú oíste lo que le dijo a la azucena?

—Pobrecita…

—¿Qué dijo que no la oí, la insultó por no ser de su clase?

—La hija de Ferrán Ramos, ni más ni menos.

—Pero claro que se puso furiosa, si la hija no es tan bonita como ella…

—Debe de desfilar la linda azucena.

—Que desfile entonces sola…

—¿Y si le abrimos paso y desfila con este señor?

—Señor, usted parece conocerla, desfile con ella.

—¡Que desfile la azucena con su escolta!

La gente, entre ellos criadas, peones, empleados, visitantes de otros pueblos y los siempre presentes niños comenzaron a aplaudir. El señor del sombrero se lo quitó, y saludando como si estuviera en Versalles, abrió paso hasta donde estaba la primera de las carrozas. La gente en la calle, indignada por la pedantería exhibida públicamente por la madre de la reina, comenzó a aplaudir y a gritar.

—¡Que desfile la azucena, la que debió haber sido la reina!

—¡La queremos ver!

—¡Qué bella eres, azucena!

—¡Virginia Ramos, la reina de Comerío!

—¡Que viva la reina, no, es más, la emperatriz!

James, mirando a su entorno, comprendió que no iba a poder contravenir los deseos de la muchedumbre. Si quería llevar a Virginia a su casa iba a tener que hacerlo por la calle, pues no cabía un alma a los costados. Subió la mirada y vio a Casilda tratando de llegar donde ellos.

—Casilda, usted y Poncio, si lo encuentra, encárguense de los niños hasta que lleguen a la plaza. Yo me encargo de escoltar a Virginia hasta dar con sus padres o la llevo a su casa —dijo James en su voz de soldado. Miró a Virginia con ternura y orgullo—. Vamos, pues, su majestad, la más bella reina que este pueblo haya visto jamás, que la quieren ver.

Virginia, preciosa bajo su diadema y con una sonrisa deslumbrante, puso su mano sobre la de James. Juntos empezaron a caminar lentamente frente a la primera carroza que conformaba el desfile. A su paso por la calle, la gente, conmovida por la belleza y el porte de la muchacha y su escolta tan bien parecido y elegante, aplaudió y vitoreó con delirio. Hasta saetas le dedicaron algunos desde los balcones, y en varias ocasiones, lluvias de pétalos de rosa cayeron sobre los dos. Tras ellos, las primeras carrozas subían la cuesta para llegar a la plaza. Al parecer nadie en la carroza de la reina se había dado cuenta de que Virginia lideraba el desfile.

En la plaza, todavía ignorantes de lo que estaba pasando, esperaban Ferrán y Victoria, acompañados por el resto de la familia. El alboroto en las calles aledañas avisaba que pronto llegarían las primeras carrozas.

Cuando la gente en la periferia de la plaza supo la razón por la cual (ya algunos habían subido para contar lo acontecido a aquellos que esperaban) Virginia desfilaba a pie y no en carroza, empezaron a aplaudir y gritar su nombre. Ferrán y Victoria no entendían. ¿Acaso no se suponía que su hija estaba con las otras damas en la carroza de la reina?

El público presente abrió camino para dejar pasar a Virginia, quien caminó lentamente alrededor de la plaza con su mano enguantada en la de su escolta. Al llegar a la tarima principal, hizo una leve cortesía, dejando el ramo de azucenas a los pies de la imagen del Santo Cristo. Virándose, saludó a la multitud con un beso coqueto, lo cual causó un frenesí de gritos y vivas. En las gradas reinaba la confusión. Ferrán y Victoria, atorados en la tarima por el gentío, no podían moverse. Eran casi las once de la noche.

Virginia y James marcharon por las calles del pueblo rumbo a la casa con una cola de curiosos detrás, la cual se iba reduciendo con cada paso que daban. A la plaza comenzaban a llegar las carrozas, y eventualmente la gente los dejó solos. Pero no cabía duda de que lo que había transcurrido sería la comidilla del pueblo por muchas semanas. Las criadas, aprovechando que sus patrones estaban lejos para mecerse en los sillones del balcón, dieron un salto cuando vieron a la pareja acercarse a la casa. Virginia las tranquilizó y les pidió unos momentos a solas con James, consciente de que ya era tarde y sus padres estarían llegando en cualquier momento. Se quitó los guantes y los dobló con cuidado, poniéndolos en el pasamanos del balcón.

James se acercó a ella y tomó sus manos. De su chaqueta sacó un sobre, el cual le dio. Virginia le dio vuelta varias veces, insegura de poder hablar sin que se le quebrara la voz.

—No quisiera que leas esto hoy, sino mañana cuando ya me haya ido —dijo James en voz baja. Tomando una de sus manos, la puso sobre su pecho—. ¿Sientes cómo late mi corazón?

Virginia alzó la cabeza para mirarlo. Una lágrima se le escapó de los ojos y nerviosa se excusó.

—Perdona, es que ha sido una noche llena de sorpresas, y lo que me has dicho es la más bella de todas

Cerró los ojos y dejó que la besara.

Al cabo de un rato escucharon voces en la calle.

—Me tengo que ir, pero prometo volver por ti una vez arregle mis asuntos con el ejército —le dijo James a Virginia mientras acariciaba su mejilla. Dándole otro beso, le susurró al oído:

—Te pido que me esperes y que confíes en mí.

Virginia lo abrazó con fuerza, estampando besos en su rostro, en sus labios, en sus manos. Se acercaba alguien. Soltando sus manos, dio un paso atrás. Quería grabarlo entero en su pensamiento antes de que se fuera.

Violeta, quien se había quedado para ver llegar las carrozas, reportó al día siguiente que la corona se le había caído de la cabeza a la reina unos momentos después de que la coronaran. Mal augurio, aseguró.

La madrugada siguiente, James y Poncio enfilaron la carreta en dirección a Bayamón, donde pasaron la noche, y llegaron a San Juan la tarde del 7 de agosto. Esa misma noche el coronel Nichols los citó en su oficina.

—Quiero que guarden todos los informes, las fotos y el resto del equipo en mi despacho, pues me informan que viene mal tiempo —dijo Nichols con expresión neutral. Parecía preocupado.

A medianoche, vientos de fuerza inusual desgarraron las banderas de sus astas en el castillo de San Cristóbal. A fin de cuentas, Violeta tuvo razón; venía algo terrible.

CAPÍTULO SEIS

San Juan, P.R.

7 de agosto de 1899, 7 am

Los soldados a cargo del recién inaugurado buró de meteorología de San Juan saboreaban el primer café de la mañana cuando el *toc-tic-toc* del telégrafo anunció la llegada de un mensaje de Washington.

«Atención: Roseau, Dominica, Basseterre, St. Kitts y San Juan, Porto Rico - Huracán detectado a 150 millas de la isla de Dominica, proveniente del este-noreste... presión barométrica de 29.72... vientos máximos de 18 mph, acompañado de lluvias del noroeste... Se ordena izar señales de huracán de inmediato. Se avisa a las estaciones meteorológicas localizadas en las Antillas Menores, y en Santo Domingo, Kingston, Jamaica y Santiago, del huracán y su posible trayectoria».

En menos de un minuto se comenzó a transmitir el mensaje codificado de manera continua a las islitas de Dominica y St. Kitts, y a los destacamentos y cuarteles del ejército norteamericano en la isla.

Guayama, P.R., 2 pm

El día había comenzado como cualquier otro para Manolo. Luego de un desayuno de pan y café, salió a paso apurado a las oficinas de Luce and Co. en la calle Fidelidad para llegar antes que su jefe. Su trabajo de mensajero se lo debía a la recomendación enviada por Daniel Montjoy al mismo jefe de operaciones de la oficina, el recién llegado ingeniero Farnum.

A las pocas semanas los cuatro empleados entendieron que el ingeniero Farnum prefería las cosas de una cierta manera. Llegaba a la oficina con su uniforme usual de camisa blanca almidonada y pantalón claro exactamente a las ocho y cinco de la mañana. Una vez allí, se sentaba en su escritorio con el primero de cuatro cafés diarios para leer los informes del capataz. Luego de ponerse al día, componía epístolas igualmente largas a la casa matriz de Luce and Co. Entre tareas hacía las mismas cosas —ordenaba minuciosamente su escritorio y luego se iba al balcón para fumarse un cigarrillo mientras escudriñaba el horizonte y observaba a los transeúntes—. Una vez de regreso al escritorio le sacaba punta a sus lápices y limpiaba las puntas de sus plumas. Y de nuevo comenzaba otro ciclo de leer, escribir, ordenar, fumar y afilar.

Farnum percibió desde un principio que Manolo Guardiola, su mensajero y «*factótum*», como lo apodaba, tenía un sincero deseo de aprender de todo —matemáticas, inglés, y los sistemas que sostendrían las operaciones de la nueva central—. Todos los días le traía al muchacho una lista de diez palabras en inglés para que las buscara usando el diccionario inglés-español de la oficina. Cuando el ingeniero vio el entusiasmo del muchacho, encargó a Boston libros para que los empleados (lo cual era una excusa, pues Manolo era el único estudiante) pudieran aprender a leer en inglés. Al poco tiempo llegó una caja con una docena de libros, entre ellos un *New England Primer* para agarrar la gramática, una serie de poemas *At The Seaside* para acostumbrarse al ritmo del lenguaje y una novela *The Adventures of Tom Sawyer* para que no faltara un poco de humor y aventura.

—Ahora vas a empezar a aprender el inglés como Dios manda —dijo Linus, ordenando por quinta vez su regla de cálculo, los lápices de punta mortífera y las plumas que parecían pequeños bisturíes—. Cuando encuentres una palabra que no entiendes, apúntala y la cotejamos juntos.

Los empleados, saliendo de la oficina a la una para almorzar, se acostumbraron a ver al ingeniero y al muchacho quedarse en la oficina para repasar la lista de vocabulario. Durante la primera hora, Farnum era el maestro y durante la segunda lo era Manolo, pues cambiaban del inglés al español. En tres meses Manolo fue capaz de leer artículos del *Boston Globe* en voz alta y de mantener una simple conversación. Cuando nadie lo veía metía los periódicos viejos en la mochila y se los llevaba a la casa para leérselos a su madre y hermanos después de la cena. Ellos por supuesto no entendían nada, pero los hojeaban absortos a la luz del quinqué de la cocina.

Por más que el ingeniero se memorizaba las conjugaciones de un sinfín de verbos, machacaba el español sin piedad. Mañoso hasta la médula, no podía concebir hablar un idioma si no era a la perfección. Estaba consciente de que a veces decía disparates y por ende se cohibía, equivocándose aún mas. Manolo, fiel al fin, repasaba con él las lecciones, inmune a los improperios que salían de su boca cuando no acertaba.

Trabajar en la oficina de Luce and Co. era para Manolo lo mejor que le había pasado. Hubiese sido feliz continuando sus estudios, pero cuando llegó el día de pagar la matrícula, su padre le informó secamente que no tenía el dinero para educar a tantos. Manolo se calló lo que iba a decir, pues su padre era de mecha corta y por cualquier razón, real o imaginada, desenfundaba la correa para empezar a repartir golpes. Oriundo de Vizcaya, era fuerte y bien parecido, y en las ocasiones que venía a visitar a su madre, era como si un gigante hubiese entrado a la casa. A veces les hablaba en vasco, el extrañísimo idioma con el que creció en el valle de Carranza, lo cual causaba que las niñas se asustaran y salieran disparadas a esconderse en el armario con sus muñecas de trapo.

Manuel Santillán mantenía a Felícita y a sus hijos en una casa en la calle de San Antonio mientras su esposa y sus tres hijos legítimos vivían al oeste del pueblo en una finca en Pozo Hondo. Comentaban en la calle que hasta tenía una tercera mujer en la calle de las Torres. Los hombres lo envidiaban sin disimulo alguno; con tres mujeres tenía para escoger, y si una no daba el grado se podía ir a donde la otra. Las mujeres suspiraban, pues no solo era guapísimo, sino que obviamente le sobraba virilidad. Tanta virilidad que el cura de la parroquia se lamentaba de que bautizaba más hijos de Manuel Santillán que de cualquier otro en el pueblo.

—Qué sinvergüenza y, para colmo, mi paisano —se lamentaba, persignándose a solas en la sacristía.

A veces, tarde en la noche cuando no podía dormir, Manolo oía llorar a su madre —un sonido amargo, saturado de despecho y dolor—. Ya conocía demasiado bien su estado de hijo natural y lo resentía con todo su ser, pues sabía que su porvenir y el de sus hermanos venía teñido con una mancha lujuriosa y que hacerla desaparecer tomaría esfuerzo y dinero. Sus medios hermanos legítimos heredarían todo, y tendrían entrada a la mejor sociedad. Manolo y sus hermanos se quedarían atrás, y eso, para el muchacho, era simplemente inaceptable.

A Felícita no se le ocurría quejarse. Manuel los mantenía del mejor modo que podía, y en la casa nunca faltaba ropa y sustento para los niños. A ella le bastaba que alguien tan bien parecido, generoso y casi siempre bien portado la quisiera y la mantuviera. No era una mujer educada, pero sabía que su hijo aspiraba a ser algo más que un mero jornalero en los terrenos de su padre.

Al llegar la carta de recomendación a manos del ingeniero Farnum, Manolo se preparó para lo que pensaba sería la delicada tarea de persuadir a su padre de que le permitiera trabajar en las oficinas de la nueva central. No se tuvo que haber preocupado. Manuel, distraído con la faena constante que conllevaba mantener a una familia tan extensa, le dio permiso de una vez.

A las dos de la tarde un soldado del cuartel llegó a la oficina. Sin decir palabra cruzó el umbral y sacó un telegrama de su morral. El ingeniero, extrañado, se puso de pie para recibirlo. Parecía ser algo urgente.

—¿Porque tardaron tanto en hacernos saber esto? —preguntó incrédulo a nadie en particular, pues el soldado, hecha la entrega, se retiró con un breve saludo—. Ya son las dos… eso quiere decir que tengo que enviar a alguien a toda prisa en dirección a Aguirre para avisarle al ingeniero Maartens.

Farnum dobló el telegrama con mucho cuidado. Se sentó en el escritorio, agarrando la regla de cálculo para que no vieran lo nervioso que estaba.

—Viene una tormenta grande —dijo sencillamente—. Les doy el resto del día para que se vayan a sus casas y se preparen como puedan. Lo único que pido es que un voluntario con montura vaya a Aguirre y le avise a mi colega Maartens de lo que viene. Yo mismo iría, pero tengo que enviar telegramas a Boston a informar a la compañía, y para eso tengo que regresar al telégrafo.

—El que vaya recibirá paga triple por el día de hoy —añadió Farnum, endulzando la propuesta.

Los ingenieros y el contable contemplaban el piso, más asustados que avergonzados. Manolo, ni corto ni perezoso, alzó la mano.

—Voy yo, ingeniero, si alguien me presta un caballo —dijo el muchacho con voz decidida—. Si salgo ahora llego a Aguirre a las cuatro.

En menos de diez minutos Manolo salía rumbo a la Central en la yegüita del contable, la cual tenía un trote saleroso y le encantaba correr. Le pidió al contable que pasara por su casa para que le dijera a su madre lo de la tormenta. Quería que ella estuviera lista y que supiera que él regresaría antes de que pegara.

Manolo y la yegüita bordearon el gran estuario de la bahía de Jobos hacia el suroeste. Plumas de humo se podían ver desde varios cerros en la lejanía. Entró a Aguirre por una carretera bordeada de palmas reales a las 3:45 de la tarde. Al pasar el ferrocarril a la entrada del predio le entregó la yegua a un empleado, pidiendo que por favor le dieran agua y la cepillaran. El peón no se movió hasta que de una choza de madera salió un señor tostado del sol y sin sombrero. El ingeniero Maartens, capataz de las obras de la Central Aguirre, dio su aprobación con un movimiento de su cabeza y el hombre se llevó a la yegua por la brida.

Manolo se acercó, sombrero en mano, con el telegrama.

—Esto es para usted, ingeniero Maartens, de parte de mi jefe, el ingeniero Farnum —dijo Manolo, concentrándose para que su primera frase oficial en inglés fuese correcta.

Maartens leyó el telegrama y se quitó los lentes, restregándose los ojos preocupado.

—Válgame Dios, la verdad es que no nos queda tiempo que perder. Tendremos que amarrar y resguardar lo más que podamos en lo que queda de la tarde y la noche —dijo en un español excelente—. ¡Jacinto! Dígales a los muchachos que los quiero ver aquí en cinco minutos, y envíe a buscar a los que están en el muelle también.

Maartens se guardó el telegrama en el bolsillo y observó al muchacho, midiéndolo con la mirada.

—Usted, joven, ¿trabaja con Farnum en Guayama? ¿Dónde aprendió a hablar inglés? —preguntó curioso el capataz.

—Sí, señor; en la oficina, señor —continuó Manolo en inglés, de repente preocupado porque tenía que regresar y ya caía la tarde.

—Habla bien el inglés, lo felicito —le dijo Maartens, sacando de su bolsillo un dólar americano—. Le quiero dar esto porque aprecio el esfuerzo de venir aquí a avisarnos tan próximo a la tormenta. Le aseguro que no me voy a olvidar, señor…

—Guardiola, ingeniero, Manolo Guardiola. Gracias, mil gracias —replicó el muchacho, atónito por la propina tan generosa—. Estoy a su disposición.

Maartens mandó a que los peones trajeran otro caballo. La yegua estaba cansada y Manolo se tardaría más si la montaba de regreso. Mejor llevarla amarrada al otro caballo, un bayo brioso que masticaba impaciente el bocado de la brida.

—Dígale a Farnum que me regrese el caballo cuando pase la tormenta, pues estoy seguro de que lo necesitaré —dijo con una leve sonrisa mientras Manolo se acomodaba en la silla—. Usted vaya de regreso para que no lo agarre la noche.

Y con eso le dio un palmazo al caballo en la grupa para que saliera trotando.

Yabucoa, P.R., 6 pm

Susana, de regreso del pasadía en Coamo, lloraba de frustración en los brazos de su madre. Otro mes pasaba y ella seguía sin concebir. Su madre le acariciaba el pelo susurrando palabras de consuelo.

Antonio, refugiado en el balcón tras el ataque de llanto de su esposa, se fumaba un tabaco en compañía de la tía Ana y su cuidadora, Tulia, quien vigilaba el cielo desde las sombras. Ana, hija del francés Antonio Charot, el primero de su apellido establecido en Yabucoa, estaba en la octava década de su vida, pero tenía la mente absolutamente lúcida. Como era tan vieja, lo único que la entretenía era saber lo que estaba pasando dentro y fuera de la casa. Su fórmula para mantenerse al tanto de las cosas era simple: observar, escuchar y mantener una amplia red de informantes. Y no solo sabía todo lo que pasaba en Yabucoa, sino en el mundo entero. En las mañanas Tulia la encontraba con su bata de encaje puesta leyendo periódicos y revistas en la cama con la ayuda de una enorme lupa.

—Antonio, cuéntame, ¿cómo estuvieron los baños? —preguntó con voz neutral. Sentada en una silla de caña, agarrando con sus manos el pomo de oro de su bastón, parecía una ciruela pasa con una mantilla en la cabeza. Un magnífico broche de perlas y rubíes unía las puntas de un fichú de encaje francés color marfil, y unos pendientes igualmente regios colgaban de sus orejas marchitas. Aún a su edad era firme creyente en recibir la visita, aunque fuera familia, con sus mejores galas.

Antonio contempló la ceniza roja de su tabaco en la creciente penumbra del atardecer. A la venerable tía Ana no se le escapaba nada. Conocía a la madre, la abuela y las tías abuelas de su esposa desde que tenía uso de razón y sabía que estaban más que preocupadas por el hecho de que la niña de la casa no acababa de concebir. Le pasó por la cabeza que se arrepentía de haberle propuesto matrimonio a su esposa. Quizás ella debió haberse casado con alguien más joven. Pero empujó la duda hacia un lado, razonando que fue escogido por las mujeres de la casa porque era el único que podía manejar el temperamento y los caprichos de Susana.

—Pues le cuento que lo pasamos bien a pesar de que todavía estaban reconstruyendo parte de la estructura del hotel —dijo con tono ligero dándole vueltas al cigarro para que quemara mejor—. Usted sabe que el general Wilson desató su artillería persiguiendo al ejército español en Coamo, así que el ruido de los martillos y los serruchos fue serenata todos los días. Pero sí disfrutamos del ambiente campestre.

Lo que no le dijo fue que Susana casi le provoca un ataque al corazón con su insistencia de quedar embarazada. Aunque estaba acostumbrado a los arrebatos esporádicos de su esposa, consideraba su reciente conducta fuera de las normas de un matrimonio católico y decente. Apenas abría los ojos estaba ella paseándose de manera sugestiva por la habitación en paños menores o escandalosamente desnuda bajo su refajo de lino transparente. Y luego del almuerzo, cuando todo el mundo sucumbía al soponcio de la tarde, allí estaba ella de nuevo a su lado en la cama, dándole besos en la espalda o acariciándole la pierna con la suya.

Al pensar en esos tres días sintió que le regresaba la taquicardia y esperó que no se le notara el malestar en la cara. El doctor en San Juan le había dicho que tenía el corazón delicado y que siguiera un régimen tranquilo con mucho descanso. Eso no pasó en Coamo. Se acordó que luego de una sesión amorosa particularmente recia, se tuvo que ir a bañar a la pileta termal, pues tenía las puntas de los dedos azules y la respiración entrecortada. Si no la preñaba pronto lo iba a matar, de eso no tenía duda.

La tía Ana lo observaba con sus ojos de lince. Con un leve aleteo de su abanico llamó a Tulia.

—Tulia, mañana me vas a hacer una tisana para Antonio —dijo Ana, su expresión inescrutable en la oscuridad—. Hijo, te aseguro que la infusión de Tulia te va a sentar bien. Todos en esta casa hemos tomado sus remedios durante momentos críticos, y creo que estás pasando por una situación de este tipo. Necesitas fuerza, eso me queda claro —y viendo que Antonio disimulaba su incomodidad expulsando una gran bocanada de humo al viento, le dio las buenas noches y dejó que Tulia la llevara a su habitación.

Antonio terminó de fumar su cigarro y pidió un vasito del ron claro y potente que hacían los peones de la finca de caña de la familia De la Fuente. Tomándoselo de un trancazo se fue a la habitación, rezando que todo funcionara como debiera por si Susana estaba despierta.

Comerío, P.R., 8 pm

César y los peones habían hecho todo lo posible por proteger el tabaco que se secaba en los cobertizos de curado de la finca. Pero más allá de reforzar las vigas de los techos y cubrir las frágiles hojas para que no se mojaran, no podían hacer más. Los cobertizos, construidos con retazos de madera y pencas de palma, no se prestaban a arreglos de clavos y tablas.

A Comerío no llegó ningún telegrama advirtiendo de la tormenta. La gente, descansando en sus balcones y patios, no paraba de hablar de que a la reina se le había caído la corona y que eso iba a traer mala suerte. Ni se diga del escándalo acontecido antes del desfile de la reina. Los que presenciaron el desfile de Virginia Ramos y James Denby comentaban maravillados de la belleza y el garbo de la muchacha y de la caballerosidad del soldado.

Esa mañana un campesino que vivía con su familia cerca del río subió para decirle a César que se había despertado por los mugidos de cinco vacas acostadas en la esquina del patio de su casa. Él y sus hijos trataron de que los animales regresaran al rancho, pero por más que intentaron, rehusaban moverse. El mayordomo no se extrañó. En el campo los animales, el viento y la luna presagiaban el tiempo. Alzó la vista para mirar en las laderas de la finca las hojas de los yagrumos, ya torneadas para mostrar su lado color plata, que anunciaba lluvia.

Anselmo, en pie desde las cinco y media de la mañana a pesar de la trasnochada de la noche anterior, rondaba a caballo el predio de la propiedad. César les había comentado a las siete que estaba casi seguro de que venía mal tiempo y que tenían que moverse rápido para poder salvaguardar lo esencial. Anselmo envió al alcalde Carmona un corto mensaje para que diseminara la información como viera apropiado, sin olvidarse de enviar otro a su amigo Ferrán Ramos. Pero con tan mala suerte de que el alcalde, lidiando con las postrimerías de la fiesta patronal, no lo leyó. Tampoco lo leyó Ferrán, pues el mensaje fue interceptado por Maruja, quien pendiente al cotilleo entre su madre y sus tías, lo dejó olvidado en la mesita al lado de la puerta.

Le señaló al caballo con la rodilla para que subiera una de las lomas más empinadas de la finca. Desde ese promontorio veía gran parte de su propiedad y parte del pueblo. La mayoría de las moradas donde vivían los peones y sus familias estaban ahí, en la parte más elevada donde hacía más sol. Las chozas, frágiles refugios de tabla y yagua, colindaban con los cobertizos de tabaco donde se secaban y despalillaban las hojas. Anselmo sabía que los que vivían en las alturas aprovechaban el espacio para cultivar pequeños plantíos de plátanos y yuca. A él no le importaba si sembraban para poder alimentar mejor a sus familias. La finca era grande y había espacio de sobra. Trató de no proyectar su preocupación a los peones, pero no le quedaba fácil. Varias cosechas de tabaco estaban en vías de curar, y la mayoría no se podían mover porque no había dónde almacenarlas. No tenía la valentía de imaginar lo que significaría la pérdida del tabaco y de los arbolitos de café que con tanto cuidado había sembrado.

Trini y Sarita metieron a las gallinas en su covacha y ayudaron a César a entrar las vacas a un rancho techado con pencas de palma. No ofrecía mucha protección, pero por lo menos los animales estarían menos ansiosos. Los peones movieron una gran cantidad de leña al balcón de la casa y la cubrieron con una enorme lona de caucho, y aseguraron que los pozos y aljibes de la propiedad estuvieran bien resguardados. A las cuatro Anselmo instruyó a los peones que se fueran a sus casas para que se prepararan lo mejor que pudieran.

Entró a la sala y para espantar la mala espina que sentía, puso un disco en el gramófono, el último que había comprado en San Juan, la mazurca de los paraguas de la zarzuela *El Año Pasado Por Agua*, cantada por el famoso Julio Ruiz. Tarareando la melodía, extrajo de un mueble la caja de caoba forrada en su interior con terciopelo que contenía sus más importantes pertenencias. Abrió el cerrojo labrado con una pequeña llave que guardaba en la leontina del reloj, y sacó de la caja sus más importantes documentos, el pasaporte español, la partida de nacimiento y los papeles de la finca. Siguió una pequeña bolsa de monedas de oro, el rosario de nácar que le dio su madre antes de partir hacia América y fotos que se tomó cuando sacó el pasaporte.

—Uf, mucho tiempo ha pasado desde que fui al estudio a tomarme esta fotografía —se dijo a sí mismo, riéndose—. No me acuerdo haber sido tan flaco.

Cerró la caja y sin ninguna razón en particular decidió guardarla en el armario de su habitación. Igual le dio por mover un estante de libros y el gramófono al lado de su cama. Si venía tormenta y no podía salir, mejor estar con las cosas que más apreciaba, y si llovía fuerte entonces podría cantar sus zarzuelas favoritas a toda boca sin que nadie se quejara de su voz desafinada.

A las siete en punto, como de costumbre, cenó arroz con caldo mientras leía *La Correspondencia de Puerto Rico*. Antes de retirarse se fue al balcón, donde se sentó en la oscuridad a mirar las estrellas. Más allá de nubes desgarradas atravesando el cielo no veía nada fuera de lugar. Su espíritu optimista se aferraba a que todo estaría bien al día siguiente y que podría sobrevivir lo que viniera. Oyó la tenue charla de sus empleados mientras comían, y se alegró enormemente de no estar solo.

Notas del Director del Buró de Meteorología de San Juan, Porto Rico, R. M. Geddings, agosto de 1899

Reportes de Ponce informan que perecieron más de 500 personas, y que no han podido recobrar los cadáveres de muchos, pues la mar se los llevó... De todos los pueblos llegan noticias de la tremenda pérdida de vida y la total destrucción de propiedad y cosechas...

En el camino militar rumbo a Coamo la destrucción es evidente en todos lados... En Aibonito nada más quedan dos casas en sus cimientos; todo lo demás se fue cuesta abajo con sus moradores adentro... Los Baños de Coamo están completamente destruidos...

En Arecibo, tres ríos se inundaron, creando un torrente de tal magnitud que la pérdida de vida y propiedad todavía no se puede estimar... Las autoridades dicen que más de 500 personas se ahogaron en las corrientes; otros dicen que la cifra de desaparecidos llega a 1 000... No hay nada que quede sembrado ni ganado alguno, siendo arrastrado en el alud creado por el agua de una represa que estalló... no quedan ferrocarriles ni puentes... reina una total desolación.

En Humacao perecieron 80... Una enorme marea arrasó con todas las casas del puerto... por más que avisamos no había precauciones suficientes a tomar... este huracán es el peor que hemos experimentado... las pérdidas son incalculables en todo el sentido de la palabra.

Noviembre de 1899 a agosto de 1909

12 de noviembre de 1899

Sr. Miguel Arsuaga
Director, Préstamos e Hipotecas
Sobrinos de Ezquiaga
San Juan, Puerto Rico

Estimado Don Miguel:

Me comunico para notificarle que el pago de la hipoteca de mi propiedad, el que corresponde al mes de octubre de este año, le estará llegando en los próximos días. Quiero expresarle mi gran aprecio por su consideración durante estos últimos meses, y espero no tener que escribirle de nuevo para pedir más prórrogas. El retraso, como usted ya bien sabe, se debe a los daños catastróficos causados en mi finca por el huracán San Ciriaco, y a la pérdida casi total de las cosechas de tabaco, café y frutos menores.

Aunque sé que tiene noticia de todo y que ha oído esto y mucho más en los aciagos días que siguieron al huracán, tengo que compartir mi pena y mi dolor con alguien ajeno a este panorama tan desolador.

Todo Comerío sufre de hambre, de enfermedad, de la pérdida de algún ser querido, o de saber que el futuro nos depara un Vía Crucis de dolor y pobreza. No puedo dejar de pensar en siete de los jornaleros que labraban mis predios. Ellos y sus familias fueron arrastrados por el agua de la quebrada crecida al no querer abandonar sus chozas. Secciones enteras de los cerros, debilitadas por los aguaceros, se deslavaron, devorando todo en su camino —animales, ranchos, árboles, hasta puentes y casas de piedra—. El río de la Plata se desbordó de su cauce, subiendo de nivel hasta llegar al cementerio, donde las tumbas se inundaron y hasta los pobres muertos resucitaron antes de tiempo.

Por el pueblo y el campo vagan los que Dios y la suerte han abandonado buscando refugio y sustento. No pueden trabajar todavía porque están exhaustos de tener que sobrevivir con nada. El nuevo gobierno ha tratado de ayudar, pero por más bien intencionado que sea, lo cierto es que no da abasto. Yo, por mi parte, he regalado la mayor parte de la cosecha de yuca, plátano y habichuelas que he podido salvar a los empleados de mi finca, y a los que llegan a la casa a pedir algo de comer. Me consuela un poco saber que los que tocan a mi puerta no se morirán de hambre ese día.

Aunque el huracán arrasó con todo a su paso, me atrevo a decir que, con suerte y mucho trabajo, quizás pueda recuperar mis pérdidas en tres o cuatro años. Pero va a ser cuesta arriba, de eso no hay duda.

Agradezco su gentil atención, y como siempre, quedo de usted,

Anselmo Longoria

3 de marzo de 1900

Sra. Susana de la Fuente
Calle Cristóbal Colón #10
Yabucoa, Puerto Rico

Querida mamá:

Espero que tú, abuela y tía Ana se encuentren bien y con mucha salud. Antonio y yo hemos estado ocupados desde que llegamos a San Juan con asuntos de bienes raíces. Opinamos que sería buena inversión comprar propiedades aquí para diversificar nuestras fuentes de ingresos. Antonio también sugirió convertir algunos de los cañaverales en pastizales de ganado y creo que tiene razón. Mejor que las vacas engorden y cobrar rentas a tener los terrenos baldíos.

Quiero que sepas que entre mirar casas y lotes visité de nuevo al doctor. Me dijo que todo está perfectamente bien y que no me preocupara. Quizás todos estos planes de Antonio de comprar casas y terrenos son para que me entretenga con otra cosa, lo cual agradezco porque pienso a veces que nunca podré ser madre.

Me acaba de llamar el botones para que baje a finalizar las escrituras de varios terrenos en Santurce, cerca del mar. Les mando a las tres un gran abrazo y espero verlas la semana que viene.

Con afecto y respeto,

Susana

Diario La Correspondencia de Puerto Rico
Opinión, El Pensador Criollo

27 de mayo de 1900

Bueno, mis estimados lectores… ¡Ni el mismo Zenón puede negar que el pueblo puertorriqueño tiene más estoicismo en las venas que los griegos de la Antigüedad!

Hasta el momento hemos tolerado casi quinientos años de pésimo gobierno peninsular, una invasión que no pedimos efectuada por los Estados Unidos de Norteamérica, un coloso joven y sediento de poderío, y un ciclón que casi borra a la isla del mapa y cuyas secuelas son heridas que no acaban de sanar. Para colmo, no hemos podido participar, y mucho menos liderar, nuestra propia recuperación política y económica. El gobierno estadounidense afirma que intervenir en nuestra determinación política es por nuestro bien colectivo. Ellos, apoyándose en su doctrina de Destino Manifiesto *y de las virtudes de sus instituciones y constituciones, dicen saber cómo manejar la transición de colonia a botín de guerra a territorio mejor que nosotros mismos. Qué triste que nada más tuvimos cuatro escasos meses para soñar en que quizás podíamos ser algo más que una colonia o una mera posesión, y que se nos negó la oportunidad de debatir esa posibilidad y de votar por ella.*

Opino, y quizás me exilien de este augusto periódico por lo que voy a expresar, que la sordera que ha demostrado el gobierno norteamericano en lo que concierne a nuestra determinación política va a resultar en cimientos endebles para el futuro político de Puerto Rico. Y eso no es de beneficio, pues todos entendemos que las estructuras inestables eventualmente se caen o se desmoronan. Eso es algo que no queremos para Puerto Rico y sus habitantes. Merecemos un futuro mejor.

Pienso que Puerto Rico, hoy día, es visto por Washington como un gran trapiche azucarero, un enorme sembradío de piña, una islita cuyos habitantes son, en su mayoría, gente pobre, anémica y analfabeta. Un predio al cual se le saca el mayor provecho económico sin necesidad de mucha inversión de infraestructura y, si hay inversión, esta aventaja nada más a los poderosos en Wall Street y Washington. Qué falta de imaginación tan colosal es esta.

Anhelamos un proyecto político que resulte en un país inteligente y generoso de parte de una nación que sabemos es inteligente y generosa, no una continuación de la mezquindad que vivíamos antes de agosto del 1898. Solo así podremos salir del hoyo en que estamos y realizarnos como puertorriqueños.

Entonces, esta nueva ley —la cual quizás se debiera llamar proyectil legal— lanzada en nuestra dirección desde Washington, D.C., se llama la ley Foraker. La ley, apoyada por el senador republicano de Ohio Joseph Foraker, fue firmada por el presidente McKinley hace apenas un mes.

Les hago un breve repaso para que vayan entendiendo cómo va a ser la cosa. La ley Foraker establece en la isla un gobierno civil compuesto de tres poderes: el Ejecutivo, conformado por un gobernador y consejo ejecutivo nombrado cada cuatro años por el presidente de los EE. UU.; el Legislativo, formado por una asamblea legislativa compuesta por una cámara de delegados; y el Judicial, el cual consiste en una corte suprema y tribunales distritales.

Los puertorriqueños podrán votar por un comisionado residente, quien será parte de la Cámara de Representantes en el Congreso estadounidense y quien —¡sorpresa, sorpresa!— no tendrá derecho a votar. Los proyectos de ley que se formulen en la Asamblea Legislativa deberán ser sometidos al Congreso en Washington, donde ellos se reservarán el derecho de anularlos (de nuevo me pregunto: ¿por qué no confían en nosotros?) si fuera necesario. La ley también establece, entre otras cosas, la ciudadanía puertorriqueña, la vigencia de las leyes federales, el español y el inglés como los idiomas oficiales y el dólar como la moneda nacional. En cuanto al comercio entre la isla y los EE. UU., la tasa de aranceles queda en el 15%. Finalmente, muchos, entre ellos yo, estarán contentos en enterarse que el divorcio y el matrimonio civil estarán permitidos.

Imagino que saldrá a la luz más información sobre la ley Foraker en las próximas semanas, pero por el momento ya saben lo básico. Lo importante, estimados lectores, es que estemos bien informados y que participemos, por medio de la Asamblea Legislativa, el cabildeo y la prensa, de manera respetuosa e inteligente, cada vez que lleguen proyectos de ley desde Washington.

Solo con diálogo de ambas partes se solucionan los malentendidos y los agravios, y vale estar seguro de que tengamos los mejores argumentos y los más hábiles representantes para exponer nuestra posición. Espero de todo corazón estar equivocado sobre las intenciones de la cúpula estadounidense, y que juntos demos el primer paso para lograr una solución más inspirada que la de ser un triste territorio.

15 de junio de 1901

Srta. Virginia Ramos
Calle del Río
Comerío, Puerto Rico

Virginia de mi corazón:

No sé nada de ti desde que te besé esa noche mágica hace ya dos años, y no entiendo por qué. Pero sigo queriéndote contar de mi vida, y alentarte a que hagas lo mismo con la tuya. Insisto en escribirte para no perder el hilo que nos une a través del tiempo y la distancia. Sé que desde la tormenta la recuperación de la isla ha sido más que difícil, y espero de todo corazón que tu familia y allegados hayan podido recobrar lo perdido y seguir adelante. No descarto la idea de que mis cartas y telegramas no te estén llegando por los rezagos creados por la tormenta, o ¿quizás te mudaste a otro sitio?

He estado trabajando en el despacho del coronel Nichols desde que salí de Puerto Rico a la semana del huracán. Allí estuve hasta que recibí notificación de la muerte de mis padres hace apenas un mes. Me aseguran que murieron instantáneamente y rezo que haya sido así, pues me causa mucho dolor pensar en que sus últimos momentos fueran de pánico. Me consuela saber que sus vidas se apagaron a la misma vez, como hubiesen querido.

Tengo tu fotografía, la que tomé desde el balcón, bajo mi almohada. La guardo ahí porque la contemplo día y noche. Eres lo primero que veo al despertar y lo último que veo antes de cerrar los ojos. El recuerdo de los ratos que pasamos juntos y de tu mirada de agua de río es lo único que me está ayudando a superar el gran pesar que siento.

Dulce Virginia, espero que mi carta te encuentre feliz, y que sepas que va llena de besos para ti.

Con todo mi amor,

James

2 de mayo de 1906

Sra. Helena T. Montjoy
Bennett Hall, University of Pennsylvania
3450 Walnut Street
Pennsylvania, PA

Mi querida Helena:

No te imaginas mi felicidad al saber que nuestra larga espera se va cerrando con cada día que pasa. También me alienta saber que tendrás universidades a escoger para tu doctorado. Lo más importante es que te tendré aquí conmigo, y que podamos al fin estar juntos bajo el mismo techo en vez de tener que decirnos adiós cada fin de semana.

La primavera llegó a Washington, y con ella James Denby. Creo que te conté que cuando regresé a Ohio a terminar la universidad él se quedó trabajando con el coronel Nichols. Al poco tiempo perdió a sus padres en un accidente y al no querer permanecer en Barbados, decidió matricularse en Tulane para estudiar leyes. Al revalidarse, lo contrató una entidad del gobierno llamada la Comisión Ístmica del Canal, la cual se encargará de la administración de la construcción del canal que comenzaron los franceses en Panamá. Se está hospedando conmigo en lo que encuentra alojamiento y me alegro, porque es mucho más ordenado que yo, y ha embellecido las paredes de la casa con sus fotografías y pinturas. Es una marcada mejoría si la comparas a mis intentos de decoración.

Mi desempeño como abogado me tiene bastante ocupado. Si no estoy revisando documentos estoy en reuniones con clientes que buscan cómo lidiar cuando se cruza el sector público con el privado. Más que nada lo que buscan es acceso al Congreso para poder influenciar las políticas que de allí salen. He aprendido mucho durante mi tiempo aquí, y particularmente de la rapacidad y falta de visión de muchos en mi entorno. Hay mucho que tiene que cambiar, pero no creo que el cambio venga rápido. Los ejes del gobierno se mueven a paso de hormiga.

A pesar de mis pronunciamientos un tanto lúgubres, creo que estoy haciendo buen trabajo porque se me ha presentado una oportunidad inesperada. Resulta que al socio principal del bufete —un aliado de Teddy Roosevelt desde sus días como gobernador de Nueva York— lo ha invitado la Casa Blanca para que forme parte de la delegación oficial del presidente cuando viaje a Panamá y Puerto Rico. Ayer me mandó a buscar para decirme que quería que lo acompañara en función de secretario particular. ¿Puedes creer que regresaré a la isla después de casi siete años?

Me voy a tener que despedir, pues oigo en la puerta a la señora que me lava la ropa. ¡A ella sí que no la puedo hacer esperar, pues no me quedan camisas limpias!

Te envío mil besos,

Daniel

Extractos del Mensaje del presidente Roosevelt al Congreso de los EE. UU. Sobre el Estado de Puerto Rico, 11 de diciembre de 1906

Honorables miembros de la Cámara de Representantes y el Senado:

El 21 de noviembre visité la isla de Puerto Rico, entrando por Ponce y cruzando el viejo Camino Real español por Cayey hasta San Juan, y regresando al día siguiente por la nueva carretera americana por Arecibo para llegar a Ponce.

Dudo si nuestro pueblo sabe de la belleza y fecundidad de Puerto Rico, y del progreso que ha disfrutado bajo su gobierno tan admirable. Debemos estar orgullosos del carácter de los representantes que han administrado las islas tropicales que están bajo nuestra bandera como resultado de la guerra contra España, y ninguna de ellas lo refleja como Puerto Rico. Sería imposible desear un servicio público más fiel, eficiente y desinteresado que el que se está prestando en la isla de Puerto Rico por aquellos en control del gobierno insular.

Deseo que se preste atención especial al tema de conferir ciudadanía americana en su totalidad al pueblo de Puerto Rico. Espero sinceramente que esto se lleve a cabo. No veo ninguna desventaja que resulte de tal acción, y me parece que es un asunto de derecho y justicia para el pueblo de Puerto Rico.

Bajo la sabia tutela del presente gobernador y Consejo se ha progresado marcadamente en el difícil tema de darle a la isla la más generosa mesura de gobierno propio que se pueda otorgar hoy día. Cabe resaltar que hubiera sido un gran error apresurar el proceso. Los puertorriqueños tienen completa y absoluta autonomía en sus gobiernos municipales, y el único poder que posee el gobierno insular es el de remover a los corruptos o incompetentes.

El gobernador y su Consejo están cooperando con las personas más patriotas e ilustradas de Puerto Rico para educar a los ciudadanos de la isla en los principios de una libertad ordenada. Están proveyendo un gobierno basado en el respeto propio de todo ciudadano y respeto mutuo de la ciudadanía basado en la estricta observación de los principios de la justicia y la honestidad. No ha sido fácil inculcar en la conciencia de un pueblo no acostumbrado a dos de los más básicos principios de nuestro sistema americano, el que la mayoría tiene que gobernar y que la minoría tiene derechos que no se pueden ignorar o pisotear.

Todos los gobiernos insulares deben estar bajo un buró, sea en el Departamento de Defensa o en el Departamento de Estado. Es un error no organizar nuestra gestión de estas islas en Washington para podernos beneficiar de la experiencia ganada al atender los problemas de una que puedan surgir en otra.

En conclusión, quisiera expresar mi admiración por la labor efectuada por el Congreso al promulgar la ley bajo la cual la isla está siendo administrada. Luego de visitar la isla, y de cinco años de experiencia ligada a la administración, es justo decir a los que la promulgaron que era casi imposible haber ideado otra que hubiera rendido mejores resultados.

2 de febrero de 1907

Sr. Daniel Montjoy
5010 39th. St., NW
Washington, D.C.

Estimado Daniel:

Espero que estas líneas lo encuentren bien de ánimo y de salud. Nosotros bien, a Dios gracias. Tengo tanto que contarle que no sé ni por dónde empezar.

Le escribo desde mi nueva asignación, mayordomo de los cañaverales del Barrio Guásimas en Arroyo. ¿Puede creer, Daniel, que me dieron el mando de esta parte de las tierras de la Central? Estoy feliz, y ando a caballo por todo el predio inspeccionando cultivos y hablando con los empleados. Una vez más agradezco su confianza al recomendarme a los jefes en Aguirre. Sin su ayuda no lo hubiera podido lograr.

Me alegró saber que estuvo en la isla el año pasado. Sé que fue un viaje relámpago, y que no hubo tiempo para nada excepto ir a casa del gobernador y dar una vuelta por Ponce, pero espero que se repita y que nos pueda visitar aquí en este rinconcito tan bonito de la isla. Se sorprendería de ver lo grande que está la Central, y de lo moderno de la maquinaria. También han ampliado el muelle para aprovechar la profundidad de la bahía de Jobos mientras cargan y descargan la melaza.

La última nueva, y la más importante, es que me casé hace tres meses. Inés, mi esposa, es maravillosa y me consiente muchísimo.

Bueno, Daniel, ya tañe la campana del almuerzo, y aprovecho para ir al correo de la Central para enviarle esta misiva.

Un caluroso saludo,
Manuel Santillán

P.D.: Las cortes fallaron a mi favor y al de mis hermanos. Los Guardiola somos ahora los Santillán, igual que los otros hijos de mi padre.

17 de abril de 1908

Sra. Victoria P. vda. de Ramos
Calle del Río
Comerío, Puerto Rico

Querida mamá:

¡Buenas noticias, al fin! Bernat y yo somos, desde hace un mes exactamente, empleados de la fábrica de tabaco más grande de la comarca, la Porto Rico American Tobacco Company. Por favor, pásale a don Anselmo nuestro aprecio, pues fue gracias a su carta que nos dieron consideración especial.

Afuera de la fábrica siempre hay gente buscando trabajo y al parecer mitad del pueblo de Comerío vive cerca de nosotros. El capataz de la fábrica, un español traído especialmente desde Cuba, portador de unos enormes bigotes, nos asignó a la sala de torneadores. El hombre nos debe de haber visto igual de emperifollados que él, porque enseguida nos preguntó si sabíamos leer y escribir. Le dijimos que sí, y Bernat, el muy payaso, le dice: «Sr. Heras, también podemos cantar y declamar si lo necesita». El hombre asintió sin parecer hacerle mucho caso, pero sigue leyendo.

Tuvimos la gran suerte de que no nos pusieron a descargar y apilar los quintales en el almacén, o a que despalilláramos con las mujeres y los niños. Como torcedores tenemos nuestro propio espacio. Cada uno tiene una tablilla para apoyar las manos, una chaveta bien afilada para cortar las hojas, una guillotina para cortar la punta del cigarro, un tarro de goma vegetal para sellarlo y una pequeña prensa para moldearlo una vez está terminado. Lo de torcer no es nada fácil, tiene su ciencia y su gracia, las cuales estamos intentando aprender antes de que se den cuenta de que no tenemos las manos hábiles de Virginia.

La semana pasada el Sr. Heras oyó a Bernat tararear algo. Dicho sea de paso, tu hijo mayor se ha convertido en una especie de galán. Las repartidoras de hoja se pasan dejándole cosas en el escritorio —flores, que se pone en el chaleco, caramelos, los cuales reparte como buen samaritano, o notitas escritas con gran esfuerzo—. Bueno, Heras nos mandó a llamar, preguntando si era verdad lo del canto y la poesía. Le aseguramos que sí, y le cantamos la copla favorita de papá (QEPD). Parece que pensó que cantábamos bien, pues propuso darnos un dólar extra semanal a cada uno por cantar durante la media hora del almuerzo los viernes y por leer las primeras planas de los periódicos en voz alta para entretener a los torcedores. A los trabajadores, la mayoría de ellos analfabetos, les gusta escuchar las canciones y comentar sobre las últimas noticias. Hoy, por ejemplo, se enteraron todos de que un alpinista escaló el monte Erebus en el continente de Antártida. Tuve que detener la lectura para explicar lo que eran el alpinismo y la Antártida, pero los dejé contentos cuando hice el recuento de las últimas peleas de boxeo. Muchos de los torcedores son hombres rudos, y tan curtidos como el tabaco que trabajan, y tengo la impresión de que nos ven como dos señoritos faltos de suerte. Pero a pesar de las diferencias, nos respetamos mutuamente y eso es lo importante.

Bernat y yo estamos de pensionistas en una casita en, no te lo puedes imaginar... en la calle Comerío. Vamos a ver si conseguimos otro acomodo, porque somos muchos aquí, y nos tropezamos los unos con los otros en nuestro ir y venir. La mayoría del tiempo la pasamos caminando por el pueblo, o sentados bajo la sombra de los árboles de la plaza. Fuimos a San Juan hace una semana el domingo y quedamos prendados de lo bonito de las calles. Pero no quita lo mucho que nos hacen falta, y en especial papá. A veces pienso que lo oigo cantando y se me aguan los ojos. Dile a Virginia que Bernat y yo la esperamos aquí si cambia de opinión y a Maruja que aquí le sobrarían los novios.

Ambos te enviamos un gran abrazo,

Fernando (y Bernat)

PARTE II

CAPÍTULO SIETE

Corozal, P.R.

Mayo de 1910

Clarisa Valiente se reclinó en la silla con un suspiro, cerrando los ojos mientras disfrutaba de la brisa que entraba por la ventana. Lucía, tras ella, la peinaba en silencio. Sin abrir los ojos, le pasó a su hija mayor las peinetas. El ritual mañanero les ofrecía la oportunidad de hablar tranquilas, lejos del barullo diario de la casa. Abrió los ojos, y notando la mirada distante de Lucía en el espejo, se acordó de la conversación que habían tenido el día anterior, la de salir de la casa para irse a trabajar. Su padre, a punto de probar los garbanzos del almuerzo, se irguió en su silla.

—Lo que estás proponiendo, hija mía, va contra todas las normas de esta casa y de nuestra sociedad —dijo Alfonso estupefacto—. Aquí es donde mejor estás. Una muchacha como tú, educada y de buena familia, no tiene que andar por ahí sola y desamparada —y con eso cerró la discusión.

—Es que todavía no entiendo por qué quieres irte —dijo Clarisa, todavía consternada la mañana siguiente.

Lo de querer salir del entorno familiar antes de casarse era una barbaridad que ella no podía comprender. Pero era cierto que las cosas habían cambiado desde la invasión, y que la tormenta había desatado comportamientos inusuales en algunos. Qué mejor ejemplo que el de Reparada, una criada que se había fugado de casa de los Valiente con un vendedor de lotería, llevándose consigo las mejores enaguas de Clarisa y un espejo de plata.

Lucía se acordó humillada de lo que había dicho el enumerador del censo cuando visitó la casa en abril para hacer el conteo oficial de la calle.

El señor Dávila, un señor con los dedos manchados de tinta y un cuello de camisa que amenazaba estrangularlo, era uno de tantos enumeradores movilizados por el gobierno norteamericano para efectuar el segundo censo de la isla y sus habitantes. Él y sus homólogos, personas meticulosas con buena caligrafía, caminaban las calles de las ciudades y pueblos, así como las veredas más recónditas de la isla, para contar y catalogar a sus moradores. Al efectuar la revisión de la familia Valiente, preguntó si todos eran hijos de sangre y Alfonso contestó inocentemente que Lucía no lo era, que era hija de crianza. El enumerador, sin encontrar esa categoría en su hoja de inscripción, la registró bajo la categoría de «alojada», cosa que la muchacha no podía recordar sin que se le incendiara la cara de vergüenza. De hija a sobrina; de sobrina a huérfana; de huérfana a alojada. Estaba harta de bajar de categoría sin poder hacer nada al respecto.

—No tienes por qué irte, mi niña, sabes cómo tu padre y yo queremos que te quedes aquí con nosotros. Además, eso de irse de pensionista por ahí no está bien visto —le dijo Clarisa a Lucía frunciendo el ceño. La muchacha subió la vista y miró el reflejo de ambas en el espejo. Madre e hija se dieron cuenta de que ya estaba pensando en el futuro.

Corozal, P.R., octubre de 1887

Lucía llegó a casa de los Valiente de manera inesperada. Clarisa se extrañó cuando su hermano Emilio llegó a Corozal con su hija de apenas tres meses y la nodriza, una muchachita pálida y ojerosa que intentaba en vano consolar a la bebé, quien lloraba y lloraba en sus brazos. Emilio no llevaba puesto su sombrero, cosa que jamás hubiera permitido en circunstancias normales, pues era un hombre extremadamente presumido.

Clarisa no daba crédito a lo que veía. ¿Qué estaba pasando? Abrió la boca para preguntar cuando su hermano la cortó en seco.

—Su madre murió el martes mientras yo estaba en Bayamón —dijo Emilio sin preámbulo—. Llegué ese día por la tarde y me encontré con la mitad del pueblo en la casa y el cura rezando en la habitación. La tuberculosis la mató al fin, pues quedó aún más débil después del parto de Lucía. La declaré muerta ante el juez a la hora de haber llegado a la casa y la enterré ayer junto a sus padres.

—Clarisa —dijo asustado—. No sé lo qué voy a hacer con esta bebé tan pequeña. Tengo que regresar a Naranjito de inmediato para reclamar las tierras que acabo de heredar y no puedo cargar con ella a cuestas.

Clarisa vio desesperación en los ojos de Emilio y tomó las riendas de la situación. Le pidió a la criada que fuera a buscar a la hija de la cocinera, quien había dado a luz hacía dos semanas y a quien no le importaría amamantar a otro bebé. A Emilio lo sentó en el comedor con un plato de sopa y un vasito de ron. La bebé, su hambre saciada, miraba a su alrededor con ojos negros enormes, como si supiera que su situación era precaria.

Cuando llegó Alfonso para el almuerzo se encontró con Clarisa en la puerta. Ella lo llevó de la mano a la habitación donde estaba la bebé. Emilio, anonadado con la sopa del almuerzo y el ron, roncaba a pierna suelta en una hamaca en el balcón.

—Alfonso, la esposa de Emilio murió el martes —susurró Clarisa en su oído para no despertar a nadie, sintiendo su mano ponerse tensa en la suya. Pausó y lo miró de soslayo—. Opino que ella tiene que quedarse aquí con nosotros... en lo que llegan los otros niños que Dios de seguro nos enviará.

Alfonso se acercó a la niña, a quien Clarisa había acomodado en una camita de sábanas. La mirada de la bebé parecía registrar las sombras de los árboles del patio interior en la pared de la habitación. La verdad es que no se veía muy saludable.

Pero algo en las pataditas que echaba la bebé dentro de su cocuyo de lino, y la manera que miraba las sombras y los rayos del sol en la pared, lo enterneció. La bebé batió sus bracitos, como si supiera que tenía que convencer a Alfonso de que se tenía que quedar allí con ellos. Y en ese momento las miradas de los esposos se cruzaron, poniendo fin a la discusión sobre el futuro de Lucía.

Esperaron a que Emilio se despertara, ensayando cómo le iban a proponer que la bebé se quedara con ellos. Pero cualquier duda sobre el destino de la niña se disipó en pocos minutos. Emilio, aliviado por poder depositar a su hija con personas de su confianza, les dio su aval inmediatamente. Tan rápido dijo que sí que Alfonso y Clarisa, un tanto perturbados por la rapidez del trámite, le recomendaron que lo pensara por lo menos veinticuatro horas, pues no era una decisión para tomar a la ligera. Emilio accedió a la sugerencia, pero a las ocho de la mañana del día siguiente ya estaba llamando al chofer para alistar la calesa. No lo verían de nuevo hasta ocho años después, cuando hizo el amago de recobrar a la niña.

Corozal, P.R., junio de 1910

Desde San Ciriaco pocos se habían recuperado del todo, y hasta Alfonso, con toda su habilidad y emprendimiento, estaba pasando tiempos difíciles. Nada como Emilio, quien había muerto el año anterior dejando una viuda y nueve hijos escarbando un vivir precario en lo que quedaba de su finca.

—Entiendo por qué deseas irte, pero quiero que recuerdes que esta es tu casa, y que eres tan hija mía como lo son los otros cuatro que te siguen —le dijo Clarisa a Lucía a los pocos días—. Pero antes de que decidas cualquier cosa le prometí a mi hermano que te haría llegar una encomienda cuando te casaras o te emanciparas —pausando, se pasó un pañuelo por los ojos para secar las lágrimas que sin querer afloraban en sus ojos—. Creo que mejor te lo doy ahora antes de que se me pierda o se me olvide.

Abriendo el cajón de la coqueta, sacó la cajita de plata que contenía su rosario. Bajo el terciopelo que protegía el rosario había una pequeña llave, la cual usó para abrir otra caja que escondía en el fondo del armario de caoba. De ahí extrajo un sobre abultado que le dio a Lucía.

—Hace un año Emilio me pidió que te diera esto, pues se sentía culpable por lo que hizo cuando eras más pequeña —pausó para recobrar la compostura—. La carta me la escribió a mí, pero quiero que la leas para que sepas que te quería y que deseaba lo mejor para ti.

Lucía se sentó en la cama con el sobre, del cual sacó una carta y un certificado de cincuenta dólares americanos del Banco Español de Puerto Rico.

4 de agosto de 1907

Sr. Alfonso Valiente y Sra.
Barrio Pájaros, Casa #370
Carretera Bayamón-Comerío
Bayamón, Puerto Rico

Estimados Alfonso y Clarisa:

Ante todo, mis disculpas por no haber estado en comunicación con ustedes desde hace tantos años. Son nueve bocas las que tengo que alimentar, sin contar a mi mujer, y por más ganado que vendo no me rinde la plata. Los niños mayores ayudan a su madre lo mejor que pueden, pero este año me ha ido tan pésimo que no he podido matricular a ninguno en la escuela. Me da vergüenza admitir que les da trabajo leer y escribir.

Les escribo porque en estos últimos meses me he venido sintiendo muy mal. Tengo una tos terrible y por más doctores que visito, no mejoro. Por primera vez tengo miedo a lo que pueda pasar, y quisiera que quedara claro lo que nunca tuve la entereza de decirles en persona: gracias y perdón. Ustedes acogieron a mi hija Lucía con amor y cariño sin pedir nada a cambio. Me arrepiento mil veces de mi egoísmo al intentar llevármela, y del dolor que les causé a todos, en especial a mi hija.

Sé que no tengo derecho a pedirles nada, pero no quisiera que Lucía se quedara sin el calor de una familia que la conoce desde que era una recién nacida. Les pido que por favor dejen que ella se quede con ustedes hasta que se case, lo cual espero que sea pronto. No creo que mi esposa, quien vive amargada criando nueve hijos con menos sustento del que imaginaba iba a tener, esté dispuesta a recibirla cuando yo ya no esté aquí.

Sé que ella es feliz con ustedes, y que van a velar por sus intereses de la mejor manera posible, de seguro mucho mejor que yo. Se las encomiendo a ustedes nuevamente y les doy las gracias por brindarle el amor que tanto se merece.

Les pido también que, en el día de su boda, si es que se casa, le den este dinerito que adjunto con esta carta. No es mucho, pero quizás sea suficiente para que se compre algo lindo y se acuerde de mí con algo que se asemeje al afecto.

Un caluroso abrazo,
Emilio

Lucía terminó de leer la carta, llorando por el padre que pudo haber tenido. Él que la dejó en brazos de otros, el que intentó reclamarla y el que la consignó al olvido. El que le dio la libertad en las mismas manos de la manera más inesperada. Dobló el certificado con cuidado y lo metió en el bolsillo de su delantal. Caminó donde Clarisa y, devolviéndole la carta, la abrazó.

—Siempre serás mi mamá, no importa lo que digan los demás —le susurró Lucía mientras Clarisa ceñía su cintura sin querer soltarla.

Lucía se mudó a la casa particular El Alhelí, una residencia para señoritas en la calle Comerío en Bayamón. Depositó su caudal en una cuenta bancaria en el Banco Popular de San Juan, abierta con el permiso y la presencia de Alfonso, pues todavía era menor de edad. Doña Clotilde, propietaria de la pensión, al enterarse de que Lucía cosía, bordaba, tejía ganchillo y elaboraba encaje de mundillo le ofreció trabajo confeccionando *trousseaus* de novia. Lucía aceptó de inmediato. Con eso cubriría sus gastos y quizás llegaría a ahorrar algo para el futuro. Alguien a quien ella no conocía, pero admiraba porque hacía muy buen trabajo, elaboraba la ropa de cama y las camisas de dormir. Lucía se encargaba de las terminaciones, bordando diseños o añadiendo delicados bordes de ganchillo o de mundillo a cada una de las piezas.

Pronto su vida adquirió un ritmo que le traía algunas oportunidades de entretenimiento. Los sábados por la noche iba con doña Clotilde y las otras pensionistas a la carpa de Las Tres Banderas para ver los cortometrajes. Su preferido era la *La Historia de Pompeya*, un drama mudo que arrancaba gritos y desmayos del público presente, pues incluía escenas de un volcán en plena erupción, terremotos y, lo mejor, un romance imposible y apasionado entre un centurión romano y una esclava. Los domingos los pasaba con Alfonso y Clarisa, y el resto de la semana, mientras cosía, contemplaba a la gente que pasaba frente a la casa.

Uno de sus favoritos era un muchacho que vivía calle arriba. En la ventana de la sala, donde entraba la mejor luz, Lucía comenzaba sus labores, escudriñando la calle para verlo pasar. Una mañana temprano lo escuchó antes de verlo, pues mantenía un diálogo animado con otro que debería ser pariente, pues eran muy parecidos.

La aguja de tejer que usaba Lucía era las más delicada, y por consecuente, la más difícil de manejar. Para que el borde de la sábana quedara perfecto era preciso saber seguir un patrón sin confundirse. En eso ella no tenía igual. Su aguja de tejer se movía con certeza y la madeja del mejor hilo de algodón americano se reducía al ritmo de las puntadas. Puso un alfiler sobre la flor que elaboraba para marcar su progreso y se acercó a la ventana a espiar a su presa. Delgado y de pelo oscuro, vestía ropa sencilla pero bien hecha, los cuellos y puños de la camisa tiesos de almidón. Caminaba en dirección a la fábrica de tabaco.

Lucía lo contempló absorta tras la cortina de algodón. Como si le hubiesen leído el pensamiento uno de los muchachos levantó la vista y la vio detrás del velo.

—Oye, Fernando, te están mirando desde allí —le dijo Bernat a su hermano mientras señalaba a una casona de madera con un gran balcón. El muchacho alzó la vista y llegó a ver la sombra de una mujer que se movía tras la ventana.

Horrorizada de haber sido descubierta *in flagrante delicto*, como decía Alfonso cuando pescaba a sus hijos haciendo algo indebido, Lucía dio un paso rápido hacia atrás, y tropezó con una silla, cayendo al piso mientras agitaba los brazos para tratar de recobrar el equilibrio.

Si la cortina hubiese estado abierta los muchachos habrían visto a una muchacha de pelo oscuro suavemente ondulado, con piel blanquísima y unos ojazos negros que eran su mejor atributo. Lucía estaba convencida de que no era linda, y cuando se miraba en el espejo enfocaba su atención en su nariz, un tanto grande para su cara, y en una boca generosa que consideraba vulgar porque no coincidía con las boquitas de corazón que salían en las revistas femeninas del día.

—¿Lucía, estás bien? —preguntó doña Clotilde, mirándola preocupada desde el umbral de la puerta.

La dueña de la pensión era alta y corpulenta, y ceñía su considerable cintura con una correa de cuero ancho, de la cual guindaban las llaves de la puerta de la casa, de la alacena y de cada una de las habitaciones. Tenía una teoría: en guerra avisada no muere gente, y en El

Alhelí ella tenía una encomienda primordial, la de proteger a capa y espada la intachable reputación de sus pensionistas. Para recalcar el punto colgó en el pasillo una imagen un tanto amenazante del Arcángel Miguel en plena faena de batalla. Pensionista que maquinara tramas indecentes como amoríos o serenatas era pensionista que salía de la casa el mismo día.

Lucía se levantó del piso lo más dignamente posible, procurando proteger el delicado tejido con el delantal.

—Es que había una avispa escondida en la cortina y me asusté —dijo, tratando de disimular la vergüenza tan absoluta que sentía. ¿Cómo es que se había caído redonda en el piso? ¿Qué tonterías eran esas?, pensó agitada. Agarró la aguja de tejer y, disculpándose, se fue con paso rápido al patio antes de que doña Clotilde se le ocurriera preguntarle otra cosa. Retomando su flor, se dio cuenta de que iba a tener que ser mucho más sigilosa en el futuro.

Desde el fallecimiento repentino de Victoria, sus hijos habían redoblado esfuerzos para alquilar una casa lo suficientemente grande para que Virginia y Maruja se trasladaran a vivir con ellos. Pero no se les hizo fácil. Los habitantes del interior pululaban por las calles de Bayamón en busca de trabajo y, por consiguiente, escaseaba la vivienda disponible en el pueblo.

La situación económica de la familia Ramos se había ido a pique tras la tormenta, y la muerte repentina de Ferrán de tuberculosis los dejó a la deriva. Virginia vivía descorazonada por no oír de James Denby y por tener que vivir de la caridad y ser blanco de las interminables cantaletas de sus tías. Todos los días, mientras cosía enaguas y sábanas, se preguntaba por qué no le llegaban noticias de James. Plenamente concentrada en mantener la familia a flote, no le pasó por la cabeza ir a las autoridades militares en San Juan para tratar de averiguar su paradero.

Virginia, Maruja y su madre se trasladaron a casa de Violeta. Allí, rodeadas del cariño de la familia Quirós, intentaron borrar el enorme vacío que la muerte de Ferrán les había dejado. Victoria, rota del dolor, se sentaba todos los días en el balcón a contemplar el horizonte en silencio. De nada valieron los caldos, los cuidados, ni las enfáticas exhortaciones de su hermana. Victoria estaba tan frágil que cuando expiró una noche, luego de una semana de sentirse mal, nadie se sorprendió.

Acabado el verano, los muchachos lograron reunir suficientes fondos para poder arrendar una propiedad más amplia, y Virginia, quien hacía años ahorraba para su dote, decidió hacer mejor uso del dinero al aceptar finalmente que James jamás la vendría a buscar. Compró una pequeña cantidad de telas y una máquina de coser. Sabía que en el pueblo de Bayamón había tanta gente de Comerío que la conocía que no le faltaría trabajo. Por lo menos ninguno de ellos se iba a morir de hambre.

—¿Te gusta cómo arreglé la habitación, Maruja? —preguntó Virginia a su hermana, quien acababa de llegar en compañía de tía Violeta. Había elaborado todas las sábanas, cortinas y cubrecamas ella misma; el borde de ganchillo fino se lo había encargado a una muchacha que le habían recomendado. La verdad es que había hecho un trabajo primoroso—. Aquí dejé un espacio para el armario de mamá.

—Anselmo le dijo a tía Violeta que le avisáramos y que sin falta enviaba a César con los demás bártulos —contestó Maruja mirando a su alrededor, encantada con su nuevo entorno. A sus veinte años era poseedora de una exuberante melena rizada y una cara que, sin ser bella, era dramática y, por ende, atractiva. Sus ojos oscuros estaban enmarcados por cejas arqueadas que la hacían parecer, como decía su padre, una verdadera gitana.

—Anselmo ha sido sumamente atento conmigo, en especial desde que murió mamá. Cuando ella todavía vivía nos visitaba todos los sábados sin falta y siempre nos traía algo de regalo. Menos mal que ha podido sacar adelante la finca a pesar de tantos sinsabores, pues de él dependen muchos en Comerío —Maruja se percató de que su hermana la miraba con una leve sonrisa y cambió el tema—. Ay, Virginia, mamá estaría orgullosa de todo esto tan bonito. El cuarto parece una nube en el cielo.

Mientras las muchachas acomodaban sus cosas, la tía Violeta sentó a Bernat y Fernando en el balcón. Regresaba a Comerío esa tarde y no se iría sin tocar el tema de sus sobrinas. Ella ya había comenzado a buscar pretendientes para Carmen y Celeste, sus hijas mayores. Con nueve hijos, siete de los cuales eran hembras, quería dejar todo dispuesto de antemano para que de su casa salieran siete novias bien casadas. Estaba horrorizada por el desplante del sargento Denby, y juró que a sus hijas jamás les pasaría algo semejante. Con mucha ceremonia sacó de su bolso un pañuelo empapado en colonia, el cual usó para secarse la nuca, y un pequeño abanico, con el cual comenzó a agitar el aire con precisión militar.

—Yo sé que estamos ya en el 1910, pero esto de que solteros de buena familia vivan juntos sin supervisión no nos gusta para nada. Entendemos que las opciones son limitadas, y lo único que nos da un poco de consuelo es que ustedes… —Violeta hizo una pausa melodramática— van a ser los responsables de la reputación de sus hermanas, quienes, a pesar de nuestros mejores esfuerzos, siguen solteras —dicho esto, Violeta los miró fijamente—. Creo que no vendría a mal que uno de ustedes se casara. Eso aseguraría que nadie fuera a cuestionar la reputación de Virginia o Maruja antes de que apareciera algún pretendiente. Es primordial que este sea un hogar decente, donde no circule gente extraña, ¿me entienden?

Violeta se irguió en su silla y cerró el abanico con ademán abrupto, lo cual causó que los dos hermanos se echaran para atrás, espantados por el giro que había tomado la conversación. ¿Casarse? ¡Pero si apenas tenían para pagar el alquiler de la casa!

Violeta se levantó sacudiendo sus faldas. La audiencia había concluido.

—Voy a estar bien pendiente de lo que pasa por acá, pues es lo que Victoria hubiese querido. Maruja, Virginia, vengan a despedirse, mis niñas, que ya me tengo que ir.

Al acercarse la temporada navideña, a Virginia le llovieron los encargos. Pero no podía delegarle nada a Maruja porque no tenía mano para la costura excepto para lo más simple… hilvanar. Apenas amanecía, Virginia se sentaba frente a la máquina de coser a trabajar, pero aun así no le daba el tiempo. Le mencionó a doña Clotilde que necesitaba otra persona que la ayudara, por lo menos hasta que pasaran las fiestas.

En diciembre los días eran más cortos, y empezaba a anochecer antes de las seis. Ese sábado hizo un atardecer tan hermoso que Virginia se puso de pie para mirar por la ventana. Las chimeneas de la Central Santa Cruz y la torre de la iglesia se veían en la distancia. Le ardían los ojos y le dolía la espalda. Había cumplido los veintisiete años y a veces sentía como si tuviese cien. Oyó pasos afuera. Era Fernando, quien se asomó al umbral de la puerta mientras se ponía una camisa recién planchada.

—Virginia, ponte guapa, que nos vamos a la carpa de Las Tres Banderas —le dijo su hermano—. Bernat y yo ya te compramos el boleto, o sea que no tienes excusa para quedarte aquí.

Fernando sentía lástima por su hermana y lo que pudo haber sido de su vida. Pero en los aciagos años de carencia que siguieron a la muerte de su padre, el trabajo de Virginia era a veces el único sustento que tenían. No hubo novio que se apareciera por la casa que no saliera disparado corriendo al saber que iba a tener que mantener no solo a Virginia, sino a la familia entera, por lo menos hasta que los menores se independizaran. Para colmo, ningún pretendiente se animaba a pisar la casa porque Virginia, siempre dulce y educada, no le hacía caso a ninguno.

Violeta, quien mantenía que había que aprovechar cualquier oportunidad que terminara en el altar, se afanaba en presentar a las otras tres candidatas viables: Carmen, Celeste y Maruja. Pero casi todos salían desanimados, pues Violeta insistía en casar a Carmen primero, y nadie era de la opinión de que la muchacha era de semblante agraciado. Celeste, sin embargo, era la beldad de la casa. Su mirada fulgurante prometía cosas de las cuales no se hablaba jamás —besos furtivos, encuentros en las sombras, promesas de romance y aventura—. Moría por tener un pretendiente, no tanto para casarse, sino para poder experimentar todo lo que imaginaba posible. Maruja, díscola y miedosa, ni se dignaba a salir a la sala.

—Es que no puedo ir, tengo tanto trabajo por hacer —dijo Virginia con desgano. Era una oferta tentadora la de ir a ver el cortometraje.

Bernat entró a la habitación con el sombrero de su hermana, poniéndoselo al revés y enredándose en el velo en el proceso.

—¡Nos vamos ya! —dijo, payaseando para que se riera. A Virginia no le quedó otro remedio que ponerse el sombrero y acompañarlos. Al salir del umbral de la puerta se alegró de haber salido. Subió los ojos para mirar el cielo cobalto y sintió la suave brisa en la espalda. Su pensamiento se remontó sin querer a James y de golpe lo paró en seco.

Diez años después, todavía se le entrecortaba la respiración cuando pensaba en él. Se concentró en la conversación de sus hermanos, quienes hablaban en tonos reverenciales sobre una tal Luisa Capetillo, y de las luces eléctricas recién instaladas en la plaza del pueblo.

La Capetillo, lectora en las fábricas de tabaco de Arecibo, tenía fama de anarquista. Cuando no estaba leyendo, escribía ensayos publicados por los sindicatos y periódicos radicales sobre la emancipación de la mujer y su derecho al voto, y escandalizaba a todos, y en especial al obispo Jones, por su defensa pública del amor libre. A los torcedores ese día les leyó varios capítulos de un tal Karl Marx. Ellos, acostumbrados a temas menos subversivos, le pidieron algo más liviano. Intuyendo que Marx no era para todos, sacó de su morral *Los Miserables* de Victor Hugo, novela que agitó nuevamente a los allí presentes con su narrativa de la Revuelta Francesa del 1832 y su héroe Jean Valjean. A Fernando le intrigó Marx.

—Imagínense eso, una sociedad donde nadie es dueño de nada y todo se comparte igualmente —dijo con admiración.

—Eso no existe y, si existiera, no duraría mucho, porque el hombre es egoísta, envidioso y holgazán por naturaleza. Yo quiero ver quién comparte cuando alguien no trabaje de igual modo o abuse de su posición —opinó Bernat con un cinismo poco usual.

Fernando asintió.

—En eso sí tienes razón. Pero es interesante pensar que un país pudiera ser así. Lo que dejó a la gente boquiabierta es que llegó a la fábrica vestida de hombre, con pantalones. Aquello creó un tumulto y las mujeres que trabajan en el despalillado la aplaudieron como si hubiese sido el Papa —dijo con algo de admiración—. Uf, y hablando de tumulto… ¿qué pasa aquí?

Una muchedumbre se aglomeraba frente a la carpa. Con gran esfuerzo llegaron a sus asientos, unas sillas de madera puestas detrás de los que pagaban menos y se sentaban en el piso. Compraron tres cucuruchos de maní y se dispusieron a esperar a que comenzara el cortometraje. El señor sentado al lado de Fernando le comentó que la carpa estaba más llena de lo usual porque la cinta *Alicia en el País de las Maravillas* se estrenaba esa noche, y que, por primera vez en Las Tres Banderas, había un piano acompañando la función.

Una señora alta y corpulenta seguida de tres muchachas se hizo camino entre la multitud. Virginia la reconoció enseguida —era doña Clotilde, la señora que le encargaba los *trousseaus* de novia—. Las tres chicas que la seguían eran, sin duda alguna, pensionistas alojadas en su casa. Doña Clotilde llevó a la comitiva a sus asientos con gran ceremonia y despachó sin preámbulos a varias parejas que intentaron colarse en las sillas.

—Vamos, al piso con ustedes, que no pagaron lo que pagué yo —dijo a los invasores mientras le enseñaba sus boletos al ujier.

Ya sentada se concentró en mirar a su alrededor a ver si conocía a alguien, pues se ufanaba de presentar a sus niñas a la crema y nata de Bayamón. Es más, de su casa habían salido varias novias muy bien casadas, cosa que enaltecía la reputación de su negocio. Virginia la fue a saludar.

—Virginia, qué bueno verte —dijo doña Clotilde sonriendo—. Mira, te presento a tres de mis pensionadas, Narcisa, Eulalia, y esta a mi derecha se llama Lucía, y es quien te va a ayudar con los pedidos de Navidad. Ella es la que termina todas tus piezas, así que estoy segurísima de que se van a llevar de maravilla.

Virginia sonrió. Lucía era delgada, de pelo oscuro recogido en un moño. Notó que su blusa blanca de lino tenía detalles muy bien hechos: alforzas diminutas y un delicado bordado en el cuello y los puños. La muchacha se había puesto un ramito de azahar en un lado del moño, un detalle coqueto que le encantó a Virginia.

—Lucía, qué gusto conocerte —exclamó Virginia entusiasmada—. ¿Sabes que tus trabajos están en mi habitación, la cual comparto con mi hermana Maruja? ¡Ni te imaginas lo contenta que estoy de que vayamos a trabajar juntas!

—El gusto es mío —respondió Lucía con sinceridad—. Me da mucha alegría poderte ayudar y también aprender de ti.

Las luces se apagaron y se volvieron a encender, señal de que la función iba a comenzar. Virginia se despidió y regresó a su silla. Un segundo antes de que se volvieran a apagar Lucía vio a su caminante mañanero sentado al lado de Virginia. Dio gracias a Dios de que la oscuridad cubrió su expresión de sorpresa.

Ocho meses después, luego de un noviazgo corto pero intenso que incluyó declaraciones de amor por carta y encuentros furtivos en la plaza, el nuevo padre de la orden de los Dominicos Holandeses de la diócesis de Bayamón, Jordan Raemekers, casó a Lucía y Fernando. Los novios se trabaron varias veces al decir sus votos, debido a que el pobre padre Raemekers todavía no dominaba el español y ni el novio ni la novia entendían lo que decía. Vestida con un sencillo traje blanco con el cuello bordado y su larga melena entrelazada con jazmines, Lucía reía y lloraba de la felicidad. Tenía lo que más anhelaba en el mundo, un esposo guapo y trabajador, y una nueva familia que le daba la bienvenida.

Un martes por la mañana, mientras los hermanos trabajaban en la tabacalera y Virginia y Lucía cosían, entró Maruja a la sala con un telegrama.

—Anselmo avisa que el armario de mamá y varias otras cajas llegan con César esta tarde. Les manda saludos a todos y pide que lo visitemos pronto —dijo escuetamente, regresando a la cocina sin esperar respuesta de nadie. Era obvio que Anselmo le estaba buscando la vuelta a Maruja. De vez en cuando llegaban sobres y cajas misteriosas que ella, al estar encargada de la casa, interceptaba. Al rato salía estrenando guantes de cabritilla con botones de perla, o un frasco de colonia. Era tan generoso que, sin que nadie se lo pidiera, encargaba rollos de tela para que las mujeres de la casa se cosieran vestidos nuevos.

A las tres en punto, César y dos empleados de la finca intentaron entrar el armario por la puerta principal, pero era tan grande que tuvieron que desarmarle la cornisa para poder acomodarlo en la habitación de Virginia y Maruja. Al volverlo a armar, se oyó un sonido hueco en la parte de abajo del mueble, pero no se veía la causa del ruido.

—Hay algo allí adentro —dijo Lucía a nadie en particular.

César y los jornaleros empujaron el armario hasta recostarlo contra la pared, causando el mismo sonido de madera contra madera. Virginia lo escuchó también. Abriendo las puertas de par en par, comenzó a examinar la madera del fondo palmo a palmo.

—Aquí hay un hueco...uuuufff —dijo Virginia desde la profundidad del mueble—. Y al parecer esto sale... —sacó un plafón de caoba y se lo dio a César—. Miren esto, hay una caja. ¿Qué será lo que tiene dentro? —se enderezó, estornudando por el polvo alborotado durante la búsqueda.

Maruja tomó la caja de las manos de su hermana y la puso sobre una mesa. Ya verían el contenido después de la cena. César tenía que regresar a la finca antes del anochecer y todavía quedaban cosas en la carreta.

Esa noche, mientras Fernando y Bernat saboreaban el inesperado placer de una botella de ron enviada por Anselmo, Maruja y Virginia se dispusieron a abrir la caja de madera a la luz de un quinqué. Lucía, ya en bata de dormir, se cepillaba el pelo lánguidamente. La caja era rectangular y tenía una pequeña placa de bronce con las iniciales VRP, las cuales pertenecían a Victoria. Virginia la abrió, teniendo cuidado de no desparramar el contenido.

De la caja de Victoria salieron pequeños sobres que guardaban rizos de cada uno de sus hijos, cartas de amor enviadas por Ferrán durante su escandaloso noviazgo, unas cuantas postales, flores secas, dos fotos de su esposo y otras dos de sus hijos, estampas religiosas, un rosario de plata y, por último, un gran paquete de cartas sostenidas con un pedazo de cinta verde agua. Virginia reconoció el color de la cinta de inmediato. Era la que había usado para su traje durante la fiesta del Santo Cristo de la Salud hacía más de una década.

De repente sintió el zumbido de mil abejas en su cabeza. Haciendo un gran esfuerzo por mantener la respiración controlada, fijó su vista en la pila de cartas que sostenía en las manos. Maruja, distraída con el tesoro de recuerdos y lamentando la muerte de Victoria como si hubiese acabado de pasar, comentaba en voz alta sobre cada cosa que encontraba. Virginia no lograba entender por qué cartas que claramente estaban dirigidas a ella, cartas de las cuales ella no tenía conocimiento alguno, estaban en manos de su madre, escondidas en una caja en el fondo de un armario. Sus manos, torpes como las de una marioneta, se esforzaban en desanudar la cinta. En silencio, examinó las cartas, docenas de ellas, notando el nombre del remitente… James Denby. No se dio cuenta de que Maruja había dejado de hablar y que la miraba con expresión confusa. Lucía, dejando el cepillo a un lado, se acercó en silencio a la cama, intuyendo que algo fatal acababa de pasar. El único sonido en la habitación era el murmullo de sus hermanos en la terraza y la bulla de los coquíes. Virginia subió la cabeza lentamente, fijando la mirada en Maruja, quien se levantó de la cama al ver la expresión de su hermana.

—Tu sabías, Maruja, ¿verdad? —preguntó Virginia simplemente.

Maruja dejó caer una de las fotos al piso, nerviosa sin saber exactamente por qué. No entendía por qué su hermana la miraba con una expresión de asombro y confusión. En esos momentos su memoria tropezó con algo que había consignado al olvido hacia años, los sobres color crema. Al verlos desparramados en la falda de su hermana mayor se acordó de ver a su madre escondiéndolos en su habitación. Maruja pensaba que eran cartas viejas de Ferrán que su madre leía cuando se sentía triste.

Ni siquiera ella estaba al tanto de que su madre, acatando la decisión de Ferrán de no dejar que su hija mayor eligiera su propio destino, se encargó de interceptar la correspondencia de James Denby. Con cada sobre que confiscaba a Virginia se le hacía un nudo en la garganta porque sabía que era cómplice de no dejar que un gran amor, uno quizás más grande que el que ella y Ferrán habían vivido, floreciera. Pero esto era por el bien de su hija y de la familia, se decía a sí misma, tragándose el sentimiento de culpa con cada carta que escondía.

—Contéstame por favor, porque necesito saber si tú, o alguno de ustedes, sabía lo que estaba sucediendo —continuó Virginia, mirándola desde la cama.

—Solo mamá, que en paz descanse —susurró Maruja con la voz rota—. Te juro que no tenía idea de que esto sucedía, Virginia, créeme —y comenzó a sollozar, recostándose en el bendito armario.

Haciendo caso omiso de lo que estaba pasando, y de la presencia de Lucía en la habitación, Virginia juntó las cartas, las amarró con la misma cinta, y se acostó en su cama sin decir palabra, dándoles la espalda a las dos. A Maruja se la llevó Lucía a la cocina para darle un té de valeriana que le calmara los nervios. Fernando, confundido, preguntaba a voces qué era lo que había pasado.

—¡Fernando, por Dios, cállate! —le gritó Lucía consternada—. Virginia se acaba de enterar de que tu mamá le escondió las cartas de su novio por años y años y todos ustedes sin saber nada... ¿Cómo es posible que pasara semejante cosa? ¿A nadie se le ocurrió buscar a este muchacho? —preguntó furiosa. Maruja lloraba sin cesar, repitiendo que no sabía, que no sabía, y se fue a la cama repitiendo la frase hasta que la valeriana que le dio Lucía hizo su efecto y se durmió.

Lucía se acercó a Virginia con el quinqué. La muchacha estaba con los ojos abiertos mirando hacia la pared, el bulto de cartas agarrado contra el pecho. No le prestó atención alguna a nadie ni esa noche ni en los días que siguieron. A Maruja, quien seguía llorando, la enviaron a casa de tía Violeta unos días en lo que las aguas regresaban a su cauce. Todos en la casa estaban preocupados, pues Virginia no se levantaba y no había ni manjar ni medicina que aceptara tomar. Ignorándolos a todos, leía las cartas de James en silencio y las volvía a guardar. A veces las repartía por toda la cama para sentirlas rozar su piel. Otras veces las besaba sonriendo.

Lucía, desesperada porque Virginia ni hablaba ni comía, hizo el viaje hasta San Juan en busca de manzanas, las cuales eran importadas y costaban un caudal. Si el aroma de las manzanas cocidas no era suficiente para sacarla de su trance, no sabía qué lo haría. Lucía las preparó y volcó en ellas todo el cariño y compasión que sentía por su cuñada, a quien quería como una hermana. Hecho el postre, marchó a la habitación con él en las manos y se sentó en una silla al lado de la cama de Virginia, quien había recogido las cartas y las había escondido bajo el cubrecama. Seguía acostada dándole la espalda a la puerta. Lucía puso el postre a su lado en la mesita de noche para no quemarse. Como era de esperarse, el aroma de las manzanas causó que todos en la casa se asomaran a ver qué olía tan rico. Lucía, impaciente, los despidió a todos con un ademán brusco.

—Virginia, te prometo que te vas a sentir mejor cuando te comas esto. Es más, te prometo que cuando te lo comas, porque lo hice para ti solita, vas a querer volver a vivir —dijo Lucía, acariciando la cabeza de Virginia con dulzura—. Lo que te pasó fue imperdonable, pero mira, aquí estás. Y aquí estaremos nosotros para ayudarte cuando estés lista para salir de tu cama.

La figura de la muchacha se movió lentamente y Lucía percibió lo delgada y pálida que estaba. Virginia, haciendo un esfuerzo enorme, se sentó en la cama. Luego de unos segundos en silencio abrió la boca para probar el dulce. Tragada la primera cucharada se echó a llorar en un torrente de lágrimas que no pudo controlar. Pero entre sollozos empezó a tomar los caldos que Maruja le preparaba y a hablar un poco. Un buen día se levantó de la cama, se vistió y reunió a sus hermanos.

—Ninguno de ustedes es responsable de lo que ha pasado —dijo Virginia lentamente, como si le diera un trabajo enorme sacar cada palabra del pecho—. Les pido que nunca lo mencionen de nuevo, pues no creo poder sobrevivirlo si lo hacen —y con eso las cosas regresaron a lo que todos, excepto Virginia, consideraban normal.

ANTONIO BERRÍOS

Dios le ha dado la bienvenida al cielo el martes 15 de marzo de 1910 en Río Piedras, P.R.

Su viuda, Susana de la Fuente de Berríos, suegra Susana Charot de de la Fuente y familiares en Yabucoa se unen para elevar sus plegarias al Todopoderoso para rogar por su eterno descanso.

En la Tabacalera los supervisores entendían que mientras más entretenida la lectura o más salerosa la zarzuela los trabajadores producían mejores cigarros. Por consiguiente, los hermanos Ramos torcían menos y leían y cantaban más. Lucía y Virginia retomaron las labores de coser y bordar innumerables batas de noche, manteles y toallas para las novias de San Juan, mientras Maruja coqueteaba con Anselmo Longoria por carta.

Pasaron seis meses antes de que alguien se diera cuenta de que Virginia, en sus visitas a la tienda de telas, había conocido a un policía llamado Santos Hernández. El tal Santos era un asturiano taciturno de pocas palabras, alto y fornido, rubio y de ojos claros. Cuando Santos tocó a la puerta de la casa procurando a Virginia, todos frenaron cualquier comentario. Primero porque Santos se veía como si con un puñetazo pudiera tumbar a los dos hermanos, y segundo, porque deseaban darle a Virginia la oportunidad de retomar su vida de la manera más normal posible. Santos ofrecía estabilidad y algo más liviano, y mucho más tolerable para un corazón malherido como el de Virginia… afecto.

Al igual que a Lucía y Fernando, los casó un párroco holandés, y al igual que ellos, se trabaron al pronunciar el «sí, quiero». Virginia fue, de acuerdo con los pocos testigos que presenciaron el enlace, una novia preciosa. Había cosido un traje de holán con una pequeña cola, y Lucía se lo había bordado en el cuello, puños y ruedo con primorosas flores y nudos franceses. En la cabeza portaba una sencilla guirnalda de azahares de cera. A Santos no le importó que la novia no sonriera. Estaba secretamente maravillado de que una mujer tan bella como Virginia hubiese aceptado su oferta de matrimonio. Se mudaron a su casa en la calle Ferrer y Guardia, lo cual precipitó quejas y llantos de parte de Maruja, quien lamentó la partida de su hermana mayor como si se la hubieran llevado a la misma China. No importaba que la casa de Santos quedaba a menos de cinco minutos a pie, el mero hecho de que se fuera de la casa fue suficiente para que Maruja se tirara en la cama a lamentar el evento varios días seguidos. Lucía de nuevo tuvo que ir hasta San Juan para comprar manzanas y hacer otro postre porque la muchacha no se conformaba con menos.

A sus veinticuatro años, Maruja estaba un poco asustada de que Anselmo, quien le llevaba trece, se quisiera casar y formar familia. De lejos estaba bien tener un enamorado rico y generoso, pero de cerca era otra cosa. Bajito y regordete, Anselmo no era ningún galán, pero era claro que adoraba a Maruja. Anselmo viajó a San Juan para comprar un enorme anillo de compromiso, el cual le presentó frente a sus hermanos, haciendo oficial su intención de casarse con ella. Una semana antes de la boda, Maruja declaró que no se iba a casar, pues eso significaba que se tendría que mudar de nuevo a Comerío, y eso no era posible.

—Maruja, por Dios, no puedes seguir dándole cuerda a Anselmo, pues se va a cansar de tus tonterías —dijo Lucía, sin prestarle mucho caso, completando una flor en el borde de una bata de dormir. Tenía una docena de agujas ensartadas en un cojín a su derecha, listas para cuando se le acabara el hilo de la que tenía en la mano.

Fernando, quien vivía cucando a su hermana, la empezó a fastidiar.

—Cancelar la boda... ¿no será porque te da miedo lo que viene? Aunque dicen por ahí que los mayorcitos quizás tengan más que ofrecer en la oscuridad de la noche... —Maruja no le vio la gracia a las sandeces de su hermano.

—Fernando, eres un desvergonzado. Te aseguro que me vas a extrañar cuando me vaya —respondió Maruja con voz trágica—. Es más, ¿quién hará los postres en esta casa cuando yo me mude a Comerío?

A pesar de los episodios dramáticos de Maruja, hubo boda. La novia, luciendo una preciosa mantilla, dijo adiós a todos desde el asiento del Hispano Suiza que acababa de comprar Anselmo.

Luego de la luna de miel en España, Maruja tomó las riendas de la casa en Comerío de manera experta y sin titubeos. Determinó que César, el mayordomo, llevaría un cinto verde en la cintura para denotar su posición como tal y los demás portarían uno rojo. Las criadas aprendieron a hacer pastelillos de guayaba y a planchar y doblar la ropa como Dios manda. De la finca enviaba a sus hermanos todo tipo de cosas: víveres, una cabra, dulces hechos en casa, regalos comprados en González Padín durante sus paseos a la capital y ron pitorro destilado por los jornaleros.

Su generosidad fue especialmente apreciada cuando nació Regina, la primera hija de Fernando y Lucía, en agosto del 1913, un año antes de que comenzara la Gran Guerra. Las escaseces generadas por el conflicto un año después se sintieron en la isla y todo lo que llegaba de Comerío era como un regalo del cielo. A Regina le siguió Fernando, apodado Nando para diferenciarlo de su padre, en el 1916. Maruja derrochó todo su cariño en la niña, quien compartía su pelo y ojos color azabache. Virginia, en cambio, se enamoró del bebé, meciéndolo en su falda cada vez que llegaba gateando donde ella.

En mayo del 1917 se llevó a cabo la primera conscripción de soldados en la isla y la creación de los Regimientos 295 y 296 de Infantería del ejército norteamericano. Algunos, entre ellos Fernando, no estaban muy a gusto con la decisión, pues las tropas boricuas no pasaban a formar parte de la infantería regular, sino de una tropa enteramente puertorriqueña, sujeta a diferentes reglas y limitaciones. Y ay del que tuviera piel más oscura. A esos reclutas los enviaban a regimientos negros, como el 369 de Infantería, donde la discriminación y el racismo desenfrenado era la orden del día. Muchos de los soldados en ese regimiento prefirieron pelear junto a las fuerzas francesas, donde fueron condecorados por su valentía y coraje.

Y esto de las tropas era lo que Fernando estaba leyendo en el *Puerto Rico Ilustrado* una noche a mediados de abril. Nunca lo olvidó, porque al poner la revista en la mesa de la sala sintió una brisa que hizo que el quinqué flameara. Al subir la mirada captó en el aire el incomparable aroma de azucenas. Lo de las azucenas lo consideró extraño, pues los tallos no estaban en flor, pero no le prestó mucha atención, ya que estaba cansado y se quería acostar antes de que Nando se despertara de nuevo. Con el quinqué en la mano se dirigió a la habitación. De repente alguien empezó a tocar en la puerta como si lo persiguiera el mismo diablo.

—¡Abran, abran, por Dios santo! —era una voz conocida, pero asustada—. Bernat, Fernando, ¡abran la puerta, abran la puerta!

A Fernando casi se le cae el quinqué al piso del susto. Bernat entró disparado a la sala agarrándose los pantalones. Lucía, en bata de dormir y con el pelo en una larga trenza, salió del cuarto pidiendo a todos que bajaran la voz, que iban a despertar a los bebés.

—¡Ábranme ahora, abran! —Insistía el que estaba en la puerta con menos fuerza. Sonaba como si se fuera a desfallecer del dolor.

Viendo que los hermanos no se movían, Lucía cruzó el pasillo con paso decidido y abrió la puerta de par en par. Allí, recostado en una de las columnas del balcón, estaba Santos Hernández. Estaba tan descompuesto que todos pensaron que estaba borracho hasta que habló de nuevo.

—Es mi Virginia —balbuceó llorando—. Se me ha muerto del corazón esta noche. Llegué de mi turno y pensé que dormía... Ella siempre se levantaba y me colaba un café para hablar sobre el día y me extrañó que no lo hizo. Cuando la toqué estaba fría —Santos respiró e intentó componerse de nuevo—. Salí corriendo a buscar al doctor, pero ya era muy tarde. No sé qué voy a hacer, ella era mi vida y se me ha ido, se me ha ido y me ha dejado solo... —dicho esto, se echó en los brazos de la diminuta Lucía, quien se lo llevó a la sala y se sentó junto a él. La criada se había asomado a ver qué había pasado, y al verlos a todos llorando se viró para esconderse en un rincón de la cocina.

—Jocasta, trae la botella de ron y cuatro vasos, rápido —ordenó Lucía—. En cuanto amanezca vas a ir a la oficina de telégrafos y pides que envíen lo que te voy a dar a la finca del señor y la señora Longoria en Comerío. Vamos, mujer, ¡no puedes echarte a llorar tú también!

Lucía escribió el mensaje con manos temblorosas. Ella era la única que podía hacerlo, pues los demás estaban completamente paralizados por la noticia.

Anselmo, Maruja, vengan inmediatamente. Virginia falleció anoche.

El doctor, quien llegó a los cinco minutos a la casa, les aseguró que Virginia no había sentido nada al morir. Que había nacido así y eso era todo. Que Dios era cruel al escoger a los que se llevaba temprano. Virginia era uno de esos casos.

Lucía, la única en la casa que no se emborrachó esa noche de dolor y rabia, lloró desconsolada mientras amamantaba a su niño. Sus lágrimas caían pesadas en las suaves mejillas del bebé, quien con sus manitas intentaba agarrar la larga trenza de su madre. Lucía estaba convencida de que Virginia no había muerto de un fallo cardiaco, sino de un corazón roto en mil pedazos por un dolor profundo y devastador del cual nunca se pudo recuperar. Su único escape fue salir, suave como una caricia, de este mundo hacia el otro.

CAPÍTULO OCHO

Santurce, P.R.

11 de octubre de 1918

Susana, arropada en una elegante bata de seda rosada, fumaba el segundo cigarrillo de la mañana en el balcón cuando sintió el suelo temblar bajo sus pies. En lo único que pudo enfocar su atención en ese momento fue en los ladridos histéricos del perro del vecino. Cayó en cuenta de que era un terremoto al ver a su madre y su esposo correr hacia ella para entrarla a la casa.

Ya estaba en la recta final de su embarazo y se sentía de maravilla, pero todos andaban nerviosos porque era una primeriza de treinta y siete años. A ella, lo único que le daba pausa era el sueño que tenía todo el tiempo. Era un cansancio tan abrumador y tan deleitoso que se quedaba dormida hasta después del desayuno. Sumisa, se dejó llevar al sofá, desde donde observó con serenidad cómo bamboleaban sus copas favoritas con cada ola del temblor. Aurelio, la túnica de su uniforme abotonada a medias, le dio cuerda al teléfono para llamar al cuartel de la Policía Insular en Puerta de Tierra. Luego de varios intentos, pudo conectarse con el operador de turno, quien le informó que sí, había temblado fuerte en el oeste de la isla.

Aurelio, al regresar del cuartel por la tarde, saludó a las vecinas aglomeradas frente a la casa de la viuda Fernández, y de paso les dio las últimas noticias sobre el desastre, al cual ya habían bautizado como el terremoto de San Fermín. Susana lo observaba desde la ventana, sonriendo en silencio. Allí estaban las dos Mercedes, la Torrens y la Fernández, contemplando a su esposo como si fuera el mismísimo Cristo bajado del cielo. Tenía que admitir que su marido era guapísimo y poseedor de un magnetismo que se le salía por los poros.

Lucía un cuerpo ágil y fuerte, y bajo un pelo espeso y lacio negrísimo se asomaban unos penetrantes ojos pardos. Era meticuloso con su uniforme, en especial las botas, las cuales brillaba todas las noches.

—Estimadas señoras —dijo Aurelio—. El temblor y sus secuelas han causado gravísimos daños en la costa oeste. Nos notificaron que a los diez minutos del primer temblor el mar se retiró de la orilla y embistió la costa con olas de casi veinte pies de altura.

Sabía que Susana lo estaba contemplando desde la ventana. Su esposa, seis años mayor que él, lo recelaba y eso le placía. Necesitaba una mujer que lo considerara indispensable, y si de paso era adinerada, pues aún mejor. Tenía planes para el futuro y necesitaba una familia como los De la Fuente para poderse establecer como lo tenía trazado. El llevar el apellido Pérez, y formar parte de la dinastía fundadora del pueblo de Comerío, conllevaba un cierto grado de responsabilidad.

Aurelio tenía toda la intención de regresar a Comerío y comprar una finca para cultivar tabaco. Creía ya haber convencido a su esposa de que era una buena inversión, pero no estaba del todo seguro de haberla persuadido. Alzó la vista de nuevo y vio la mirada de su suegra deslizarse sobre él como una sombra. No podía leer su expresión, pero sentía en sus huesos su desconfianza y desdén. Aurelio sintió que volvía a temblar de nuevo y se despidió, recomendando a los vecinos que mantuvieran la calma y revisaran aljibes y cisternas para no quedarse sin agua.

Esa noche Susana, acostada de lado para que el bebé no la pateara, tardó en dormirse porque la tierra seguía su ronroneo intranquilo, y con cada sacudida el consabido perro de al lado ladraba como si estuviera poseído por el mismo diablo. Cuando al fin concilió el sueño soñó de nuevo con Antonio. Era un sueño extraño y persistente, mes tras mes, como si su difunto marido no se quisiera despedir de ella jamás. El sueño era siempre el mismo, Antonio sentado a su lado, desgastado y ojeroso, mirándola en silencio.

Y cada vez que soñaba con su finado esposo, Susana se preguntaba cómo no captó que se estaba muriendo frente a sus ojos. Recién mudados, Antonio, siempre solícito en lo que concerniera a las inversiones de su esposa, tomó las riendas de la construcción de varias casas y apartamentos, las cuales alquilaron de inmediato, pues escaseaba la vivienda en Santurce. Pero el ajetreo de las construcciones, la insuficiencia cardiaca detectada años antes y un ataque de dengue feroz lo debilitaron mortalmente. Ella, enfrascada en el traslado a Río Piedras, el bienestar de su madre y tía abuela y la administración de sus múltiples inversiones, no notó al principio la palidez espectral de su esposo y el perenne cansancio que sentía.

Cuando Susana cayó en cuenta de que algo andaba muy mal fue muy tarde. Presa de un terrible sentimiento de culpabilidad, dejó de presionarlo con lo de tener un bebé. El pobre estaba tan desgastado que no tenía fuerzas ni para darle un beso. Mientras ella lo llevaba a los mejores doctores de la isla, su madre y Tulia se ocupaban en preparar tisanas y cataplasmas. Pero no hubo remedio ni régimen que sirviera. Antonio murió en marzo del 1912 tras apenas una semana de cama. Susana guardó luto exactamente un año, y escandalizó a las vecinas —ya alteradas por la mera osadía de que fumaba— al salir de la casa sin velo de viuda a la semana del entierro.

A los pocos meses, la tía Ana, engalanada con su usual atuendo de fichú de encaje y perlas, siguió a Antonio a la tumba. Había cumplido los noventa y cinco años y todos llegaron a pensar que jamás se iba a morir. Unas semanas antes de que expirara, le pidió a Susana que le leyera una de sus tantas revistas, pues ya no podía hacerlo ni con la lupa. Todavía su mente estaba perfectamente clara y disfrutaba saber lo que estaba pasando fuera de la isla. Al rato se oyó un leve silbido y Susana pensó que se había quedado dormida. Pero al bajar la revista la vio muy despierta, mirándola sonriente desde su cuna de almohadas y sábanas bordadas.

—Mi querida niña —dijo la anciana—. Quería decirte que tengo la fuerte impresión de que vas a tener otra oportunidad de ser feliz. Si ves que se te cruza algo bueno en el camino, no dudes en dar el primer paso. Eso hizo la princesa de Kapurthala, y mírala lo bien que está —dicho eso, cerró los ojos y cayó en una siesta profunda.

Susana asintió en silencio. La muerte de Antonio la había convencido de que no tendría otra oportunidad de formar una familia. A sus treinta años no sabía qué le interesaba más allá de tener un hijo o manejar sus propiedades. Regresar a Yabucoa representaba volver a enfrentar comentarios sobre su viudez o su caudal, y sabía que aparecerían pretendientes nuevos. Mientras más lo cavilaba menos ánimo tenía. Concentró sus esfuerzos en completar la construcción de las varias propiedades que habían comprado después de San Ciriaco, entre ellas una linda casa de dos plantas en la calle Colón en Santurce. Tenía buen instinto para reconocer una buena inversión, y la sensatez de contratar los mejores contratistas y contables para que se encargaran de lo demás. Al cabo de cinco años, las tres mujeres, acompañadas por Tulia y su sobrina Visitación, se mudaron a la casa nueva, la cual estaba situada a tres cuadras largas del mar. Tenía un techo de dos aguas sombreado por laureles, un amplio balcón en el segundo piso, y grandes matas de trinitarias que florecían en una gran profusión púrpura todo el año.

La guerra en Europa, ya en su segundo cruento año, había resultado en carencias y desajustes en la isla, los cuales afectaban a todo tipo de industria y comercio, en especial la construcción. Había escasez de todo, pero en especial de acero, cobre, aluminio y medicamentos. Los bancos, amedrentados como siempre durante tiempos alborotados, negaban fondos por cualquier razón. Un buen día el contratista al mando de los proyectos pendientes envió a Susana una nota pidiendo que fuera al Banco Popular a reunirse con el gerente nuevo lo más pronto posible porque el hombre le había negado fondos para pagar la nómina. Al gerente anterior, al cual conocían bien por su trato con Antonio, le habían dado una comisión en el ejército y había partido a toda prisa para comenzar su entrenamiento. Susana estaba muy consciente de que el gerente nuevo tenía el poder de aguantarle y negarle un préstamo —aun si tenía fondos— si no daba la impresión de que entendía plenamente lo que estaba haciendo. Todavía los bancos no estaban acostumbrados a discutir con mujeres lo que consideraban temas complicados como hipotecas y pagarés.

—Al parecer no es suficiente tener todas nuestras cuentas en el Popular, sino que tengo que rendir acto de pleitesía ante el gerente nuevo —murmuró Susana nerviosa mientras se vestía, halándose la enagua por la cabeza—. Es más, esto es una pérdida de tiempo, mamá. No sé si deba cambiar de banco. ¿Qué crees tú?

Susana Mamá, sentada en el tocador, leía el *Puerto Rico Ilustrado*. No le estaba haciendo caso a su hija porque sabía que no importaba lo que dijera ella iba a hacer lo que le pareciera. A su lado tenía un baúl abierto lleno de revistas y libros que pertenecieron a la tía Ana. Lo había encontrado Tulia entre las cajas de la mudanza, y con una pena inmensa, pues todavía extrañaba a su patrona, se lo trajo a Susana para que revisara su contenido.

Susana sacaba vestidos, blusas y faldas del armario intentando escoger el mejor conjunto para impresionar al gerente. Al fin decidió estrenar un vestido de lino blanco adornado con el más fino encaje francés, el cual sin duda arrancaría comentarios venenosos de parte de las vecinas porque el ruedo acababa más arriba de sus tobillos. Sonrió al pensar los rumores que iban a emerger por culpa de un triste ruedo. Para rematar su acto de rebeldía, se ciñó la cadera con una cinta de seda color violeta.

—¿Cómo me veo, mamá? —preguntó, escogiendo unos zapatos de tacón para verse más alta. Le siguieron medias de seda y un bolso de malla. Dentro de este, su abanico favorito, la cigarrera de plata, el monedero, un compacto de madreperla y oro, regalo de Antonio, y un pañuelo bordado con sus iniciales.

—Te ves maravillosa, hija mía, como siempre —le contestó su madre con ecuanimidad para que se calmara los ánimos un poco.

Pero de veras que se veía atractiva, más que cuando estaba casada. Quizás era la expresión de sus ojos, una mirada directa y sin pretensiones. O quizás era simplemente el que ya había experimentado lo peor que le puede pasar a una mujer, perder a un esposo y no poder concebir, y que ya no temía a lo que pudiera cruzársele en el camino.

Susana Mamá bajó la revista con un suspiro y comenzó a sacar papeles del baúl.

—Vamos a ver qué tenemos aquí… —dijo, sacando un manojo de papeles—. Ay, no puedo creer que la tía Ana conservó esto, ¡pero si es del año de la maraca!… Un programa celebrando la boda de Napoleón III y Eugenia de Montijo en enero del 1853… Mira esta pila de revistas francesas de cuando la moda era tipo imperio, eso es de antes de yo nacer, qué vejestorio... Hmmm, y esto suena interesante... *Historia Verídica de Anita Delgado, Princesa de Kapurthala.* Dice aquí... *lea la historia más apasionante de la época, el maharajá que se enamora perdidamente de la bailaora...*

Susana se había sentado en la cama frente a su madre en lo que Visitación la peinaba. Cuando escuchó a su madre decir las palabras *Princesa de Kapurthala* se quedó pensando. ¿Por qué le sonaba el nombre? Su madre, al parecer, encontró la revista muy interesante, pues había soltado el resto de los papeles para leer la reseña.

—Bueno, es como en los cuentos de hadas lo de la bailaora —comentó Susana Mamá un tanto sorprendida por no haber oído de tan singular caso—. Dice aquí... *Durante un viaje oficial a Madrid, un Maharajá de la región india del Punjab se enamoró perdidamente de una bailarina malagueña llamada Anita Delgado. En el 1908, luego de un cortejo y casamiento digno de reina, la convierte en la Princesa de Kapurthala.*

Susana, tranquilizada por las hábiles manos de Visitación, pero cavilando por qué le sonaba familiar todo esto, se acordó al fin del intercambio tan extraño que tuvo con la tía Ana poco antes de su muerte, el de una mujer que lo había dejado todo para tomar las riendas de su destino. Le pidió a su madre que le pasara la revista cuando terminara para poderla leer.

—Bueno, mamá, me tengo que ir ya porque creo que oí el carro de Faustino. Quiero ya salir de esto de una vez por todas —dijo Susana decidida, fijando el sombrero en su sitio con un gran alfiler de oro. Agarrando el parasol, bajó las escaleras.

El chofer que la llevaba a hacer diligencias en San Juan lo hacía en un Hudson Super Seis del año y le cobraba por viaje. Ella lo prefería así porque iba sola en el asiento de atrás, sin tener que preocuparse de que alguien extraño se le fuera a sentar al lado, como pasaba en el trolley. Se montó en el carro, consciente de que las vecinas la espiaban desde el interior de sus casas, e hizo un esfuerzo especial de enseñar los tobillos para darles más de que hablar.

—Faustino, vamos al Banco Popular, donde está el ayuntamiento —dijo, ajustando su sombrero—. Allí me espera hasta que salga.

—Claro que sí, señora. Excúseme, pero tengo que hacer una pequeña parada, y espero que no le cause mucho inconveniente —dijo el chofer un poco preocupado. La viuda Berríos se alborotaba por cualquier cosa y no la quería perder como cliente porque le pagaba a tiempo y sin regatear—. Me han llamado las autoridades locales para que lleve a un funcionario a Puerta de Tierra de inmediato, y si lo hago mientras usted hace su diligencia no creo que le afecte.

—¿Qué autoridad es esa? ¿Cómo es que no tienen sus propios carros? ¿Usted sabe quién es esta persona? —preguntó Susana un tanto enojada. Tener que compartir transporte, luego de haber pagado por el uso del carro, no figuraba en sus planes.

Faustino tomó su tiempo en contestar.

—Son los de la policía insular, y no creo que tengan carros, excepto el mismo jefe, que es un americano. No sé quién es este señor, pero sé que forma parte de esa fuerza. Y no se preocupe, señora, que evitaré su inconveniencia lo más posible.

En la esquina esperando estaba un hombre de unos treinta años vestido con el uniforme de la policía insular: túnica de drill de manga larga con bordes negros en las mangas y cuello, gorra de charol, pantalones bombachos con botas altas de cuero negras. El carro paró y el hombre se sentó a su lado. Susana se movió rápidamente hacia el otro lado del asiento, tras asumir incorrectamente que el pasajero se sentaría en frente con el chofer. Cuando se atrevió a subir la mirada observó el perfil de un hombre muy bien parecido bajo la visera de su gorra. Cargaba consigo una valija llena de documentos y, ceñida a su costado, una pistola. Poniendo la valija en el piso, se viró y, mirando a Susana a los ojos, le dio las buenas tardes, tocando el borde de su gorra con los dedos.

—Señor chofer, le pido que se encargue de llevar a la señorita a donde ella desee antes de que me deje a mí en el cuartel —dijo el joven con suave confianza—. Entiendo que mi encomienda la puede haber atrasado.

Susana descubrió que había estado aguantando la respiración desde que el hombre se subió en el carro, y luego de dar las buenas tardes viró la cara hacia la ventana para poder exhalar con disimulo. El carro siguió su lento progreso por el Condado en cordial silencio.

Al llegar al puente Dos Hermanos el tráfico paró en seco. La brisa de la laguna entraba por la ventana como una caricia. Susana cerró los ojos, segura de que el uniformado a su lado estaba pendiente de lo que estaba pasando más adelante y que no se fijaría en lo mucho que estaba disfrutando del fresco. Faustino se bajó del carro y caminó en dirección al tranque. Pasaron varios minutos y no regresaba.

—Permítame presentarme, ya que creo que vamos a estar aquí por lo menos quince minutos más —dijo el pasajero inesperadamente—. Me llamo Aurelio Pérez Torres, y soy sargento en el cuartel de la policía insular —extendió la mano hacia ella. Susana notó sus manos nítidas y bien cuidadas.

—Susana de la Fuente, mucho gusto —contestó sin pensarlo, agradeciendo tener puestos sus guantes. Estaba segura de que sentiría un corrientazo si no fuese así.

El chofer regresó al carro, comentando que se había descompuesto un trolley en el puente. El Hudson se abría paso lentamente entre la multitud cuando Faustino, ansioso por llegar al otro lado, tocó el claxon. El ruido que salió del carro nada más se podía describir como el graznido colectivo de un grupo de gansos y guineas alborotadas. Aurelio se empezó a reír y Susana, luego de intentar aguantar la risa, se dio por vencida cuando vio que hasta Faustino se estaba riendo. No se acordaba de la última vez que se había reído con tal gusto y gana, pero se sentía extrañamente liberada, como si le hubiesen quitado un gran peso de encima. El chofer la dejó en el banco, quedando en recogerla en una hora. Entró al recinto con paso decidido y una sonrisa a flor de piel. El gerente, impresionado por su seguridad y su conocimiento a fondo de las cuentas e inversiones a su nombre, aprobó los retiros a la cuenta y hasta le ofreció un café.

El Hudson estaba estacionado frente a la puerta del banco y Faustino salió para abrirle la puerta. Susana se fijó que el sargento Pérez estaba examinando los documentos de la valija en el asiento de atrás.

—Señora, el sargento me pidió que la esperáramos —le murmuró don Faustino discretamente—. Él dice que su diligencia no era tan importante como la suya, y que no quería que me retrasara en regresar a buscarla desde Puerta de Tierra. Lo dejaremos en el mismo cuartel de camino a la casa.

Susana respiró hondo. Normalmente hubiese sospechado las intenciones de un hombre acabado de conocer, sin historia ni conocidos en común, pero algo en ella se había encendido. La reunión del banco había sido todo un éxito, y hasta se había sentido feliz riéndose con un perfecto extraño. Se montó en el carro con una sonrisa y disfrutó de la compañía del sargento hasta que lo dejaron en el cuartel.

Esa noche, Susana se acurrucó en la cama con la revista de la tía Ana, y tan absorta estaba en la historia de la princesa de Kapurthala, quien renunció a todo lo que conocía para irse con su maharajá, que le dieron las dos de la madrugada sin darse casi cuenta. Apagó la luz y comenzó a pensar en Aurelio Pérez Torres y lo apuesto que se veía en su uniforme. A la hora de dar vueltas en la cama, y presa de un sofoque inexplicable, se quitó la bata de dormir. No se atrevió a encender la luz porque eso despertaría a su madre y no quería tener que explicar qué rayos hacía casi desnuda en la oscuridad.

La luz débil de la luna menguante se había colado a la habitación, y Susana vio con claridad los objetos en su tocador. Entre ellos, las peinetas de carey, las que compró en San Juan con el objeto de seducir al pobre Antonio. No se acordaba de la última vez que se las había puesto y sintió una tristeza tan profunda que se le aguaron los ojos. ¿Cómo era posible que se hubiera resignado a vivir sola y sin amor? Se secó las lágrimas con la sábana y, acordándose de la princesa, resolvió ponerse las peinetas y vivir la vida como mujer y no como viuda.

Susana recibió a su prometido en el balcón. Su madre, sentada en la esquina, leía el periódico *La Correspondencia*, comentando en voz alta sobre las noticias del día.

—Oigan esto, qué cosa tan terrible —dijo frunciendo el ceño—. Dice aquí que fuerzas revolucionarias han derrocado el gobierno en Rusia, y que han causado que abdique el Zar, y que los han capturado a todos y los tienen bajo clausura… qué horror.

Susana aprovechó la distracción de su madre para echarle una mirada coqueta a Aurelio, quien contestó con un guiño. De nuevo la voz de Susana Mamá interrumpió los susurros de la pareja.

—Les voy a leer lo que dice El Pensador Criollo hoy —dijo Susana Mamá con algo de admiración. El hombre era conocido por decir las cosas como eran, sin pelos en la lengua.

«Bueno, señores, era nada más cosa de tiempo que la Ley Foraker fuese reemplazada por otra. Permítanme presentarles la ley Jones-Shafroth, firmada por el presidente Wilson el pasado dos de marzo. Confieso que soy desconfiado y cínico por naturaleza y profesión, pero nunca imaginé que este proyecto de ley iba a ser presentado al pueblo de Puerto Rico escasamente un mes antes de que los EE. UU. entraran a la gran trifulca en el Viejo Continente. ¿Será casualidad o será porque querrán contar con nosotros para alimentar sus filas castrenses? Espero que no sea la segunda hipótesis, y que sea lo que reclaman que es: un esfuerzo por normalizar el estatus de los puertorriqueños ante la comunidad internacional luego de tantas devanencias.

»Ah, y que no se nos olvide la gota que colma el vaso... Me dicen que una de las cláusulas de esta ley, la cual prohíbe la bebida en la isla, fue espoleada por dos misioneras protestantes norteamericanas, miembros importantes de la Liga de Temperancia. Lectores, tomen nota: no lo pueden importar, fabricar, regalar, vender o ceder... Así que entonces solo nos queda... ¡beber y esconder!».

Susana, tomando el ejemplo de la princesa de Kapurthala, permitió que el amor dictara su destino. La pareja se casó en mayo, desatando una corriente de deseo y pasión desenfrenada que revolcó la paz y armonía de la casa. De la habitación del matrimonio flotaban ruidos indescriptibles y hasta Tulia se empezó a preocupar de que quizás la última tisana que le había preparado a Susana estaba demasiado potente. Llegó un momento en que Susana Mamá se topó tanto con su hija y con Aurelio en paños menores que resolvió sentarse a tiempo completo en el balcón para no tener que oír ni ver nada que considerara indecente.

La tensión en la casa dio paso temporero al júbilo cuando Susana declaró que estaba esperando un bebé que nacería, si todo salía bien, a finales de octubre de 1918. No parecía ser el mejor momento para estar embarazada. Había carencia de médicos, enfermeras y medicinas, y los hospitales no daban abasto con el número de pacientes que padecían de enfermedades debilitantes como la anemia y el dengue.

Noticias se filtraban aquí y allá sobre una gripe especialmente mortal que no tenía tratamiento y que causaba estragos entre los niños y personas jóvenes. La enfermedad se manifestaba con fiebre alta y congestión fuerte, la cual, al cabo de días, y a veces tan rápido como unas cuantas horas, asfixiaba al paciente. El gobierno, alarmado por la virulencia de la gripe y su altísima tasa de mortalidad en Europa y en los campamentos militares en los Estados Unidos, comenzó a establecer hospitales especiales y cuarentenas. Pero a pesar de sus mejores esfuerzos, la enfermedad, la cual empezaron a llamar *influenza*, se coló por tierra y por mar.

Susana, a punto de dar a luz, fue puesta en cuarentena hasta que pasara lo peor de la epidemia. No peleó mucho, entendiendo que lo que ella consideraba una reacción exagerada por parte de su familia era para proteger a este bebé tan deseado y en el cual tantas esperanzas estaban depositadas. Por lo menos la dejaban salir al balcón a fumar, y eso era lo que estaba haciendo cuando empezó a temblar.

Todo salió bien a pesar de todas las predicciones lúgubres de un embarazo difícil y las sacudidas que le siguieron al gran temblor del 11 de octubre. El bebé, hermoso y lozano, nació el día de San Rafael y fue bautizado Rafael Antonio en honor al santo y a su bisabuelo Antonio Charot. O por lo menos eso fue lo que le dijo Susana a Aurelio para convencerlo de que no era para honrar la memoria de su primer esposo. Lo cierto fue que Antonio no regresó a hacer acto de presencia en sus sueños, llevando a Susana a concluir que, al darle su nombre al bebé, trajo sosiego a su alma.

Mientras Susana contemplaba embelesada a su bebé, a Faustino lo había contratado un señor español de Comerío para que estuviera a la disposición de su esposa por dos días, pues tenía diligencias en la capital. Ambos días iba a tener que recoger y dejar a las pasajeras en una casa en la calle Comerío en Bayamón, un viaje pesado, pero no se quejaba, pues le estaban pagando requetebién. Dio gracias que doña

Susana estaba de cama recuperándose de parto, porque si no estaría quejándose de no tenerlo disponible.

Cuando llegó con su carro a la casa ya lo estaban esperando en el balcón. En primer plano dos señoras, una alta y de figura generosamente torneada, y la otra delgada como un alfiler, cargando un niño que no parecía tener más de tres años en sus brazos. Tras ellas, una niñera con una niña que se escondía entre sus faldas y una bebé de meses en sus brazos. La niñera agarró la manita de la bebé con cuidado para que se despidiera de las pasajeras.

—Adiós, mamá; adiós, tía Maruja; adiós, Nando... Virginia se despide de ustedes... —canturreó Salomé. Bajó la vista hacia la niña que se escurría entre sus enaguas—. Regina, diles adiós, corre, ¡antes de que se vayan!

Pero Regina, ofendida de que no la iban a incluir en el paseo, no dijo adiós ni hasta luego. A sus seis años era la niña consentida de la casa y en especial de Maruja, quien la adoraba como si la hubiese parido ella misma. Virginia, nombrada en honor a su tía fallecida hacía poco más de un año, tenía apenas diez meses.

Lucía se acomodó en el asiento del carro con el niño en brazos. Estaba tan cansada que lo único que quería era quedarse dormida ahí mismo con su niño y soñar con cosas bonitas. Deseaba, y le rezaba una retahíla de rosarios a la Virgen cada día para empujar su petición, que Nando recuperara la salud, y que su esposo cuidara más de la suya. Sus noches de tertulia política, aderezadas con botella tras botella de ron, eran ya pan de cada día. Lucía, tan juiciosa y sensata, jamás se imaginó que las cosas en su casa iban a llegar a este punto. Su esposo, frustrado con su trabajo en la fábrica, se pasaba discutiendo con los administradores sobre las condiciones de trabajo de los empleados. Lucía tenía pánico de que lo despidieran. Ella, intentando salvaguardar lo que habían llegado a tener, seguía haciendo trabajitos para doña Clotilde, pero casi todo se había ido a pique luego de que comenzara la guerra. Suponía que tener que depender de la generosidad de su hermana para sostener a su familia era una realidad que Fernando apenas podía soportar, y que la parranda y la bebida eran maneras de suprimir su frustración con el asunto.

La respiración del niño se entrecortó al moverse en su sueño. Lucía besó su pelo castaño con cuidado para que no despertara. Añoraba verlo correr por la casa, saludable y travieso, persiguiendo a Regina y espantando a los pitirres con su risa. Nando, igual que ella, vivía fascinado con todo lo que había en el patio. La perseguía por las mañanas con una pala y un rastrillo miniatura que le había regalado Maruja, pidiendo que lo ayudara a sembrar un árbol de limón. A sus tres años era un niño con un carácter dulce y amoroso, tal como el de Virginia, con quien compartía un parecido físico asombroso.

Lucía trató valientemente de no llorar. Hacía seis meses que el niño se comenzó a quejar de que le dolían los brazos y las piernas. Nadie le hizo mucho caso al principio, pues todos suponían que eran disparates de bebé, pero al rato, cuando ya no podía correr por el patio como antes, Lucía lo empezó a llevar a los doctores en Bayamón. En su afán de conseguir un diagnóstico había gastado el dinero que le dejó Emilio, y todo para nada. Ningún doctor había llegado a una conclusión certera sobre la dolencia. Lo cierto era que Nando estaba más débil con cada día que pasaba, y así mismo se lo planteó Lucía a Maruja, a espaldas de su marido, en un telegrama enviado a la finca en Comerío: «*Ven porque te necesito ahora*».

Su matrimonio con Anselmo le había dado a Maruja la confianza y seguridad que antes le faltaba. Su marido confiaba tanto en sus habilidades que compartía con ella el manejo de la finca. Gracias al matrimonio los niños no faltaban de nada, y cuando Nando comenzó a presentar síntomas más agudos, fueron ellos los que se encargaron de cubrir todos sus gastos médicos. Lucía, aunque humillada, sabía que, al llegar su telegrama a Comerío, Maruja desataría un torbellino de llamadas para asegurar, entre otras cosas, citas con los mejores doctores de San Juan y el transporte de aún más víveres y gallinas para asegurar que todos comieran como reyes a pesar de las privaciones causadas por el conflicto en Europa.

Maruja dio la orden a Faustino de ir directamente al hospital Auxilio Mutuo en Hato Rey. Nando ya casi no podía caminar del dolor y se tenían que tomar turnos entre las dos para cargarlo. Al día siguiente tenían otra cita con el conocido doctor Ashford en su consultorio en el Instituto de Medicina Tropical en Puerta de Tierra.

El hospital Auxilio Mutuo estaba de tope a tope con pacientes, y en una sección estaba prohibido el paso, pues allí estaban los pacientes con influenza. Las monjas de la Caridad de San Vicente de Paul fungían como enfermeras en el recinto, y a Nando le dio miedo cuando las vio, pues parte del hábito incluía una enorme toca blanca en forma de pájaro alado en sus cabezas. Parecían aves negras y blancas caminando por los pasillos.

El doctor se tomó su tiempo examinando al niño, preguntándole a Lucía sobre su dieta y rutina. Maruja, sentada a su lado, se secaba las lágrimas en silencio. No entendía por qué esta criatura, tan parecida a su hermana que parecía el hijo que ella nunca pudo tener, había llegado a la tierra para sufrir de esta manera. No sabía cómo Lucía tenía el temple para contestar tanta pregunta con su niño enfermo en brazos. No podía imaginar vivir la agonía que presentaba la posible pérdida de un hijo, y en especial este niño tan querido y deseado.

—Señoras, la evidencia que tengo frente a mí en este momento apunta a un diagnóstico de raquitismo —el doctor esperó a que ambas mujeres registraran lo que estaba diciendo y notó sus expresiones de incredulidad. Sabía lo que les estaba pasando por la cabeza. ¿Que cómo era posible que tuviera esa enfermedad, si el niño tenía una dieta excelente y los mejores cuidados?

—Pero tengo mis dudas porque sé que este niño no sufre de deficiencias de dieta ni de vitamina D. Tiene que haber otra razón —hizo una pausa para limpiar sus gafas con la manga de la casaca que llevaba puesta—. Entiendo que van a ver al doctor Ashford mañana. Les pido que me permitan llamarlo a ver si concordamos en el diagnóstico del niño. Quizás él tenga acceso a información que nos ayude a determinar lo que está sucediendo.

Maruja intentó consolar a su cuñada al regresar a Bayamón esa tarde.

—Tiene que ser otra cosa porque esa es una enfermedad que padecen los niños desnutridos que viven sin tomar el sol. Nando *no* cae en esa categoría —insistió Maruja—. Vamos a ver qué nos dice el doctor Ashford mañana. Él es el que identificó el parásito de la anemia en la isla, así que puedes estar segura de que estará en las mejores manos.

Fernando no estaba en la casa cuando llegaron, ni llegó a cenar esa noche. Lo encontró Bernat en una cantina a eso de las dos de la madrugada, cuando Lucía y Maruja, desesperadas por no saber de él, mandaron a Salomé para que le avisara de su ausencia. Bernat ya sabía que Fernando frecuentaba las cantinas para hablar con los trabajadores y así poderle dar vuelo a su pensamiento político. Lo encontró al fin en la cantina El Cachete. Allí con él en una mesa llena de vasos sucios y botellas vacías estaban los organizadores de un sindicato de empleados, entre ellos un señor con un bigote impresionante. Bernat se acercó, preguntándose a sí mismo cómo era posible que hubiese tanto ron a pesar de la aplicación de la ley seca el año pasado.

—¡Bernat! —Fernando, obviamente en sus copas, lo llamaba desde la mesa—. Mira, este señor nos honra con su presencia. Te presento a Santiago Iglesias Pantín, pasado presidente del Partido Socialista, recién electo senador y la persona que ha logrado que nos podamos organizar bajo los auspicios de la Federación de Labor Americana.

Bernat, siempre muy correcto, extendió la mano para saludar, pero no se sentó. Estaba furioso con Fernando. ¿Cómo es que él, cuyo trabajo estaba en jaque con la continua macacoa política de su hermano, trabajo que tenía que mantener porque su familia dependía de él al cien por ciento, era el que tenía que salirse de la cama para buscarlo por los antros de Bayamón a todas horas de la noche?

El señor Iglesias Pantín parece haberle leído el pensamiento, levantándose de la mesa y con él los otros tres que lo acompañaban. Parecía buen tipo, pensó Bernat, a pesar de ser anarquista o sindicalista o comunista, no sabía cuál de los tres.

—Fernando, nos vamos porque tenemos mucho que hacer mañana —el senador tenía un suave acento español y un trato amable—. Nos alegra poder contar contigo para seguir la lucha a favor de los empleados de la fábrica. Te pido que esperes hasta que consulte con mis colegas en Nueva York sobre los pasos a seguir.

Los sindicalistas se fueron caminando hacia un carro que los esperaba en la esquina.

—Bernat… —continuó Fernando con tono zángano—. ¿Por qué no te sentaste? Ellos se fueron porque no te tomaste un traguito…

qué poco sociable eres... Mamá estaría molesta contigo si viera que te portabas así con un señor de tal estirpe política.

Bernat no le contestó, saliendo apresurado de la cantina. Estaba concentrado en depositarlo en su casa y así cumplir con Lucía y su hermana.

—¿Oye, pero por qué estás enojado conmigo? —preguntó Fernando genuinamente confundido por el silencio de su hermano—. Yo nada más quiero expresar mis opiniones y ayudar a los desgraciados que trabajan en la bodega, a los niños y mujeres, y a nosotros también, a ver si podemos ganar más.

Bernat seguía caminando sin siquiera mirarlo. Al llegar a la casa, tocó en la puerta y bajó los escalones para seguir a su casa. Paró en seco cuando su hermano trató de interceptarlo. Ya la bebelata se le había pasado y en su lugar lo que quedaba era un buen trazo de vergüenza.

—Fernando, de verdad que no te entiendo —le increpó Bernat decepcionado—. Lo que te debe importar más que nada es tu familia y la salud de tu hijo. *Eso* es lo primordial, no las cátedras anárquicas de la Capetillo ni los grandes planes de Iglesias Pantín de formar una unión en la fábrica. Pierdes el tiempo y el dinero en El Cachete. Dime, ¿quién paga las botellas de ron?, tú, ¿verdad? Porque siempre pasa que eres tú el que paga, en moneda, y en no estar aquí presente con tu familia que te necesita. Me voy a mi casa, donde debo de estar porque soy jefe de familia y porque esa es mi responsabilidad. Buenas noches —y se fue caminando sin más.

Fernando, cabizbajo y de repente exhausto, se sentó en el balcón sin decir nada. Cuando Lucía y Maruja se levantaron a tomar café se enteraron por medio de Salomé que Fernando se había quedado dormido ahí mismo, pero que se había levantado a las seis para acicalarse y desayunar antes de irse a la fábrica. Maruja, tomando su café en la sala, empezó a pensar lo que le diría a su hermano al regresar de las consultas. No iba a ser fácil bregar con Fernando.

Faustino las recogió a las nueve en punto y llegaron al Instituto de Medicina Tropical en menos de una hora. Hacía brisa, gracias a Dios. El niño estaba alerta, pero casi no podía caminar.

El doctor Ashford estaba interesado en el caso de Nando porque creía que había otra razón para explicar la dolencia del niño. Lo examinó de pie a cabeza y le hizo a Lucía y a Maruja todo tipo de preguntas, algunas de ellas relacionadas a las aflicciones médicas de los padres y hasta de los abuelos. Nando, calmado porque no había ni enfermeras con sombreros raros ni agujas, jugaba tranquilo en el sofá.

—Señoras, es mi opinión preliminar, que su niño sufre de una insuficiencia de vitamina D y calcio severa —observó el doctor con las manos entrelazadas en su escritorio—. Esta condición, a primera vista, se diagnostica como raquitismo. Pero... en este caso, estoy casi seguro de que existe en su organismo una mutación genética que le impide absorber estos componentes tan vitales a su crecimiento y salud. Yo sé que este niño come bien y sale al sol regularmente, y por eso pienso que es algo dentro de él, algo reactivo, que lo está impidiendo —las miró por un momento en silencio—. Me temo que no puedo dar muy buenas noticias porque por más que le demos al cuerpo lo que le falte lo despide de una vez. Pero no podemos dejar de intentarlo. Voy a recetar un régimen que tienen que seguir al pie de la letra a ver si podemos romper o sobrepasar la barrera puesta por la mutación.

Faustino regresó a buscar a las señoras varias veces más, pero el niño parecía estar más débil cada vez que lo veía. El armisticio que dio fin a la Gran Guerra se firmó el 11 de noviembre de ese año a las once de la mañana, hora de París. En Bayamón, las campanas de la iglesia de la Santa Cruz empezaron a repicar a las cuatro y cuarto sin ninguna explicación. Lucía acababa de poner a Nando en la colcha en el patio para que tomara un poco de fresco luego de darle las medicinas. El pobre las toleraba menos y menos con cada dosis que se le daba. Regina se sentó con él a jugar y la bebé, Virginia, supervisada por Salomé, mordía un collar de pepas de ámbar con gran ferocidad, pues le estaban saliendo los primeros dientes. De pronto, se oyó una gran algarabía en la calle, y Fernando y Bernat irrumpieron en la casa antes de lo esperado. Pareciera que todos los vecinos del barrio Pájaros estuvieran marchando por la calle Comerío camino a la iglesia.

—¡Se acabó la guerra, Lucía, se acabó! —irrumpió Fernando, agarrando a su esposa por la cintura y dándole una vuelta por el aire. Esa noche, Fernando y Bernat y sus familias salieron a la calle para celebrar el triunfo de los aliados. En la plaza hubo una misa de gracias liderada por el párroco Raemackers, quien todavía, a pesar de casar a cientos de parejas y bautizar a sus hijos, oír multitud de confesiones y ministrar a los fieles del pueblo, no dominaba el español a cabalidad. La misa fue seguida de un concierto improvisado, donde el público cantó y bailó hasta que el alcalde mandó a apagar las luces de la plaza.

La última visita que hicieron donde el doctor Ashford fue días antes de la Nochebuena y la hizo Lucía sola, pues Maruja se había resfriado y no quería contagiar a los niños. Faustino la fue a buscar, como todas las veces, y cargó a Nando hasta al carro, depositándolo con mucho cuidado en la falda de su madre. Le tenía una pena inmensa a esta señora, quien nunca se quejaba ni decía nada desagradable.

El doctor Ashford examinó a Nando con aspecto apesumbrado.

—Ay, señora Ramos, usted no sabe cómo me pesa este caso y el no poderlo resolver —dijo el doctor con el semblante sombrío.

Lucía se montó en el carro con su niño y le pidió a Faustino pasar por González Padín antes de regresar a Bayamón. Quería que Nando tuviera el placer de pasear por la tienda solo con ella para escoger lo que les iba a pedir a los Reyes Magos. La cara del niño registró felicidad y asombro con la multitud de juguetes en los estantes, y le pidió a su madre que les dijera a los Reyes que por favor le trajeran un pequeño camión y un oso de trapo.

La Nochebuena la celebraron en la casa, pues ya Nando no se podía mover. Fernando pasaba las noches junto a su hijo, arrullándolo con todas las canciones que conocía y otras que se inventaba para que durmiera mejor. El niño se empezó a quejar tanto del dolor que Lucía consiguió que le recetaran gotitas de morfina para que descansara. En sus momentos más lúcidos jugaba sentado en la cama y disfrutaba de las payasadas de Regina. La bebé ya había aprendido a levantarse agarrándose de la cama de su hermano. Desde la esquina lo contemplaba con su sonrisa de dos dientes, feliz de tener audiencia. Él pedía que le dejaran la ventana abierta, pues le encantaba ver los pájaros desde la cama.

Lucía se había quedado dormida con el niño luego de que él le pidiera que le contara el cuento del gato con botas.

—Mamá, cuando termines no te vayas, quédate conmigo —le pidió.

Lucía se acurrucó con él en la camita, su cabeza encima de la suya. Respiró hondo para capturar su dulce esencia de niño, acariciando su espalda para que le llegara el sueño y, con eso, el alivio. La brisa navideña entraba por la ventana y con ella el resplandor de tantas estrellas. Lucía cerró los ojos, cayendo en un sueño profundo.

La sorprendieron los primeros rayos del alba, y abriendo los ojos, vio a Nando mirándola con una sonrisa desde el umbral de la puerta antes de irse corriendo al patio. Todavía estaba flotando entre el sueño y el despertar cuando sintió el cuerpecito de su niño en sus brazos, pero no su respiración. Lucía, temblando, puso su oído en su pecho: nada. Solo supo que empezó a gritar... a Fernando, a Salomé, a la Santísima Trinidad, para que vinieran a salvar a su bebé.

Tuvieron que llamar al doctor para que sedara a Lucía. No dejaba que tocaran al niño, ni que el padre Raemackers le diera los últimos ritos. Insistía en que se iba a despertar, que ella lo había acabado de ver allí mismo, en la puerta, corriendo, que no se podía ir porque los Reyes le iban a traer el camión y el osito de trapo, que no la podía dejar, que el mundo jamás sería el mismo, ni el patio, ni los pájaros ni las flores.

Fernando, acompañado por su hermano, fue al registro ese día para declarar la muerte de su hijo, y firmar con mano temblorosa el acta de defunción, fechada 31 de diciembre de 1918.

CAPÍTULO NUEVE

Washington, D.C.

25 de enero de 1919

Daniel Montjoy salió de la oficina a las seis y media de la tarde, ajustándose la bufanda para protegerse del frío. Las calles de Washington estaban completamente vacías desde el inicio de la epidemia de influenza a principios de octubre y el viento jugaba con las hojas secas y trozos de papel en las esquinas de los edificios. Habían desaparecido de las aceras los vendedores de periódicos, al igual que la mayoría de los empleados federales que conformaban el espinazo burocrático de la ciudad. Los únicos que iban y venían eran enfermeras y voluntarios de la Cruz Roja. Hasta la misma celebración del armisticio el pasado 11 de noviembre había sido menos concurrida de lo que esperaban las autoridades por el miedo de la gente de exponerse al virus.

El gobierno y las entidades locales de salud tardaron en declarar la emergencia sanitaria, usando como pretexto la ley de sedición promulgada en mayo de ese año. Esta, diseñada para sofocar la libre expresión de opinión y limitar los derechos civiles, prohibía todo lenguaje que se considerara desleal, profano o difamatorio contra el gobierno. Y qué mejor manera de suprimir una noticia alarmante pero necesaria como una posible epidemia que la amenaza de terminar en una cárcel federal. Era vergonzoso, pensó Daniel, que el presidente Wilson y su gobierno temieran enfrentar temas difíciles como eran las políticas de izquierda, el creciente sindicalismo laboral, la oposición a la guerra y ahora...un brote de algo nunca visto y potencialmente letal.

Había llegado a la conclusión de que Wilson era un cobarde, y encima de eso racista, y que su agenda incluía desmantelar el delicado balance racial de la ciudad. Comenzó con su decisión de segregar las oficinas federales, ámbitos de trabajo donde empleados blancos y negros desempeñaban sus labores conjuntamente. La primera agencia federal que comenzó a despedir o transferir empleados negros fue el departamento de Correos, seguida por el del Tesoro. Wilson decretó que cualquier persona que solicitara un puesto en el gobierno tendría que adjuntar una foto a su solicitud, condenando a quienes no fueran blancos a que sus papeles terminaran en la basura. A Daniel eso le sentaba fatal, especialmente cuando pensaba en James.

Llegó a su casa, una linda propiedad de dos plantas con fachada de piedra gris que habían comprado cuando lo promovieron a socio en el bufete. A un costado estaba la reserva de agua con su gran torre y al otro un bosque poblado de arces, olmos y robles. Todavía no habían tenido niños porque nunca parecía ser el momento adecuado. Si no era porque Helena estaba enfrascada en su tesis doctoral era porque él estaba trabajando como una mula para llegar a ser socio. Pero ella le aseguró el día en que se mudaron que los niños vendrían pronto porque en el jardín de la casa podrían corretear cómodamente por lo menos cuatro. Él, riéndose mientras la abrazaba, le dijo que más valía que se apuraran, pues ya le había salido la primera cana.

Al llegar notó que la luz del balcón no estaba encendida y se extrañó. Guardó el carro en el garaje y entró a la casa llamando a su esposa. «Estará dormida», pensó. Un viento helado batía las copas de los árboles y la pareja de búhos en el arce intercambiaron saludos. La casa estaba en penumbras. Subió las escaleras y revisó las habitaciones mientras encendía las luces… nada. No se preocupó al principio porque ella siempre lo llamaba o le dejaba una nota. Llamó a la universidad pero ya la operadora se había ido. Luego marcó a sus amigas, pero todas le dijeron lo mismo, que no la habían visto ese día. Aguantó la respiración al hablar con la policía. No, le dijo el sargento, no había reporte de nadie con ese nombre en la bitácora del cuartel, pero quizás le convendría llamar a los hospitales. Había cientos de personas sucumbiendo diariamente a la influenza y quizás estaba en alguno cerca de donde vivían. Al oír la palabra influenza, Daniel sintió un sudor frío en el cuello. Se acordó súbitamente de una conversación que había tenido con su esposa hacía menos de una semana.

—En el hospital de la universidad hay más de treinta estudiantes recuperándose de la influenza y las pobres enfermeras están exhaustas —le comentó Helena mientras le preparaba el desayuno—. Creo que voy a presentarme como voluntaria para ayudar. Muchos de esos pobres chicos están solos y batallando el virus sin familia, y lo más probable es que están aterrados.

—Pues yo preferiría que no. Hasta el mismo Franklin Roosevelt, el secretario adjunto de la Marina, enfermó a finales de septiembre y todavía se está recuperando —le contestó Daniel, cercando la cintura de su esposa con un brazo mientras comía su tostada con el otro—. En el bufete no hay nadie estos días, o sea que puedo adelantar mis casos sin miedo a que se me pegue nada, pero en una enfermería no creo que sea lo mismo. No quisiera que te expusieras, mi vida, pues este brote está pegando más duro de lo que están informando.

Helena se quedó de pie a su lado acariciándole la cabeza sin responder. Quizás fue en ese momento que decidió que no le iba a hacer caso, y que cumpliría con lo que pensaba era su responsabilidad como ser humano. Daniel telefoneó a los hospitales cercanos, y todos excepto Georgetown confirmaron que no estaba registrada como paciente. Corrió a buscar su abrigo y se montó nuevamente en el carro para ir al hospital. Al entrar al área de recepción, le cerró el paso una enfermera.

—Señor, ya más allá de esta sala no puede pasar, pues el riesgo de contagio es demasiado fuerte —le dijo en voz baja.

—Tengo que saber si mi esposa está aquí —dijo, plantándose frente a su escritorio—. Ella me dijo que iba a ofrecerse como voluntaria en la enfermería de la universidad hace cuatro o cinco días, y yo le recomendé que no lo hiciera, pero quizás me ignoró. Necesito que por favor revise su lista para que confirme que no es paciente en el hospital.

La enfermera comenzó a revisar la lista que tenía en las manos, pero se fue apresurada al ser llamada de emergencia. Al cabo de dos horas otra enfermera salió con una lista en la mano.

—Montjoy —oyó—. Señor Montjoy, acérquese por favor —la enfermera hizo una señal para que la siguiera. Eran las tres de la madrugada.

Al final del pasillo lo esperaba un doctor. El pobre hombre parecía estar en peor estado que él, con su bata blanca a medio abotonar y una barba incipiente oscureciéndole el rostro.

—¿Señor Montjoy? —preguntó sin darle la mano—. Soy el doctor Roemer. Perdone que no me presente como debiera, pero estamos intentando reducir el riesgo de contagio, y esta sala en particular es la peor de todas. Antes que nada, le confirmo que su esposa Helena fue traída al hospital esta tarde luego de perder el conocimiento en su oficina. Entiendo que se prestó como voluntaria en la enfermería hace una semana al saber que estábamos operando con el personal más básico —siguió diciendo el doctor con tono compungido—. Por lo general las personas a quienes ella atendía estaban en vías de recuperación y no las considerábamos tan contagiosas. Quizás tenía la resistencia baja cuando llegó, pero no sabemos por qué la trajeron inconsciente al hospital.

Daniel, concentrado en mantener la calma, caminó con él hasta llegar a la última sala. Allí había veinte camillas acomodadas lado a lado en dos filas. La sala estaba casi a oscuras, pero sus ojos encontraron a Helena de inmediato. La habían vestido con una bata de paciente y alguna enfermera, suponía, había trenzado su larga melena oscura hacia un lado para que no estorbara. Parecía estar dormida, y lo único que delataba su malestar era la extrema palidez de su rostro.

—¿Doctor Roemer, puedo sentarme con ella? —preguntó Daniel, tragando con esfuerzo.

—Hoy es muy tarde y parece que está descansando. Y le aseguro que mientras descansa su cuerpo está tratando de batallar el bacilo. Si se sienta ahora la va a despertar, y lo más que necesita ella ahora es reposo. Regrese a su casa y duerma un rato. Le he dicho a las enfermeras que lo dejen pasar mañana a primera hora —dijo el doctor en tono compasivo—. Le aseguro que voy a estar pendiente de ella hasta que termine mi turno.

Daniel pensó intentar persuadir al médico para que lo dejara quedarse. Pero entendió que su consejo era acertado y despidiéndose de ella en silencio, regresó a la casa. Al llegar se tomó dos whiskeys para calmarse y sucumbió a un sueño profundo hasta las seis. La primera llamada que hizo fue a su jefe, quien aprobó sin titubear el tiempo necesario para atender a su familia. La segunda fue a su padre, y la tercera y la más difícil, a los padres de Helena. Los sollozos descontrolados de su madre se oían por el auricular, y tomó toda la fuerza que tenía para no caer en la desesperación. Sus suegros, al igual que sus padres, prometieron tomar el primer tren que saliera de Columbus. Al colgar el teléfono, volvió a sonar de una vez. Era el doctor Roemer.

—Señor Montjoy, su señora ha empeorado drásticamente desde hace cosa de una hora —le dijo sin saludo ni preámbulo—. Le aconsejo que venga al hospital tan pronto sea posible por favor.

El doctor Roemer lo recibió de nuevo, esta vez con semblante triste.

—Cambié de turno con el otro doctor hace poco, pero no me quería ir hasta que llegara usted —dijo el doctor Roemer poniendo una mano en su hombro—. Siento decirle que su señora está muy mal, y me temo que se ha presentado cianosis, síntoma de una infección secundaria. Quería evitar a toda costa que se perturbara cuando la viera, por eso le menciono lo de la cianosis, porque le da un aspecto azul al rostro del paciente.

Daniel entró a la sala con una mascarilla cubriéndole la nariz y la boca luego de que le advirtieran que evitara tocar a Helena, pues la posibilidad de contagio era altísima. Dio gracias por la silla al lado de la cama, porque sus piernas flaquearon al verla, y porque ella dormía y no vio la expresión de horror en su rostro. Parecía una estatua de mármol en el fondo de un estanque. Su pecho subía y bajaba con un esfuerzo enorme cada vez que respiraba y su mejillas y labios tenían un tinte azuloso fantasmal. Desobedeciendo protocolos, agarró su mano bajo la sábana y empezó a llorar como un niño. Al rato sintió que sus dedos se movían levemente bajo los suyos. Cuando la miró de nuevo estaba sonreída con los ojos cerrados.

—Daniel... mi amor... —susurró tan bajito que si no la hubiese estado mirando fijamente habría pensado que era un suspiro—. Lo siento, lo siento tanto... —intentó hablar, pero no pudo continuar porque apenas podía respirar—. Busca en el bolsillo... no te pude decir... —una lágrima surcó su mejilla. No pudo terminar de decirle más, pues cada vez que lo hacía se asfixiaba. En su delirio lo único que se le entendía era la palabra «bolsillo» y él, roto de dolor, creía haber perdido la razón. Cuando llegó el final a las once de la noche, seguía a su lado acariciando sus manos y su trenza. Lo último que le oyó decir, con voz risueña fue: «Qué hermoso eres».

Daniel no tenía memoria del viaje en tren a Columbus, ni del entierro, ni de los pésames de la gente. Su familia, al igual que la de su esposa, lo arropó con su cariño en las semanas que siguieron, pero lo que sentía, encima de una vasta tristeza, era un letargo del cual no se podía, ni quería, despertar. Los días pasaban como si estuviera bajo el agua; no veía, no entendía y no se expresaba con claridad. Con una excepción. Cada vez que sus ojos se posaban en el retrato de Helena pintado por James el dolor era una punzada certera y feroz que lo empujaba a poner un pie frente al otro.

Al regresar a Washington, Daniel recibió un telegrama.

Amigo mío, recibí la terrible noticia ayer por medio de un mensaje enviado por uno de tus hermanos. Voy de camino. James.

James Denby, en Nueva York por asuntos oficiales, abordó el primer tren con destino a Washington, el cual iba vacío por lo amedrentada que estaba la gente del contagio. Encontró su asiento y se escondió tras el periódico. Nunca sabía si alguien le iba a increpar, pero cargaba con su identificación militar por si las moscas. Bajo raza decía «blanco», una cortesía de valor incalculable tramitada por el general Tillbury antes de su transferencia al mando del coronel Nichols. Recibió la identificación después de despedirse de él, y se tuvo que conformar con escribirle una carta de agradecimiento donde aludía al gesto de manera imprecisa para no traerle problemas. En Panamá pasaba como blanco, hasta en la misma zona, dominio de sureños todavía resentidos por la pérdida de la guerra civil casi sesenta años atrás. «Si supieran», pensó.

Su trabajo con la Comisión Ístmica del Canal había llegado a su fin al concluir la construcción del proyecto en agosto del 1914. Dos semanas antes de la inauguración del canal, el ejército alemán invadió Bélgica, generando con ese acto bélico ansiedad y desconcierto en Estados Unidos y los demás países del hemisferio. James, sentado en la tarima del gobernador Goethals con los otros oficiales de la comisión, presenció el paso del *USS Ancón*, el primer buque que transitó el canal, por las esclusas de Miraflores. Le llovieron ofertas de trabajo en la zona canalera, pero decidió regresar a Washington, asumiendo que su experiencia como militar y abogado le ayudaría a conseguir algún puesto interesante.

Y tuvo razón. Al regresar a la ciudad comenzó a trabajar como consejero legal en la división de inteligencia militar bajo la dirección del coronel Van Deman, quien lo contrató sin esperar el aval del Departamento de Guerra.

El recién retirado general Aubrey Nichols, con quien James había cruzado caminos en varias ocasiones en los últimos años, vivía cerca de Daniel. Luego de una vida felizmente solitaria, se enamoró, de manera un tanto ridícula, pensaba el mismo Aubrey horrorizado, de una de las hijas del embajador de España. La joven, veinte años menor que él, no le hizo caso durante seis meses, pero al final no pudo resistir la campaña del carismático Aubrey. Ramos de rosas, lirios del valle y violetas llegaban diariamente a la residencia, además de innumerables cartas y poemas. Aubrey, además de ser un *racconteur* de primera clase, era un experto bailarín, y las damas de sociedad de Washington se lo peleaban por lo magnífico que manejaba el vals y el fox trot.

La chica finalmente dio el sí. Intuyó que nunca sufriría de una vida aburrida con él, cosa que no podía garantizar con los candidatos católicos y apostólicos que le presentaban sus bienintencionados padres.

La boda, el evento del año, estuvo oficiada por el obispo en la basílica de la Inmaculada Concepción y celebrada por todo lo alto en la residencia del embajador. Las páginas de sociedad reportaron que las arras que intercambiaron los novios en el altar eran de oro puro y que el regio vestido y mantilla de la novia, de hechura sevillana, estaba inspirado en la maja goyesca. Alice Roosevelt, famosa hija del presidente Teddy Roosevelt e invitada de honor, comentó que la novia era suertuda al tener un esposo que le llevara veinte años.

—No solo tiene una excelente pensión… —dijo Alice, escandalizando a los invitados sentados en su mesa—, sino que esta noche Aubrey se encargará de que ella la pase muy, pero que muy bien.

El tren arribó a Union Station sin retrasos, pero no había ni un taxi en la calle. James llegó a Tenleytown luego de tomar tres trolleys, y negoció el último tramo a pie. Había anochecido y un viento despiadado lo empujaba desde atrás como una mano invisible. Encontró a Daniel sentado en el balcón en mangas de camisa, como si lo hubiese estado esperando. Sin decir nada puso sus pertenencias en el suelo y lo abrazó, sintiendo cómo temblaba de frío.

—Cómo me duele el no haber estado contigo, no lo imaginas. —dijo, llevándolo dentro de la casa para protegerlo, casi como a un niño.

El retrato que pintó de Helena lo miraba desde la sala y se le hizo un nudo en la garganta. Se acordó del día en que hizo el primer boceto. Llegó a la casa cargando sus tubos de pintura, pues tenía la intención de retratar la vista desde la colina. Helena, sentada en el balcón leyendo, le dio la bienvenida. Acababa de cortar unos geranios y lucía un sencillo vestido rojo con puños y cuello de algodón blanco. Su pelo, recogido en un peinado suave en la nuca, se escapaba rizo por rizo con la brisa. Tenía una piel espectacular, como si reflejara una luz interior. Se veía tan hermosa que James se olvidó de pintar el paisaje y la persuadió para que posara par de horas. Quería regalarles el cuadro por las atenciones que habían tenido para con él durante los años que anduvo deambulando entre Washington y Panamá.

Cuando Daniel vio el retrato se emocionó.

—Eres un mago —dijo con reverencia mientras examinaba el cuadro—. Es como si se fuera a mover en cualquier momento. Casi siento la brisa que levanta la falda de su vestido... Helena, eres hermosa, pero este cuadro te favorece aún más.

—Pues pienso que James ha sido muy generoso al mostrarme así —contestó ella riéndose desde la cocina.

James puso leños en la chimenea y sentó a Daniel en la mesa. La muchacha del servicio todavía venía todos los días obedeciendo las órdenes del doctor Montjoy, quien le adelantó tres meses de pago para que se encargara de la casa. James calentó la cena como mejor pudo y puso el plato frente a Daniel. No podía creer cuánto había adelgazado desde la última vez que lo había visto. Al terminar, sirvió dos vasos de whiskey y se sentó con él para pasar la primera de muchas noches en donde largos silencios ocupaban el mismo espacio que la conversación.

A las seis semanas de la muerte de su esposa, Daniel regresó a la oficina. Pero a James le preocupaba el estado de ánimo de su amigo. Los días pasaban y él se levantaba, comía, trabajaba, leía el periódico y conversaba, pero el que lo conocía entendía que esa persona no era él. Al hablar de Helena lo hacía de una manera casi mecánica, aplastando así cualquier emoción que se atreviera a surgir. Le extrañaba no haberlo visto llorar siquiera. La única vez que lo vio flaquear fue cuando le mencionó que iba a arrendar un departamento cerca para darle la privacidad que sentía que necesitaba. Daniel le rogó que se quedara unas semanas más.

—Por favor, quédate aquí hasta la primavera —le pidió, mirando al suelo para no delatar con su expresión el pavor que sentía de quedarse solo.

Una noche, mientras caía lo que todos esperaban fuese la última tormenta de nieve de la temporada, James sirvió los tragos en la sala. Sin decir una palabra extendió su mano para darle el whiskey.

—Quiero contarte algo, y no lo he hecho antes por un sinfín de razones —dijo James contemplando su vaso—. Primero porque pasó hace más de un año, segundo porque era una noticia triste que no quería compartir con nadie y tercero porque consideraba patético el estar tan atado emocionalmente a una persona luego de tantos años. Pero te lo cuento ahora porque vamos a tener que echar para adelante los dos de alguna manera. Si no lo hacemos, ambos nos moriremos de la pena por lo que pudo ser.

Daniel, sentado frente a la chimenea, lo miró.

—Hace un año, estando en Panamá de negocios, trabajé de cerca con un detective de la zona para investigar un robo cometido en las oficinas de la comisión. Ya resuelto el caso hicimos amistad, y descubrí que era puertorriqueño —continuó James—. Me mencionó que se embarcaba para San Juan en los días venideros y le pedí que me hiciera un favor por el cual le pagué generosamente —James pausó y fijó la vista en la chimenea antes de continuar—. Le pedí que fuera a Comerío a buscar a Virginia.

Daniel tomó un buen sorbo del whiskey y esperó a que James continuara.

—Me envió un informe completo, el cual detallaba el progreso de la familia después que azotara la tormenta —continuó, intentando mantener un tono de voz neutral—. Ferrán Ramos perdió su sastrería, y la familia zozobró económicamente al fallecer él y luego Victoria. Tanto así que se tuvieron que ir todos a Bayamón a trabajar.

—Todos se casaron, Bernat, Fernando, Virginia y finalmente Maruja —meneó el contenido de su vaso antes de continuar—. Virginia se casó hace seis años con un policía, un español residente en el pueblo. Un tipo decente, por lo que me dijo mi amigo. Pero la pobre no tuvo mucho tiempo para ser feliz. Murió inesperadamente de una dolencia cardiaca hace apenas dos años.

Daniel se quedó con el vaso a medio izar.

—Lo siento tanto, James —balbuceó con la voz cortada—. Siento que tu sufrimiento haya durado tantos años, y tú sin saber nada hasta hace poco. Siento el que hayas tenido que venir para ayudarme mientras cargabas tu pena en silencio, y yo sin saber lo que has sufrido con esa noticia tan terrible. Lo siento, amigo, desde el fondo de mi corazón.

No había más nada que decir. Los dos contemplaron el fuego de la chimenea hasta quedarse dormidos.

Los árboles todavía no habían desplegado sus hojas, pero ya se notaban los brotes en las puntas de sus ramas. Las ardillas, borrachas de sol, corrían por el jardín escarbando y regando todo lo sembrado el año anterior. Los periódicos, hartos de dedicar toda su cobertura a la epidemia y al creciente descontento laboral de los veteranos que regresaban del frente, se concentraron en las negociaciones de paz en París. Expertos en el tema opinaban que los términos que se estaban discutiendo eran excesivamente severos, y que el desarme y las reparaciones exigidas a Alemania casi garantizaban que no quedaría ni pacificada ni conforme con lo negociado.

Y cada vez que Daniel intentaba sacar del dormitorio las cosas de Helena se daba por vencido, pues todavía no cabía en su mente que ella no iba a regresar. Los libros que quedaron por leer seguían apilados en su mesita de noche, y el collar de perlas que le regaló Daniel el día en que contrajeron matrimonio yacía en el tocador. La muchacha cambiaba las sábanas de la cama, pero le dejó una nota diciendo que no cambiaría la funda de la almohada de Helena hasta que él le diera permiso. Parecía saber que él la abrazaba todas las noches para poderse dormir.

Empezar a vivir de nuevo conllevaba tomar una serie de pasos, el primero de los cuales era retirar las pertenencias de su esposa. James lo ayudó a subir los baúles a la habitación, entendiendo lo difícil que iba a ser para él volver a ver y a tocar las cosas de ella.

James entró a la habitación con la última maleta y se recostó del marco de la ventana para contemplar a un zorro que husmeaba los árboles del patio. Daniel, abriendo la puerta del armario, se encontró con uno de los vestidos de su esposa colgado en una percha en la puerta. Sin pensarlo, acercó su cara a él para oler el perfume que todavía impregnaba su ropa. Subió los brazos reflexivamente para acariciar el suave material del traje y con la mano sintió el borde afilado de algo en uno de los bolsillos. *Bolsillo.* Su memoria sonámbula, bloqueando instintivamente cualquier pensamiento que le acordara la corta pero terrible agonía de su mujer, despertó al oír esa palabra. Recordó con una claridad asombrosa sus últimas palabras: «Qué hermoso eres», y la repetición insensata de la misma frase: «Lo siento... bolsillo». Con mano temblorosa encontró en el bolsillo del vestido un sobre que parecía ser de un consultorio médico y lo abrió extrañado.

Sra. Helena T. Montjoy
5120 calle 39, NW
Washington

20 de enero de 1919

Estimada Sra. Montjoy:

Me complace notificarle que el resultado de la prueba de embarazo fue positivo. Si todo sale como debe, estará usted dando a luz a principios de octubre del presente año. Le recomiendo contacte nuestra oficina cuanto antes para hacer su próxima cita.

Cordialmente,
Dr. John W. Bovée
Departamento de Obstetricia y Ginecología,
Hospital Columbia de Mujeres
Calles 25 y M, NW, Washington

Daniel gimió como un animal herido y cayó de bruces en el suelo. James, confundido, saltó desde la ventana para sostenerlo y leer, tan discretamente como pudo, el mensaje.

—¡Ella no me lo pudo decir antes, y cuando me lo dijo no la entendí! —gritó Daniel desesperado—. ¿Cómo es posible que Dios se los haya llevado a los dos y me haya dejado solo? Mi pobre Helena; mi pobre bebé...

James logró sentar a Daniel en la cama para calmarlo, pero la verdad era que no había palabra de consuelo que pudiera ofrecerle; todo lo que le venía a la mente se quedaba corto. Perder a la persona más querida en la flor de su vida, y saber después de que venía otra de camino, era como si se hubiesen abierto de par en par las puertas del infierno.

Esa noche James durmió en la butaca de la habitación de Daniel, listo con un sedativo por si se despertaba.

Daniel recayó en una tristeza aún más profunda que la anterior. No podía dormir y andaba rezagado y exhausto durante el día. No quería salir de la casa ni hablar con su familia. Pasaba días enteros sentado en la sala contemplando el cuadro de su esposa. Aubrey Nichols pasaba por la casa cada par de días y jugaba cartas con James mientras Daniel se sentaba junto a ellos con un libro que nunca parecía leer.

Convencido de que esto no era un simple episodio de melancolía, James consultó con el doctor Montjoy, pidiéndole que le diera unos meses antes de considerar una terapia más agresiva. Todos los días lo levantaba y le daba desayuno, obligándolo a comer por lo menos un pedazo de tostada con café. Acto seguido, la señora de la limpieza estaba bajo órdenes de perseguirlo por la casa para que se bañara y se vistiera, y luego para que almorzara y tomara una siesta, provocando quejas de parte del paciente cuando encontraba la energía de responder. Cuando llegaba James por la tarde salían a caminar, aunque fuera solo a darle la vuelta a la manzana, luego cena, un rato de conversación y cama. A veces James era el único que conversaba, pero no se dio por vencido. Sabía que Daniel estaba presente y que iba a salir de la bruma cuando estuviera listo.

Al mes empezó a dormir mejor. Estaba delgadísimo, pero ya podía tener conversaciones sin agotarse. Aubrey, todavía capaz de extraer información hasta del más sofisticado, lo mantenía al tanto de lo que estaba pasando en la Casa Blanca, el Congreso y en las oficinas de cabildeo de la capital. James, mientras tanto, pintaba cuando podía desde un rincón del balcón. El zorro que había hecho acto de presencia en febrero regresó con pareja a cavar una madriguera más allá de los cedros.

Una mañana a finales de abril James se sorprendió de ver a Daniel bajar a la cocina vestido de traje y corbata.

—Regreso a la oficina hoy. Creo que estoy listo para empezar de nuevo —dijo simplemente—. Bueno, quizás nunca llegue a estar tan listo como antes, pero tengo que dar el primer paso porque, si no lo hago, nunca saldré de esta casa. Te quiero decir que no sé qué habría hecho si no hubieras estado aquí, y que tengo una deuda que pagaré con gusto toda la vida. Me has salvado.

Secando sus ojos con el pañuelo, sonrió y miró el cuadro de Helena. Parecía sonreírle desde su esquina de la sala.

—Ya la puedo mirar sin quererme morir —murmuró, poniéndose una bufanda. Al salir al balcón le dio el sol en pleno rostro, arrancando de su boca un suspiro de alivio y, se atrevió a pensar, de placer.

En mayo, Aubrey organizó una gran fiesta en honor de su esposa. Diplomáticos, académicos, congresistas, conversaban y bebían en el jardín bajo la tenue luz de cientos de pequeñas linternas. Una *troupe* de flamenco, traída especialmente desde Nueva York, afinaba guitarras y taconeaba con disimulo en una pequeña tarima.

La fiesta terminó poco antes del amanecer. Las bailaoras dieron vueltas sinuosas y altaneras al ritmo de las guitarras y las palmas, la cumpleañera bailó por sevillanas con sus hermanas y la esposa del embajador de Cuba se cayó en la fuente del patio luego de beber varios cocteles de más. Varias patrullas de la policía, alertadas por los vecinos trasnochados, hicieron acto de presencia a las dos de la madrugada y quedaron apaciguados una vez el general les sirviera vasos de su mejor whiskey escocés.

Las páginas sociales del *Washington Post*, avaladas por Alice Roosevelt, quien también estuvo presente, calificaron la fiesta como el evento de la temporada.

CAPÍTULO DIEZ

Santa Isabel, P.R.

7 de mayo de 1926

La niña enfiló la yegüita en dirección a los mangles de la bahía de Jauca y se ajustó el sombrero de paja de ala ancha para que no saliera volando. Soplaba una brisa fuerte que aplacaba el fiero sol del sur. Si llegaba a la casa con mejillas más que sonrosadas, su madre, firme devota de un cutis de porcelana, no la perdonaría.

Pasear a caballo después de terminar las tareas con su tutor era su actividad favorita. No había nadie en el magnífico estuario, y podía observar a sus anchas a los pelícanos que se sumergían como proyectiles en el agua. En ese lugar se mezclaba el agua clara y dulce de los pozos y las quebradas con la salada de la bahía, y de esa alquimia brotaba un mundo salobre y a primera vista, inhóspito. Entre las raíces sumergidas del bosque salado una tortuga se bamboleaba plácidamente en el fondo arenoso, espantando a un cangrejo que, agarrando algas con su pinza, se refugiaba en su cueva de coral. Desde la distancia observó la llegada de un buque de carga al muelle de la Central Aguirre. En el cielo, un halcón peregrino volaba en círculos perezosos, y frente a ella bandadas de pájaros peleaban entre las uvas playeras.

Sus ojos captaron un destello metálico en la falda de la colina que bajaba a la playa. El caballo movió la cabeza de manera abrupta, oliendo algo extraño. Resoplando, dio unos pasitos nerviosos hacia atrás.

—¿Qué pasa, Cascabel? No hay nadie aquí. Lo más probable es que haya sido una triste culebra lo que te asustó. Vergüenza te debería dar; tú eres mucho más grande que ella —murmuró la niña, mirando a su alrededor. No había nadie. Su mano enguantada acarició el cuello de la yegua para calmarla.

En la maleza se escondía un muchacho un poco mayor que ella, quien la rastreaba desde una distancia respetable para que no supiera que la estaba siguiendo. No era la primera vez que la seguía, porque él siempre andaba por allí. Sabía que montaba todo el tiempo por lo cómoda que se veía en la silla. Tenía que ser rica, pues no solo tenía su propio caballo, sino que iba vestida con blusa y pantalón de montar. Era obvio que los aperos necesarios, la silla, las bridas, las botas, estaban hechos a medida. Hasta guantes llevaba puestos.

El muchacho notó con un soplo de pánico que la niña había visto algo fuera de lugar y que se dirigía hacia el monte a investigar. A su abuelo eso no le iba a gustar nada. La más importante de sus responsabilidades era ahuyentar a cualquier curioso. Agarró tres o cuatro pedazos de caracol que encontró a sus pies y usando su honda, los echó a volar para que cayeran en la hojarasca y causaran alboroto. La yegua, ya espantada tras haberlo olfateado, salió disparada buscando el sendero y la claridad del día. El muchacho respiró aliviado. Esa yegua estaba tan asustada que iba a correr un buen rato antes de que su jinete, por más buena que fuese, la pudiera controlar. Tendría que poner yaguas de palma encima del metal para evitar que brillara.

Anna entró a la casa poco después de las cuatro, despeinada y polvorienta, justo cuando su madre salía de la cocina secándose las manos con exasperación. No solo tenía que estar pendiente de la cocinera y las criadas sino de su propia hija, que con todo y que era aún una niña, iba y venía como le placía con el aval de su padre, quien le decía que sí a todo.

Manolo había llamado a la casa al mediodía para avisar que había invitado a cenar a unos empleados recién llegados a la Central y a Martín Olbes, el jefe de agricultura, con su esposa Paquita. Estos arranques de su marido de invitar gente a última hora ponían la casa patas arriba. Pero después del desespero inicial, se calmó. Su esposo no había llegado a donde estaba nada más por ser buen empleado. Entendía que una de las maneras de progresar en las filas era suavizar la llegada de los empleados americanos y extranjeros a la Central.

—Anna, te pedí que estuvieras en casa hace media hora —dijo Inés mientras abría las gavetas del bufete del comedor—. Ven y ayúdame con la mesa antes de que te bañes, que esta noche tenemos invitados importantes.

—Mamá, no hay suficientes platos y sillas para tanta gente —dijo Anna contando los que había en el chinero.

—Debajo de mi cama hay una caja que tiene los platos de tu abuela. Dile a Diosdada para que te ayude a traérmelos. Luego vete al patio a ver si encuentras gardenias abiertas, que las necesitamos para adornar la mesa —dijo Inés.

A los pocos minutos, Anna entró con un ramo de gardenias cuyo aroma lánguido y potente se desplegó en el comedor. Era su flor favorita. Las acomodó en dos floreros y, luego de ayudar a su madre con la mesa, fue a darse un buen baño de tina. Luego de la galopada de Cascabel tenía polvo hasta en las orejas. Había que estar lista a las siete menos cuarto porque los americanos llegaban exactamente a la hora que se les decía.

A medio vestir se contempló en el espejo de la puerta del armario. A sus trece años Anna era ya más alta que su madre, y no estaba segura de que esto era algo que le gustase. Detestaba tener piernas tan delgadas, pero por lo menos eran largas. Una hermosa melena de pelo negro rizo enmarcaba su rostro sonrosado.

Era la consentida de la casa. Colgados de perchas en el armario había vestidos, faldas y blusas a escoger. Su madre, quien viajaba a San Juan una vez al mes, llegaba a la casa cargada de sombreros, ropa y zapatos de todo tipo para ella, y si Inés no se lo podía comprar, lo hacía ella misma.

Sus padres la celebraban porque su nacimiento, a los cuatro años de la muerte de su hermano Gerónimo, había sido un verdadero milagro. Por eso la niña trataba de complacer a sus padres en todo y, por lo general, lo lograba. Era aplicada en sus estudios, asombrando al señor Morse —pariente de Samuel Morse y tutor suyo— con su curiosidad e intelecto; fina en su trato, cosa que cautivaba a las amigas de Inés; y aguerrida en todo lo demás, fuera recitar poesía, montar a caballo o nadar, lo cual hacía feliz a Manolo.

Salió de su habitación y vio a su padre en el portón de atrás hablando en voz baja con un muchacho, pero no podía determinar quién era porque le estaba dando la espalda. Su padre puso en el suelo una caja y de su bolsillo sacó dinero. Dándoselo al mensajero le revolcó el pelo en un gesto cariñoso y a la vez extrañamente íntimo. Era obvio que se conocían. Anna sintió como si hubiese observado algo que no debería haber visto. Se escondió tras la pared del balcón, viendo a su padre meter la caja en la covacha. De ella sacó una botella de lo que parecía ser agua turbia y la escondió en la gaveta detrás de los manteles.

Manolo entró apurado a la habitación para vestirse. Estaba consciente de que el mero hecho de que Martín Olbes lo llamara urgentemente para traer invitados a su casa era una marca de honor. Habían empezado a trabajar al mismo tiempo, pero Martín obtuvo promociones al nivel ejecutivo no solo por ser un administrador hábil, sino porque tenía una excelente educación. La ventaja de Manolo era su excelente inglés y la simpatía que hacía que quien lo conociera se encariñara con él.

Como mayordomo de la hacienda Florida de Santa Isabel, Manolo manejaba las operaciones de un cañaveral de más de mil cuerdas y de los cientos de jornaleros que lo trabajaban. El trabajo era brutal, especialmente durante la zafra, la cual se extendía de noviembre a mayo. La caña que se cortaba en la Florida iba por ferrocarril a la Central Aguirre para ser molida y refinada. Al igual que los otros mayordomos de la Central, vivía en una casa en la vecindad de la hacienda rodeado de sus jornaleros y capataces, a los cuales conocía por nombre y apellido. Muchos opinaban que tener a los jornaleros alejados del pueblo los hacía más dependientes y debilitaba las posibilidades de que salieran del círculo de pobreza y dependencia en el cual vivían. Manolo, fiel a quienes le dieron la oportunidad de salir adelante, prefería no comentar sobre el tema. Velaba que su gente estuviera bien cuidada dentro de las limitaciones que existían y no revolcaba las aguas. Tenía entre ceja y ceja la estrategia para llegar al próximo escaño profesional, el de jefe de cultivo regional. Ese puesto traería consigo un sueldo más alto y una casa en el área residencial preferida de la misma Central, donde vivían Martín y los que visitaban su casa hoy.

Inés estrenaba un vestido lila con mangas acampanadas. Un collar de cristales y aretes a juego completaban el conjunto. Trenzando su pelo lo enrolló en un sencillo moño. Se empolvó la nariz, y poniéndose un lápiz de labio nuevo, salió de su habitación para ver cómo iba todo en la cocina. Se sentía la boca un poco rara, pero no se lo iba a tocar pues tenía que verse sofisticada y moderna. Entró a la cocina donde Providencia, cucharón de sopa en mano, le dio a probar la salsa de la carne mechada.

—Está perfecta la salsa —dijo Inés, revisando el plato de servir—. Y el bizcocho, ¿se enfrió ya? Hay que ponerle el glaseado pronto antes de que se cuaje el azúcar… Diosdada, cámbiate el delantal, mujer, que vas a abrirle la puerta a gente importante.

Los invitados llegaron a las siete en punto en dos de los Chevrolets negros de la Central. De uno salieron Martín y Paquita y un señor alto de rostro bronceado, y del otro, otras dos parejas. Manolo, Inés y Anna les dieron la bienvenida en la puerta de la casa.

—Mi estimado Manolo, y por supuesto Inés y mi amazona favorita, Anna. Paquita y yo estamos agradecidos de que nos hayan abierto las puertas de su casa. Y a cenar, nada más y nada menos, pues aquí, gracias a la magia culinaria de Inés, se come muy bien —dijo Martín en inglés para que todos entendieran—. A ver, déjenme presentarles a nuestros más recientes arribos.

—Este es el señor Robert Patterson, el nuevo jefe de cultivo, y esta es su esposa Edith —continuó Martín—. Robert es escocés y su esposa es danesa —pausó un segundo, añadiendo con picardía—. Se acaban de casar hace apenas un mes, así que todavía están en plena luna de miel…

Robert Patterson era un tipo corpulento, con una cara roja como una acerola. Esto, y su pelo blanco, contrastaban de manera dramática con el azul intenso de sus ojos. Su esposa Edith era más alta que él, con el pelo rubio cortado al ras de la quijada. Estrujaba su bolso nerviosamente mientras asentía con la cabeza, como queriendo decir: «Sí, sí, así es». Anna no le podía quitar los ojos de encima. «Alguien más alta que yo», pensó. Parecía una vikinga a quien lo único que le faltaba era el casco alado de las *valkirie.*

—Este es el señor Emerson Rogan, el nuevo jefe de laboratorio, y esta es su señora Muriel —dijo Martín mientras sus manos daban vueltas y vueltas al sombrero que se acababa de quitar. Inés registró el gesto y la sonrisa apretada de Paquita—. Son de Luisiana.

A Emerson Rogan le urgía visitar al barbero. Alto y delgado, tenía un pelo rizo que ni la brillantina más potente iba a poder domar. Sus ojos oscuros y penetrantes se magnificaban tras gafas redondas de carey. Tenía las manos largas y finas y las puntas de los dedos manchadas con los químicos que manejaba en el trabajo. Llevaba camisa y pantalón claro con una corbata bordada con la cresta de Tulane, su alma mater.

Muriel Rogan se escurrió sonriente entre Martín y su esposo para saludar a los anfitriones. En su mano izquierda cargaba una llamativa cigarrera esmaltada. Llevaba el pelo rojizo en ondas pegadas a la cabeza a lo *Marcel*, su piel color melocotón combinando de maravilla con el vestido color pavo real. Una larga ristra de perlas complementaba el conjunto. Su acento sureño era aún más marcado que el de su esposo. Inés sintió desde donde estaba el *frisson* de placer que experimentó Manolo al saludarla. Ojalá no haya sido tan obvio para los otros, pensó furiosa. Martín rompió la parálisis momentánea al acercar al último invitado, un tipo alto y bien parecido, vestido perfectamente para el clima con camisa blanca de algodón y traje de lino color paja.

—Por último les presento al señor John Barrett, quien nos llega desde la zona canalera en Panamá para encargarse de aquellos que están violando la ley de prohibición contra el alcohol —terminó Martín aliviado. El aroma de la carne mechada se colaba desde la cocina.

Desde la aprobación de la ley seca en la isla en el 1920 no había mucho con qué alzar las copas, lo cual naturalmente cohibía el ambiente en las cenas y las fiestas. Pero si el anfitrión tenía escondido algún ron, o podía surtirse a escondidas de licor contrabandeado, entonces la fiesta duraba hasta que se acabara lo que estuviera sirviendo. La mera presencia de Barrett eliminaba esa posibilidad. Por lo menos en casa de los Santillán se come bien, pensó Martín resignado.

La conversación no tardó en ponerse interesante. Providencia y Diosdada sirvieron el aperitivo de salmorejo justo cuando Muriel defendía el derecho de la mujer a votar en las elecciones. Manolo la escuchaba embelesado.

—Nosotras tenemos el derecho al voto desde el 1920, y los políticos ahora nos tienen que tomar en cuenta —dijo mientras ondeaba su cigarrillo encendido en el aire—. Hay que extender este derecho a los territorios también. ¿Cómo es posible que aquí no dejen que la mujer vote... a estas alturas? —al terminar se viró donde Manolo y le echó un guiño—. ¿Verdad, Manolo, que la mujer tiene que pelear por lo que quiere?

Emerson saboreaba su salmorejo sin hacerle caso a su mujer. John Barrett escuchaba la conversación en silencio. Lo mejor de la velada era, sin duda, Muriel Rogan.

Muriel encajaba a la perfección en la categoría de mujeres inteligentes pero peligrosamente aburridas. Como las de la zona canalera, observó Barrett en silencio, sujetas a un código de conducta estricto e inmutable, parecido al que reinaba en la Central. Pero Barrett sabía por experiencia que no se podía ir contra la naturaleza, uno nacía así. Muriel era de las que bailaban encima de las mesas y bebía con los hombres en el patio. Y lo hacía porque le placía y le daba la gana. Su marido, mientras tanto, charlaba en inglés con Edith, tranquilo y sonriente. La asignación de Barrett a San Juan vino con una promoción, pero hacer cumplir leyes que eran contrarias al instinto humano era complicado. Sería feliz con otro trabajo que no tuviera nada que ver con controlar los impulsos de la gente.

En la cocina, las criadas se tomaban turnos para espiar desde la puerta. Desde allí rendían veredictos sobre la moda, modales y apetito de los comensales. Les quedó claro que el salmorejo gustó, los garbanzos estuvieron de chuparse los dedos y la mechada estaba tan tierna y gustosa que todos repitieron, excepto la señora en la esquina, quien apenas probó bocado y se la pasó fumando en la mesa, cosa que les pareció de muy mal gusto. Los postres eran la especialidad de Inés, y el bizcocho de naranja era el que más delicioso le quedaba. El americano de las gafas se comió dos tajadas enormes, y doña Paquita, con el cuento mongo de que no debía, también se sirvió una porción generosa. Hasta la señora rubia hizo entender con señas lo mucho que le gustaba, y don Martín no paró de comer hasta que sirvieron el café.

Anna se despidió de los invitados a las diez, retirándose a su habitación para leer un rato antes de dormir. En la mesita de noche estaba su libro favorito, *El almacén de los niños*, escrito por Madame de Beaumont. Aunque se creyera más madura de lo que era, se ilusionaba con el cuento de la Bella y la Bestia más de lo que querría admitir.

Martín le pidió al chofer que llevara a los Patterson y a John Barrett, quien también había tenido una jornada larga, de regreso a la Central. Si hay algo de lo que estaba seguro era que Manolo tenía una botella de ron escondida en algún lugar. Con Barrett de camino a la cama se podrían echar un traguito sin tener que dar explicaciones.

El anfitrión no se hizo de rogar, y la botella de pitorro salió de su escondite. A Muriel se le iluminaron los ojos cuando reconoció lo que era y, cuando se dio cuenta de que no le iban a dar de probar, se acercó a Manolo con cara compungida. Emerson ya se había sentado en el balcón con Martín y Paquita. Inés había entrado a la cocina para pedirle a Diosdada una jarra de agua y al salir se dobló a recoger un tenedor que se había caído en el piso. Cuando se levantó se dio cuenta de que había interpretado la reacción inicial de su marido correctamente.

—¿Ay, Manolo, ¿cómo es que me ofreces un triste cordial de señora mayor y no de tu ron? —susurró Muriel, poniendo la mano sobre su brazo—. Si es como el *moonshine* que hacen en Luisiana, y así de potente, pues yo quiero un vasito igual que el tuyo —dijo de manera conspiratoria, rozando su camisa con las puntas de los dedos y acercando su rostro al de él. Manolo, encantado de ser objeto de las atenciones de una mujer tan atractiva y tan obviamente desinhibida, le sirvió un trago, brindando con ella. No vio a Inés mirándolo desde la oscuridad del comedor. Al caminar la pareja hacia el balcón, vio cómo la mano de Manolo subió con sigilo a la espalda desnuda de la mujer, acariciándola levemente.

Su madre se lo había advertido antes de casarse.

—Ten cuidado, Inés. Manolo es demasiado galán para una muchacha como tú; sabes que tengo razón —le dijo su madre una tarde al oírla quejarse de que había oído un rumor de que su novio era un picaflor—. Su padre tiene quién sabe cuántos hijos desparramados por el pueblo y las cercanías. Es simpático, pero intranquilo, y no puede resistir el encanto de una mujer que le coquetee. Un hombre así nunca te va a hacer feliz. Vas a ver con el tiempo que tengo razón.

Pero Inés, locamente enamorada, decidió ignorar el consejo. Su prometido era un partidazo: apuesto, inteligente y generoso, con excelentes prospectos en la Central Aguirre. Su familia, aunque consiguieran el derecho al apellido hacía pocos años, era respetada en el pueblo. Hasta el viejo Manuel Santillán, cansado de tener que rondar por tanta morada y con tanta mujer, se había ido a vivir a casa de Felícita, su esposa verdadera, a pesar de no pisar iglesia ni juzgado para legalizar la unión.

Y la verdad es que esos primeros años de casados fueron maravillosos. A Manolo lo habían designado mayordomo de uno de los cañaverales cerca del barrio Guásimas y estaba feliz con su promoción. Se iba a caballo temprano por la mañana vestido con su uniforme de pantalón khaki, camisa blanca y botas de montar, y un gran sombrero de paja para resguardarse del sol. Ella lo esperaba para servirle los platos que le había preparado y él se los comía apurado, ansiando seducirla durante la hora de la siesta.

A los dos años de casada salió encinta de su primer bebé. Manolo no cabía en sí de júbilo al nacer Gerónimo, y paseaba con su niño en brazos por la casa para dormirlo. Pero la felicidad de la pareja fue efímera. A los dos meses la niñera fue a buscar al bebé para que Inés lo amamantara y había dejado de respirar. La muerte súbita del niño los sumió a los dos en una desolación terrible.

Inés se recostó en la pared del comedor, tratando de olvidar lo que había presenciado hacía unos minutos. Pero no podía, porque ya había pasado antes.

El nacimiento de Anna inyectó nueva vida al matrimonio. A Manolo no pareció importarle que no fuera varón, y se la quitaba a las niñeras para montarla en la grupa de su caballo y llevarla a comprar dulces en el pueblo. Cuando regresaba de Boston venía cargado de muñecas y libros en inglés para ella. Pero a pesar de la felicidad que le traía su niña, sus ojos rondaban intranquilos buscando otras aventuras. Inés fue la última en enterarse del último desliz de Manolo, y por lo tanto la humillación que sintió fue tan potente y venenosa como la mordida de una serpiente.

Fue su vecina la que le contó lo que todo Guayama ya sabía. Estaban sentadas en el balcón admirando las sábanas que Inés acababa de terminar con un borde de punto de cruz, blanco en blanco para que se vieran más finas. Diosdada acomodó una bandeja cargada de postres hechos en la casa y café en la mesita frente a ellas. Leticia echó un suspiro resignado y se sirvió casquitos de guayaba a un lado del plato y un pedazo de bizcocho en el otro. Inés era el ama de casa más dedicada que conocía. Y Anna, bueno, esa niña era la perfección.

—Qué vergüenza, Inés —dijo contemplando su plato rebosante—. Pero es que no puedo resistir tus postres. Son demasiado buenos.

—Ay, chica, come feliz ahora y arreglas después. No te prives, que la vida es corta —dijo Inés con una sonrisa—. Oye esto, Manolo me dijo anoche que nos iba a llevar de paseo a Boston en septiembre —mencionó Inés emocionada a su amiga—. Anna viene con nosotros, por supuesto. Nada más de enterarse se puso a estudiar la revolución americana —se rio y luego pausó, observando su plato de manera ausente—. Qué niña tan peculiar. Creo que será bueno para todos salir de aquí un rato.

Leticia le echó azúcar a su café, esperando que Inés al fin le confiara que Manolo las estaba sacando de viaje porque los rumores de su infidelidad ya estaban circulando por todo el pueblo. Pero Inés, muy tranquila, se sirvió unos casquitos de guayaba en el plato sin dar señal alguna de que estaba al corriente sobre el tema.

—Ay, amiga mía… —dijo Leticia con cara de lástima—. Yo no te puedo ver más así, tan tranquila e ignorante de la verdad. Te digo esto para que tomes las riendas de la situación, y no para hacerte sufrir —pausó antes de soltar la noticia—. Me dijeron que Manolo tiene una querida y que tiene varios hijos con ella, todos varones. Viven en una casita en el pueblo.

A Inés se le viró el plato, y el melao del postre le manchó toda la falda. De repente, le faltó la fuerza para subir la mirada y nada más se pudo fijar en las flores bordadas del ruedo de su vestido, y de las varias hormigas que se acercaban a sus zapatos para hartarse del azúcar derramada en el piso del balcón. Se quedó como una estatua en la silla, insensible al tono urgente de Leticia, y a la llegada de Diosdada y Providencia a limpiar el reguero. Inés se levantó de la silla, su falda goteando en el piso.

Gracias, Leticia, por la visita —dijo Inés de manera neutral—. Creo que me voy a tener que excusar, pues me tengo que dar un baño antes de que me coman las hormigas. Con tu permiso.

Anna, inmersa en geografía europea con su tutor en la sala, notó que pasaba algo extraño cuando vio a su mamá caminar como una sonámbula hacia la habitación que compartía con Manolo, cerrando la puerta tras de ella. Leticia, boquiabierta, salió apresurada de la casa sin decir palabra. Diosdada llevó a Anna a casa de sus tías en el pueblo porque sabía que cuando llegara el señor se iba a armar la grande. Manolo encontró a Inés en la sala esperándolo.

—Dime que no es verdad lo que he oído hoy de boca de Leticia Casanova, que tienes una querida con cuatro hijos en el pueblo. Dime que es mentira, que lo que me han dicho no tiene fundamento alguno —dijo Inés mirándolo incrédula—. Asegúrame que es una vil mentira, Manolo, ¡que no hay otra familia!, ¡que Anna y yo somos tu única familia! —gritó descontrolada.

Manolo sabía que este día iba a llegar, y con tanto tiempo para planear no había formulado ni respuesta ni reacción adecuada. Y es que nunca las tuvo. Sabía que lo que hacía iba en contra de todo, y del costo tan enorme que traería consigo. No tenía más que acordarse de su niñez precaria y a veces humillante, y prometía que iba a terminar la relación, pero es que no podía resistir. Ella, y otras a las cuales también había dejado con niños a cuestas, lo hipnotizaban con el contorno de la cadera, la mirada sugestiva y la manera en la cual le acariciaban la rodilla para que se bajara del caballo. El arrebato físico y mental que era parte de estos intercambios furtivos y febriles era una sensación de la cual no se podía ni quería privar.

Se plantó frente a su esposa y le juró que jamás regresaría donde la otra. De ese momento en adelante ella y Anna serían las únicas que ocuparían su corazón. Inés habló luego de un largo rato en silencio.

—¿Cuántos hijos tienes, Manolo? ¿Solo tienes cuatro, o tienes más? —preguntó Inés llorando—. Te pregunto ahora porque no quisiera enterarme después de que hay otros por ahí esperando sorprendernos un buen día a la hora del almuerzo, o saliendo de misa, y que tengas que dar explicaciones a tu esposa y tu hija, reconocidas así por la ley y la Iglesia.

Manolo, cabizbajo en la silla, no contestó.

—Te vas a encargar de mantener a esos hijos tuyos, sean cuatro o seis, con toda la discreción que merece el asunto. Jamás quiero que Anna se entere de esto, ni que sepa de ellos ni de sus respectivas madres, *nunca jamás*. Ah, y vamos a hacer cita con el abogado esta semana para nombrar a Anna como heredera única de nuestros bienes, pues no quiero que nadie fuera de nuestro matrimonio tenga expectativas equivocadas al nosotros morir —dijo Inés con más fuerza—. Tú entiendes que si se enteran de todo esto en la Central jamás te van a permitir vivir allí con ellos, ¿verdad? Todo por lo que has trabajado, todo… está en jaque. Es tu decisión Manolo —continuó en tono neutral—. Y esta noche te mudas a la otra habitación. Francamente no mereces compartir la mía.

El aroma abrumador de las gardenias del patio la sacó de su introspección. Habían pasado tres años y le quedaba claro a Inés, luego de presenciar el intercambio con Muriel, que su marido seguía jugando con fuego. Sabía que no podía controlar la situación, pero le iba a su favor que los Olbes parecían saber que la mujer podía convertirse en un dolor de cabeza en la pequeñísima sociedad de la Central Aguirre. La Central, con sus códigos de conducta firmemente establecidos y acatados, no tenía mucha tolerancia para aquellos que osaran alborotar el orden social.

Una semana después, Anna se llevó a Cascabel a dar la vuelta usual por los mangles. Estaba feliz porque el señor Morse le había prestado una biografía de Benjamín Franklin y un atlas de los Estados Unidos.

—Sé que te vas de viaje pronto, así que te los quise traer con tiempo para que pudieras leer la biografía y consultar el mapa antes de que te fueras —le dijo con una sonrisa.

Los relinchos asustados de Cascabel la sacaron de su ensueño abruptamente. Se cuadró en la silla para mejor controlar a la yegua y vio frente a ellas, enarbolando su palanca como una jabalina, un enorme cangrejo. Riéndose por lo ridículo de la situación, Anna movió la brida para que la yegua diera la vuelta. Y nuevamente vio el destello en la colina. Ahora sí que iba a ver qué era eso antes de regresar. No podía ver eso dos veces y no averiguar lo que era.

El cangrejo se le había escapado al muchacho del saco cuando se escondía en la maleza. Vio alarmado a la niña irse en dirección a la colina, y no le quedó más remedio que salir corriendo tras de ella.

Los árboles y la vegetación se espesaron al salir del mangle, y Anna se bajó de la yegua, agarrándola por la brida. Pronto se encontró en un claro al lado de una pequeña quebrada. Cascabel, incómoda, sacudió la cabeza y resopló. Anna no entendía lo que estaba frente a ella, pues nunca había visto nada parecido. Un gran recipiente metálico que parecía una estufa antigua estaba conectado a otro recipiente por medio de un extraño tubo curvo que parecía sacado del laboratorio de un alquimista medieval. Una gran cantidad de leña estaba apilada a un costado del aparato, y al otro, una pila de cocos secos. Lo que brillaba era la cosa esa de metal, eso era todo. Quién sabe qué era aquel aparato. Se viró para regresar a la casa cuando vio un muchacho con un saco de arpillera a cuestas salir de la hojarasca.

—Hola, me llamo Anna —dijo ella sin miedo—. ¿Cómo te llamas?

Sin esperar contestación y señalando con la mano a la extraña configuración de elementos metálicos preguntó:

—¿Qué es todo esto?

El muchacho se había quedado mudo. Era casi tan alta como él, pensó, cerrando el saco de jueyes con un pedazo de soga que sacó de su bolsillo. Miró a su alrededor para ver si su abuelo andaba por allí, pero al parecer estaba en la casa. La niña lo miraba con curiosidad; como si lo conociera.

—Me llamo Jacinto y esto es un alambique —contestó el muchacho como si le estuviera presentando a alguien—. Es para hacer ron carabelita... clandestino, del ilegal —añadió con cuidado—. Mi abuelo lo destila para ganarse la vida.

—Ahhhh, es uno de esos aparatos que siempre andan decomisando los policías. Nunca había visto uno. ¿Pero cómo funciona? —reguntó curiosa. Amarró la brida de la yegua a un árbol y se acercó al aparato. El muchacho no se movió, preocupado de que fuera a aparecer alguien.

—Bueno, rápido, por si llega mi abuelo. Él no permite que se acerque ninguna persona a su alambique, así que le pido que no diga nada a nadie. Me puedo meter en grandes problemas, y a él, aún más —le pidió Jacinto. Anna asintió y cruzó los brazos, lista para escuchar. Sabía que la policía se pasaba desmantelando los aparatos de aquellos que desobedecían la ley seca. Pero los alambiqueros siempre buscaban otro sitio para destilar. Lo hicieron bajo la Corona española en las faldas del Camino Real y continuaban haciéndolo a escondidas del régimen norteamericano.

—Se empieza con melaza pura... —explicó rápidamente el muchacho—, la cual se calienta despacio con carbón o leña hasta que el alcohol condensado que sale de la melaza entra a este tubo y pasa por ahí a este botellón, donde cae y se enfría como un licor claro. Entonces se pone a curar. Mi abuelo le echa frutas para darle un poquito de sabor y dulzura, pero a veces lo deja con su sabor ahumado original. A veces los jornaleros vienen cuando está acabado de hacer y se lo llevan en un coco. Cura las penas, eso dice mi abuelo.

En la distancia se oyó una voz. Jacinto subió la vista. Anna tomó las bridas de Cascabel y caminó con ella a donde empezaba el bosque.

—No te preocupes, que yo nunca diré nada a nadie —le dijo con una sonrisa—. Mas vale que borres las huellas de Cascabel con una rama, porque si no tu abuelo va a saber que vino visita.

La yegua y la niña desaparecieron en dirección al sendero. Jacinto agarró una rama y alborotó la tierra para que las marcas de herradura desaparecieran. Luego tumbó unas pencas y se las puso por encima al contenedor de cobre para que el sol no lo delatara de nuevo. Si lo había encontrado una mera muchachita era cuestión de tiempo que lo encontraran los federales.

John Barrett andaba patrullando el área ese día con cinco de sus agentes. Un pastor metodista se enteró de que su vecino escondía varias cajas de ron contrabandeado en la casa y lo había delatado a las autoridades. Al pasar frente a casa de Manolo, Barrett tocó la puerta sombrero en mano para saludar a Inés y pedirle un vaso de agua. Ella, generosa anfitriona al fin, les ofreció merienda. Barrett y sus agentes estaban sentados en el balcón tomando limonada y saboreando bienmesabe cuando entró Anna. Dio las buenas tardes e iba en dirección a su habitación cuando John Barrett interrumpió su progreso.

—Señorita Anna, ¿a dónde fue con su caballo en tal lindo día? —preguntó Barrett, abanicándose con el sombrero.

—A la Bahía de Jauca. Me gusta allí por lo tranquilo y bonito del paisaje —contestó la niña escuetamente. Los agentes fumaban tranquilos a menos de diez pies de la covacha, ajenos a que allí había una caja con siete botellas de pitorro. Trató de no mirarlos y de controlar su respiración. Barrett la miraba sonriendo.

—Me dicen que, en esos montes, hay quienes elaboran ron clandestino. No sé cómo ni en qué condiciones, porque lo único que he visto en ese paraje son pájaros y cangrejos… —dijo Barrett tomándose lo que quedaba de su limonada—. ¿Usted se ha topado con algo extraño alguna vez?

Anna sintió que el color se le iba del rostro.

—No, los cangrejos y las tortugas son los dueños de esos predios —respondió, sirviéndose una limonada para que no viera lo ofuscada que estaba.

—Bueno, seguiré buscando, porque eso es lo que me pagan por hacer. Cuento con su ayuda para atrapar a quien ande por ahí destilando sin permiso, ¿verdad? —preguntó Barrett con voz de broma. Seguido se levantó y, llamando a sus agentes, le dió las gracias a Inés, quien los despidió en la puerta. Esa noche Manolo sacó las botellas de la covacha y las enterró en el patio, marcando el lugar con una piedra para acordarse de dónde estaban.

Anna no había dormido, consternada por lo que había pasado el día antes. No quería que por culpa suya decomisaran el alambique del abuelo de Jacinto. Tenía que avisarle cuanto antes. Ensilló a la yegua y se fue en dirección al manglar. Cascabel sintió su ansiedad y salió al galope, desparramando hojas y polvo a su camino. Anna no vio a nadie al llegar, pero sabía que el muchacho andaba cerca.

Y en efecto, Jacinto salió sigiloso de su escondite, una enorme uva playera. Anna, sin bajarse del caballo, le contó la visita de Barrett y sus agentes.

—Están al tanto de que hay gente en esta zona que está fabricando ron, así que te aviso para que anden con cuidado —le dijo preocupada.

El muchacho se acercó para acariciar con la mano el hocico de Cascabel. Cuando alzó el rostro para contestarle se echó el pelo hacia atrás con un ademán tan familiar que a Anna se le entrecortó la respiración. Ella había visto ese gesto tantas veces, pero en la confusión no se pudo acordar. Nada más le vino a la mente su padre alborotando el pelo del mensajero.

—Se lo voy a decir a mi abuelo —dijo Jacinto—. Gracias.

Dio la vuelta y desapareció en cuestión de segundos. Anna salió tan rápido como pudo de allí, imaginándose que Barrett y sus agentes la estaban rastreando con sabuesos, como en las películas de policías y ladrones que exhibían en el cine del pueblo.

El 4 de julio lo celebraban en la Central con un día completo de actividades y la invitación más codiciada era la del desfile de gala, a celebrarse en el recién construido hotel Americano. Luego, los invitados verían un fantástico despliegue de fuegos artificiales desde el balcón del edificio. Los Santillán estaban entre los invitados, y Anna participaría en el desfile. Al ser tan alta, la habían designado como la estatua de la libertad y estaba entusiasmada porque su disfraz incluía corona y antorcha.

En la mesa estaban Martín y Paquita Olbes, Manolo e Inés y el jefe de la tienda de abastos de la Central. Desde donde estaban podían ver una mesa de empleados más jóvenes, entre ellos Emerson y Muriel Rogan, que generaban una bulla tremenda con matasuegras y trompetas. Muriel los saludó desde lejos, soplando una trompeta con abandono.

El desfile comenzó a tiempo y las niñas desfilaron al aplauso de los allí congregados. Al terminar, se incorporaron nuevamente para plasmar el momento con una foto. Inés se levantó de la mesa para buscar a Anna y ayudarla a quitarse el disfraz. Manolo dejó pasar dos minutos antes de salir del salón, aprovechando que los invitados se habían ido al balcón a esperar a que comenzaran los fuegos artificiales.

Inés dejó que Anna se fuera con sus amigas, diciéndole que se encontrara con ellos en la recepción a las nueve cuando se terminara el evento. Dicho esto, se dirigió nuevamente al salón.

Anna y sus amigas bajaron las escaleras con la intención de sentarse en la grama, pero el patio estaba oscuro como boca de lobo. Anna les perdió el rastro y se detuvo un momento para ubicarse. No había nadie allí excepto los coquíes y, al verse sola, decidió regresar. Los fuegos artificiales comenzaron, bañando el cielo de azul, rojo, verde y dorado. Anna, concentrada en subir al balcón, captó un movimiento fugaz bajo las escaleras. La siguiente ráfaga de bengalas reveló parte de un vestido rojo y el blanco de un muslo. La mano de un hombre lo rozaba, subiendo hasta llegar a… No podía ser, pensó, su corazón batiendo locamente. Esperó a que otro cohete iluminara el cielo. Allí, enredados detrás de las escaleras en lo que sin duda alguna parecía más que un beso, estaba su papá con Muriel Rogan. Su expresión de susto se ahogó con el ruido del cohete al explotar. Lo único que llegó a ver Manolo al abrir los ojos fue que Anna subía las escaleras corriendo.

Muriel encendió un cigarrillo.

—Nos vio —dijo con voz de sorna—. ¿Se lo dirá a tu esposa, o a mi esposo? —se rio, echando hacia atrás la cabeza y mostrando su lindo cuello.

Manolo no encontró palabras adecuadas para responderle, y la dejó fumando en el patio. Se incorporó a la multitud en el balcón antes de que Inés se diera cuenta de que no estaba donde se suponía que estuviera todo este rato.

—Esto tiene que terminar ya —se dijo a sí mismo. Pasándose una mano temblorosa por el pelo repasó horrorizado lo que su hija pudo haber visto.

Al acabarse el espectáculo, la gente se quedó en el balcón y Manolo apenas podía abrirse paso. Con el que se encontró de frente fue con Emerson Rogan, quien, saludándolo, le preguntó por su esposa. Manolo murmuró que no la había visto, pero en el reflejo de sus gafas no pudo ver su expresión y pensó lo peor, que él estaba al tanto de las andanzas de su mujer. Pero Emerson le pasó por el lado, dándole una palmadita en la espalda de despedida. Se encontró con su esposa y su hija al fin en la recepción. Anna apenas le contestó cuando le dijo lo linda que se había visto al desfilar. Inés la miró con curiosidad y luego a él.

—Sabes qué le pasa? —le preguntó Inés de regreso a la casa. La noche estaba tan despejada que las siluetas de las palmas reales de la entrada a la Central se veían claritas.

—No creo que le pase nada —contestó su esposo en voz baja.

Anna se metió en la cama de una vez, y apagó la luz sin esperar que su madre viniera a darle un beso. Inés la encontró despierta cuando fue a despedirse. Algo andaba fuera de lugar, pensó.

—Mi niña, ¿qué te pasa? Eras la más bella en todo el desfile, y todos te aplaudieron —le preguntó Inés, acariciándole el pelo.

—No, nada, mamá —pausó un segundo antes de seguir—. La señora Rogan, la que vino a cenar a casa… creo que está demasiado pendiente de papá —siguió la niña con cautela—. No le digas nada a él; me he dado cuenta yo sola. Es ella y no él.

—Aaaah, sí, te entiendo —dijo Inés con voz tranquila—. Esas cosas a veces pasan; a la gente se le olvida cómo comportarse. No te preocupes por eso —salió de la habitación ensayando cómo le iba a decir a su marido que tenía que parar en seco su infatuación con Muriel.

Al día siguiente, Manolo llegó a la casa para almorzar y se encontró a Aniceto, su suplidor de pitorro, esperándolo en la puerta de atrás de la casa. Inés, en la cocina ocupada con la sopa, los vio por la ventana. No sabía quién era el hombre, un señor de unos sesenta años, alto, delgado y trigueño con un sombrero de paja ancho en la mano, pero su marido lo saludó como si lo conociera bien. Será de la Central, apostó. Apenas podía escuchar lo que decían, así que salió de la cocina y se fue al lado del muro del jardín.

—Don Manolo, usted sabe que solo salgo de mi casa cuando hay problemas y que soy un hombre de fiar —dijo el hombre con tono serio—. Mi nieto me informó que los federales andan buscando a gente como yo para quitarnos el sustento. Se lo dijo su misma hija, quien descubrió el alambique en una de sus cabalgatas a Jauca —continuó en voz baja—. Le recomiendo que le diga que no regrese por allá, pues puede sin querer exponernos a la ley y hasta ponerlo en peligro a usted.

Manolo escuchaba sin decir palabra. Inés, al otro lado del muro, estaba igual de sorprendida.

—También vine por otra razón, don Manolo —dicho esto, Aniceto fijó su vista en una rama de limonero que salía del tope del muro hacia la calle—. El niño quiere ir a la escuela, y usted me prometió que nos iba a ayudar con eso. Usted bien sabe que apenas nos da para vivir, y que no vendría donde usted si no lo necesitara. Jacinto es su hijo y yo lo crío como si fuera mío, pero queremos que pueda estudiar porque queremos que llegue lejos —echó un suspiro resignado—. Mucho más lejos que yo.

Inés no llegó a oír la respuesta porque sintió que le flaqueaban las piernas. Lo único que logró oír fue retazos de conversación, donde Manolo prometía hacerse cargo de los gastos escolares del niño y Aniceto prometía otra caja de pitorro pronto. En ese preciso momento tomó una decisión. Tenía que proteger a Anna a toda costa. Paquita le había mencionado de una escuela de niñas en Santurce que funcionaba también como internado. Escribiría la carta hoy mismo a la directora, María del Valle, pidiendo que consideraran a Anna para el semestre siguiente. No tenía duda alguna de que la niña sería aceptada y que Manolo no se opondría a la decisión. Habría que postergar el viaje porque las clases comenzaban en agosto.

Había llegado el momento de actuar y nadie, ni siquiera su marido, iba a poner en jaque el destino de su hija.

CAPÍTULO ONCE

Comerío, P.R.

26 de enero de 1927

A Virginia le dieron la noticia de que se iba a casa de tía Carmen cuando estaba en la quebrada con su hermano Joaquín. La niña, espantada con el prospecto de tenerse que ir de la finca, se trepó en un árbol de aguacate y nadie la pudo persuadir de que bajara excepto el mismo tío Anselmo.

Quedarse toda la semana en casa de tía Carmen, su esposo Pepe y su tropel de hijos preocupaba a la niña. Ella lo que quería era seguir sacudiendo las ramas de los palos de acerola y guayaba para comerse las que cayeran, acompañar a Sarita a dar de comer a las gallinas o correr a sus anchas con una criada tras ella para asegurarse de que no le pasara nada. Pero ya Lucía y Fernando lo habían hablado. Virginia iría a la escuela del pueblo y dónde mejor alojarla que en casa de los Longoria, pues Carmen era prima hermana de Maruja y Fernando, y Pepe a su vez era primo de Anselmo.

—Vas a ver lo bien que lo vas a pasar con tus primas y con la tía Celeste. Es muy graciosa y le encantan los niños —le dijo Lucía, tratando de apaciguarla mientras empacaba una pequeña maleta—. Además, el tiempo pasa volando. Cuando menos te lo imagines Ulpiano va a estar allí esperándote en el carro para regresar.

—No es justo —replicó la niña furiosa mientras contemplaba el dosel de su cama—. ¿Por qué Regina no viene, o Joaquín? ¿Por qué soy yo la que tiene que ir? Papá esta mejor de salud y yo quisiera pasar tiempo con él. Casi nunca lo veo —añadió con tono rebelde.

—Regina no va porque cumplió los dieciséis años y ya terminó la escuela —explicó su madre mientras doblaba los vestidos que le había cosido—. Joaquín no va porque es más chiquito que tú y le dan trabajo varias materias. Hasta que no mejore no lo voy a mandar al pueblo —hizo una pausa y le acarició el pelo con cariño—. Tú eres distinta, Virginia. Eres inteligente y hasta puedes hablar un poco de inglés. Tu padre y yo no nos perdonaríamos que no estudiaras en la mejor escuela disponible. Y él… —añadió brevemente, virando el rostro para que no le viera la expresión en sus ojos—, él parece estar bien, pero acuérdate de que las apariencias engañan. El que no lo veas no significa que te quiera menos. Enviarte a la escuela del pueblo va a ampliar tu educación, y que vivas allá parte del tiempo es otra precaución para prevenir el contagio. Tu padre no se lo perdonaría si se enfermaran sus hijos o perdieran la oportunidad de obtener una educación más avanzada que la que recibimos nosotros.

Lucía trató de no pensar en el diagnóstico de Fernando, ni en la constante humillación que era ahora parte de su vida desde que se habían trasladado a Comerío. Jamás imaginó que desde tan temprano iba a depender de la generosidad de otros de una manera tan profunda. Que su marido, un hombre lleno de vida y con tanto por delante, fuera a quedar como un inválido al contraer tuberculosis fue el golpe que la dejó de bruces. Y con tres niños que mantener no podía darse el lujo de sucumbir a su orgullo, el cual le susurraba en el oído que ella sola era capaz de echar a la familia adelante. No tuvo ni tiempo de poner su plan sobre la mesa. Mientras calculaba los gastos de la casa y cuánto podría cobrar por sus labores de costura, Fernando empezó a escupir sangre cada vez que tosía y tuvo que darse de baja de su trabajo en la Tabacalera.

A la semana, Maruja llegó a Bayamón en un enorme Pontiac conducido por Ulpiano, el chofer de la finca. La esposa de Bernat le había dejado saber que Fernando estaba de cama luego de su reciente diagnóstico, y que la pobre Lucía las estaba pasando negras. El paciente, acostumbrado a las tertulias aderezadas con pitorro de contrabando, bebía a escondidas en la casa, y ya él y Lucía habían peleado por ello. No solo era ilegal comprarlo, sino que su convalecencia se haría aún más difícil si seguía la bebelata, argumentaba Lucía al aire, pues él no hacía caso. Maruja se sentó en la sala, arrimándose a su cuñada mientras se quitaba los guantes, para que Fernando, acostado en la habitación, no las escuchara.

—Vengo para llevármelos a todos a la finca —dijo en voz baja—. Allí, en una loma detrás de la casa grande, les estamos construyendo una casita que está casi terminada —Maruja hizo una pausa al ver a Lucía parpadear para contener las lágrimas. No sabía si eran de rabia, frustración o gratitud y no se atrevía a preguntar—. Es para que tú y Fernando la vivan, por supuesto. Los niños se quedarían en la casa grande para evitar el contagio. Tú no te tendrás que preocupar de nada, Lucía, porque nada les va a faltar. Anselmo y yo cubriremos los gastos de los niños y lo que necesiten tú y Fernando en lo que él se mejora. Y ya verás que se va a recuperar.

Lucía, exhausta de la constante preocupación y nuevamente avergonzada de terminar con las manos vacías a pesar de sus mejores esfuerzos, se cubrió la cara con las manos y comenzó a llorar amargamente. Maruja, usualmente la que lloraba primero y por todo, se compadeció de ella y le pasó la mano por la espalda para calmarla. Su cuñada era un modelo de disciplina y moderación en todo, y la verdad es que no se le ocurría pedir nada más allá de lo básico. El bienestar de su familia era primordial para Lucía, y lo más que deseaba era lo que más parecía evadirla, que sus hijos crecieran fuertes y felices en su propia casa. Parecía mentira que Dios no le hubiese concedido ese deseo.

«Pobrecita», pensó Maruja, «tanto sufrir no cabe en ese cuerpo tan chiquitito».

Lucía respondió resignada secándose los ojos con el delantal.

—Quiero que te lleves a Fernando lo más pronto posible, pues ha tenido una recaída bastante severa en los últimos días. El doctor recomendó reposo total lejos del calor y la humedad, y qué mejor aire que el de Comerío. Los niños y yo lo seguiremos en cuanto me avises que la casa esta lista. Te pido que le hagas la propuesta a tu hermano personalmente, porque me va a decir que no, y estoy harta de que me digan que no. Además, está bebiendo a escondidas —miró al patio donde Virginia y Joaquín perseguían al gato del vecino y se irguió como para darse fuerza—. No puedo ya con tantos malos ratos, Maruja, no puedo.

Fernando discutió con su hermana largo y tendido, pero al rato comenzó a toser y no tuvo la fuerza de seguir diciendo que no. Sabía que estaba muy enfermo, y que si no sanaba pronto tendría que dividir a su familia para que la carga no fuera excesiva a los que les extendieran la caridad de sostenerlos. No quería pensarlo, pero su mente repasaba una y otra vez su muerte y la eventual repartición de sus hijos. Maruja se llevaría a vivir a Regina a Comerío. Clarisa y Alfonso criarían a Virginia en Corozal, y a Joaquín se lo quedaría Lucía, sin duda, pues luego de perder a Nando no había fuerza que pudiera separarla de su hijo menor. Razonó que por lo menos estando todos en Comerío los podría supervisar —aunque fuese de lejos—. Mejor eso que la alternativa de separarlos. La enfermedad le había robado todo, la salud, el empleo y, lo peor de todo, el poder ser un mejor padre y esposo.

La casita tenía un amplio balcón donde Fernando se sentaba a leer. A veces, inspirado por las noticias que leía, dictaba cátedra sobre los eventos más interesantes de la semana. Los agregados de la finca, al terminar sus labores, se sentaban en la grama frente a la casa para oírlo hablar sobre el exilio de León Trotsky a Alma-Ata, describir el primer vuelo transatlántico del aviador Charles Lindbergh o seguirle los pasos al vicepresidente del Partido Nacionalista, Pedro Albizu Campos, mientras buscaba apoyo para la causa de la independencia de la isla. Mientras él leía, Lucía se aseguraba de que la criada restregara todo con lejía para eliminar cualquier trazo del bacilo tuberculoso. A los niños se les tenía terminantemente prohibido entrar a la casa. Se tenían que conformar con saludarlo desde el patio, lo cual hacían por las mañanas y por las tardes. A Virginia esto le caía muy mal. ¿Cómo es que su padre no le pudiera siquiera acariciar la cabeza de vez en cuando?

El aire de campo les había venido bien a todos. Había días que Fernando se sentía tan recuperado que se vestía y bajaba las escaleras de la casita para dar una vuelta. Pero cualquier mejoría era seguida por un episodio peor, donde tosía y tosía hasta que caía extenuado en la cama, su sangre manchando una infinidad de pañuelos de hilo bordados por su esposa. No ayudaba que de vez en cuando algún peón, operando bajo las instrucciones de Fernando, dejaba una caneca de ron escondida entre las azucenas sembradas por Lucía. La crudeza del trago, combinado con la virulencia de la enfermedad, lo dejaba fatal. Lucía, furiosa y frustrada, se iba de la casa varios días para que escarmentara, pero siempre regresaba al oír que Fernando estaba débil y que no duraría mucho más en esa condición.

Los niños, felices en la casa grande, no se enteraban de las trifulcas diarias de sus padres. Antes del desayuno, Virginia se iba a la covacha, donde con sigilo recogía los huevos de las gallinas. Al regresar de la escuela iba a la tienda de tío Anselmo, donde se los cambiaban por tirijalas, pilones y dulces de ajonjolí.

—¡Virginia, ven a peinarte! —llamó Sarita desde el balcón, tratando de no hacer alboroto, pues don Anselmo estaba a punto de aparecer en el comedor—. ¡Ven, niña, que vas a llegar tarde a la escuelita!

—Ya voy, ya voy —contestó Virginia, sacudiendo el polvo del gallinero de sus zapatos y evadiendo al gallo padrote, quien la perseguía echándole picotazos por atreverse a invadir su territorio. Tenía una trenza deshecha y pedazos de paja en la otra. Sarita se rio. Virginia era una niña graciosa y desenfadada. Pero eso de estarse tranquila mientras le desenredaban el pelo no le caía muy bien, pues pudiera estar haciendo cosas mucho más entretenidas, como meter los pies en la quebrada o ir a admirar el cabrito recién nacido. Delgada y de pelo castaño lacio, tenía unos hermosos ojos color marrón y una boca pícara y sugestiva, aún a sus nueve años. Todos en la casa concordaban en que tenía un gran parecido físico a su tía Virginia, pero ahí se acababa la semejanza. A Virginia le interesaban los asuntos y los eventos más allá del pueblo. Le seguía los pasos a Anselmo para leer los periódicos seguida que él los terminara de hojear, y se escondía en el pasillo cuando venían invitados de visita a la casa para escuchar lo que hablaban. Estaba al tanto de la situación política de la isla porque oía a su padre explicarla cuando los peones se congregaban para oírlo hablar.

Regina, su hermana mayor, era la beldad del pueblo. Agraciada con unas curvas que arrancaban suspiros de admiración y envidia, lucía su hermoso pelo color azabache en una gruesa corona de trenzas. Tenía los ojos de su tía Maruja… negros y grandes, y la piel blanca y perfecta de su madre.

La muchacha se movía con la confianza de una mujer que sabía que era linda, no solo porque lo era, sino porque se lo decían todos los días dentro y fuera de la casa. Maruja se la llevaba a La Parisienne en San Juan para comprarle lo que se le antojara, lo cual era bastante porque Regina era presumida y le gustaba estar siempre de punta en blanco. Últimamente andaba con una sonrisa a flor de piel porque Manolín Cervera, un partidazo, como diría su mamá, la estaba cortejando con gran ahínco. El muchacho, quien provenía de una excelente familia de Comerío, era estudiante de medicina en Filadelfia.

Cuando llegó el domingo antes de que empezaran las clases, Virginia formó una pataleta tan grande que Lucía la tuvo que meter en el cuarto de castigo. Luego de que se calmara la llevaron a despedirse de Fernando, quien le habló desde el balcón con una sonrisa.

—Virginia, acuérdate de ser respetuosa con la maestra, y con tía Carmen también… —le dijo su padre, periódico en mano—. Quiero que prestes atención en clase, que te voy a revisar las tareas cuando regreses.

En el carro rumbo a Comerío iban, con Maruja al volante porque era el día libre de Ulpiano, Anselmo en el asiento del frente y una Virginia llorosa sentada atrás con su madre. En su maleta guardaron una bolsa de dulces para suavizar la partida, y varios periódicos y revistas que Anselmo ya había leído. El baúl del Pontiac estaba hasta el tope con regalos para Celeste y su familia: costales de yautías, plátanos verdes y papas, sacos de gandules y habichuelas y una enorme cesta de huevos frescos. Con nueve bocas que alimentar (ahora diez con Virginia), nunca estaba de más una ayudita.

Maruja había aprendido a conducir recién casada, y estaba orgullosa de ser la octava persona en la isla en obtener una licencia de conductor. Iba a paso de tortuga, desesperando a la pobre Virginia, a quien le encantaba la brisa que entraba por la ventana cuando el carro aceleraba. Al llegar, la familia los recibió con bombos y platillos desde el balcón de la casa de la calle Post, una morada que no parecía tener cupo para tanta gente. Virginia se llevaba bien con sus primas, y tenía afinidad con María, la más cercana a ella en edad. Pero una cosa era ir a visitar a las primas y otra cosa era quedarse allí con todas ellas. En la finca tenía su propia habitación; en casa de Carmen y Pepe iba a tener que compartir cama con Luisa y María, y la peor noticia… un solo baño para todos.

Celeste bajó apurada las escaleras a la calle para darles la bienvenida. A sus treinta y tres años, era considerada una solterona por su familia y por el resto de las lengüilargas de Comerío, y a ella le importaba un bledo. Alta como Maruja, era tan alegre, vivaz y dramática como su prima, y, también como ella, dada a llorar cuando leía novelas románticas o veía películas con su actor favorito y recién fenecido, Rodolfo Valentino. Vivía en casa de su hermana desde que Violeta la desterrara de la suya. La habían pillado con un novio en una situación de la cual nadie sabía nada porque lo que vio Violeta se lo llevaría consigo a la tumba. Hubiese podido ser un improperio simple como un beso robado, o quizás alguna idea descabellada como quererse fugar de la casa, pero nadie nunca supo lo que fue. De todos modos, Violeta le dijo a su hija mayor que Celeste se comportaría mejor en Comerío, donde todo el pueblo la conocía. Y Carmen, harta de tener niños agarrados de la falda todo el santo día, se alegró cuando Celeste llegó a la casa. Los niños la adoraban y se llevaba bien con todos, hasta con Pepe, quien tenía fama de ser huraño.

El paso de los años y un parto después de otro habían hecho mella en Carmen. Cada vez que Pepe se le acercaba en la oscuridad de la noche no se atrevía a quitarse el camisón por miedo a que se fijara en sus pechos caídos y barriga surcada de estrías. Celeste la perseguía para cortar la trenza que le bajaba lánguida por la espalda y coserle ropa nueva, pero la verdad es que no tenía ánimo de hacer nada, deduciendo que lo que necesitaba era un cambio radical, y, por tanto, imposible. Lo único que validaba su existencia era la singular habilidad de su cuerpo, con todo y lo estropeado que estaba, de producir bebés. Pepe parecía estar complacido cada vez que venía un bebé de camino, así que Carmen los seguía teniendo.

Esa noche, con María a un costado y Luisa en el otro roncando suavemente, Virginia lloró en silencio. Le hacía falta su casa, su cama y su mamá. Celeste, haciendo la ronda final antes de acostarse, se arrodilló al pie de la cama y acarició la pierna que salía de la sábana.

—No estés triste, mi linda Virginia, que te vamos a cuidar bien. Ya verás lo estupendo que lo vamos a pasar tú y yo —le dijo sonriendo—. Mañana, después de la escuela, vamos a la plaza a pasear antes de hacer las tareas. Te voy a enseñar donde tu tía Virginia, que en paz descanse, desfiló vestida de azucena, y aunque no llevó corona, fue la mujer más hermosa que el pueblo jamás haya visto. A la otra reina se le cayó la corona... y con eso llegó la mala suerte... —susurró como una sibila, buscando con la mirada la luz tenue de la luna—. Duérmete, mi niña, que a primera luz te van a levantar para ir a la escuela.

Las mañanas en la casa Longoria eran un caos al cual Virginia, por más apego que sentía a sus primas, nunca se pudo acostumbrar. Encontrar su ropa era una lucha, pues compartía cuarto con cuatro de ellas, y por más orden que Carmen quisiera imponer, se perdían las cosas debajo de las camas y en la lavandería. La fila para lavarse los dientes y la cara comenzaba con Pepe y terminaba con ella porque era la más chica de las que iban a la escuela. Apenas le daba tiempo de vestirse y tomar su desayuno al pie de la mesa antes de que salieran todos marchando rumbo a clase.

Su mamá tenía razón. Celeste era divertida. Ayudaba a los niños con las tareas, y ya terminadas, se iba con ellos al patio a jugar. Le encantaba montar espectáculos y lo mismo confeccionaba togas romanas que velos de sultana. A veces cantaban canciones populares o los coros de las zarzuelas, como en su época lo hicieron Maruja, sus hermanos y sus primos bajo la tutela de Ferrán. Otras veces declamaban, algunos mejor que otros, poesías de autores criollos. Virginia recitaba *Canto a Puerto Rico* de José Gautier Benítez vestida con una de las togas, deduciendo que lo formal del atuendo le daba la gravedad necesaria a su actuación.

Miss Julia Carmona era la maestra de cuarto grado en la recién construida escuela elemental Horace Mann Towner en la calle Georgetti. Apenas se sentaban en sus pupitres, la *miss* comenzaba con los buenos días: *good morning class, how are you today?*, y seguía directo al *pledge of allegiance*, la promesa de lealtad a la bandera norteamericana. La *miss* les había dado el plazo de un mes para que todos se la aprendieran de memoria. Su plan era que todas las mañanas la recitara un alumno distinto frente a la clase.

Virginia, quien desde pequeña oía las frecuentes y encandiladas ripostas de Fernando en contra del gobierno insular, y de su previo representante Emmet Montgomery Reily, no entendía por qué tenían que recitar la promesa. Le parecía extraño lo de jurar fidelidad a un gobierno que nunca tomó en serio la corrupción y venalidad del ex gobernador.

—Virginia Ramos —dijo *miss* Julia con voz estentórea desde su escritorio frente a la clase. La niña miraba absorta por la ventana mientras jugaba con su lápiz. Era obvio que no estaba prestando atención—. Virginia Ramos, despierte por favor —la risa de sus compañeros la sacó del trance—. Hoy le toca a usted liderar el *pledge of allegiance*. Vamos, de pie frente a la bandera, por favor.

Virginia trató de no mirar a su prima María, quien reía nerviosa tras sus trenzas. Sabía que el día que le tocara el juramento iba a llegar, pero no tan rápido. La verdad es que no lo traía memorizado del todo, no tanto por pereza, sino porque las palabras de su padre le impedían concentrarse con cada intento.

—Explíqueme alguien cómo es posible que el presidente de los Estados Unidos de América nos siga enviando nombrados políticos sin talento o experiencia, y que importemos tan poco en la agenda política de la nación —increpaba desde el balcón de la casita al que lo escuchara—. Botín de guerra, eso es todo lo que hemos sido y seguiremos siendo.

—Virginia Ramos, ¿usted me oyó? —*miss* Julia agarró su puntero y se levantó del escritorio. La niña, de pie al lado de su pupitre, se puso pálida. Acercándose a ella, la maestra la escoltó al frente del salón, pensando que quizás lo que necesitaba era que recitara con ella, mostrando con el puntero dónde caía el peso de la pronunciación de cada palabra.

—Niños, todos vamos a recitar juntos para que Virginia se sienta mas cómoda —dijo *miss* Julia con tono conciliador—. *I pledge allegiance to the flag of the United States of America, and to the...* —la *miss* paró en seco cuando se percató de que Virginia no había abierto la boca.

—Virginia, ¿cómo es que todavía no se ha memorizado el *pledge*? Llevamos más de un mes diciéndolo en voz alta, y usted sabe que le iba a tocar liderarlo —le preguntó.

No era que Virginia quisiera molestar a la *miss*, pero cuando se sentía confundida se refugiaba en lo que le traía sosiego. En el momento que la *miss* comenzó a declamar el *pledge* se remontó a la finca, a sus rutinas favoritas. En su mente intercambió huevos por dulces, caminó entre las azucenas de su madre y se sentó bajo el naranjo a escuchar a su padre leer el periódico. Despertó de su ensueño cuando la maestra le tocó el hombro con el puntero.

—Voy a tener que enviar una nota a sus padres, Virginia. Aquí en esta escuela nos atenemos a las normas, y entre ella está el que recitemos el *pledge* —dijo *miss* Julia con tono impaciente—. No sé por qué usted no quiere, pero lo tiene que hacer si quiere ser alumna aquí —recostándose en el puntero, señaló un pupitre en la parte trasera del salón que miraba hacia la pared—. Al rincón con usted. Allí va a estar todo el día, así que póngase cómoda.

La niña la miró con cara de pena. Era obvio que algo impedía que obedeciera.

—*Miss* Julia, mi papá dice que al presidente y al Congreso no le interesa Puerto Rico ni los puertorriqueños —le dijo Virginia sin malicia alguna—. Usted le puede pedir permiso a él, y si él dice que sí, pues entonces lo recito.

Miss Carmona la miró con una expresión inescrutable.

—Bueno, Virginia, entonces le va a tocar entregar una nota a sus padres para que consulten entre ellos si usted se queda aquí o regresa a la finca por no conformarse a las reglas de este plantel.

El día fue interminable, pero Virginia se consoló al saber que había que llevar la nota de la maestra a la finca y que, una vez allí, sus padres decidirían si regresaba o no. Contaba con que Fernando, fustigado por el hecho de que, como decía él, había que rendir pleitesía al gobierno americano, le prohibiera regresar al salón de *miss* Carmona.

Celeste, quien buscaba a los niños todas las tardes, recibió la nota de manos de la maestra. Alarmada, se fue directamente a la casa del teléfono a llamar a Maruja, pues en casa de Carmen no habían instalado el aparato todavía. Ulpiano fue despachado de inmediato a buscar la nota, la cual llegó poco antes de que Anselmo y Maruja recibieran al ingeniero británico a cargo de la planta hidroeléctrica, Leslie Herbert, y a su esposa. Habían conocido a la pareja por medio del alcalde y Maruja, deseosa de ampliar sus horizontes y cautivada por la simpatía de ambos, los invitó a cenar a la casa.

Maruja, la nota de la maestra en el bolsillo, y espantando a los peones sentados en el patio, subió las escaleras de la casita. Fernando, todavía enfrascado en su *Puerto Rico Ilustrado* y el artículo que iba a leer en voz alta, ni se dio cuenta. Lucía salió de la cocina secándose las manos en el delantal. Se veía tan cansada que Maruja vaciló unos segundos antes de darle la nota. Lo menos que quería hacer era traerle malos ratos a su cuñada, que suficiente tenía ya en su plato.

Lucía leyó el mensaje y se viró furiosa donde Fernando, quien seguía hojeando su revista como si nada. Que la educación de su hija peligrara por las nociones nacionalistas de su marido era la gota que colmaba el vaso. Sin decir palabra, le puso la nota frente a la revista.

—Fernando, te pido que escribas una respuesta ahora mismo para que la lleve Virginia mañana a la escuela, donde dices que no tienes objeción a que ella recite el juramento a la bandera —le dijo con voz seca. Estaba harta de tener que oír teoría política día y noche. Había hijos que criar y mantener donde no había dinero ni casa propia, y donde el bienestar de la familia dependía enteramente de la buena voluntad de otros.

Fernando dejó que la nota cayera al suelo.

—Pues yo no voy a escribir nada. Me parece absurdo que niños de nueve años tengan que jurar a algo de lo cual no tienen noción todavía —dijo de manera despectiva—. Virginia es sofisticada a pesar de su edad porque me ha escuchado defender a...

—¡Fernando, deja de decir sandeces, por Dios! —gritó Lucía desesperada, recogiendo el papel del piso—. ¡Virginia es una niña de nueve años, no una revolucionaria! —los pitirres que anidaban en el palo de limón volaron espantados al oír el tono de su voz—. Maruja y Anselmo nos han ayudado tanto, y quieren que Virginia tenga una mejor educación que la que puede obtener en este campo donde vivimos —pausó respirando hondo y, al entrar a la casa, se viró para mirarlo—. Si no la escribes tú la voy a escribir yo. Tu dirás.

Fernando se quitó los espejuelos y miró a Lucía como si la acabara de conocer. No le había pasado por la mente que sus tendencias políticas incomodaran a su esposa, y cómo podía ser, si en sus ojos y en los de muchos otros la causa de Albizu Campos era noble y necesaria. Pero captó su efímera expresión de descontento y desilusión y se sintió infame. Ella tenía razón. ¿Cómo pretendía estar conforme con que su hija fuera humillada frente a sus compañeros por el mero hecho de complacerlo a él?

Se sentó en la mesa de la cocina con pluma y papel y escribió su respuesta a *miss* Carmona. Se sintió como un hipócrita inútil. Hipócrita por dar el brazo a torcer e inútil por no poder hacer nada al respecto, primero porque era una causa casi imposible y segundo porque se estaba muriendo. Poco a poco, pero se estaba muriendo.

En la casa grande los invitados cenaban cocido de garbanzo, el plato favorito de Anselmo, y concluyeron con los postres de Maruja, flan de guayaba y besitos de coco. Leslie Herbert los entretuvo con relatos sobre la construcción del gran acueducto de los Catskills, el cual traía agua a la ciudad de Nueva York.

La velada concluyó con los Herbert invitando a los Longoria y al resto de la familia a un pasadía en la represa. Anselmo aceptó de inmediato, encantado con la noción de poder ver las turbinas y el embalse de cerca con un experto ingeniero.

Celeste le informó a Virginia en la mañana que su padre había aprobado el que recitara el *pledge*, y le entregó a *miss* Carmona la nota, esperando que la leyera antes de irse. Pobre niña, pensó la maestra, guardándola en el bolsillo del delantal que llevaba encima del vestido.

Estimada miss Carmona:

Siento mucho el que mis inclinaciones políticas hayan afectado la rutina de su clase. Mi hija Virginia sería incapaz de hacer algo así a propósito, pero creo que no exagero al decir que es una niña muy lista, y que se percata más que otros niños de su edad de lo que sucede a su alrededor. Entiende a un nivel muy básico que al recitar el juramento de lealtad a la bandera americana le da el aval a un gobierno que nos menosprecia como personas y pueblo.

Sepa usted que le he dado permiso para que pueda repetir el juramento sin sentirse culpable o confundida. Pienso que al dárselo le doy esperanzas de que el abismo que existe entre nuestros pueblos se reduzca, y que el futuro de nuestra isla lo podamos forjar como iguales.

Atentamente,

Fernando Ramos Pérez

Celeste, mientras tanto, había llegado a la casa. Las criadas estaban fuera de compras o intercambiando chismes y cuentos con otras en algún balcón del vecindario. Carmen estaba en San Juan con Maruja de compras, cosa que la alegraba sinceramente, pues su pobre hermana necesitaba salir de la casa. Tampoco le vendría mal un ajuar nuevo y una visita a un salón de belleza para que le cortaran la trenza canosa que le bajaba por la espalda. Maruja la había invitado a ella también, pero dijo que no porque sospechaba que el día sería mucho más emocionante si se quedaba en la casa.

Semanas atrás empezó a experimentar el roce insistente de su cuñado cuando todos dormían. Pensó haberlo imaginado, pues la casa era chica y eran muchos viviéndola. Que se cruzaran de camino al baño en medio de la noche no era razón para alarmarse, pero que él encontrara su cintura bajo el camisón de dormir y se la cercara con ambas manos mientras le besaba el cuello era otra cosa. Le quedaba claro que Carmen ya no estaba muy interesada en lo que Pepe quería, pero eso no le quitaba el terrible sentimiento de culpabilidad que sentía. Su hermana la había acogido en su casa luego de que su madre la repudiara. Y es que Celeste había intentado sinceramente reformar su carácter y portarse bien. Ayudaba a su hermana con los niños y el manejo de la casa y no coqueteaba excesivamente con nadie. Pero era, después de todo, impulsiva, y a sus treinta y tres años, estaba desesperada por experimentar el placer de acostarse con alguien a quien deseaba. Pepe, con todo y que era primo de Anselmo y que poseía un carácter algo introvertido, era un hombre fuerte y lleno de vitalidad.

Se quitó el vestido y lo enganchó en el armario, recostándose del marco de la ventana mientras decidía si se quitaba la enagua o se la dejaba puesta. Oyó cuando Pepe entró a la casa y en un instante su cabeza repasó todo lo que pudiera pasar: que regresaran Maruja y Carmen inesperadamente, que una de las criadas decidiera investigar si tenía que preparar almuerzo o que la maestra enviara a la casa a los niños más temprano de lo usual. No le dio tiempo a reaccionar. Lo próximo que escuchó fue su respiración al otro lado de la puerta, y antes de que pudiera moverse, Pepe abrió la puerta, cruzó el cuarto en dos zancadas y la acorraló en silencio contra la pared. La enagua, rasgada desde el cuello hasta el ruedo, cayó al piso suavemente.

El Tulip Beauty Salón de la avenida Ponce de León estaba lleno de clientas, entre ellas Maruja, quien había hecho cita para que ambas se arreglaran el cabello. Pero Carmen se había negado a que le tocaran la cabeza.

—Carmen, te recomiendo que te recortes el pelo porque esa trenza está fatal —dijo Maruja, hojeando una revista—. Es más, deja que te pinten el pelo para que te cubran las canas, o que te saquen las cejas por lo menos.

—No creo que me haga falta nada de eso Maruja, además, no quisiera gastar de más. Son frivolidades y Pepe dice que le gusta cómo me veo —le contestó Carmen cohibida. Sentadas frente a los espejos, las clientas ensayaban peinados con los peluqueros. Numerosos ventiladores intentaban dispersar el desagradable olor de los permanentes.

—No sé para cuándo lo vas a dejar, mujer. Ya fuimos a Padín y no te compraste ni una media —dijo Maruja con tono sarcástico.

Siempre había que empujar a Carmen porque se amedrentaba por todo. Era un secreto a voces que Pepe se había casado con ella porque sus prospectos matrimoniales se habían reducido drásticamente al divorciarse de su primera esposa. Carmen, quien en aquellos tiempos era una chica llenita de semblante agradable y disposición complaciente, se enamoró perdidamente de Pepe y le dio el sí antes de que pudiera cambiar de parecer. De ahí en adelante, se dedicó a tener bebés anualmente, cosa que Maruja no entendía, porque la finca de Pepe no era lo suficientemente grande para mantener a una familia tan numerosa. Su prima había engordado con cada parto y, para colmo, no era presumida, así que se veía mayor de lo que realmente era.

—Tienes que llegar con algo nuevo a Comerío para que la gente sepa que fuiste a San Juan, Carmen —insistió Maruja—. Hasta el mismo Pepe está esperando que te compres algo, por el amor de Dios.

Carmen se miró en uno de los espejos del salón y no quiso reconocer su reflejo. Quizás le vendría bien comprarse un vestido nuevo, admitió, algo para el pasadía que venían planeando Anselmo y el ingeniero Herbert.

—Cuando terminemos aquí, vamos a París Bazar en la calle Allen a ver si me compro algo nuevo que ponerme —respondió Carmen con nuevos ánimos.

Maruja sonrió y le pasó una revista de modas a su prima para que no se aburriera; ella se puso a leer también para no seguir pensando en que Carmen no se iba a cortar esa maldita trenza jamás.

En casa de Pepe y Carmen nada más se hacía un postre a la semana, y lo guardaban en una bizcochera. Virginia, golosa por naturaleza, observaba los movimientos de la cocinera, buscando una oportunidad para robar el almíbar del postre. Descubrió que en el medio de la noche podía probar el dulce sin que nadie se diera cuenta.

Pero la última vez que lo intentó había un pasado un susto tremendo. Estaba trepada en una silla alcanzando el plato cuando oyó pisadas suaves en el pasillo y al rato los suspiros misteriosos y la respiración entrecortada de alguien. Aprovechando la oscuridad de la cocina, se escondió, cuchara en mano, dentro de la alacena. En un rincón de la cocina había un mueble con puertas de cristal donde Asunción guardaba los platos y las bandejas de servir. Virginia, tratando de mirar por la ranura de la puerta de la alacena, se fijó en un tenue reflejo en el vidrio. No veía claramente, pero alcanzó a ver los contornos de dos figuras besándose en el pasillo. Algo más que el pánico hizo que la niña cerrara los ojos. Quizás porque una de las figuras, más delgada y alta, no era la de su tía Carmen, y porque la otra era definitivamente la de su tío Pepe. No se movió hasta escuchar el leve *clic* de alguna puerta al cerrarse, y al llegar de nuevo a la cama que compartía con sus primas resolvió no arriesgarse más por un dulce, por más tentador que fuera.

La central hidroeléctrica Salto #2 era el orgullo del ingeniero Leslie Herbert, no solo porque generaba suficiente energía hidráulica para suministrar electricidad a la mitad de la isla, sino porque esta, y la represa del mismo nombre, estaban situadas en uno de los parajes más hermosos de Comerío, la cuenca del río de la Plata.

—¡Bienvenidos, amigos; qué placer recibirlos en mi lugar de trabajo! —exclamó Leslie—. Me atrevo a decir que me siento casi como si estuviera a las orillas del Támesis, porque hay neblina en los altos.

Adentro, bajo los enormes ventanales que miraban al embalse, Margaret había dispuesto un té inglés con sándwiches de pepinillo y pastelitos dulces para las señoras.

Leslie dejó a las señoras con Margaret y llevó a Anselmo y a Pepe a enseñarles cómo operaba la planta. Anselmo, quien tenía alma de ingeniero bajo su sombrero de agricultor, tenía una lista de preguntas. Los tres caminaron hasta llegar a un lado de la represa. El rugido del agua al caer era ensordecedor.

—La represa de Salto 2 tiene 137 pies de altura y está construida en hormigón —explicó Leslie, indicando cada uno de los elementos con el brazo—. Allá, al otro lado del río está la planta eléctrica —señaló un gran edificio con techo de dos aguas en el borde del río—. Entonces, lo que tenemos allí arriba… —subieron las escaleras hasta llegar a un pequeño mirador desde el cual se podía ver el embalse y la enorme cascada creada al pasar el agua por encima del borde de la represa. Una vez allí, les enseñó la cuenca artificial del río—. Es energía almacenada. Esa energía se convierte en energía cinética cuando entra desde el embalse, por medio de esos enormes tubos en el fondo de la represa, a las turbinas —Anselmo y Pepe se asomaron por el barandal para mirar cómo el agua entraba a la imponente estructura de la represa—. Cuando el agua hace girar las turbinas, la energía cinética se convierte en energía mecánica y, por último, cuando esa energía mecánica pasa por los generadores eléctricos allá en la planta… se convierte en energía eléctrica —concluyó Leslie triunfante—. Voy a dejar lo mejor para cuando las damas terminen el té. Los voy a llevar al túnel que va de un lado del río al otro y el que quiera lo puede cruzar —dijo, bajándose las mangas de la camisa. Hacía un fresco insistente, y las nubes, delgadas y finas como la espuma, cruzaban el cielo como cometas blancos.

Carmen y Celeste hablaban con Margaret, complacidas de que no se les había olvidado todo el inglés que habían aprendido. Maruja, taza de té en mano, observaba a Celeste. Lucía bien, más que bien, pensó con una sonrisa. Consultaría con sus amigas a ver si existía algún posible pretendiente en el pueblo para ella. Había pasado a ser solterona hacía rato largo, pero era una mujer guapa, simpática y cariñosa. Tenía que haber alguien para ella, dedujo Maruja. El escándalo de los niños entrando en tropel la sacó de su meditación. Habían escuchado lo del túnel y todos querían ir.

—Vamos a ir todos en un grupo, porque el túnel es largo y hay espacios abiertos donde el agua cae con mucha fuerza. Tenemos que ir con cuidado —subrayó Leslie serio—. Quiero que todos caminemos por el mismo medio del túnel para que nadie se resbale y caiga al agua.

El ingeniero encabezó el grupo mientras bajaban por varias escaleras hasta llegar a la entrada de un túnel tenuemente iluminado por focos eléctricos. No se oía nada, excepto el ruido del agua al caer. A los lados del túnel, mirando hacia el fondo, se veía cómo caía el agua del embalse a las turbinas. Carmen se puso pálida y no quiso entrar. Demasiado ruido y demasiado oscuro, le dijo a Margaret con un poco de vergüenza. Maruja y Anselmo entraron con Leslie, y Celeste, pendiente a los niños, entró detrás de ellos. Pepe, luego de cerciorarse de que su esposa había regresado con Margaret, fue el último en entrar.

El grupo ya estaba casi al otro lado del río cuando Pepe los alcanzó. Un par de murciélagos habían salido asustados de su guarida bajo las bóvedas del techo y revoleteaban confundidos por el ruido y la luz. Las niñas salieron despavoridas corriendo, seguidas de cerca por Maruja. Celeste, tranquila como si nada, se empezó a reír.

—¡Regresen, cobardes! —dijo, tratando sin éxito de contener la risa—. ¡Ven, Maruja, que ya los espanté!

Los niños iban con Leslie, y los mayores estaban relatando la leyenda del Seco, el alma inquieta de un pescador destinada a rondar por toda la eternidad por quemar una cruz de madera en su afán de pescar por la noche. Los pequeños, ya amedrentados por los murciélagos, empezaron a chillar de miedo.

Pepe y Celeste, caminando lentamente y en silencio, traían la retaguardia.

Nadie se percató cuando Pepe le agarró la mano a su cuñada y la empujó a un espacio donde los cimientos de la bóveda hacían un hueco natural en la piedra. El beso que compartieron y el paseo de sus manos en el cuerpo de ella duraron apenas unos minutos. Los cuentos tenebrosos del Seco y la amenaza de más murciélagos fueron suficiente para distraer la atención del grupo por un buen rato.

Saliendo del túnel Maruja notó un polvillo gris en la espalda de la blusa de Celeste y se lo sacudió sin pensar nada sobre ello. Al final de la tarde, cuando se estaban despidiendo de los Herbert, se fijó que las mangas de la camisa de Pepe estaban manchadas de igual manera. No pensó más en ello hasta estar acostada en su cama esperando a que Anselmo terminara de leer el periódico. ¿Por qué nada más ellos dos tenían la ropa manchada así?, se preguntó. Ninguno de ellos se había apoyado en nada, y por lo tanto no tenían la ropa manchada, pero ellos sí. Pero así como le vino el pensamiento se le fue, y en vez se puso a cavilar sobre a quién presentarle a Celeste. Se quedó dormida a los cinco minutos sin encontrar un posible candidato.

La mañana siguiente, Carmen se despertó feliz. Las señales eran claras y las reconocía apenas asomaban. Le dolían los pechos y sentía una languidez arrolladora. Aunque engordaba con cada bebé, experimentaba un renacer físico innegable, el pelo le brillaba y su cuerpo acomodaba al bebé perfectamente. Pero luego de dar a luz, venían los altibajos, con más bajos que altos. El bebé amamantaba a todas horas, las cicatrices del parto tardaban en sanar y su estado de ánimo caía al piso por meses hasta volver a un nivel que, aunque normal, no era el estado de euforia de antes. Ni el tónico Ulrics ni las pastillas Lydia Pinkham equilibraban sus nervios... solo el tiempo la sacaba del hoyo.

Las presiones de la casa y la situación económica de la familia tenían a Pepe aturdido y, por lo tanto, vulnerable. Cuando comenzó a toparse con Celeste en el tiempo gris entre la noche y el alba, pensaba que lo había soñado. Pero noche tras noche, mientras le quitaba la bata de dormir y olía la fragancia de lavanda de su pelo en silencio absoluto, entendía que lo que sentía por su cuñada era algo profundo y genuino. El día del pasadía, al atraparla entre la piedra y su cuerpo, sintió una electricidad al besar su nuca que le quitó el aliento. No podía dejar de pensar en ella.

Carmen no le había dado la noticia a nadie todavía, pues quería darles la sorpresa durante la cena. Le dijo a Celeste esa mañana que recogería a los niños cuando terminaran las clases a la una y se los llevaría al pueblo a tomar la merienda y comprar unos útiles escolares en el almacén. Pepe, saliendo a la finca a caballo, determinó en silencio regresar para pasar una hora a solas con su cuñada. Sabía que se las arreglaría para enviar a las criadas y a la cocinera a algún lado sin levantar sospechas.

A la una, entró Pepe a la casa vacía, desabotonando su camisa mientras cruzaba el pasillo en dirección a la habitación de Celeste. Acostumbrados a no hacer ruido, Pepe y Celeste estaban encantados de tener ocasión de gritar a pierna suelta si así lo deseaban y así fue. Fue tal el placer de ambos que Carmen, regresando a la casa para buscar el monedero que se le había olvidado, oyó unos ruidos rítmicos que parecían indicar el movimiento de un mueble, pero en verdad no conectó lo que estaba pasando hasta que oyó la voz de su marido y la voz de su hermana gimiendo al mismo tiempo. Sin pensarlo, abrió la puerta del cuarto y se encontró a los dos jadeando desnudos y entrelazados en la cama. Carmen miró a uno y luego al otro, y dando la vuelta sin decir palabra se fue de regreso al pueblo, esta vez con su monedero, dejando la puerta de la habitación abierta de par en par.

Caminó como una sonámbula a la casa del teléfono, desde donde llamó a Maruja. Los niños, felices con sus dulces de tamarindo y tirijala, corrían como locos en la periferia de la plaza.

—Tienes que venir, Maruja, que tengo una emergencia —dijo Carmen, intentando no llorar por el auricular. Había personas que la conocían esperando para hacer llamadas y sin duda hablarían—. No puedo entrar en detalle aquí. No, nadie se murió… ni hubo accidente, te lo aseguro —colgó el teléfono y se dispuso a esperarlos en un rincón de la plaza. Al llegar, Anselmo se llevó a los niños, quienes estaban extrañados con los inusuales eventos de la tarde, a ver la película *El Gaucho* con Douglas Fairbanks. Maruja, al volante del carro, se llevó a su prima a dar un paseo para que le explicara lo que había sucedido. Cuando Carmen, entre sollozos, hipos y sopladas de nariz, le dijo que había pillado a su hermana y a su marido *en el acto* en su propia casa por poco despeña el carro por el risco.

—Explícame de nuevo, y desde el principio, Carmen —le pidió Maruja—. Me tienes que decir exactamente lo que pasó para poder determinar lo que vamos a hacer. Pero no quiero que te preocupes, que tú y los niños van a estar bien; Anselmo y yo nos vamos a encargar.

—¿Cómo es posible que me esté pasando esto, Maruja? —gritó Carmen desconsolada—. ¿Qué he hecho yo para merecerme este trato? Si yo, la gran estúpida, le abrí a Celeste las puertas de mi casa cuando mamá la botó de su casa… ¿Cómo es que no tuve más cuidado?… ¿Cómo es que no me he dado cuenta de lo que estaba pasando entre ellos?… ¿Cómo es posible que Celeste me haya robado a Pepe bajo mis propias narices? —comenzó a llorar de nuevo—. Estoy encinta otra vez, Maruja. ¿Dime, podré depender de Pepe ahora que viene otro bebé?… ¿Cómo termina esto?

Esa noche, mientras Celeste lloraba en silencio en su cuarto y los niños y las criadas andaban por la casa de puntillas, Carmen le dijo a Pepe dos cosas. La primera fue que no lo quería en la casa y la segunda era que estaba esperando otro bebé. Cuando se cruzó con Celeste en el pasillo la ignoró y siguió hacia la cocina con la cabeza erguida. De nada sirvieron los lamentos y el arrepentimiento de su hermana. Había muerto.

Anselmo y Maruja se fueron a San Juan a primera hora, y regresaron a casa de Carmen a las tres con un abultado sobre de manila. En la casa reinaba un silencio oneroso. Pepe, abrumado por la situación, se había quedado en la finca; Carmen, acostada en su cama, no podía dormir a pesar de lo cansada que estaba. Tras despachar a los niños al pueblo con las criadas, él y Maruja pidieron hablar con Celeste, quien salió de su cuarto ojerosa y pálida.

—Celeste, sabes que has hecho un daño tremendo a esta familia y que con eso vienen consecuencias —dijo Anselmo secándose la frente con el pañuelo. «Cómo es que me ha tocado resolver este reguero», pensó, «maldito Pepe, caray»—. Pepe tuvo mayor culpa en todo lo que pasó, pues él es el jefe de esta casa y como tal es responsable del bienestar de todos los que aquí residen. De mi primo yo esperaba un comportamiento honorable. De un hombre casado, con familia, no se espera este agravio —pausó esperando un hito en el llanto de Celeste—. Pero tú también fallaste, y fue peor porque le fallaste a tu hermana que te acogió. Como has demostrado que no puedes seguir aquí con nosotros, te vas a tener que ir de Comerío. Empaca lo que te quepa en dos maletas. Mañana sales hacia San Juan a las siete de la mañana y te embarcas en el buque *Puerto Rico* rumbo a Nueva York a las cuatro. En el sobre hay instrucciones de dónde ir cuando llegues. Ulpiano tiene estrictas instrucciones de asegurar que te embarques con tu equipaje —Anselmo dejó que Celeste procesara lo que le acababa de decir. Parecía saber que no tendría la oportunidad de replicar. Se paró para regresar a su cuarto.

—¿Puedo decirles adiós a los niños... y a Carmen? —pidió con una voz tan suave que casi no se oía.

—No, ni adiós, ni hasta luego, a nadie —le contestó Maruja secamente—. Carmen no quiere verte, sería fatal para el bebé que está esperando.

El rostro de Celeste se descompuso, y su ataque de llanto fue tal que hasta Carmen lo escuchó desde el caracol de sábanas en el cual se había refugiado.

La mañana siguiente, Carmen encontró un sobre bajo su puerta con una breve nota.

Carmen, perdóname una y mil veces más. Sé que no te merezco, pero te seguiré queriendo y acompañándote con el pensamiento por siempre. Contigo de por vida, Celeste.

Por decreto de Maruja el nombre de Celeste se borró del léxico de la familia, y si por alguna casualidad alguien osaba referirse a ella, susurraban su nombre, como para recalcar que había dejado de existir.

CAPÍTULO DOCE

Washington, D.C.

5 de septiembre de 1927

Daniel Montjoy, socio fundador de la oficina de consultoría Adams and Montjoy, aceptó la llamada de Prentis Lawler, ejecutivo de J.P. Morgan, más por curiosidad que por otra cosa. Cuando se comunicaban clientes como él era usualmente por asuntos de banca y políticas económicas y los manejaba su socio, quien poseía extensa experiencia en finanzas. También despertó su interés el que la llamada fuese despachada desde la embajada de los Estados Unidos en México, específicamente de la oficina del embajador. Dwight Morrow, amigo del presidente Coolidge, era conocido en Washington por sus incansables esfuerzos para normalizar la relación entre su país y México, y por ser socio de la importante firma bancaria J.P. Morgan. La secretaria de Daniel asintió con la cabeza desde su escritorio, indicando que la llamada estaba lista.

—Señor Montjoy, habla Prentiss Lawler, el asistente del embajador Morrow —Daniel detectó de inmediato un acento de alta sociedad neoyorkina—. Le paso el teléfono para que hable usted con él —al otro lado del auricular, estática y, de repente, una voz estentórea.

—Daniel Montjoy, qué gusto hablar con usted. No nos hemos conocido personalmente, pero agradezco que haya tomado mi llamada —dijo el embajador cordialmente. Daniel apenas pudo devolverle el saludo antes de que comenzara a hablar de nuevo—. Me comenta Prentiss que su despacho es el que más experiencia tiene en Latinoamérica y en el Caribe, así que creo que le va a interesar lo que le voy a plantear. Opino que la imagen de nuestro país pudiera beneficiarse con un evento que trascienda lo que han sido, francamente, años difíciles para toda la región —Morrow siguió sin esperar que Daniel respondiera—. Proponemos que el aviador Charles Lindbergh se embarque en una gira de buena voluntad pilotando su avión, el *Espíritu de St. Louis*, y que comience en México a finales de este año.

Daniel, bien enterado de las peripecias diplomáticas de Morrow, solo pudo decir: «Embajador, que gran idea...», antes de que el embajador, nuevamente inspirado, arremetiera a todo vapor con su propuesta.

—Imagínese usted, cuando Lindbergh, quien despegaría de Washington, D.C., aterrizara en territorio mexicano, la gente se conmocionaría como si bajase un ángel del mismo cielo —dijo Morrow emocionado—. Y de ahí, que visite las capitales centro y sudamericanas de camino a las islas del Caribe... ¡Qué mejor manera de proyectar una imagen positiva de nuestra nación en medio de tiempos tan turbulentos!

Daniel contemplaba el domo del Capitolio contra el fondo del cielo azul acerado de septiembre. La embestida verbal del embajador Morrow fue tal que se había conformado con escuchar la propuesta en silencio. Pero era una gran idea. Se quedó callado en lo que Morrow terminaba su monólogo. Personas como él, grandes capitanes de industria y gobierno, no acostumbraban a pedir permiso o consejo, simplemente marchaban hacia adelante, confiados plenamente en que lo que hacían era por el beneficio de la nación.

—Montjoy, le voy a decir a Prentiss que agende una cita con usted. Charles es un tipo reservado y serio, y no tiene experiencia alguna en la región. Creo que se beneficiaría mucho de poder hablar con expertos en el tema —concluyó Morrow, dándose cuenta de que no había detectado respuesta alguna al otro lado del auricular—. Montjoy, está usted ahí?

—Embajador Morrow, lo escucho perfectamente. Tuve la suerte de ver la llegada del *Espíritu de St. Louis* cuando aterrizó en Washington en junio. La gente no cabía en sí de la emoción de ver el avión llegar —respondió Daniel, estirándose en su silla—. Concuerdo con usted en que un proyecto de esta magnitud va a requerir mucha organización y excelentes contactos, los cuales podemos proveer. Sería un honor para nuestro despacho promover y facilitar la gira.

Daniel y su socio tuvieron que esperar hasta mediados de octubre, y a que los habitantes de Baltimore terminaran de rendir una bienvenida delirante a Lindbergh y a su avioneta, antes de reunirse con el piloto. Una llovizna majadera empañaba los contornos de los edificios federales. Lindbergh, alto, rubio y con un semblante tan serio que parecía estar molesto, entró a las oficinas de Adams and Montjoy acompañado por Prentiss Lawler, despachado desde México por el embajador Morrow especialmente para la ocasión, y por su amigo Juan Trippe, fundador de la recién incorporada línea aérea, Pan American Airways.

Daniel, quien poseía una nariz de sabueso para desenterrar las agendas que sus clientes no planteaban sobre la mesa, hizo un esfuerzo especial para descifrar el acertijo que personificaba Lindbergh. Rechazando secamente la oferta de refrigerio, mantuvo silencio absoluto durante toda la reunión, excepto cuando tocaron el tema de su avioneta. En ese momento, su expresión se suavizó visiblemente, y habló de la nave y la ruta del viaje con tal soltura que los otros partícipes quedaron asombrados. Pero su transformación fue corta. Al regresar a los itinerarios que detallaban los eventos sociales, las reuniones con personajes de la región y otros detalles de la gira Lindbergh, se dedicó a estudiar el paso de las nubes por la ventana.

Daniel, sentado a un lado de la mesa, pensó que si el tipo esbozara la más leve de las sonrisas con más frecuencia podría conseguir lo que deseara. Ya era un héroe nacional, y encima era inteligente y bien parecido. Iba a tener que hablar sobre la parquedad del piloto con Prentiss Lawler o con el carismático Juan Trippe, quien, a pesar de su nombre de pila, no tenía ni una gota de sangre latina. Quizás entre los dos le pudieran aconsejar al respecto, pues Daniel sabía que parte del éxito de la gira dependía de que Lindbergh enseñara los dientes más de lo que estaba acostumbrado.

Daniel y su socio John se dividieron las paradas, pues, en términos de logística, era un viaje extenso. John organizaría la primera etapa, la cual incluía México y la mayoría de las capitales centroamericanas, y Daniel de la segunda, la cual abarcaba paradas en Panamá, Colombia, Venezuela y el Caribe. La efectividad de la gira dependería de los buenos oficios de una extensa red de contactos gubernamentales, diplomáticos y privados que la firma consultora de Adams y Montjoy llevaba años cultivando. Y si el evento terminara siendo un éxito no cabía duda de que les llovería más trabajo, cosa que a Daniel le interesaba. Estar ocupado era lo más que lo ayudaba a sobrellevar a la muerte de Helena, y un viaje —aunque fuese de trabajo— le vendría de mil maravillas.

Rumbo a San Juan, P.R., 2 de febrero de 1928, 1 pm

El piloto enfiló la nariz de su avioneta Ryan M-2 en dirección noroeste y, quitándose los guantes, se ajustó las gafas y la gorra que lo protegía de los elementos. Calculó que el vuelo duraría una hora, y que aterrizaría en San Juan a las dos de la tarde. El resplandor del sol era tan intenso que apenas podía ver las agujas de los instrumentos. Pronto divisó la diminuta franja de tierra que conformaba la islita de Culebra, y bajó a trescientos pies para saludar a los habitantes del pueblito de Flamenco con un bamboleo de alas. A los quince minutos el verde fulgurante de la isla de Puerto Rico le dio la bienvenida, y se concentró en mantener el avión paralelo a la costa.

La gira entraba en su tercer y último mes y Lindbergh estaba agotado. De vez en cuando pasaban cosas alarmantes, como cuando esquivó balas sandinistas en el trayecto a Managua. Todavía no se acostumbraba a la adulación y el frenesí del público y a veces experimentaba un pánico agudo al salir de la avioneta. En San José, miles de personas congregadas en el aeropuerto rebasaron las bardas de seguridad y salió escoltado por militares portando rifles calados. Afortunadamente su estadía en St. Thomas había sido agradable en todos los sentidos. El gobernador Evans y su comitiva lo habían recibido con sobriedad protestante, la cual el aviador, reservado y dado a poca muestra de emoción, prefería.

La gira no solo era una manera de crear vínculos en el hemisferio, sino de predicar el evangelio de nuevas compañías americanas como lo era la Pan American Airways. Juan Trippe y Lindbergh sabían que las redes comerciales y privadas creadas por la aviación cambiarían al mundo de manera radical e inmediata. Pasajeros que abordaran un avión comercial en Nueva York y aterrizaran en Los Ángeles horas después resolverían no perder el tiempo con trenes. Lindbergh estaba plenamente convencido de que tendría un papel protagónico en ese futuro. Si los triunfos del último año eran indicación alguna, vendrían más laureles y oportunidades, entre ellos, su entrada a los niveles más altos de la sociedad de la delicada mano de Anne, una de las hijas del embajador Morrow.

El Escambrón, San Juan, P.R., 2 de febrero de 1928, 12:45 pm

El gobernador Horace Mann Tower intentó aflojarse el cuello de la camisa por tercera vez, consciente de que había engordado desde que había tomado posesión de su cargo. Por lo menos el traje que su esposa le encargó le quedaba un poco más holgado. Pasó revista en silencio a los invitados especiales reunidos en el hangar. A su derecha, el presidente del club Rotario de San Juan y patrocinador principal de la gira entablaba conversación con el comandante de las tropas estadounidenses en la isla. Antonio Barceló, presidente del Senado, discutía animadamente con el presidente de la Cámara de Representantes, José Tous Soto, mientras se abanicaban al unísono con sus respectivos sombreros de pajilla.

Towner se fijó en el sobre lacrado que yacía en el regazo de Barceló. «Un sobre, un sobre. ¿Por qué carga un sobre, si este señor nunca carga nada con tantos asistentes rodeándolo en todo momento, y más aún en un evento como este?», se preguntó el gobernador. Recordó un telegrama que pasó por su escritorio, recibido anoche desde Panamá. El remitente era Daniel Montjoy, abogado y relacionista público de la gira, informando que estaba en el hospital Gorgas con síntomas de apendicitis y advirtiendo sobre rumores de una petición al presidente Coolidge.

«Contactos en la isla mencionan la posibilidad de presentar una petición a Washington usando al coronel Lindbergh como vehículo. No tenemos información específica. Sugerimos que indaguen localmente para reducir el riesgo de algo inesperado».

Towner alzó la vista, buscando a su edecán, quien estaba con el capitán Silva para cerciorarse de que los cadetes estaban en posición.

Quizás él se acordaría de cómo habían respondido al cable. Oyó el vitoreo entusiasta de la muchedumbre al ver entrar al hangar a la reina del carnaval de San Juan, Edna Coll, seguida por un tropel de fotógrafos y periodistas. La muchacha posaba coqueta con su padre, el conocido político Cayetano Coll, mientras contestaba preguntas sobre el baile la noche siguiente en el teatro municipal. La prensa pidió al gobernador que se incorporara al grupo para conmemorar el evento con una foto. El barullo dentro y fuera del hangar era ensordecedor, y el asunto del cable quedó relegado al olvido.

Estacionado en la parte posterior del hangar estaba el Packard nuevo que llevaría a la comitiva a la Fortaleza. El capitán Silva de la Guardia Nacional de Puerto Rico se aproximó al gobernador Towner, gorra en mano.

—Señor gobernador, todo está listo y en perfecto orden. Los cadetes están formados a un lado de la pista y tengo a mi mejor sargento al mando. Se pondrán en atención una vez usted y el piloto pasen revista —explicó Silva, señalando a un grupo de cien cadetes listos para asombrar al visitante y al público con sus maniobras de parada.

Cientos de personas se aglomeraban tras las bardas en espera del aviador, escudriñando el horizonte a ver si veían la ya famosa avioneta en la lejanía. Algunos con vena empresarial habían fabricado pequeñas réplicas de madera del monomotor, y cobraban un rescate para que posaran, con bufanda y gorra en miniatura, los niños de las familias acomodadas de San Juan.

El motor de la nave se oyó antes de que la pudieran detectar y, al aterrizar, los allí presentes se maravillaron de su pequeño y frágil aspecto. Parecía un gran insecto plateado, comentaban algunos. La multitud rugía feliz, y llovieron las gorras y los sombreros que los más emocionados lanzaron al aire. Los mecánicos del aeropuerto se acercaron corriendo a la nave al ver que se apagaba el motor.

El gobernador y su comitiva comenzaron a caminar lentamente hacia la avioneta, dándole tiempo a Lindbergh para hacer notas en su bitácora y quitarse la gorra y las gafas. Al salir Lindbergh de la diminuta escotilla, el gobernador, el presidente del club Rotario y el coronel le dieron la bienvenida oficial a la isla. Lindbergh sonrió, visiblemente relajado porque estaba en territorio norteamericano. Igual que en St. Thomas, no tendría que preocuparse por protocolos extranjeros ni ceremonias interminables.

A los pocos minutos, un grupo pequeño de personajes importantes lo rodeó para escoltarlo al hangar, entre ellos representantes del Senado y la Cámara. Antonio Barceló, luego de saludar a Lindbergh, le puso el sobre de manila en las manos ante la mirada horrorizada del gobernador. Lindbergh, su expresión inescrutable, se mantuvo inmóvil sosteniendo el sobre como si fuera algo que quisiese tirar a la basura.

—Estimado coronel Lindbergh, le pedimos que, por favor, acepte llevar nuestra resolución conjunta al presidente Coolidge —pidió Barceló, sudando la gota gorda—. La legislatura de Puerto Rico le subraya la grave situación económica que existe en el país, donde solo hay trabajo para uno de cada tres ciudadanos. El pueblo de Puerto Rico anhela la independencia para poder realizar al fin nuestro destino político.

Lindbergh miró al político con desdén. Estuvo a punto de decirle que él no venía en calidad de mensajero sino piloto cuando el gobernador se interpuso entre los dos hombres, y con gran sutileza le quitó a Lindbergh el sobre de las manos.

—Señor Barceló, aprecio su intención —dijo Towner secamente—, pero este no es el momento adecuado para peticiones o resoluciones. El coronel Lindbergh es nuestro invitado de honor y como tal no debe de sentirse presionado de hacer nada excepto disfrutar de su visita. —Towner estaba consciente de que la prensa había escuchado el intercambio, pero no le importó. Estaba furibundo por el papelón que habían hecho los legisladores. ¿Qué maneras eran esas de recibir a un personaje tan augusto como Lindbergh? Le humillaba saber que el relato llegaría a Washington, al mismo escritorio del presidente Coolidge. «Va a pensar que somos unos cretinos, o que yo lo aprobé, por no haber tomado ninguna acción preventiva». Le dio la espalda a Barceló y, entregando el sobre al capitán Silva, se llevó a Lindbergh para pasar revista a los cadetes de la Guardia Nacional.

Lindbergh no había dicho ni una palabra desde que Barceló irrumpiera con la petición, y se limitó a las más breves respuestas a las preguntas o comentarios de sus anfitriones. Observó el salvo de los veinte rifles de la guardia de honor y las marchas con un dejo de curiosidad, toleró la ráfaga de fotos y, al llegar al hangar, se sentó en el asiento trasero del Packard, visiblemente aliviado. El gobernador hizo una señal para que trajeran una bandeja de refrigerios porque había que esperar a que la policía echara para atrás el gentío que se había acercado a darle un vistazo al piloto.

—Su avioneta está en las mejores manos, coronel Lindbergh, no se preocupe. Mientras esperamos que las autoridades abran paso le ofrezco una limonada helada. Las mantienen congeladas porque son el mejor antídoto al calor tropical… —Towner hablaba sin cesar, de todo menos del maldito sobre, deseando de todo corazón que el lacónico piloto diera señales de vida con una simple respuesta. Al terminar, Lindbergh devolvió su vaso con la más fugaz sonrisa y Towner echó un suspiro aliviado, pensando, bueno, por lo menos eso le gustó. La multitud, confundida ante el semblante serio del invitado, aplaudió locamente al verlo disfrutar del refresco.

La prensa local, concentrada en tomar fotos de la avioneta o perseguir a la *troika* de legisladores para pedir comentarios sobre la resolución, pasaron por alto el milagro del refresco helado. Solo uno, el fotógrafo de la revista *Puerto Rico Ilustrado*, quien le seguía los pasos a la reina del carnaval, plasmó la elusiva sonrisa del aviador en una foto.

Condado, P.R., 2 de febrero de 1928, 8 pm

En el *lobby* del hotel Vanderbilt no cabía un alma. Los Rotarios esperaban impacientes a que abrieran las puertas del salón donde tendría lugar el banquete en honor a Lindbergh. Varias damas habían sido amonestadas al intentar cambiar sus puestos por otros más cercanos a la mesa del piloto. El aviador ofreció unas breves palabras de agradecimiento y entró al grano de su discurso: era imprescindible para el desarrollo de la región que se formaran redes de transporte aéreo que incluyeran los territorios y países del Caribe, Sur y Centroamérica. El gobernador Towner, al escuchar sus palabras, entendió al fin que este hombre parco y quizás más tímido que antipático era el profeta de un futuro que pocos todavía podían visualizar, uno que traía consigo grandes riesgos y ganancias.

El sargento Conrado Pedraves, edecán del capitán Silva, se entretenía mirando de soslayo a las beldades que acompañaban a Edna

Coll. Sabía que lucía bien en su uniforme, y que el baile la noche siguiente traería sin duda la oportunidad de coquetear con las muchachas que formaban parte del séquito de la reina. El discurso del coronel Lindbergh lo había impresionado por su claridad y visión: ábranle la puerta a la aviación y verán cómo despierta la economía con el desplazamiento de personas y bienes por todo el continente.

Conrado no tenía interés alguno en trabajar en el negocio de ferretería de su padre, ni poseía el talento musical de su hermano mayor. Le gustaba la disciplina del ejército —el ejercicio arduo, las formaciones de marcha y dril, las lecciones de historia y estrategia militar, y el énfasis en la perfección—. No le costó trabajo convencer a sus padres de que lo dejaran alistarse al graduarse de secundaria.

La Guardia Nacional le había abierto a Conrado una puerta por la cual se incorporaría al ejército de los Estados Unidos. En enero del año venidero entraría a la escuela de oficiales y, si todo iba como lo había planeado, obtendría su comisión de segundo teniente en mayo del 1929. Una de las damas de la reina, rubia y de ojos azules como él, le echó un guiño desde su mesa. Conrado esbozó la más leve de las sonrisas, sabiendo que el baile del día siguiente sería aún más divertido de lo previsto.

San Juan, P.R., 3 de febrero de 1928, 8 pm

El carro de Edna Coll y su padre Cayetano se abría paso a duras penas en dirección al teatro municipal de San Juan, sede del gran baile a celebrarse la noche antes de la coronación de la reina. En el vestíbulo del teatro, el alcalde consultaba con el jefe de la policía mientras su esposa se abanicaba nerviosa. Fuera del recinto, los que iban a curiosear se limitaban a echar confeti y piropear a los invitados; los menos pudientes se insultaban mutuamente o le pegaban con una vejiga de cerdo inflada al que no estuviera atento.

En un pequeño salón adyacente al vestíbulo, el gobernador Towner se esforzaba por mantener la calma. Había tenido un día relativamente tranquilo con Lindbergh, y el baile era la última actividad oficial en su agenda en San Juan. Pero tenía un problema. El aviador se negaba terminantemente a abrir el baile con la reina, y, como dictaba el protocolo carnavalesco, de obsequiar una rosa a cada una de sus damas. Lindbergh esperaba con cara de pocos amigos a que comenzara el baile para poder dar el saludo requerido y regresar a su habitación en La Fortaleza. Lo más que anhelaba era escribirle una carta a Anne, no tener que bailar con la hija de alguien importante en una isla de segunda y sonreír como un Cupido idiota mientras repartía rosas a quién sabe quién. Simplemente no lo iba a hacer.

Nadie le quería dar la noticia a don Cayetano, graduado de la Universidad de Barcelona, hijo y nieto de políticos prominentes, primer presidente de la Cámara de Representantes y condecorado con la medalla de la Legión de Honor Francesa por su labor periodística, de que Lindbergh se negaba a acompañar a su niña a la pista de baile como se había previsto. Al final, fue el mismo Lindbergh quien, visiblemente frustrado, salió del salón en busca de Cayetano Coll. Lo encontró con su esposa en el vestíbulo, esperando a que comenzaran los primeros acordes de la orquesta para entrar al teatro.

—Coronel Lindbergh, qué placer tenerlo con nosotros esta noche —dijo Coll en perfecto inglés—. Estamos muy honrados de contar con su presencia y le damos las gracias por su gentil gesto para con Edna.

Lindbergh no esperó a que la señora Coll tuviera la oportunidad de darle las gracias.

—Lo siento mucho, pero no va a ser posible bailar con su hija esta noche, ni repartir flores tampoco —respondió el piloto sin preámbulo alguno—. No es para eso que vine a la isla, ni para que me entregaran una petición —su voz adquirió un tono que bordeaba en lo pedante—. El propósito principal de mi viaje a San Juan era el de promover el concepto de la aviación. Espero que lo entiendan los dos. Pero como me comprometí a estar presente en este evento, estaré con ustedes en la mesa principal una hora. Regreso a La Fortaleza a las diez a más tardar, pues salgo mañana con destino a Santo Domingo y debo descansar.

La señora Coll miraba a Lindbergh boquiabierta. No podía creer lo que estaba escuchando. Cayetano Coll ajustó sus lentes, como si con eso lo viera mejor. Lo que quería hacer, por más heroico que fuese el hombre, era propinarle un puñetazo en la nariz. Miró de soslayo a ambos lados a ver si el gobernador Towner estaba cerca.

—Mi estimado coronel —dijo Coll con tono de voz glacial—. Mi esposa y yo entendemos ahora más que nunca que usted *jamás* fue la persona indicada para abrir el baile con mi hija. El honor de hacer ambas cosas lo tendrá Segismundo Quiñones, su pareja hasta el momento en que nos enteramos de que usted venía a San Juan. Sonaba como una bonita idea extenderle la cortesía a usted, el invitado de honor, pero nadie nos informó que para usted no lo era. Mi hija merece que personas que la aprecian y la quieren la rodeen esta noche, y usted no cae en ninguna de esas dos categorías —Coll continuó, inclinándose hacia Lindbergh—. Yo estaba sorprendido con lo de la petición. Pero ahora me pongo a pensar… usted es el mensajero perfecto para llevar ese mensaje a Washington —Coll observó la cara levemente sonrojada del piloto y se alegró ferozmente de haber dado en el blanco—. Mi señora y yo le damos las gracias por haber hecho acto de presencia. Buenas noches y buen viaje a usted, *señor* Lindbergh.

El fotógrafo del *Puerto Rico Ilustrado* esperaba la entrada de la reina. Escuchó los susurros urgentes de Lindbergh y Towner y el tenso intercambio entre el piloto y Cayetano Coll. Para curarse en salud, tomó algunas fotos por si se las pedía su editor. La noticia del plantón del aviador ya se había regado entre los allí presentes, y los comentarios volaban tras los abanicos y el humo de los cigarrillos.

Conrado Pedraves, guapísimo en su uniforme y librado de sus deberes con el capitán Silva, sacó a bailar a la muchacha que le había echado el guiño la noche antes, la perla en el cofre de piedras preciosas de Edna Coll.

Revista *Puerto Rico Ilustrado*, Crónica Social, 11 de febrero de 1928

Tomó vuelo el Límber…

El día 4 de febrero despegó rumbo a la hermana República Dominicana el coronel Charles Lindbergh, luego de dos días de actividades y eventos honrando al valiente piloto.

Pero fuentes fidedignas informan que el aviador no estaba contento con lo acontecido a su llegada al Escambrón, y en especial durante el baile de la reina del carnaval. Aparentemente, lo único que lo mantuvo calmado fueron las paletas congeladas de limón preparadas en la residencia del gobernador.

Quizás debemos acatar lo que se oye en la calle, y bautizar formalmente a las paletas con el apelativo de «límber», derivado del apellido Lindbergh, el cual le cae como anillo al dedo a alguien sin calor humano alguno...

Hospital Gorgas, Ancón, Panamá, 12 de febrero de 1928

Daniel viajó de San José rumbo a Panamá sufriendo de una leve fiebre que hacía acto de presencia cada par de días, obligándolo a reposar entre reuniones y compromisos de trabajo. En esas ocasiones se sentía fatal, pero no podía explicar con certeza lo que le estaba pasando. El día que perdió el conocimiento luego de una recepción en casa del gobernador de la zona lo llevaron al hospital Gorgas.

Los doctores que lo examinaron sospechaban que el motivo del dolor, la fatiga y la fiebre era apendicitis, pero decidieron esperar al ver que Daniel se recuperaba luego de un tratamiento de solución intravenosa. De regreso a su hotel, recibió noticia de la inminente petición y envió un cable urgente avisando a la oficina del gobernador Towner. Esa noche, el dolor lo despertó con una ferocidad inesperada y, a duras penas, se pudo montar en un taxi para regresar al hospital. Los cirujanos que lo operaron encontraron evidencia de peritonitis aguda y dedujeron que no sobreviviría la noche. Pusieron su camilla en la sala de cuidados intensivos, manteniéndolo sedado para que no sintiera nada.

Daniel no sabía si había dormido horas o minutos, pero no podía abrir los ojos de lo cansado que estaba. Notó aliviado que se le había quitado el dolor. Escuchaba voces suaves murmurando a su alrededor, pero no lograba entender lo que decían. La verdad es que estaba tan a gusto que no se quería ni mover, y fue en ese momento que sitió como si una marea de amor lo llenara de pie a cabeza, cálida y suave. Jamás había sentido tal sensación de bienestar. Dejó que su cuerpo flotara, sin cabos, sin límites, hasta donde quisiera llegar. En algún momento sintió que lo miraban y, al fin, luego de mucho esfuerzo, pudo entreabrir los ojos. Al pie de la camilla estaba Helena, tan bella como cuando la cortejaba, con un niño en sus brazos. Una luz espectacular se esparcía feliz por toda la habitación, iluminándolo todo. El niño sonrió tímido.

—Papá —le dijo—. Llegaste.

Washington, D.C., 15 de febrero de 1928, 5 pm

El mensajero entró al despacho de James y le entregó un telegrama, esperando afuera por si deseaba enviar respuesta. Lo abrió extrañado, observando que el remitente era el hermano menor de Daniel Montjoy. Sus manos comenzaron a temblar.

Daniel falleció la madrugada del 13 de febrero en el hospital Gorgas de Panamá de peritonitis aguda. Estamos devastados.

Se levantó y, cerrando la puerta, comenzó a llorar.

***New York Times*, 16 de marzo de 1928**

«Porto Rico no está listo para gobernarse por sí mismo»

«Presidente Coolidge recomienda que continúe el consejo de los Estados Unidos en los asuntos de la isla»

La petición por la independencia y soberanía como estado libre, planteada por la legislatura de Porto Rico, portada por el coronel Charles Lindbergh al regreso de su gira de buena voluntad a las Indias Occidentales, fue abordada completamente por el presidente Coolidge al nombrar la isla antillana como territorio de los Estados Unidos, y recalcó enfáticamente los beneficios recibidos por el pueblo de Porto Rico por su relación con los Estados Unidos.

El presidente Coolidge, en una carta a Horace M. Towner, gobernador de Porto Rico, aclaró por otra parte que él «no estaba dispuesto a desalentar cualquier aspiración razonable del pueblo de Porto Rico».

Santurce, P.R., 11 de septiembre de 1928, 9 pm

Enfundada en una bata de dormir confeccionada por su madre, Anna ya era conocida, y no de la manera que hubiese deseado, por el ajuar con el cual había llegado al internado. Trae consigo desde trajes de tarde hasta pantalones de montar a caballo, comentaban sorprendidas sus nuevas compañeras de clase. Impresionadas, pero un tanto cohibidas por su intelecto, su inglés impecable y su carácter un tanto formal, no dejaban de cuchichear sobre ella desde que llegara al Colegio Puertorriqueño de Niñas hacía dos semanas.

Le había roto el corazón que la desterraran así, sin más explicación que la que le dio su madre al darle la noticia. Se suponía que se hubiesen ido los tres de viaje a Boston en agosto, pero sus padres cambiaron de opinión abruptamente.

—Anna, tu padre y yo estamos de acuerdo en que es primordial matricularte en una escuela de señoritas con un currículo excelente, y esta viene recomendada como la mejor de la isla —dijo Inés con tono optimista, guardando medias de seda y enaguas en un enorme baúl, uno de tres que llevaba todo lo que imaginaba que necesitaría su niña—. Entiendo que quieras seguir con el señor Morse, pero sé que compartir con muchachas de tu edad te va a hacer bien. Pasas demasiado tiempo sola, y eso no es bueno —observó la expresión inescrutable de su hija y se calló, sabiendo que no había que explicarle la razón por la cual la enviaban lejos de Aguirre. Ella sabía.

La noche del 11 de septiembre estaba acostada cuando oyó pasos en la planta baja. Alguien había encendido la radio de la sala, y pudo percibir una voz entre la estática. Saliendo de la habitación se encontró con otras pensionadas, quienes se aglomeraban en el rellano de la escalera tratando de escuchar lo que decía el locutor. Pero no era un locutor común y corriente, era militar, porque hablaba en inglés.

«El siguiente informe es el más reciente boletín del tiempo, difundido por los burós de meteorología en Washington y San Juan sobre las condiciones del tiempo para Puerto Rico. Será repetido hasta nuevo aviso cada dos horas y enviado por telégrafo a los 75 distritos policiacos en la isla».

«Se acerca una tormenta hacia Puerto Rico en dirección oeste-noroeste, avanzando a una velocidad promedio de 12-13 millas por hora. Se estima que las bandas exteriores de la tormenta rozarán la costa sur de la isla el miércoles 12 de septiembre por la noche o el jueves 13 en la madrugada, y que el ojo de la tormenta pasará por el sur de la isla».

Una de las matronas del dormitorio las vio desde la planta baja.

—Se me van a dormir ahora mismo —dijo con voz estentórea—. No pasa nada. Vamos, que subo a apagar luces en dos minutos.

Pero si la matrona pensaba que con eso iba a pacificar a las que habían oído la noticia estaba equivocada. Cuando subió a poner orden se encontró con un verdadero gallinero. La mayoría de las internas no podían dormir, pendientes a que sus padres las vinieran a buscar antes de que empezara a azotar la tormenta. Pero en el cuarto de la alumna nueva, muy para su sorpresa, reinaba la calma. Anna apaciguaba a Laura con palmaditas en la espalda, asegurándole que todo iba a estar bien.

—Creo que una tacita de té no le vendría mal —sugirió la niña, mirando con seriedad a la matrona desde el pie de la cama.

CAPÍTULO TRECE

Comerío, P.R.

11 de septiembre de 1928, 9 pm

Anselmo tenía hábitos y rutinas que observaba como si fuera monje de clausura. El más sagrado era la siesta después del almuerzo, y el que le seguía era encender la radio todas las tardes a las siete, apenas comenzaba la programación de la emisora WKAQ. Esa noche un mensaje en inglés irrumpió la estática usual. Anselmo, quien no hablaba nada de inglés, y Maruja, quien lo único que entendía eran frases y palabras que había recogido aquí y allá, no lograron entender la noticia excepto la palabra «hurricane». Eso bastó para que a Maruja le diera un ataque de nervios tan severo que Sarita le tuvo que preparar una infusión de manzanilla y valeriana para que se calmara.

Anselmo pasó la noche velando el sueño intranquilo de su mujer y haciendo listas de lo que tendrían que hacer al día siguiente. Trató de no acordarse de los meses aciagos después de San Ciriaco, cuando apenas podía juntar suficiente dinero para pagar la hipoteca de la finca, o aún peor, cuando los predios de Comerío se vieron asediados por aquellos que habían sobrevivido el ciclón… hombres, mujeres y niños más muertos que vivos por la enfermedad y la falta de albergue y alimento.

12 de septiembre de 1928

Santurce, P.R., 7 am

María del Valle había recibido un telegrama enviado por Manolo Santillán diciendo que él y su esposa viajarían a San Juan ese mismo día para buscar a Anna antes de que la tormenta agarrara fuerza. Lo que no sabía era si llegarían o no, pues los últimos informes meteorológicos apuntaban a que el huracán azotaría la isla mucho más cerca de la costa sur de lo anticipado. «Dios quiera que no los agarre en la cordillera», pensó la directora. Las curvas, los riscos y lo estrecho de la carretera la hacían de por sí peligrosa, aun con cielos despejados. No se podía imaginar lo que sería el viaje bajo el embate de tal tormenta.

Comerío, P.R., 8 am

Anselmo, consciente de que no había tiempo que perder, reunió a la familia y al servicio de la casa en el comedor y comenzó a dar instrucciones. Todos tenían deberes que cumplir, hasta la misma Maruja, aunque sus llantos y suspiros sin duda interrumpirían sus labores de alguna manera. Tenían que reforzar todo... puertas, ventanas y techos, y guardar o afianzar todo lo que estuviese suelto. A los animales había que protegerlos lo más posible, y lo de más valor ponerlo en algún lugar seguro, donde no estuviese a la merced del agua y el viento.

—Maruja, te vas ahora al pueblo con Ulpiano en el carro para que busques lo que haga falta de provisiones y recojas a Virginia. Voy a llamar al banco para que retires una cantidad de efectivo, pues no sabemos si estarán operando cuando pase la tormenta —dijo Anselmo con tono sereno para que todos los presentes se calmaran—. Ah, y llévale a Carmen lo que necesite para que no tenga que salir de la casa. Es más, si quiere venir para acá le dices que están bienvenidos, por supuesto. Socorro, Sabina, encárguense de que tengamos querosén y que haya suficiente agua almacenada. Trini, Sarita, ayuden a Lucía como ella disponga mientras Maruja está en el pueblo.

—Cesar, avíseles a los agregados para que tomen las debidas precauciones en sus casas. No quiero que nadie que viva cerca de la quebrada se quede allí, pues sin duda vendrán golpes de río. Quizás los podamos albergar en otro lugar... en el almacén o la trastienda. Que los que quieran y puedan refugiarse allí vengan al rancho grande al mediodía para poder acomodarlos —añadió Anselmo, dándole cuerda al teléfono para comunicarse con el alcalde. Quizás él habría recibido noticias más específicas que las que citaba el periódico. La segunda llamada sería para su amigo Leslie. Nada más saber que estaba tan cerca y tan expuesto a la represa le ponía los nervios de punta.

Santurce, P.R., 2 pm

—¿Visitación, has visto a Rafael? —preguntó Susana, asomándose a la cocina—. De verdad que no sé qué voy a hacer con ese niño, con lo desobediente que es, y tampoco con su padre, ese irresponsable. ¿Ha llamado Aurelio? —preguntó a nadie en particular.

Desde la cocina flotó un «no, señora» fantasmal. A Visitación le faltaba media docena de dientes en la boca y era de pocas palabras. Susana tampoco hablaba mucho. Su naturaleza introvertida se había intensificado desde la muerte de su madre el pasado año y la inesperada salida de Aurelio a Comerío en marzo, supuestamente para establecerse como productor de tabaco.

La cantaleta de la finca de tabaco venía desde que su marido dejara su puesto en la policía. Quería convertirse en productor como su hermano y necesitaba plata para las tierras. Susana Mamá siempre tuvo razón. Aurelio estaba más interesado en su fortuna que en su persona. Susana le prestó el dinero al fin, más por hastío que por amor. Era más fácil bregar con él desde lejos, donde no le veía la cara cuando le mentía, y mejor para Rafael, quien con cada pelea entre ellos se volvía más esquivo. La casa estaba sumida en un profundo silencio desde la partida de su esposo y Susana sabía que tenían los días contados. El amor, si todavía existiese, necesitaba el oxígeno de quienes lo deseaban. Pero ella sola no podía cargar con esa responsabilidad. Todavía quería a su esposo, pero el orgullo herido no le permitía dar el primer paso a la reconciliación. Por lo menos Aurelio se fue sin insistir que su hijo, quien ya tenía casi diez años, viviera con él en Comerío.

Aquilino, el chofer, se fumaba un cigarrillo en el traspatio cuando salió la señora con expresión sombría.

—Aquilino, busque a Rafael, por favor. Puede que se haya ido a nadar, pero no estoy segura dónde —pidió Susana en voz baja.

Aquilino se espabiló. No era normal verla tan alicaída. Quizás la tormenta que se supone estaría llegando mañana la tenía nerviosa. Se puso la gorra de chofer, asegurándole a la señora que le traería al niño cuanto antes. Sabía dónde estaba, pero nunca lo había delatado a su madre. Con el tiempo, Susana se tuvo que contentar con el hecho de que el chofer le traía al niño con sal y arena en el pelo, pero sano y salvo.

El carro, un Ford rojo metálico con techo negro, era la envidia de los vecinos de la calle Colón. Aurelio se lo había tratado de llevar a Comerío, pero durante la última trifulca ella le lanzó un plato de sopa que él apenas evadió.

—Ese carro es de Rafael, y como no se va Rafael en el carro, el carro se queda aquí —dijo tranquila mientras contemplaba los fragmentos de porcelana en el piso. Así se tenían que hacer las cosas con Aurelio, a las malas.

Aquilino orientó el carro hacia los terrenos del casi terminado Capitolio en San Juan. Allí encontraría a Rafael, nadando con los niños del barrio de la Perla en las pozas del mar bravo que conformaban la playa Peña, llamada así por las rocas que la adornaban.

El chofer estacionó el carro y caminó hasta el promontorio. De allí bajaba un risco empinado hasta la pequeña playa. Al ver a Rafael flotando a sus anchas en una de las pozas echó al aire un silbido agudo para que supiera que estaba allí esperándolo. Cerca de él, dos señores manejaban una serie de instrumentos científicos y un globo plateado del cual colgaba una caja de metal, pero en la cresta soplaba un viento tremendo. Regresaron el globo a la parte trasera de una destartalada furgoneta. Aquilino, sin dejar de velar a Rafael, quien se había salido del agua para secarse, se acercó.

—Les puedo dar una mano con eso —ofreció interesado.

Los dos señores eran americanos y hablaban un español pasable. El de más edad, quien se presentó como Oliver Fassig, agradeció la ayuda, explicando que urgía soltar el globo luego de encender los aparatos de medición dentro de la caja de metal. El otro más joven le tendió la mano.

—Soy Eugene Hartwell, el meteorólogo asistente en la estación de la calle Allen —dijo, casi gritando por el viento. Señalando a Fassig, quien ahora estaba concentrado en armar un anemómetro portátil, le aclaró al chofer quién era—. Es el jefe de la estación, y me dice que el huracán que viene tiene todas las características de ser bastante destructivo; los reportes que nos han llegado de la isla de Guadalupe son terribles.

Fassig pidió que lo ayudaran a soltar el globo plateado, explicándole al chofer que las frecuencias de radio emitidas por uno de los instrumentos les ayudarían a trazar su ruta en la atmósfera. Entre los tres lo sacaron de la furgoneta, teniendo especial cuidado de no desajustar nada en el proceso. Ya suelto, el globo salió disparado como un cohete con su carga, perdiéndose rápidamente en las alturas.

Aquilino vigilaba fielmente a la pequeña familia, doña Susana, su madre, Visitación y el niño, desde que Aurelio se había ido de la casa. Le seguía los pasos a Rafael, quien poseía un marcado sentido de independencia. Cuando el niño decidía que era un buen día para fugarse de la escuela se iba en trolley y Aquilino lo seguía en el carro para estar seguro de que no le pasara nada. A pesar de la atención sofocante de su madre y los castigos de Aurelio, Rafael iba y venía a sus anchas.

Susana escuchó el reporte de Aquilino en silencio mientras preparaba una lista. Lo primero que hizo fue llamar a la casa del teléfono en Comerío para pasarle un mensaje a su marido: «Fuentes irrefutables advierten que la tormenta va a ser mucho más fuerte de lo esperado; toma medidas necesarias para resguardarte». Que se marchara Aurelio no quería decir que no fuese todavía su esposo o el padre de su hijo. Le preocupaba el que pasara la tormenta desprotegido. La operadora que tomó la llamada, Regina Ramos, le aseguró que enviaría a un mensajero a su finca inmediatamente. Al colgar la línea lo primero que hizo la operadora fue llamar a casa de su tío para darle la noticia.

—Tío Anselmo, acaba de llamar una señora de San Juan diciendo que la tormenta va a ser mucho peor de lo que han avisado. Pensé que era importante que usted lo supiera —le dijo Regina, mirando el cielo desde donde estaba sentada. No quería ni pensar en el estado de ánimo de su tía Maruja. «La van a tener que amarrar», pensó.

Susana, mientras tanto, se levantó de la mesa.

—Aquilino, vamos, que tenemos varias diligencias que hacer antes de que cierre todo —oyendo un ruido en el pasillo, añadió—: Y usted, jovencito, usted y yo vamos a hablar cuando regrese. No crea que me he olvidado de que se fugó de la escuela para ir a yo no sé ni dónde y regresó con el uniforme húmedo y con caracoles en los bolsillos.

Camp Buchanan, P.R., 5 pm

Desde su rincón en la oficina del capitán Silva, el sargento Conrado Pedraves revisaba la lista que le habían encomendado. De especial importancia era que todo el equipo de emergencia —linternas, medicinas básicas, machetes, casas de campaña, frisas, medicinas y alimentos— estuviera en perfecto orden, y que toda la tropa tuviese ponchos y botas de hule. Sin duda responderían para apoyar a la población civil una vez pasara la tormenta y, si la experiencia de San Ciriaco se repetía, llovería sin parar.

Esperó a que saliera su jefe a fumar un cigarrillo para llamar a la casa. Le pidió a su hermano que les pasara el recado a sus padres: por orden del mismo general Esteves, su batallón pasaría la tormenta en Camp Buchanan para desplegarlos hacia áreas afectadas al día siguiente.

—Por favor dile a papá y mamá que estaré bien y que no se preocupen. Te prometo que me pondré en contacto a la primera oportunidad —le dijo Conrado al despedirse.

Al terminar su turno, pasó por el comisariato, donde compró cigarrillos, bolsitas de maní y barras de chocolate, por si las moscas. De allí se fue a la habitación que compartía con otro sargento y se entretuvo limpiando su pistola hasta que sonó la sirena que anunciaba la hora de la cena. Pretendiendo que esa noche era como cualquier otra noche, calmaba la ansiedad que comenzaba a sentir.

Santa Isabel, P.R., 6 pm

—Inés, te he explicado veinte veces que no vamos a poder ir San Juan ahora, y que en el colegio están demasiado ocupados para responder a cada telegrama que han recibido —repitió Manolo con paciencia de santo—. No podemos movernos de aquí porque lo que viene es peligroso —Inés lloraba desconsolada en el sofá de la sala y él, sentado torpemente en el brazo del mueble, trataba de consolarla—. Te prometo que una vez pase lo peor nos montamos en el carro y la vamos a buscar, aunque tengamos que caminar parte del tramo. Es más, vamos a llamar a la señora Del Valle ahora mismo para ver qué es lo que están haciendo con las niñas —Inés asintió en silencio estrujando el pañuelo. Era de las pocas veces que lo había visto tan preocupado.

La llamada no entró, ni a las seis ni a las ocho ni a las diez de la noche. Al parecer todos los otros padres de familia estaban intentando contactar la escuela también y las líneas no daban abasto. La radio emitía boletines cada hora en inglés y español, el más reciente de los cuales apuntaba a que la tempestad entraría por el sureste. Luego de oír el reporte, y de escuchar el creciente silbido del viento, Inés comenzó a rezar uno de muchos rosarios, encomendando a su hija a la protección de sus santos preferidos, comenzando por San Antonio, patrono de Guayama.

Comerío, P.R., 11 pm

Lucía había quitado todos los tiestos del balcón, y con la ayuda de Genara había amarrado los limoneros y naranjales a los cimientos de la casa. Le daba una pena tremenda ver a las reinitas y pitirres volar confundidos por el balcón, buscando el agua azucarada que siempre les dejaba. Fernando, un tanto debilitado por la tos y la consecuente pérdida de sangre, se mantenía entretenido leyendo y asignando otras labores al esposo de Genara, quien, a pesar de faltarle un brazo, era tan fuerte como un buey.

A las ocho, Lucía subió a la casa grande para ver a los niños y terminó teniendo que acompañar a Maruja un rato para que se calmara. Al entrar al cuarto de Virginia, se extrañó de no verla y abrió el armario a ver si estaba escondida adentro. A veces, cuando la regañaban, buscaba refugio entre la ropa que colgaba de las perchas porque eso le traía una sensación de seguridad. Tampoco estaba allí. Lucía cerró el armario y se dispuso a buscar a la niña en la cocina cuando escuchó un sonido extraño… *cluc, cluc… cluu-uuc*, y una amonestación en voz baja… shhhh, proveniente de debajo de la cama. Allí, arropadas las dos con una frisa que había visto mejores tiempos, estaban Virginia con Rita, su gallina favorita. Se quiso reír, pero se contuvo, intuyendo que su niña tenía miedo. Oyó la voz de Sarita buscándola. Al parecer Fernando quería que bajara a la casa, pues había comenzado a soplar. Ya voy, dijo en voz alta.

—Virginia, no tengas miedo —le susurró Lucía a su hija mientras se arrodillaba junto a la cama para poderla ver—. Ya verás que todo va a estar bien —acarició como pudo la mejilla de su hija y la cabecita de la gallina, quien se mantenía inmóvil del susto—. Rita, sus hermanas y Don Quijote el gallo estarán haciendo de las suyas muy pronto, te lo prometo.

—Doña Lucía, que don Fernando quiere que baje *ahora* —insistió Sarita desde el pasillo. Lucía lanzó un suspiro impaciente al aire. Qué cansada estaba de tener que obedecer… no, se corrigió a sí misma, estaba harta de obedecer.

—Me voy porque me está llamando tu papá, pero quiero que sepas que en lo único que voy a estar pensando es en ustedes tres, y que estaré aquí en la casa en cuanto pueda —le hizo la señal de la cruz en la frente y se fue a paso apresurado con su marido, quien la esperaba con un quinqué en el balcón.

13 de septiembre, 1928
Santa Isabel, P.R., 7 am

El ciclón San Felipe entró a la isla en la madrugada y el vórtice de la tormenta embistió a Guayama, Salinas y Santa Isabel con fuerza letal. Las ráfagas de viento y agua eran tan potentes que Manolo, asustado de que el techo de la casa saliera volando por los aires, corrió con su esposa para refugiarse en la bañera, donde dedujo que estarían mejor resguardados por el pesado metal galvanizado de la misma. Por las rendijas de la ventana del baño contemplaron atónitos cómo se desgarraban de la tierra los enormes guayacanes del frente de la casa, y del arco chispeante de una línea eléctrica rota que brincaba en el aire como un látigo fantasma. En la bruma volaban proyectiles en forma de ramas de árbol, planchas de zinc, yaguas de palmas y todo lo que la gente no llegó a amarrar. Inés, rosario en mano, oraba con los ojos cerrados, intentando con ello mantener la calma. Durante lo peor de la tormenta, se acurrucó temblando en el pecho de su esposo, notando en silencio que era la primera vez en muchos meses que lo hacía.

Manolo se atrevió a salir cuando el ojo del huracán pasaba encima de ellos. Abrió la puerta del frente cauteloso, sabiendo que la calma generada por el círculo de nubes rugosas, con su traicionero centro azul y luz amarillenta, no duraría más de veinte minutos. Quiso llorar cuando vio que el patio del frente estaba arropado por los guayacanes caídos, y que el hueco de donde salían las raíces entrelazadas de ambos árboles era tan grande y profundo que cabía una casa.

En el patio de atrás, las gardenias y las rosas de Inés eran meras hilachas ahogadas en el charco profundo que había sido el jardín. No quedaba ni una hoja en los árboles de naranja, ni rastro de su covacha, ni del pitorro que recién había escondido dentro de ella. Oyó gritos detrás de la casa y corrió a la habitación para buscar su pistola. Inés, mientras tanto, recogió una palangana de agua y una fiambrera con los restos de la cena de la noche anterior. Un picnic bajo las peores condiciones posibles, pensó tratando de mantener la calma, qué poco romántico. Había charcos de agua y goteras por toda la casa, pero no tenía tiempo de secarlos.

Manolo, acomodando la pistola en la cintura, salió de nuevo al balcón, pendiente a los gemidos que había oído antes, pero lo único que se escuchaba era el creciente silbido del viento. Vio que el cielo se ennegrecía de nuevo y cerró las puertas, reforzándolas con las sillas del comedor. Al meterse en el baño, los vientos comenzaron a rugir como la locomotora de la Central, y los dos rezaron en silencio por el bienestar de Anna, y por la integridad estructural de la casa.

Comerío, P.R., 11 am

Rita se había fugado a uno de los aleros del techo, desde donde cacareaba nerviosa cada vez que sentía que la casa se movía. Los potajes y tisanas que le prepararon a Maruja de poco sirvieron. Invocaba a gritos a la sagrada familia, a sus padres y a su hermana Virginia con cada ráfaga que sacudía la casa. Los niños, armando un rompecabezas en la habitación del matrimonio, la miraban esconderse debajo de la colcha cada vez que se escuchaba un ruido estrepitoso, lo cual era frecuente.

César se asomó a la puerta. La casa estaba sumida en un tenebroso crepúsculo a pesar de que el reloj de la sala marcaba las doce campanadas del mediodía. No se veía nada por las ventanas, excepto la danza macabra de los pocos árboles que quedaban en pie, y los objetos borrosos que pasaban volando a gran velocidad hacia los cerros. El mayordomo estaba enfundado en una lona de caucho para protegerlo de los elementos, y con una cuerda de una pulgada de espesor enrollada alrededor de la cintura por si se tenía que amarrar antes de aventurarse fuera de la casa. En la mano derecha cargaba su machete, el cual refulgía con la endeble luz de los quinqués, en la izquierda, el resto de la soga. Anselmo salió al pasillo, donde se sentía como si la casa entera estuviese esforzándose por mantenerse en una pieza.

—Don Anselmo, seis de los bohíos en el cerro se desintegraron con los vientos, pero las tormenteras donde están algunas familias todavía aguantan —reportó César, mirando hacia afuera sin poder interpretar lo que estaba viendo—. Si desea, puedo dar otra vuelta a ver cómo seguimos.

—No, la próxima vuelta la daremos cuando pase el ojo del ciclón y podamos disponer de algunos minutos de calma —le contestó Anselmo revisando su reloj—. Lleva soplando como un demonio desde las ocho de la mañana y el ojo todavía no pasa… —hubo una pausa breve en lo que los dos procesaban esa información—. Creo que esto ha sido hasta el momento peor que San Ciriaco, pero apenas estamos en la primera etapa.

La lluvia caía horizontalmente, y con tal fuerza que se estaba empezando a colar por el techo. Habrá que pintar la casa cuando pase esto, pensó Anselmo, pues la lluvia viene con la fuerza de una bala, y se debe de estar descascarando la fachada que da al noreste.

Virginia trataba de mantener la concentración en el rompecabezas, pero la histeria descontrolada de su tía no la dejaba pensar con claridad. El cacareo tentativo de Rita, quien deambulaba por vigas del techo según soplaba el viento, le trajo a la mente a los animales de la finca. Ella los bautizaba con nombres propios porque a todos les tenía gran cariño. La pareja de pavos reales se llamaban Alfonso y Eugenia en honor a los reyes de España en el exilio, los bueyes, de color caramelo claro, eran Pimpollo y Buñuelo por lo lindos y mansos que eran. En el gallinero, Don Quijote reinaba sobre su corte avícola, propinando picotazos a quien osara ser su rival. Anselmo se reía a carcajadas cuando ella le hacía notificación oficial por escrito de un nombre nuevo. Las últimas en recibir ese honor eran unas guineas que habían traído los peones hacía un mes, bautizadas Concha Piquer y Pastora Imperio en honor a Maruja, quien gustaba de ambas tonadilleras españolas.

Una ráfaga tan fuerte que se sintió hasta dentro de la habitación fue seguida por un estruendo profundo. La casa se estremeció hasta sus cimientos. Instintivamente Maruja se abalanzó encima de los niños para protegerlos, pensando que ese era el fin de todo y todos. Anselmo, asustado, alzó la vista hacia el techo a ver si una de las planchas de zinc se había zafado. Todo parecía estar en su sitio.

El aire, saturado de agua, se llenó de un intenso aroma vegetal de hojas, corteza y tierra. César llegó de nuevo al cuarto apresurado, todavía con su traje de hule puesto. La embestida del viento había arrancado de cuajo el gran árbol de laurel de la entrada, el cual yacía ahora recostado encima de la casa, sus enormes ramas cubriendo el techo como un gigante moribundo. Por lo menos las planchas de zinc van a estar afianzadas con el peso de las ramas y no saldrán volando, concluyó Anselmo, tratando de ver el lado positivo de la situación. Trató de no pensar en los almacenes y los cultivos que se pudrirían bajo el agua empozada.

Al sentir el crujir del árbol y el sacudión que le siguió, las criadas y la cocinera cayeron de rodillas a rezar con aún más ahínco que antes. Trini sacó de su delantal una cruda imagen de madera pintada del patrón del pueblo. De la cocina trajo una vela que parpadeaba por la humedad y el viento, y puso al santo y la vela en la mesa del comedor para que todos lo pudieran ver.

—¡Ay, Santo Cristo de la Salud, ampáranos y no nos abandones! —rogó Sarita.

Una de ellas comenzó a rezar un rosario en voz alta. A diferencia de Maruja y Lucía, quienes acostumbraban a rezar en voz baja, el servicio de la casa lo hacía casi a gritos, como si de eso dependiese que los escuchara Dios en su gloria. A los dos minutos, Maruja, con Joaquín de la mano y seguida de Virginia, Regina y Anselmo, salió de su habitación. Sarita, quien ya estaba recitando las letanías de la Virgen María, pausó al verlos entrar, y retomó el hilo cuando vio que se acomodaban en las sillas del comedor para unirse a los rezos.

«...Virgen fiel, Espejo de justicia, Trono de la sabiduría, Causa de nuestra alegría, Vaso espiritual, Vaso digno de honor, Vaso de insigne devoción, Rosa mística, Torre de David, Torre de marfil, Casa de oro, Arca de la Alianza, Puerta del cielo, Estrella de la mañana...

»María, ruega por nosotros».

13 de septiembre de 1928

San Juan, P.R., 12 pm

El doctor Fassig supo que este huracán traería gran destrucción desde que escuchó los primeros reportes enviados por el buque *Inanda* a las autoridades la mañana del 11 de septiembre. El capitán avisaba de una tormenta de gran intensidad a 300 millas al este de las islas de Sotavento. Fassig y su asistente, Eugene Hartwell, continuaron rastreando la tormenta, la cual, hinchada del agua y aire húmedo del Atlántico, azotó a las islas de Martinica, Monserrat, Nevis y, en particular, a Guadalupe, donde perecieron mil doscientas personas.

El miércoles 12, él y Fassig calibraron y reforzaron los instrumentos de la estación, en especial el gran anemómetro en el techo, el cual medía la velocidad del viento, y los múltiples barómetros, los cual medían la presión atmosférica. Luego enviaron cables con instrucciones a los voluntarios que se habían ofrecido a revisar sus propios instrumentos.

A las cinco de la mañana del día 13 ya estaban en pie, tomando nota de la baja presión registrada a esa hora, y de las fuertes ráfagas que azotaban las paredes de la residencia y la oficina. La señora Fassig, imperturbable y bien experimentada en eventos climáticos, subió a la segunda planta de la casa luego de servirles un café. Nunca en su vida había oído un viento así, como el aullido de un lobo, y el ruido aterrador de lo que asumía eran objetos pesados rompiéndose contra los adoquines. Se sentó en la mecedora de su habitación, lejos de la ventana, a tejer. El clac-clac de las agujas la tranquilizaba siempre.

A las nueve se empezó a colar agua en la planta baja de ambas estructuras, lo cual obligó a los científicos a poner sillas y libros encima de la mesa del comedor y en el pasillo del segundo piso. Hartwell subió las escaleras de dos en dos con quinqués, las bitácoras del buró y la radio. Fassig lo siguió apresurado, cargando sus binoculares y una caja de velas, asomándose como mejor pudo por la ventana que daba hacia la bahía. No se veía absolutamente nada… era como si estuviesen bajo agua. Cercano al mediodía, el meteorólogo estimó, por primera vez en su extensa y variada experiencia, que estaban bajo el azote de vientos sostenidos de más de ciento cincuenta millas por hora. Hartwell bajó la escalera a revisar la planta baja, y subió apurado cuando vio que el agua entraba y salía como una marea sucia por debajo de las puertas.

A la 1:44 de la tarde se escuchó un chirrido metálico, y algo pesado cayó en el techo, causando una grieta en el vidrio de una de las ventanas de la habitación. Fassig y Hartwell se miraron horrorizados; el viento había tumbado el anemómetro. Los dos vieron cómo una de las cuatro copas del instrumento salió disparada como un proyectil y comprendieron que la velocidad de los vientos había excedido las ciento cincuenta millas por hora. Es más, era casi seguro que la velocidad excediera esa cifra en las siguientes horas porque el ojo todavía estaba a treinta millas de distancia de la ciudad. Les quedaba claro que al ciclón le quedaba buen trecho por cubrir, y a la luz de un quinqué comenzaron a componer los informes preliminares que Washington necesitaría una vez pudieran salir de su guarida.

Hartwell, nervioso, saltaba cada vez que escuchaba las vigas del techo crujir. La covacha donde guardaban el globo meteorológico se despedazó a las 2:30, y el techo de la residencia se comenzó a desintegrar una hora después. Fassig, su esposa y Hartwell bajaron las escaleras cargando lo esencial, y se refugiaron en uno de los armarios del primer piso, que, aunque mojado por el agua que se filtraba por las puertas y ventanas, tenía paredes de cemento. El estruendo que oyeron al encender uno de los quinqués fue el resto del techo de la casa, el cual el ciclón se llevó en un golpe de viento.

Santurce, P.R., 5 pm

Anna sabía que a sus padres no les daría tiempo de viajar a San Juan para recogerla. Por eso decidió que en vez de llorar —la mayoría de las internas estaban a lágrima viva en la residencia adyacente al colegio— era mejor estar preparada. El miércoles, mientras las maestras se encargaban de despachar a quienes residían en la ciudad, Anna sacó, sin que nadie la viera, un libro escondido en un anaquel de la biblioteca. Sabía que estaba ahí porque había visto a su maestra de inglés esconderlo tras la colección de obras ilustradas de Shakespeare durante uno de los periodos de recreo.

Estaba bien enterada de la fama del *El Amante de Lady Chatterley*, de D.H. Lawrence. La reseña del *New York Times*, periódico que recibía por correo su antiguo tutor, el señor Morse, y que ella, agradecida, recibía en segundas manos, decía que era un parteaguas de la literatura moderna. El libro, publicado en Florencia hacía pocos meses, estaba prohibido bajo estatuto en el Reino Unido por su trato sin tapujos sobre el sexo y el terrible golpe propinado a la sociedad inglesa por la gran guerra. Encima de eso, la burocracia del Vaticano lo había denunciado por su contenido, el cual consideraban obsceno y pornográfico. Los fogosos encuentros entre Lady Chatterley y su guardabosques bajo las narices de su esposo lisiado eran de por sí un escándalo, pero que esa pasión desenfrenada fuese entre una aristócrata y un hombre de clase obrera rayaba en lo inaudito. Anna razonó que no habría mejor momento de leer una novela prohibida que durante un huracán, y para que nadie sospechara nada cubrió la cubierta del libro con la del *Romancero gitano* de Federico García Lorca.

Se refugió en un rincón de la biblioteca a leer, ajena a las correderas de las maestras y el personal del plantel. Tan ensimismada estaba en la trama que, al oír la campana de la cena, entró apresurada al baño del primer piso para revisar su uniforme y lavarse las manos. Ya no le iba a dar tiempo de subir a esconder el libro; tendría que cargar con él al comedor y esperar que nadie se fijara.

Mademoiselle Benoit, la profesora que presidía en la mesa de las maestras que no se habían podido ir, usó su tenedor para hacer tintinear su copa.

—*Demoiselles*, no hagan tanto ruido por favor —rogó con voz neutral—. Cualquier conversación que se haga en la mesa debe de ser hecha con voz modulada, dicción perfecta y, ante todo, brevedad. *Allors*, acuérdense de los modales que les he inculcado hasta el momento y de la necesidad absoluta de crear un ambiente de conversación e intercambio interesante —con eso levantó su servilleta y se la puso en la falda—. Cero codos en la mesa por favor. Señorita Vassallo, enderece la espalda, y no llore, que todavía no ha pasado nada.

Mademoiselle enseñaba francés y *cotillion*, una clase que abarcaba desde cómo poner una mesa formal a cómo hablar y caminar con gracia. Vestía con sencillez —blusas holgadas blancas combinadas con faldas de tabletas o sesgadas o, si se sentía a sus anchas, pantalones con *jerseys* de algodón—. Mantenía su abundante cabellera negra corta y su única frivolidad era pintarse las uñas y los labios de color sangre de toro. Anna la espiaba fumando en el jardín de la escuela, y tomaba nota para copiar sus ademanes. Era una mujer exótica en un lugar donde pocas lo eran.

El jueves a las cuatro de la madrugada, Laura se metió en la cama de Anna, tiesa del miedo porque los vientos fuertes habían empezado a soplar. Una hora después, Anna se mudó a la cama de Laura porque su compañera se había quedado dormida al fin y ella no había podido pegar un ojo por lo incómoda que estaba. A las siete, la matrona las despertó, como si fuera un día común y corriente y no día de temporal.

Las directoras habían decidido resguardar a las alumnas en el edificio principal, porque la estructura era de hormigón, y estaba mejor construido que la residencia, la cual era de madera. La electricidad se había ido en la madrugada, sumiendo al plantel en una profunda penumbra, la cual no podían eliminar porque no había suficientes quinqués y velas para alumbrar todo el interior. Anna, quien nada más deseaba ver cómo terminaba el idilio entre Lady Chatterley y el guardabosques Oliver, tuvo que incorporarse al grupo en el primer piso para poder economizar la poca luz que les quedaba. Se trajo el libro consigo por si acaso.

Lo único que se oía era el ulular del viento y los desesperantes golpes que daban las persianas contra las ventanas. Con cada ráfaga se iban desprendiendo, y volaban por los aires como grandes misiles. Por las ventanas que quedaban al descubierto se metían hilos insistentes de agua que las alumnas y las maestras se tomaban turnos en secar. Durante lo peor de la tormenta, a eso del mediodía, la maestra de inglés se aventuró a con la matrona a buscar algo de comer.

Mademoiselle Benoit se sentó junto a Anna a esperar que llegara, fijándose en el libro que tenía en la falda.

—El *Romancero gitano* de García Lorca… —exclamó intrigada—. No sabía que lo tenía la biblioteca; lo voy a tener que leer cuando lo termine, Anna. Pasé los veranos en Málaga con mi abuela española y disfruto mucho de todo lo gitano, la música, el flamenco… Y a usted, ¿qué le parece? —Anna estaba a punto de inventar alguna mentira, como «siempre me ha gustado el flamenco», o «sí, Lorca es valiente y original al reconocer el gran legado gitano», pero no le salían las palabras. Miró a la maestra y tuvo en la punta de la lengua responder que no, que ese no era el *Romancero*, que era un escrito más peligroso que los versos de Lorca, que se había llevado un libro que le pertenecía a otra persona sin permiso, y que esa persona lo había escondido a su vez porque era ilícito.

Pero la salvó el agua. En ese preciso momento, mientras la maestra regresaba cargada de latas, entró un torrente de agua por debajo de las puertas del frente del edificio y segundos después subieron otros como pequeñas fuentes por los desagües del piso. Las internas, y una que otra maestra, comenzaron a gritar histéricas al ver que el nivel del agua subía. *Mademoiselle* ordenó a las alumnas mayores que se encargaran de las más pequeñas. Anna aprovechó la conmoción para correr a la biblioteca, la cual estaba ya bajo tres pulgadas de agua, y dejar el libro donde lo encontró, detrás de Shakespeare. El jardín que se veía por las ventanas estaba completamente destrozado; hasta los grandes purrones de piedra, sus macetas de flores hechas trizas en la grama, rodaban en el piso como si no pesaran nada. Le volvió a poner la cubierta al *Romancero* y se apresuró con él a la sala.

La matrona reportó que en la segunda planta había daños causados por las goteras y las filtraciones, y que quizás sería mejor quedarse en el primer piso hasta que bajaran los vientos. Las peores horas del ciclón las pasó Anna sentada encima de la gran mesa de caoba del comedor con tres otras pensionadas, entre ellas Laura, quien se aferraba a ella como un gato salvaje con cada pulgada que el agua subía. A las tres de la tarde Anna sintió, con una sensación de pánico poco usual en ella, que quizás debieran subir al segundo piso porque el agua ya llegaba hasta el segundo peldaño de la escalera. En la débil luz de las velas que quedaban encendidas vio que *Mademoiselle*, sentada en las escaleras con la alumna más pequeña en brazos, le sonrió, al parecer nada alterada por el ir y venir del mar interior. «Qué temple tiene», pensó Anna. Y con eso abrió el *Romancero*, y leyó en voz alta el primer poema para calmar a sus compañeras:

... Soledad: lava tu cuerpo con agua de alondras,
y deja tu corazón en paz, Soledad Montoya.

Por abajo canta el río: volante de cielo y hojas.
Con flores de calabaza la nueva luz se corona.

Cuando Anna terminó de recitar el poema, Laura aplaudió emocionada. Era obvio que había que levantar los ánimos, porque lo único que se escuchaba era el alarido del viento, la estrepitosa lluvia y el llanto de algunas que lo creían todo perdido. Una de las maestras rescató su guitarra y comenzó a tararear canciones populares. Las muchachas mayores, siempre dispuestas a alborotar, aun en medio de una crisis, comenzaron a cantar.

Pasadas las cinco de la tarde el agua comenzó a bajar lentamente, dejando surcos de lodo y basura en el piso. Al día siguiente maestras y alumnas comenzaron a trapear pisos, recoger escombros y limpiar lo mejor que podían, pues todavía caían aguaceros fuertes. Anna, ocupada barriendo probetas y tubos de ensayo rotos en el laboratorio de química, oyó que la llamaban desde el primer piso. Se lavó la cara como mejor pudo y bajó las escaleras, donde se encontró lo que menos esperaba. Inés y Manolo en el vestíbulo, la ropa mustia por la lluvia que les había caído en el trayecto de casi día y medio, y zapatos y medias llenos de fango. Habían tenido que caminar una milla a pie bajo un paraguas magullado para llegar allí, pues la inmensa cantidad de madera, pedazos de zinc, y árboles en las calles les impedía el paso en carro. Anna no tuvo que decir nada, simplemente se echó en los brazos de sus padres a llorar, porque después de todo, era solo una niña.

Transmisión especial, 14 de septiembre de 1928, 9 pm
Estación WKAQ, Edificio de la Telefónica, Calle Tanca, Esq. Tetuán

«Señoras y señores, este es un boletín especial de la emisora radial WKAQ, el cual ofrece la última información sobre los daños causados por el huracán San Felipe, ciclón que arrasó nuestra isla ayer 13 de septiembre».

«Reportes iniciales indican que más de 250 víctimas han perecido, la mayoría de ellas golpeadas mortalmente por objetos voladores o arrastradas por las crecientes generadas por la insólita cantidad de lluvia de las últimas 36 horas. El área de San Juan ha sufrido grandes estragos, y la mayoría de la población está viviendo a la intemperie, sus hogares en la ruina por la falta de techos para protegerse de la lluvia que

cae todavía. Podemos confirmar que los pueblos de la cordillera central han recibido cantidades de lluvia nunca vistas. En Adjuntas, se registró un total de casi 30 pulgadas de lluvia; en las montañas cercanas a Luquillo, 25 pulgadas».

«Los vientos de San Felipe son los más fuertes que hemos experimentado desde que se comenzaran a medir formalmente. Tenemos información preliminar de que la velocidad de los vientos sobrepasó las 160 millas por hora de manera sostenida por más de cinco horas. La oficina federal del tiempo de San Juan reportó, según nuestras fuentes informativas, que su anemómetro principal se averió al mediodía, luego de medir las 150 millas por hora. Una de las copas del instrumento fue localizada en el muelle de San Antonio, a una considerable distancia del edificio que albergaba el instrumento».

«Pedimos al público que evite salir a las calles debido a la gran cantidad de objetos peligrosos que se esconden bajo agua, los cuales incluyen cables eléctricos, pedazos de metal y agua contaminada. A los que viven cerca de ríos, quebradas o puentes, exhortamos que tomen refugio lejos de estos. Los golpes de agua que siguen a las lluvias torrenciales traen con ellos una enorme cantidad de escombros vegetales como árboles y lodo, y arrasan con todo a su paso».

«Debemos reportar también la pérdida de una de nuestras torres emisoras, que se desplomó durante el ciclón, pero la otra, la cual usamos ahora para comunicarnos con ustedes, sigue en pie. Estimados radioescuchas, tengan la seguridad de que WKAQ seguirá reportando mientras tengamos antena».

Extractos del informe del Comité Central de Investigación al gobernador Towner, 30 de septiembre de 1928

A dos semanas de la tormenta se estima que las pérdidas atribuidas al ciclón llegan a más de 50 millones de dólares. Esta cantidad todavía no incluye el costo de las viviendas perdidas, porque todavía se están tabulando.

Un tercio de los habitantes de la isla, 500 000 personas, perdieron sus hogares, los más desafortunados viven a la intemperie, otros con pedazos de lona sustituyendo techos o en casetas de campaña repartidas por el ejército y la Cruz Roja. Es de gran importancia tratar de proveer asistencia rápida para que aquellos más afectados no abandonen sus parcelas o propiedades en busca de trabajo.

La cosecha de café, la cual se preveía este año como abundante y de gran valor económico, está devastada y su pérdida llevará a la industria cafetalera a la bancarrota. Otras cosechas, como el azúcar, tabaco y plátano, sufrieron pérdidas catastróficas. Las dependencias de muchos ingenios azucareros se desplomaron y las fuertes lluvias inundaron los cañaverales, destruyendo la cosecha de caña en menos de 24 horas.

En Guayama, dos plantas hidroeléctricas se inundaron, causando daños considerables a las líneas de distribución. En Comerío, la represa del río de la Plata sufrió graves daños al desprenderse dos de sus turbinas de sus enganches y abalanzarse rio abajo.

El número de fallecidos ha aumentado a 312, pero esta cifra está sujeta a gran fluctuación. Algunas fuentes reportan que más de mil personas han muerto o desaparecido, pero esta cantidad no se ha podido corroborar.

MEMORÁNDUM

A: *Sargento Conrado Pedraves*
De: *Capitán H.E. Donovan*
Asunto: *Solicitud de Traslado al Ejército de los Estados Unidos de Norteamérica*
Fecha: *15 de octubre de 1928*
CC: *Mayor P.R. Waller*

Notamos con gran satisfacción la aprobación de su solicitud de traslado de la Guardia Nacional al Ejército de los EE. UU. por medio del programa de oficiales, el cual comenzará el 2 de enero de 1929 en Fort Benning, Georgia. Su rango al completar el programa de dieciséis semanas será el de segundo teniente.

Diario La Correspondencia de Puerto Rico
Opinión, El Pensador Criollo, 5 de enero de 1930
Algunos celebrarán su llegada como un regalo de reyes y otros no encuentran razón para celebrar.

Mis muy estimados lectores, regresó a San Juan, luego de un extenso viaje a las capitales de Latinoamérica, el licenciado Pedro Albizu Campos, vicepresidente del Partido Nacionalista de Puerto Rico.

El líder nacionalista visitó Cuba, Perú, Panamá, México y Venezuela, aprovechando su estadía en dichos lugares para pregonar a presidentes y a obreros la enorme iniquidad que existe entre los EE. UU. y su colonia en el Caribe, Puerto Rico.

En su afán de convencer al público e instarlo a participar en el diálogo, Albizu Campos prometió que lideraría la formación de una Liga Continental Americana Pro Independencia. Dicha institución trabajaría para abrirle paso a un Puerto Rico libre e independiente.

Sé que ofenderé a algunos lectores al opinar que faltan mas hombres como él, inteligentes, curiosos, valientes y pacientes, para lidiar con los problemas de nuestra peculiar condición política, pero no lo hago por fastidiar. Lo hago porque necesitamos lo mejor de Puerto Rico, de todos los partidos, para abogar por una solución justa e inspiradora, algo que sirva como ejemplo para otros de que esto sí se puede hacer.

Santurce, P.R., 10 de mayo de 1932
Susana se sentó en la mesa del comedor con la carpeta que contenía los documentos de la corte concerniente a su divorcio. Aurelio le había pedido a través de los abogados que los acabara de firmar y ella postergó lo inevitable hasta que la llamaron del bufete en la mañana para recordárselo.

Encendió un cigarrillo y contempló abatida la trinitaria color púrpura del balcón. Su marido la había abandonado, pero no de repente, sino poquito a poco. Primero, se iba los fines de semana porque estaba interesado en que le comprara una finca de tabaco en Comerío. Luego de la compra, siguieron semanas durante las cuales le aseguraba estar dedicado por completo al manejo de la propiedad. Cuando pasó un mes sin comunicación alguna, Susana se enteró de que se había llevado a una mujer a vivir con él en la casa que ella compró, y que la mujer estaba esperando un bebé.

Sabía que Aurelio quería llevarse a Rafael a vivir con él a Comerío para poderlo supervisar mejor. Por más que quería pelear con su ya casi ex marido sabía que esa era la mejor solución para el muchacho. Rafael, tal como su madre, hacía lo que le daba la gana cuando le daba la gana. Susana, preocupada con la racha rebelde de su hijo, se consolaba sabiendo que por lo menos era inteligente y sabría manejar su patrimonio una vez sentara cabeza.

Susana encendió otro cigarrillo con la colilla del primero y firmó los documentos, teniendo cuidado de que sus lágrimas no cayeran en el papel.

Río Piedras, P.R., 14 de noviembre de 1933

Universidad de Puerto Rico
Recinto de Río Piedras

MEMORÁNDUM
De: *Don Julio García Díaz, Decano, Facultad de Humanidades, Universidad de Puerto Rico*

Estimados colegas y estudiantes, me complace anunciar la llegada de dos profesores nuevos a nuestra facultad.

El Sr. James Denby se incorporará al Departamento de Arte como profesor adjunto de pintura en enero del año entrante. El licenciado Denby llega a la UPR con un currículum envidiable. Cursó estudios de pintura y ganó importantes premios en la prestigiosa Academia de Bellas Artes de París, trabajó como delineante y fotógrafo en el proyecto del Canal de Panamá, sirvió en las filas del ejército norteamericano y se graduó de la Facultad de Derecho de la Universidad de Tulane en Nueva Orleans. El señor Denby habla inglés, francés y español.

La Srta. Camille Benoit fungirá como asesora principal del Círculo Francés y como profesora adjunta del mismo idioma también este enero próximo. Ella también enriquece a este plantel con su variada experiencia. Graduada de la Universidad de Ciencias y Letras de París, posee un doctorado en literatura francesa del siglo XIX, *y ejerció como profesora adjunta en ese plantel antes de aventurarse a nuestra isla. Una vez en Puerto Rico, se dedicó a educar a alumnas más jóvenes en el excelente Colegio Puertorriqueño de Niñas.*

¡Démosles a los dos una cordial bienvenida!

PARTE III

CAPÍTULO CATORCE

Comerío, P.R.

Diciembre de 1933

La mecedora de Fernando Ramos estaba propulsada por una energía que no parecía ser generada por un hombre con los días contados. Los ataques de tos y los inevitables sangrados que seguían eran cada vez más frecuentes, dejándolo exhausto y debilitado. Había tanto que hacer y no sabía cómo empezar, pues no tenía ni la fuerza ni los medios para hacer nada, excepto dar consejos y echar regaños desde el balcón. No se había podido acostumbrar a depender de la benevolencia de su hermana o de aceptar la dolencia que le robó el poder ser esposo y padre en todo el sentido de la palabra.

Respiraba mejor al saber que Anselmo y Maruja se encargarían de Joaquín, y que seguramente terminaría trabajando la finca porque le encantaba el campo. Le consolaba, aunque jamás lo admitiría en voz alta, que sus hijas eran hermosas, y que Maruja y Lucía las casarían bien. Pero antes de casarse, había que tener novio. Regina tenía pretendiente hacía rato, pero con cada año que pasaba veía la unión debilitarse por falta de acción de parte del muchacho, quien estudiaba medicina en Filadelfia. Virginia, de apenas catorce años, era linda, vivaracha y más importante aún, inteligente y curiosa. Lucía le había dicho hoy que un muchacho de San Juan de familia acomodada la estaba persiguiendo con gran ahínco.

—Ella es demasiado joven para novios —postuló Fernando a su esposa desde el balcón. No estaba del todo seguro de que Lucía, ocupada arreglando las matas, lo hubiera oído.

El periódico yacía en su falda sin abrir. Quería leer sobre la huelga cañera y la respuesta del gobierno insular, pero el asunto de sus hijas no lo dejaba concentrarse. Sabía que el muchacho era hijo de Aurelio Pérez, dueño de una finca de tabaco. Lo más probable es que Anselmo lo conocía, pues su cuñado tenía nexos con toda la gente importante de Comerío.

Le roía la conciencia que el techo que lo protegía lo pagaba el sudor de los peones y agregados que trabajaban las tierras de su cuñado. Por eso les leía el periódico por las tardes, para que supieran lo que estaba pasando. En sus tiempos de ocio, los cuales eran frecuentes, sostenía debates políticos con quien lo visitara, pues tenía fama de simpatizar con la causa del Partido Nacionalista. ¿Y quién me puede reclamar eso, justificaba en silencio, si los últimos cinco años habían abierto las puertas a un verdadero infierno social y económico? La devastación de San Felipe y la aparatosa caída del dólar, combinados con el trato desdeñoso del gobierno estadounidense, era un purgante que el pueblo tragaba una y otra vez. La dependencia de la economía local en la estadounidense era casi total, y no ayudaba que la mayoría de los puertorriqueños hubiera perdido casi un tercio de sus ingresos en menos de cuatro años. La isla se estaba yendo a pique y él, como de costumbre, no podía hacer nada, excepto seguir meciéndose en la terraza.

—¿Ese fulano, por qué está aquí? Pregunto porque no es común que llegue un muchacho a un pueblo del interior a estudiar luego de tenerlo todo a la mano en San Juan —comentó Fernando en tono sarcástico, queriendo ver si obtenía mejor información de su mujer—. Si ese fuera el caso te pido que le digas a Virginia que se deje de tonterías. El riquito que venga a hacerle ojos a mi hija va a tener que vérselas conmigo.

—Honestamente, Fernando, no sé cómo se te ocurre quejarte de un muchacho que ni conoces, solo porque su familia tiene dinero —respondió impaciente Lucía mientras pasaba revista a los tiestos de flores en el balcón—. ¿Qué pretendes, que tus hijas se amarren a gente de pocos medios? Seguramente tú no querrás eso para ellas —no oyó respuesta del balcón, e imaginó lo que su marido estaba pensando en ese momento: que no debieran enyuntarse con alguien como él, un hombre sin futuro alguno, un muerto vivo. Por un momento, la embargó una pena inmensa. Entendía que Fernando criticaba a la gente de dinero porque era una manera de poder lidiar con lo inútil que se sentía. Pero no quitaba que estaba frustrada con la situación—. Ni se te ocurra decir nada, que lo que digas tú aquí puede llegar a oídos de alguien en el pueblo, y si eso sucediera, para qué me quiero.

—Pues yo no me voy a quedar callado si es alguien que no me parece serio. Suficiente tengo con el novio espectral de Regina. Ella tiene ya veintiún años y el hombre no acaba de pedirle la mano luego de cinco años de noviazgo, por Dios —dijo Fernando resentido.

Recordó avergonzado que durante las últimas elecciones convenció a los peones de la finca de que, en vez de votar conservador como quería Anselmo, votaran por los candidatos del Partido Nacionalista. Eso sirvió para que Anselmo, la persona más amable de Comerío, le llamara la atención y le pidiera que jamás se volviera a entrometer en los asuntos de la finca.

—Nunca pensé que tendría que decirte esto, pero tengo que poner las cosas en claro. Esta finca es mía y de su éxito se mantienen, y por todo lo alto, tu hermana, tus hijos y tú y Lucía. No lo olvides, Fernando —y Fernando se tuvo que quedar callado en medio del enorme charco de su humillación.

Lucía lo dejó solo en el balcón para evitar la discusión que sabía que seguiría… que el dinero no lo era todo, que la dignidad del pobre era mejor que la desfachatez del rico, que las huelgas eran parte del tirijala laboral. Ella se esforzaba en no llevarle la contraria, pero a su marido se le olvidaba que no tenían en qué caerse muertos, y que cuando él falleciera, ella quedaría en una posición aún más precaria que la presente.

Le tocaba arrastrar a su esposo a la realidad, cosa que detestaba hacer. Los ideales no se pueden comer, le decía ella, y él, como si no tuviese preocupación alguna, le respondía, «ay, mi vida, no solo de pan vive el hombre». Pero cuando Fernando tomaba una siesta, lo cual era más frecuente porque se fatigaba de nada, ella se sentaba a coser faldas y blusas para las jíbaras de la vecindad, pues necesitaban el dinero. Durante los fines de semana, cuando los peones bebían y se formaban trifulcas que nada más se podían resolver a machetazos, le traían al perdedor a la casa en una hamaca y ella le cosía las heridas. Sus clientes eran tan pobres que a Lucía le pesaba tomar el dinero que a duras penas ahorraban, pero no le quedaba otra alternativa. Tenía que ahorrar para cuando Fernando no estuviera.

Lucía tomó refugió en su habitación y se acostó, intentando no pensar en la muerte de su hijo, la tuberculosis de Fernando, los años de economías forzadas y de tener que depender de la generosidad de otros. Estaba quedándose dormida en pleno día, un lujo que no se permitía hacía mucho, cuando una voz estrepitosa interrumpió su dulce sueño.

—¡Doña Lucía, le traje la cinta que me pidió para los lazos! —era Genara. Lucía se levantó de la cama y, respirando hondo para darse ánimo, se fue a hacer los lazos prometidos a las hijas de la pareja. Era lo menos que podía hacer, considerando que podían enfermarse de muerte ellos también por trabajar allí.

El ámbito político se estaba recrudeciendo, especialmente en la isla.

La intervención fallida de Albizu Campos en la resolución de la huelga azucarera, y la percepción de que algunos partidos políticos estaban ligados a los intereses de las empresas tabacaleras y azucareras, generaron una profunda desconfianza entre el sector laboral y el Estado. Las autoridades, lideradas por el recién nombrado gobernador Blanton Winship, se mostraron prestas a eliminar cualquier posibilidad de insurrección aumentando sus números y sus armas. La policía insular, bajo el mando del detestado coronel Francis Riggs, nombrado por el gobernador por su experiencia en Nicaragua como consejero de Anastasio Somoza, ahora contaba con una fuerza antimotines, y parte de su entrenamiento lo hacía en campamentos militares junto a efectivos de la Guardia Nacional y el ejército.

Quedaba claro que Albizu Campos era *persona non grata* para el gobernador y su jefe de policía. Riggs, quien había ordenado a sus brigadas frenar las huelgas con mano férrea, no apreciaba la participación de Albizu Campos, fuera en mítines políticos, en protestas en la calle o en mesas de negociaciones.

Pero si el coronel Riggs se creía que las nuevas *tommy guns* y medidas antimotines de la policía insular iban a amedrentar al político estaba equivocado. Albizu Campos no era un político de pueblo, sino un sofisticado operador local e internacional. Estudiante sobresaliente de la universidades de Vermont y de Harvard, se destacó por su magnífico intelecto y por su interés en las causas de liberación nacional. Como oficial veterano de la Gran Guerra había vivido en carne propia la exclusión y el racismo inherente en el ejército norteamericano, y nada ni nadie se le iba a poner en el camino.

Fernando leía el periódico en su mecedora. Una tarde preciosa se desplegaba frente a él, derramando brisa y sombra en el patio de la casa. Escuchó el crujir de la hojarasca del patio y, sin mirar, supo que era Ismael, su machete bajo el brazo que le quedaba. El manco subió al balcón guardando una distancia prudente. Quitándose la pava carraspeó levemente para llamar la atención de su patrón.

—Don Fernando, me pidió mi hermano Damián, el que vive en Ponce, que le preguntara si podía pasar la noche aquí en el patio de camino a San Juan —murmuró Ismael—. No sé si se acuerda, él tiene un camión, pero prefiere no cruzar la cordillera de noche. Dice que viene con alguien que quiere que usted conozca; alguien importante del Partido Nacionalista.

Fernando asintió de manera ausente. Es más, ni siquiera se lo iba a decir a Lucía.

—Yo estaré aquí en el balcón después de la cena, Ismael. Avísame cuando lleguen para saludarlos —dijo, enfrascado en su copia del *Puerto Rico Ilustrado*.

Lucía, luego de terminar un encargo a la luz de un quinqué, sucumbió a su cansancio a los cinco minutos de poner la cabeza en la almohada.

La luna menguante se escondía tras la copa del yagrumo cuando llegó Damián. Lo acompañaba un hombre trigueño delgado y de pelo corto, con un bigote negro enmarcando una boca generosa y un hoyuelo en la barbilla. Solo cuando se quitó el sombrero Fernando pudo ver quién era, porque no se le podía acercar mucho y la luz del quinqué no era la mejor. Frente a él, a poca distancia, saludándolo cordialmente con su sombrero, estaba Pedro Albizu Campos. Fernando parpadeó varias veces para cerciorarse de que era quien creía que era.

—Don Pedro, qué honor que haya venido a mi casa. No sabe cómo quisiera ofrecerle algo más que una silla en el patio, pero quizás

Damián le haya contado de mi condición —dijo apenado—. Esta enfermedad tan terrible no afloja ni da tregua, y no quisiera que usted se arriesgara sin necesidad.

—Mi estimado don Fernando, usted no se preocupe por mí, que he pasado la noche en lugares mucho menos lindos y cómodos que este rinconcito del cielo —dijo el visitante sonriendo.

Fernando le pidió al manco que buscara una botella de su mejor ron, el que destilaba discretamente en una esquina recóndita del jardín, pues no tenía intención de dejar a su huésped en el patio sin refrigerio.

Albizu Campos habló con nostalgia de su pasado, de sus colaboraciones con estudiantes irlandeses e indios que también buscaban desprenderse del yugo colonial. Habló de sus estudios en Harvard, de sus experiencias como teniente durante la Primera Guerra Mundial, y de su enorme sorpresa al saber que el ejército americano seguía normas de exclusión, y que los soldados puertorriqueños recibían trato de segunda clase. Todavía no cabía en su mente que una nación tan grande, tan llena de posibilidades, no fuera capaz de dejar a un lado sus prejuicios raciales. Su mezquindad hacia una colonia que capturó a la fuerza hacía más de treinta años dejaba mucho que desear.

—Lo peor de todo es la asfixia económica que usan para mantenernos tranquilos —observó el político tomando otro sorbo de ron—. ¿Cómo usted cree que pueda existir autonomía política donde los americanos controlan el cabotaje y los aranceles de su colonia? Eso, y la exclusión de toda competencia extranjera, limita el progreso agrario, industrial y comercial de Puerto Rico —Albizu Campos pausó para contemplar el cielo estrellado—. Nuestra islita es un feudo medieval donde mandan las azucareras y bananeras estadounidenses, entre otras… —con voz apagada añadió—: Y que no me digan que tales industrias son grandes generadoras de empleo, porque no lo son. Al que emplean le pagan un salario miserable con el cual no puede sustentar a su familia, y lo amarran de por vida a un sistema de deuda que lo ciñe al patrón para siempre —finalmente echó al aire un suspiro amargo—. Nunca hubo buena intención de parte de los ganadores del noventa y ocho, sino la de un usurero común y corriente.

Los dos se quedaron sentados en el patio, conversando y dormitando, hasta que rayó el alba. Al poco rato los despertó el olor a café, proveniente de una bandeja que cargaba Lucía. Al salir a echarles agua a sus matas por poco se tropieza con Damián, quien se había quedado profundamente dormido en el balcón. El chofer le contó que su hermano el manco le había dicho que la casa de Fernando Ramos, nacionalista de Comerío, estaba de camino a San Juan, y que Albizu Campos, al enterarse, se empeñó en conocerlo, sin importarle un bledo lo de la tuberculosis. Lucía, conmovida por su gesto, les hizo café y se lo sirvió ella misma, usando las tacitas de porcelana que le había regalado Virginia para su boda y servilletas bordadas por ella misma. Fernando, viéndola llegar al patio, se lo agradeció con una mirada que hizo que las lágrimas afloraran en los ojos de ella. Al despedirse, Albizu Campos saludó a la pareja con el sombrero.

—Amigo Fernando, cuídese porque necesitamos personas como usted en el partido —le dijo el político arrimándose al camión de Damián—. Tenemos que asegurar que el futuro de la isla y su gente sea justo y próspero.

Y aunque la visita se mantuvo como un secreto de Estado, los peones de la finca se enteraron. No dijeron nada jamás porque sabían que a don Anselmo le mortificaría la osadía de su cuñado. Pero cada vez que venían a oír a Fernando leer el periódico esperaban a ver si, aunque fuera de manera oblicua, mencionara la visita o los temas que habían discutido los dos.

Al otro lado del pueblo, Aurelio Pérez regañaba a su hijo Rafael. «Dios, pero qué muchacho tan parecido a su madre», pensó. Susana lo había enviado a Comerío hacía dos meses a vivir con él cuando se dio cuenta, luego de muchos regaños y castigos, de que no lo podía controlar. Ella, quien se ufanaba de poder lidiar con quien fuera, no sabía qué hacer. De ella había heredado Rafael su carácter impaciente y la tendencia a hacer lo que le salía de los pantalones.

—Tu madre te mandó para acá para que te acabaras de enderezar, Rafael. Tú bien sabes que eres un muchacho muy inteligente, pero que no haces nada que no te interese —le dijo Aurelio en tono que no permitía interrupciones—. Aquí todo el mundo se conoce, así que voy a oír de ti… de dónde vas, y con quién, de boca de todo el mundo.

Nada del paso libre que tu madre toleraba en San Juan, así que anda con cuidado.

Rafael fijó la vista en el cinturón de cuero de su padre. Había estado al otro lado de la correa muchas veces y lo resentía. No solo porque consideraba los castigos injustos y humillantes, sino porque al abandonar su padre la casa había abrogado su derecho a disciplinar, en la opinión del muchacho.

El muchacho llevaba unos meses en Comerío y, por más que detestara la disciplina de su padre, la estaba pasando de maravilla. El pueblo era hermoso, con un fresco que bajaba de los cerros que acariciaba a uno al dormir. La escuela superior era excelente y podía ir y venir a caballo. La casa de su padre en la finca no era nada especial, pues la acababa de construir y le faltaban los toques que solo una mujer podría ofrecer. Su madre nunca llegaría a pisar la finca que compró para su marido. Susana, al oír que Aurelio le estaba echando cuernos con otra mujer sin discreción alguna, decidió quedarse en San Juan para evitarse el inevitable bochorno. Aunque era horrible que su esposo se enredara con alguien más joven que ella, consideraba que era peor para Aurelio el tener que venir a San Juan personalmente cada vez que necesitaba dinero, lo cual era frecuente. Susana se consolaba sabiendo que la sociedad de Comerío jamás le abriría las puertas a su marido si insistía en tener a su amante colgada del brazo.

En la escuela, las muchachas de la edad de Rafael, muchas de ellas de apellido Pérez y de seguro parientas, cuchicheaban entre sí cada vez que pasaba frente a ellas. El muchacho era delgado, de piel clara, ojos grisáceos bajo cejas negras arqueadas, labios finos, y un pelo lacio negro que a duras penas caía en su sitio con la ayuda de Tricófero de Barry. Tenía el plante de una persona mayor. Discreto, serio y reservado, lo decía todo con los ojos. Más importante, cuando abría la boca en clase, las maestras se sorprendían, pues además de dominar las asignaturas, leía más allá de lo requerido, y eso se notaba cuando presentaba su materia.

Desde el primer día se fijó en una muchacha que llegaba todos los días a la escuela a pie acompañada de media docena de primas. Era tal el escándalo de risas y gritos que generaban, que las maestras, mareadas por la bulla, las mandaban a callar constantemente. Los muchachos, por costumbre ruidosos y desordenados, les tenían respeto porque se mofaban de todo y de todos sin piedad. Las primas pasaban el recreo leyendo revistas de moda o cuchicheando entre sí. Rafael no conocía a casi nadie, pero sabía el nombre de la muchacha porque cada mañana oía su voz contestando «presente» cada vez que la maestra pasaba lista: Virginia Ramos Cabrera. La única vez que le podía ver el rostro era durante el recreo porque le daba vergüenza virarse en el pupitre para mirarla.

La joven se convirtió en la musa de los sueños adolescentes de Rafael, y en el espejismo que creía ver cada vez que caminaba por el pueblo. No podía dejar de pensar en ella y no habían intercambiado ni una conversación siquiera.

Un sábado, mientras le hacía unos mandados a su padre, Rafael vio llegar a la periferia de la plaza un enorme Ford azul marino. Curioso, se detuvo para verlo pasar. Le encantaban los carros, sobre todo cuando iba al volante de un automóvil en carretera libre con las ventanas abiertas para que entrara el fresco. El auto se detuvo frente a la alcaldía, y un chofer salió para abrirle la puerta a su patrón. Rafael, sin pensarlo, corrió hacia el vehículo para abrir la puerta de atrás. Del carro, y con una expresión de leve curiosidad, salió una señora de mediana edad, alta y bien puesta, seguida por una muchacha de unos veintitantos años, su rostro enmarcado por una linda corona de trenzas negras, y por último, Virginia, quien, echando un mechón de su melena castaño claro detrás de la oreja, sonreía incómoda, lo más probable porque no esperaba ver al muchacho nuevo de la escuela al otro lado de la puerta.

Rafael sabía que el abrirle la puerta del carro a alguien no conocido era un gesto impulsivo, pero lo justificó razonando que hasta el más mañoso lo consideraría simplemente buenos modales. Para no alterar el protocolo social de Comerío, se limitó a decir «buenas tardes», saludando al grupo con el sombrero antes de seguir su camino hacia la ferretería para comprar los clavos que le había pedido su padre. Regina miró a su hermana menor con el rabo del ojo, pero no dijo nada, consciente de que el gesto del muchacho sería examinado bajo lupa al llegar a la casa.

De regreso a la finca, Maruja esperó a que sirvieran el postre y el café para abordar el misterioso asunto del abrepuertas.

—¿Alguna de ustedes sabe quién es el joven que se apresuró a abrir la puerta del carro? —preguntó curiosa—. No creo haberlo visto antes en el pueblo.

—No sé quién es, tía Maruja, pero se ve que viene de buena casa porque tenía los pantalones y la camisa planchados —respondió Regina con una leve sonrisa. Era maniática con el asunto de la ropa. Su hermana menor, al contrario, no le importaba lo que se ponía, es más, le fastidiaba tanto emperifolle.

Anselmo, concentrado leyendo sus periódicos, se olvidó por completo del episodio. Era obvio que la situación en España estaba poniéndose más agria con cada día que pasaba.

Anselmo, como muchos de sus amigos en la Casa de España en San Juan, se identificaba con los conservadores, y leía con preocupación sobre la creciente insurrección en su Asturias natal. Pero su tendencia conservadora no se extendía a su esposa, quien se consideraba una especie de republicana criolla. Hacía dos años había votado por primera vez en una elección general, y muy para el horror de su esposo, cargaba con una pequeña pistola Colt en la cartera.

—Qué barbaridad, Maruja. Creo que esta será la última temporada en España para nosotros en buen tiempo —musitó Anselmo alarmado—. En Asturias los anarquistas están alborotando para declarar huelga, así que creo que tendremos que revisar planes.

Mientras tanto Maruja, con la ayuda de su muy sofisticada amiga Marga, preparaba su ajuar de viaje. Se necesitaron múltiples visitas a P. Schira y al París Bazar en San Juan para comprar los vestidos que luciría durante la travesía oceánica. Zarparían desde San Juan a principios de marzo, y llegarían a Sevilla para pasar allí la semana santa. De ahí a Madrid, luego a Oviedo y, cruzando la bahía de Vizcaya en barco, a París. De regreso tomarían la ruta sur en tren, haciendo paradas en Barcelona y Valencia antes de embarcarse de regreso en Sevilla.

Un día, durante la hora de recreo, Virginia pensaba absorta en las cosas que le había pedido a su tía que le trajera de España: un abanico perfumado de sándalo, turrón de almendras y una mantilla. La mantilla la quería porque su hermana Regina tenía una y le quedaba muy bonita. Virginia no confiaba en que la mantilla y la peineta se le quedaran enganchadas en la cabeza por mucho tiempo, pero había que tratar. De repente la voz chillona de Luisa rompió el cuchicheo de sus primas.

—Mira, Virginia, el muchacho nuevo, el que viene a caballo, te está contemplando hace rato. ¿Qué no te habías dado cuenta? Imposible que no, mujer... míralo allá tan tranquilo, como si no fuera de él que estuviéramos hablando —observó su prima.

Virginia se encogió en la banqueta de piedra, deseando de todo corazón ser invisible. Y por más que trataba no podía, porque era tan linda como su tía Virginia, casi tan alta como Maruja y heredera de la tez blanca de su madre y los ojos grandes y expresivos de su padre. Su cintura pequeña y piernas perfectas arrancaban elogios, pero su sonrisa era sin duda su mejor atributo, todo por culpa de un diente que se trepaba levemente sobre el otro, lo cual causaba que el labio superior pareciera como si estuviera a punto de dar un beso. A pesar de poseer tantos dones, Virginia era tímida, y le mortificaba que el muchacho la mirara, aunque fuera disimuladamente y con obvia admiración, desde una esquina del patio de la escuela.

—De verdad que no sé cómo es que yo todavía ando con ustedes; qué gansas son todas. Ese muchacho no está interesado en mí. Lo más probable es que tenga novia esperándolo en San Juan —increpó Virginia ligeramente para esconder su vergüenza.

—Dice mamá que es de otra rama de los Pérez —continuó Luisa en tono conspiratorio—. Que la mamá tiene mucho dinero y el papá tiene una finca. Quizás tío Anselmo lo conozca.

—Eeemmmm... —murmuró Virginia, midiendo sus palabras con cuidado mientras observaba al muchacho acercarse a la verja del patio a comprar una piragua, la cual consistía de raspado de hielo aderezado con almíbar de fruta. Sus primas serían las primeras en regar la voz si veían algo fuera de lo usual, no por chismosas, sino por la emoción del momento.

—Tío Anselmo jamás me dejaría tener novio. Creo que él y tía Maruja estaban de viaje cuando Regina le dio el sí a su pretendiente. Eso fue un chivo, porque si llegan a estar en la finca le hubieran dicho que no.

—Pues yo creo que este va a ser diferente —suspiró Luisa en voz baja, escondiendo su expresión de sorpresa con la mano para no dañar el momento de romance en pleno recreo.

Rafael se acercaba a ellas con dos piraguas, ajeno o ignorando a propósito las miradas curiosas de todos los estudiantes de la *high* allí presentes. Venía con toda la parsimonia del mundo, lo cual impresionó grandemente a los muchachos de su clase. Irrumpir en el círculo de las primas sin atender el protocolo establecido sobre las normas del cortejo era considerado imposible. El novio de Luisa lo había conseguido a duras penas, a fuerza de revistas americanas para las muchachas y tirijalas y coquitos para los hermanos menores.

—Con permiso, señoritas —interrumpió Rafael sonriendo—. Les traigo una piragüita para que no pasen calor. Una para usted... —dijo, dándole a Luisa la de tamarindo y con ello dando a entender que la consideraba la figura principal del clan, alguien que habría que cortejar para que le permitiera entrar al círculo familiar—. Y una para usted... —dijo, pausando un segundo mientras le daba a ella la de frambuesa—, Virginia.

Virginia le dio las gracias al aceptar la piragua y sintió, por primera vez, que la miraban de adentro para afuera, y que este muchacho ya sabía todos sus secretos y deseos. Supo, al sentir el hielo de la piragua y el dulce sabor de la frambuesa en la boca, que ya le habían robado el corazón, y que la poca resistencia que podía erigir era algo temporero y efímero. Hasta el cotorreo de las primas cesó en lo que procesaban lo que estaba pasando.

—Qué suerte —murmuró Luisa a nadie en particular.

Rafael se metió las manos en el bolsillo, y sonrió, complacido de haber penetrado la primera línea de defensas en su campaña de conquista. La campana del recreo rompió el hechizo, y las clases se formaron en línea para regresar dentro del edificio.

Al salir del plantel, Virginia caminó el tramo de regreso a casa de tía Carmen con Rafael, quien traía a su caballo por la rienda. Tras ellos, sus primas mantenían el mismo nivel de risa y tontería. En ese momento, Virginia se dio cuenta de que lo único que deseaba era poder conocerlo como ya sentía que él la conocía a ella. Al llegar, agarró los libros contra el pecho como un escudo, como si quisiera con ello proteger su corazón.

Por supuesto que la turba juvenil en el balcón de la casa de tía Carmen se alborotó, y la noticia del potencial noviazgo no tardó en llegar a la finca. Anselmo, rumiando sobre lo atrevida de la juventud de hoy día, hizo una nota mental para preguntarle al alcalde sobre Aurelio Pérez lo más pronto posible. Virginia era todavía demasiado joven para tener novio.

El día antes de que Anselmo y Maruja salieran rumbo a San Juan para embarcarse, la casa vibraba de actividad. Anselmo se refugió en la sala a leer, mientras Marga y Maruja se encerraron en la habitación del matrimonio para hacer consultas de moda y rutinas de belleza de último minuto. Las criadas iban de la habitación a la cocina con pedidos extraños: agua oxigenada para aclarar el bozo, miel para un facial, y finalmente, dos copitas de anís, cuando se cansaron de experimentar. Los jardineros acomodaban los múltiples baúles y maletas en el camión de la finca, el cual conduciría el mayordomo. Ulpiano llevaría a la pareja a la capital en el Ford.

Anselmo, concentrado en un artículo sobre el exilio de Alfonso XIII, se dio cuenta de que César lo llamaba desde la entrada.

—Don Anselmo, hay un muchacho afuera que desea hablar con usted —avisó Cesar—. Dice llamarse Rafael Pérez de la Fuente. ¿Lo dejo pasar?

Anselmo asintió, doblando el periódico y poniéndolo en la mesa. Se ajustó los lentes y la leontina, y se puso de pie para recibir al visitante imprevisto. El muchacho venía vestido para la ocasión, lo cual Anselmo, apegado a normas de antaño, apreció: pantalón azul marino, camisa blanca y corbata de rayas. Alguien, quizás él mismo, había tomado el tiempo de brillar sus zapatos, y engominar su pelo lacio hacia un lado. En la muñeca izquierda traía puesto un reloj de pulsera americano y mantenía la corbata en posición con un alfiler de oro. Venía cargando un ramo de azucenas. Rafael se acercó a Anselmo, extendiéndole la mano y dejando el ramo en manos de César. «Qué seriedad la de este muchacho», pensó Anselmo.

—Don Anselmo, me da mucho gusto conocerlo, me llamo Rafael Pérez de la Fuente y llegué a Comerío hace par de meses. Antes de llegar aquí, vivía en San Juan con mi mamá —el muchacho pausó. Sus ojos se posaron brevemente en una foto de la familia y arrancó de nuevo—. Le mando cordiales saludos de parte de mis padres Aurelio y Susana. Usted quizás conozca a mi papá, quien tiene una finca de tabaco cerca de aquí —dijo Rafael, obedeciendo la señal de Anselmo para que se sentara.

—Usted es el joven que nos abrió la puerta del carro, ¿verdad? —preguntó Anselmo—. Y usted, joven, tiene al parecer mucho interés en mi sobrina Virginia. ¿Tengo razón o no?

El muchacho se agarró una mano con la otra para que no se viera que temblaba.

—Tiene razón, don Anselmo. Ella ha llamado mi atención de manera inesperada —aceptó el muchacho, fijándose en otra foto, una de Virginia de niña con la pareja—. Pero antes de tocar ese tema, ¿me permite hacerle una pregunta? —Anselmo estaba tan sorprendido con el talante del muchacho que le pidió a Sarita que trajera dos vasitos de un fino que tenía guardado para ocasiones especiales.

—He leído que la situación política se está deteriorando en España más rápido que lo que pensaban los que están en el gobierno. ¿Qué cree usted de las huelgas que se están organizando en el norte del país, piensa usted que tengan impacto en los sectores laborales de la isla? —Rafael le dio las gracias a la criada y se echó para el frente de su silla a esperar la contestación. Anselmo se le quedó mirando asombrado. Él había estado cavilando esos mismos temas las últimas semanas, y la verdad que todavía no tenía una respuesta que considerara satisfactoria.

—Joven, le cuento que si España cae en caos va a ser algo terrible, porque los bandos están aliados con fuerzas internacionales mucho más poderosas y posiblemente se pierda el control local de la situación —Anselmo pausó para tomarse un sorbo del fino, haciendo un gesto para que Rafael también lo hiciera—. Sé que peco de conservador, pero cuando pienso que la Unión Soviética está apoyando a los bandos de izquierda se me cae el poco pelo que me queda. ¿Qué se puede esperar de patanes que fusilaron a su propio monarca y a su familia, algo beneficioso? —Anselmo se quitó los lentes para limpiarlos con su pañuelo—. Ojalá que se pueda llegar a una coalición de gobierno que satisfaga a todos los partícipes, pero francamente lo dudo. No quiero ni pensar en lo que pueda venir.

—¿Usted cree que los americanos aprovecharían la inestabilidad política internacional para apretar a los representantes laborales de las industrias azucareras y tabacaleras? Pregunto porque ya hay huelgas, y los trabajadores de caña le han pedido a Albizu Campos que los represente —insistió Rafael—. Además, el Congreso americano acaba de establecer cuotas azucareras que limitan la venta al mercado estadounidense, el único que tenemos, y los de ese sector no están contentos porque menos venta significa menos empleos...

Anselmo, genuinamente sorprendido por lo bien informado que estaba el pretendiente, conversó con él por más de una hora sobre política, azúcar y tabaco hasta que Maruja y Marga salieron de la habitación conversando sobre qué sombrero iba con qué vestido.

—Bueno, mi amigo Rafael, vamos al grano —dijo Anselmo poniéndose de pie y metiendo las manos en los bolsillos del pantalón—. ¿Imagino que usted vino a la casa para pedirme permiso para cortejar a Virginia?

—Señor, es lo que más anhelo —dijo Rafael, tragándose los nervios y recitando las líneas que había practicado una y otra vez frente al espejo—. Puede apreciar que soy un hombre serio y que mis intenciones son las más nobles. Respeto y admiro a su sobrina como lo respeto y admiro a usted, y por extensión a su familia entera.

—Eso no lo dudo. Respeto su madurez y su intelecto, y entiendo que mi sobrina es una persona muy especial para usted. Pero no le tengo que decir que son demasiado jóvenes, y que necesitan el beneficio del tiempo para mejor apreciar quiénes son y qué quieren de la vida que les espera —Anselmo pausó para dejar que la noticia cayera en su sitio.

Rafael batalló para que no se notara su decepción. Se acordó del ramo de flores que había traído.

—Le pido, don Anselmo, que le regale las azucenas a su señora, ya que todavía no se las puedo ofrecer a Virginia como quisiera. Aprecio que me haya dado la oportunidad de hablar con usted en persona —dijo Rafael, recogiendo su sombrero de manos de César—. Buen viaje, don Anselmo —dándole la mano, salió de la casa, saludando a las señoras en el balcón con un leve «buenas tardes».

Anselmo sabía que en teoría había ganado la batalla. Pero algo le decía que este muchachito, con su expresión seria y su conversación de persona mayor, iba a ganar la guerra. El aroma de las azucenas flotaba desde el comedor, donde Sarita las había puesto en agua.

Y mientras Maruja y Anselmo paseaban felices por España y Lucía seguía abrumada por la enfermedad de su marido, el romance entre Rafael y Virginia, que al principio se creyó extinguido por el «no» del jefe de la familia, seguía vivito y coleando. Rafael se había metido en el bolsillo no solo a la tribu de la tía Carmen, si no a ella misma. Las primas sucumbieron a sus encantos porque era guapo y más importante aún, generoso con la mesada que le enviaba Susana. Carmen, quien sabía que no debía darle alas al noviazgo, se callaba cuando veía llegar pequeños regalos a la casa. Las libras de pan, los sacos de azúcar y la leche que aparecían en la puerta eran como maná caído del cielo, pues aún con lo que le enviaba Maruja se quedaba corta. Rafael dejaba que los hermanos menores montaran su caballo y compraba el silencio de los mayores con canecas de ron que traía escondidas en la chaqueta.

Fue así como comenzó el cortejo de Virginia Ramos.

CAPÍTULO QUINCE

Río Piedras, P.R.

Abril de 1934

El pasquín, en el tablero de corcho del pasillo principal de la escuela normal del recinto universitario, estaba siendo escudriñado por más de una docena de estudiantes, todos esforzándose a ver quién encabezaba la lista.

Resultados del Concurso de la Reina de las Flores
Universidad de Puerto Rico

1.	Anna Santillán	30,804
2.	Margarita Falcón	15,038
3.	Dolly Martínez	14,233

—Uy, pero mira la foto que han usado, la de ella con su uniforme de madrina del equipo de *baseball* —comentó Olga Carrasquillo con un toque de malicia mientras se aferraba del brazo de su novio, quien trataba de disimular su profundo aburrimiento.

—El conteo indica que ganó por casi el doble, así que debe gustar mucho —se aventuró a responder el novio. Un leve murmullo pasó como una ola entre los allí presentes, quienes observaban a Olga para ver cómo reaccionaba al comentario.

Como era de esperarse de una chica acostumbrada a que le dijeran lo maravillosa que era las veinticuatro horas del día, Olga le propinó al novio una leve palmadita en el brazo. El gesto, juguetón a primera vista, telegrafió a todos su descontento. Ella también había sido candidata en el certamen, pero no había alcanzado ni doscientos votos, aun con el voto de los amigos de su novio. Eso la tenía de un humor pésimo.

Otro muchacho, con un pelo artísticamente engominado, se viró sin decir una palabra a su compañero para que le encendiera el cigarrillo. El grupo, fascinado con el drama entre Olga y su novio y por la ceremonia con la cual el asistente sacó de su bolsillo un encendedor digno de millonario, esperó a que la nube de humo azuloso se disipara.

—Ella es maravillosa porque se atreve a asumir otras identidades y no se asusta con darle rienda suelta a la fantasía en su vida. Todos deberíamos hacer eso de vez en cuando —opinó el fumador, tomando su tiempo para que sus palabras tuvieran el efecto deseado.

—Creo que será una bellísima reina de las flores —continuó Virgilio Cañedo. Era conocido no solo por ser parte de una acaudalada familia de Mayagüez, sino por ser editor del anuario de la universidad, *Athenea*. Su posición como árbitro cultural y social en la universidad era indisputable.

—Pues es madrina del ROTC también… ¿Cómo será que puede pasear y desfilar con todos esos uniformes y mantener su promedio? —respondió Olga con obvia sorna, negándose a admitir que envidiaba la popularidad de la ganadora.

Virgilio detectó acidez en la voz de Olga. La pobre, pensó, no puede evitar querer ser reina también, lo más probable porque se lo han dicho toda la vida. Se viró donde su compañero, un muchacho delgado vestido tan bien como él, sabiendo que el grupo estaba pendiente de lo que iba a decir.

—Rodrigo, recuérdame que busque a Anna en clase. No puedo creer que no se me hubiera ocurrido antes —dijo, dejando en vilo a los allí presentes—, pero quizás quiera formar parte del comité ejecutivo del anuario.

Y con eso dio media vuelta y se fue a su próxima clase.

Anna, saliendo de su clase de contabilidad, aprovechó que no había nadie alrededor para mirar el tablón de anuncios. Allí vio por primera vez el pasquín que anunciaba los resultados del voto, y de que había ganado con un margen considerable. Sintió que con ello había ganado, de cierta manera, el respeto de quienes todavía la criticaban. Antes de seguir su camino se fijó en otro anuncio. Antonio S. Pedreira, periodista, autor y catedrático del recinto, hablaría en unos días sobre los ensayos que estaba revisando para publicación bajo el título

Insularismo. Bajo el anuncio había una lista para que se apuntara el que quisiera. Anna, intrigada por la trayectoria profesional de Pedreira y por el tema a discutir, añadió su nombre.

Pensó que debería de llamar a sus padres para contarles lo del concurso. Sabía que se pondrían felices al saber que, además de tener buenas notas, era una chica popular en el recinto. Estaría graduándose en mayo y lo que más deseaba era ir a visitar a su amiga Ella Keynes, hija del presidente de la Central Aguirre, en Boston. Allí practicaría su inglés y, si sus padres le daban permiso, se matricularía en alguna de las muchas universidades en la ciudad para tomar algún curso.

Cruzó el patio de la residencia, silbándoles suavemente a los guacamayos que hacían de la copa de las palmas su nido. Cada vez que veía sus cabecitas azules y amarillas espiar sus idas y venidas sonreía, remontándose a su vida anterior, cuando paseaba con su yegua hasta el cansancio. Al abrir la puerta de su habitación, encontró un sobre en el piso que contenía la invitación al baile de las flores, fiesta en la cual sería coronada como reina. Sonrió complacida y, guardando la invitación, sacó sus notas y se dedicó a pulir su ensayo de la obra de Calderón de la Barca.

Feliz con la noticia, Inés hizo un viaje relámpago a San Juan para comprar el vestido que se pondría su hija para la coronación. Madre e hija escogieron un traje de terciopelo negro cuyo único adorno eran tres flores doradas. Las lecciones de «menos es más» de *Mademoiselle* Benoit, con quien todavía Anna se mantenía en contacto, tuvieron buen efecto. De ella aprendió que el corte de una prenda de ropa era primordial para disimular o destacar, que la ropa caía mejor si estaba forrada, que las perlas merecían ser parte integral de cualquier ajuar, aunque fuesen de fantasía, y que un lápiz de labios rojo salvaba cualquier rostro de la ruina. Ni hablar de la importancia de la postura, del cuidado personal y de un caminar femenino y grácil.

Virgilio, por su parte, sentía haber encontrado en Anna un alma gemela. Estaba fascinado con su capacidad de apreciar el panorama literario y cultural del cual él formaba parte y de su fácil sofisticación. En las semanas antes del baile andaban por el recinto juntos, casi como una pareja de novios. Pero no había trato como tal; era más bien la felicidad de descubrir una afinidad más profunda y la nunca mencionada aceptación de que la relación nunca pasaría más allá de la amistad.

Anna nunca cuestionó la relación de Virgilio con Rodrigo, quien, poseedor de una paciencia de santo, los acompañaba a todos lados sin una queja o reproche. Igual que Virgilio, Rodrigo venía de una familia conservadora de Yauco que no tenía la más mínima idea de la situación sentimental de su hijo. Pero, por lo menos, las respectivas familias no se iban a tener que preocupar del futuro profesional del dúo. Virgilio seguiría a Leyes luego de graduarse y Rodrigo haría lo mismo con Arquitectura.

El recinto vibraba con una energía especial el día de la lectura del doctor Pedreira. Era obvio que tanto el profesorado como el mismo rector de la universidad lo apreciaban y admiraban, pues había más maestros que estudiantes en la biblioteca. Era, a sus treinta y cinco años, un ensayista de renombre y además, catedrático, poeta e investigador. Vestido con un traje de lino blanco que acentuaba su pelo negro, se acercó al podio, y saludando con respeto al rector, se prestó a comenzar su charla. Su rostro estaba enmarcado por unas gafas redondas negras que lo hacían ver mayor de lo que era.

El periódico *El Imparcial* reportaba que los ensayos recientes de Pedreira eran una ardua y franca examinación del carácter y la conciencia puertorriqueña y que sin duda serían blanco de admiración y de crítica una vez se publicaran. Lo que no quedaba en duda era que Pedreira había construido una base lo suficientemente fuerte para investigar a fondo lo que significaba ser puertorriqueño.

El doctor desplazó sus argumentos de forma clara y ordenada. Abrió su discurso definiendo el tema principal y dos de los lastres que hicieron tan difícil forjar esa identidad: el maltrato de España para con la colonia y las secuelas de la inevitable asimilación norteamericana. De ahí abordó los motivos que retardaron el desarrollo de la persona literaria isleña: la conformidad, el estancamiento, la indiferencia, la falta de educación avanzada y, punto interesante, el aislamiento geográfico. En su opinión, toda isla lo padece y, mientras más pequeña, más agudo es. El isleño se aferra aún más a sus costumbres, dijo, sean buenas o malas, y no puede salir, como saldría alguien provinciano a ventearse en otros lares, por la limitación de sus confines.

—El alma boricua —concluyó el doctor Pedreira— es disgregada, dispersa... luminosamente fragmentada, como un rompecabezas doloroso que no ha gozado nunca de su integridad...

El público aplaudió entusiasmado mientras Anna cavilaba lo que había postulado el profesor. Había crecido rodeada de norteamericanos y esas conexiones le habían abierto las puertas a muchas cosas. Pero el autor planteaba algo interesante que nunca había considerado, la herencia histórica en la persona del puertorriqueño y el papel de la geografía en su desarrollo, o más bien, su estancamiento.

—Vamos, que mi augusto cargo de editor del anuario me permite traer invitados a la recepción que ofrece el rector Chardón —dijo Virgilio, poniéndose su chaqueta.

El doctor Pedreira, rodeado de académicos y amigos, sonreía complacido. Llevaba los ensayos insularistas entre ceja y ceja desde hacía rato, y si esta lectura era alguna indicación, el público los recibiría, si no con entusiasmo, con muchas ganas de discutir el tema a fondo. Mientras tanto, su agenda profesional se expandía de tal modo que no le daba el tiempo para mucho más. Continuaría su docencia como director del departamento de Estudios Hispánicos de la universidad, añadiendo el puesto de crítico literario del periódico *El Mundo*. A toda esta actividad se sumaría su prodigiosa obra como autor.

Virgilio, Rodrigo y Anna se acercaron al grupo, conscientes de que eran de los pocos estudiantes allí presentes. Nadie rompía filas alrededor del doctor, y se conformaron con escuchar la conversación desde la periferia. Pero Anna subió el brazo como si estuviera en clase. El tintineo de sus brazaletes al mover la mano hizo que la conversación cesara por un instante.

—Doctor Pedreira, ¿qué opina usted de los que se van de la isla y regresan? —preguntó Anna aprovechando la pausa—. ¿Cree usted que los viajeros tienen la responsabilidad de plantear cambios aun cuando la estampa que llevamos es tan fuerte?

Pedreira buscaba la voz con la mirada, y finalmente dio con ella.

—Hay quienes dicen que no debemos ir al extranjero, que estamos más que bien como estamos, pero yo no suscribo a esa opinión.

Salgan, ¡aunque sea a Cataño! —dijo sonriendo, lo cual provocó risas, pues Cataño estaba frente a San Juan al cruzar la bahía—. El punto que quiero traer es que hay que ir a otros sitios, aprender otras costumbres, otros idiomas, porque el que no conoce no se enriquece, ni enriquece a otros. Que no se nos olvide —añadió, subiéndose los espejuelos— que al regresar siempre hay choque, hay conflicto, hay roce. Este proceso es absolutamente necesario para desarrollar y estimular el espíritu puertorriqueño. Espero que usted salga, señorita, y regrese llena de ideas y planes.

Anna asintió complacida. Quería que supieran que ella, la reina de las flores, no era ninguna tonta.

En una sala adyacente al patio del fauno del hotel Vanderbilt el teniente Conrado Pedraves revisaba los uniformes de los abanderados militares. A Conrado, como miembro de la guardia nacional, no le tocaba estar allí pasando revista a meros cadetes universitarios, pero el coronel Antongiorgi, a quien conocía desde sus días como alistado, se lo había pedido de favor, tentándolo con un puesto en la mesa de honor.

—Mira, Conrado, yo sé que a ti te encanta bailar, y la orquesta que viene es la de Rafael Muñoz, la que toca en el Escambrón Beach Club, así que media hora con los abanderados para asegurar que hagan sus maniobras como Dios manda es poco pedir. ¿Qué dices? —le preguntó el coronel esa mañana por teléfono. Conrado accedió. Mejor pasar la velada en el Vanderbilt bailando que estar sentado escuchando la radio con su familia.

Conrado dio la orden a los cuatro abanderados de proceder al umbral del salón de los faunos para estar listos a desfilar y se paró detrás de la puerta. La bandera de los Estados Unidos iba en el lado derecho y a su izquierda la bandera del destacamento. A cada lado, enmarcándolas, un cadete portando un rifle.

Atten-hut! El cuarteto entró al gran salón, marchando con paso corto hasta llegar al medio de la pista de baile. Los abanderados marcharon hacia el frente para presentar colores, esperando que terminara el himno americano antes de que se oyera el *clac-clac* de los rifles al caer de nuevo en posición. Dando un paso atrás, se incorporaron nuevamente al cuarteto y marcharon nítidamente hacia la salida. Conrado respiró, visiblemente aliviado.

El programa del evento decía que la reina abriría el baile, lo cual significaba que tenía unos minutos para buscar un trago. Al llegar a la barra, pidió un vasito de ron, recostándose en ella para mejor observar el ambiente. Quizás estaría alguna de sus muchas conocidas. Uno nunca sabe, pensó, esta isla es chiquita.

—Señoras y señores, pedimos que tomen asiento para el comienzo del baile de la reina de las flores de la Universidad de Puerto Rico —pidió el maestro de ceremonias desde el podio—. El rector de la universidad, el honorable Carlos Chardón, nos ofrecerá unas breves palabras.

El rector sabía, porque este ya era su tercer baile, que la gente estaba loca por beber y bailar. Por tanto, mantuvo sus comentarios a un mínimo.

—Buenas noches, gentiles invitados, es un placer compartir con ustedes una velada tan especial como lo es la de este baile, el cual nos trae una bienvenida distracción al final del semestre —el rector pausó brevemente para ajustar el micrófono—. Este año nuestra reina mostró tener una gran popularidad, la cual entiendo por sus constantes esfuerzos para realzar la vida social y cultural de nuestro recinto. Es madrina no solo del Batallón F del destacamento de cadetes de la universidad, sino del equipo de *baseball* —Chardón dejó que los integrantes de los dos bandos aplaudieran y chiflaran antes de seguir. Olga Carrasquillo, en su mesa con su novio firmemente plantado a su lado, sonreía agriamente.

—Nuestra reina es oriunda del sur, de la región de la sal y del azúcar. Salinas la vio nacer, y Guayama la ha visto crecer. Es conocida en el recinto no solo por su casi perfecto inglés, sino por su excelente francés y por su interés en todo lo literario y cultural. Miembro asiduo del Círculo Cervantes y el *Cercle Français*, es también parte integral del comité del anuario, se destaca siempre por su intelecto y elocuencia. Me reportan sus amigos que es una amazona a caballo y que baila desde el tango hasta el paso doble. Señoras y señores, les presento a la reina de las flores de la Universidad de Puerto Rico, ¡la señorita Anna Santillán!

Anna salió, con paso mesurado y perfecta postura, de un lado del salón en medio del aplauso. El vestido, sencillo en su corte, le quedaba como un guante de terciopelo negro, y resaltaba su espigada figura. Las tres flores en el cuello del traje refulgían con las luces del salón, reflejando destellos dorados en su rostro. Echó hacia un lado su melena negra al llegar al medio de la pista, donde el rector le ofreció su brazo para dar el tradicional paseo.

Manolo e Inés, sentados en la mesa principal, aplaudían orgullosos al ver a su niña desfilar. Se veía simplemente regia. Celebrando con ellos estaba el administrador de la Central Aguirre, Martín Olbes, con su esposa Paquita. El coronel Antongiorgi aplaudía con entusiasmo, satisfecho por su acertada decisión de pedirle a Anna que fuera madrina del destacamento. Su participación en las actividades de los cadetes traería adherentes nuevos tan populares como ella. A su lado, el teniente Conrado Pedraves observaba a la muchacha dar la vuelta a la pista en silencio.

Virgilio y Rodrigo, desde la mesa del *Athenea*, le gritaban «bravo» y «viva la reina» con cada paso que daba. En su mesa, Olga Carrasquillo, fastidiada por el enorme *corsage* de orquídeas prendido en el escote de su traje, se lo arrancó de un trancazo, rasgando la delicada tela en el proceso. La profusión de volantes de su vestido se veía un tanto vulgar en comparación con el vestido de la reina, el cual era una maravilla por la sencillez de su diseño. De haber tenido unas tijeras a la mano era capaz de haberle cortado los volantes ella misma.

Concluido el paseo, el rector le dio la mano de Anna a su padre, quien, dándole un cariñoso beso, la acompañó a saludar a sus amigos en las otras mesas. La orquesta comenzó a tocar *Blue Moon*, y las primeras parejas se acercaron a la pista para bailar.

Conrado no tenía prisa. La noche era joven y habría tiempo de sobra para bailar con la reina. Primero había que averiguar quién era ella, y qué mejor manera de hacerlo que ganándose la confianza de su madre, convenientemente sentada a su lado en la mesa. De ella escuchó que era única hija y no tenía novio, que quería viajar a los Estados Unidos al graduarse, que era una estudiante muy aplicada y que le encantaba la música y el baile.

Anna regresó a la mesa, vagamente consciente de que el teniente sentado con el coronel Antongiorgi no era parte del grupo de la universidad, pues era mayor que los muchachos del batallón. Al rato, el coronel se levantó de la esquina donde estaba para presentarle a su allegado.

—Anna, tengo el gran gusto de presentarte al teniente Conrado Pedraves, soldado de primera, experto tirador al blanco y veterano de un sinnúmero de pistas de baile en San Juan —dijo el coronel, poniendo la mano sobre el hombro del teniente—. Conozco a Conrado desde hace ya cinco años, y puedo decir con toda confianza que tiene un gran futuro por delante.

—Gracias, coronel, por el voto de confianza —dijo Conrado sonriendo—. Qué gusto, señorita Santillán —dijo, ofreciendo su mano. Le sorprendió la fuerza del saludo de la joven. Era casi tan alta como él, y su expresión no registraba ni un ápice de rendición o deseo. De repente se confundió, pensando que había dicho algo incorrecto. No estaba acostumbrado a que una mujer se quedara tan tranquila una vez le diera rienda suelta a su notable *charm*—. La felicito por sus logros, los cuales son muchos, por lo que me han contado mientras bailaba.

Anna asintió levemente, dándole las gracias con una sonrisa. Acto seguido, se sentó en la mesa, pidiéndole a un camarero que le trajera una copa de champán.

Conrado regresó a su silla, un tanto apagado por la tibia recepción. El coronel, acostumbrado a las conquistas de Conrado en estos eventos, se rio discretamente.

—Esta chica sí es distinta, ¿verdad? —le dijo en voz baja Antongiorgi.

Anna, bailando en los brazos de Virgilio, reía feliz. Estaba en su elemento. Sabía que todos sus esfuerzos en la universidad la habían llevado a este preciso momento. La canción llegó a su fin, y las parejas en la pista aplaudieron entusiasmadas. Virgilio tocó el codo de Anna con su mano para regresar a la mesa cuando el teniente Pedraves los interceptó en la pista.

—Señorita Santillán, le pido me conceda el honor de bailar conmigo la próxima canción —le pidió Conrado tendiendo su mano.

Virgilio supo en ese preciso momento que había perdido a Anna, aunque fuese como ellos lo habían dispuesto, una unión espiritual exenta de los incómodos roces y exabruptos de lo físico. A pesar de que ella era experta en no mostrar mucha emoción, el muchacho sintió el leve estremecimiento de su cuerpo bajo el terciopelo antes de que respondiera. En ese breve instante, supo que la atracción animal entre dos personas era mil veces más poderosa que cualquier esquema. Se puso a un lado, y cerciorándose de que su amiga sí quería bailar con el teniente, regresó a la mesa donde lo esperaba Rodrigo. ¿De dónde había salido este posible pretendiente?, pensó mientras ordenaba otra botella de champán.

Los primeros acordes de *Volver*, el tango recién compuesto por el cantante argentino Carlos Gardel, emanaron de la orquesta, y la mayoría de las parejas, no sabiendo cómo bailarlo, salieron de la pista. Conrado dio mentalmente las gracias, pues tendrían el espacio necesario para las figuras, pausas y movimientos que pedía el tango. Anna, tan alta como él en tacones, cabía perfectamente en sus brazos. Ella, en posición con los tobillos unidos y la espalda y hombros derechos, lo miraba fijamente a los ojos, esperando a que comenzara la secuencia. Conrado, llevando el peso de su cuerpo a la pierna derecha, dio un paso adelante mientras arrastraba levemente el pie izquierdo. De inmediato dio un paso hacia atrás y luego hacia el lado derecho. Anna lo seguía, pero al revés. El tango era baile de hombres, y si bien seducía, también subyugaba.

«Volver, con la frente marchita, las nieves del tiempo platearon mi sien...».

Conrado, quien no esperaba que Anna lo siguiese sin dar ni un traspié, subió el nivel de dificultad. Los invitados, hipnotizados por los movimientos sinuosos de la pareja, dejaron de hablar para admirar los llamados cortes, quebradas y firuletes que eran parte de un buen tango. Manolo Santillán, sentado en la mesa principal, sintió un levísimo dejo de temor al ver el rostro de su hija. Era como si estuviese en otro planeta, pensó.

«Sentir que es un soplo la vida, que veinte años no es nada, que febril la mirada, errante en las sombras te busca y te nombra ...».

Conrado acercó el cuerpo de Anna hacia él para mejor balance al girar y dar los pasos de entrepierna. De su hermoso cuello emanaba una leve fragancia de gardenias y a duras penas contuvo el deseo de plantar su boca en su nuca y respirar hondo.

«Vivir con el alma aferrada, a un dulce recuerdo, que lloro otra vez».

Las ultimas notas de la canción cerraron con un toque dramático de violines, y logró susurrar *«gracias»* en su oído antes de que los allí presentes irrumpieran en un aplauso delirante. La pareja se separó, dándose las gracias con un recatado ademán de la cabeza. Los que esperaban que la reina se rindiera loca de amor en los brazos del teniente después de ese tango estaban equivocados. El amor, o lo que ella creía era el amor, tendría que esperar.

Anna se graduó en mayo y zarpó con sus padres rumbo a Nueva York en junio, desde donde llegó a Boston por tren. La familia Keynes recibió a Anna con brazos abiertos, pero todos, desde el estirado *paterfamilias* hasta la humilde mucama que subía el café de la mañana en bandeja de plata, estaban intrigados con ella. No les cabía en la cabeza que una persona «de allá» fuese más alta que Ella, o que supiera recitar poemas de Emily Dickinson de memoria y en perfecto inglés, o que pudiera montar a caballo como una amazona. Anna sentía que cargaba la reputación de la isla a cuestas y redobló sus esfuerzos de dejar una buena impresión, demostrando impecables modales y una reserva natural muy apreciada por los Keynes, poseedores de la parquedad protestante de su estirpe. Junto a Ella y sus hermanos jugó golf en el club y bailó al ritmo de la música de Benny Goodman todo el verano.

De vez en cuando se acordaba del teniente Pedraves. Pero no había oído de él desde la noche del baile, ni una nota, ni un ramo de flores, ni una llamada… nada. Sabía que él le llevaba por lo menos cinco años, y por tanto dedujo que preferiría a alguien con más experiencia.

Virgilio y Rodrigo le escribían semanalmente durante su ausencia. A veces incluían recortes de periódicos con marginalia escrita en tinta violeta (Virgilio) o turquesa (Rodrigo). Uno de ellos detallaba en la sección de sociales del periódico *El Mundo*: «*Graduados y*

Desposados, Rumbo a Luna de Miel en Palm Beach». Olga Carrasquillo había llegado al altar con el sufrido novio al poco tiempo de Anna embarcarse rumbo a Boston. Allegados a la familia explicaron que había sido una boda íntima a petición de los novios, contó Virgilio. Al bebé lo bautizaron entre semana para que la gente no se percatara de que el recién nacido había llegado dos meses antes de lo previsto, y que contrario a verse enclenque y sietemesino, era un bebé lozano y regordete. Ante lo obvio de la situación, todo el mundo se hizo el loco para no perturbar a la familia, pilares de la sociedad capitalina. Olga continuó como si nada, encabezando los comités «junior» de las caridades identificadas con su familia y dominando a su ahora esposo con aún más brío que antes.

Los ensayos del doctor Pedreira se habían publicado bajo el título de *Insularismo* y la crítica había sido dura. Lo tildaban de machista, paternalista, racista y hasta pesimista, pero hasta el más recio admitía que la obra era un planteamiento riguroso y amplio de la noción de identidad nacional, y específicamente de lo que significaba ser puertorriqueño durante tiempos revueltos. Rodrigo añadió una postdata en la carta, «P.D.: *Insularismo* aseguró el lugar de Pedreira en el panteón de la Generación de los 30; bien merecido escaño».

Anna llegó a Puerto Rico a finales de septiembre con los padres de Ella, quienes regresaban a la isla luego de que terminara la temporada de verano. Había planeado quedarse con su amiga en un departamento propiedad de los Keynes cerca de la universidad de Boston, pero la respuesta de sus padres llegó por telegrama y fue tajante: no. Le sorprendió el que no la dejaran, pero su decepción no duró mucho. En el trayecto de regreso bailó y coqueteó con todos los oficiales a bordo del buque excepto el capitán, quien viajaba con su esposa, una sueca con expresión agria y ajuar de corista.

Al llegar a casa, Anna se dedicó a ayudar a sus padres a mudarse a un lindo y espacioso *bungaló* en el sector americano de la Central Aguirre. Manolo había al fin alcanzado lo que más anhelaba, una posición de peso en la comunidad azucarera. Anna se acostumbró a una vida de ocio privilegiada. Flor, la criada, le llevaba el desayuno a la cama. A las diez jugaba tenis o golf, o montaba a caballo. Después del almuerzo y la siesta, nadaba en la piscina del club americano o acompañaba a Inés al cine, un edificio de dos plantas *art déco* a la vuelta de la esquina, donde se estrenaban las últimas películas de Hollywood. Por las noches, jugaba bridge o póker en la veranda del club con los empleados americanos y sus esposas o escribía cartas a Virgilio y Rodrigo, a *Mademoiselle* Benoit y a Ella. Los meses pasaron casi darse cuenta.

Flor entró al mediodía con el correo, el cual incluía una carta de Rodrigo.

7 de mayo de 1935

Mi querida Anna:

Te escribo desde Yauco, donde estoy par de días para celebrar el cumpleaños de mamá. Demás está decirte que no pude invitar a Virgilio porque aquí es difícil mantener el anonimato que necesitamos para movernos libremente. Paso el día escondiéndome de mis tías, quienes me traen a las hijas de sus amigas a ver si me tienta alguna. La verdad es que me da pena con ellas y conmigo, porque no puedo ser honesto. Así que, cuando las oigo llegar, me encierro en la biblioteca de la casa, pretendiendo estudiar mientras hojeo las revistas Vogue *de mis hermanas en secreto.*

Te envío tu copia del Athenea, *inscrito con nuestros insignes autógrafos, para que te entretengas un rato. Opino que el tema que escogimos, la celebración de la cultura negra de Puerto Rico, fue acertado, y que los dibujos de André Duranceau y la obra literaria de las páginas finales están maravillosos. ¡Virgilio sabía lo que hacía cuando te pidió que participaras en la preparación del anuario!*

Te envío este anuncio de la asociación de tiro y caza, el cual avisa de una competencia de tiro en la Central Aguirre la primera semana de junio. Me acuerdo oír de boca de alguien que el flamante teniente Pedraves era campeón de tiro con pistola, así que sin duda estará entre los inscritos.

Esperando verte pronto para que nos cuentes quién ganó el campeonato.

Abrazos,

Rodrigo

—Papá, hay una competencia de tiro la semana que viene y quisiera ir contigo —pidió Anna mientras probaba la sopa del almuerzo. Manolo la miró curioso. Anna jamás había mostrado interés en las armas o el tiro al blanco.

—Bueno, niña mía, si quieres acompañarme eso sería un verdadero placer, pero creo que te vas a aburrir —contestó Manolo mojando un pedazo de pan en la sopa.

El día de la competencia amaneció ventoso. Anna, luciendo un vestido blanco y un coqueto sombrero de rafia, observaba a los competidores ajustar sus armas antes de que comenzara el evento. La brisa obligó a que mantuviera una mano aferrada a su sombrero en todo momento para que no se le fuera volando. Con la otra, aguantaba la cartera y sus guantes de algodón. Manolo hablaba con uno de los oficiales de la competencia al otro extremo del polígono.

Anna no veía al teniente entre los que se preparaban. De repente, se sintió un poco tonta. ¿Cuáles eran sus expectativas luego de compartir con él un solo tango? Se acordó de cómo su cuerpo se acopló al de él durante esos minutos y sintió una vibración inusual en su pecho. Se puso los guantes por aquello de tener otra cosa en qué concentrarse en lo que comenzaba la competencia.

—Anna Santillán, qué gusto verla. No tenía idea de que usted gustaba del tiro al blanco. De haberlo sabido la invitaba yo —dijo una voz detrás de ella. Anna se sorprendió tanto de oír su nombre que bajó la guardia y su sombrero salió volando por los aires hacia el área de competencia. Sin esperar respuesta, Conrado se fue corriendo detrás de él, esperando a que le dieran el permiso requerido antes de cruzar el campo de tiro. Anna se quería morir. No era la manera en la cual hubiese querido encontrarse con él luego de tantos meses. Parecía una treta de quinceañera, pensó humillada.

Conrado agarró el escurridizo sombrero y regresó donde ella. Anna se irguió en la barda y extendió la mano para recobrarlo, pero muy para su sorpresa él no le hizo caso. Se paró a su lado, dándole vueltas al sombrero por el ala mientras la miraba de soslayo.

—Si alguien me hubiese dicho que me la iba a encontrar aquí hoy... le hubiese dicho que estaba loco —dijo en tono de reflexión—. Pero ahora que está aquí, le cuento que estoy muy contento de que nuestros caminos se volvieron a cruzar. Claro está, este no es un baile, pero...

—Los inscritos a la competencia de tiro con pistola por favor acérquense al campo de tiro —anunció el maestro de ceremonias por el altavoz.

Conrado le devolvió el sombrero.

—Espero poder contar con su apoyo durante la competencia —dijo sonriendo. Sin esperar su respuesta se fue caminando hacia el campo de tiro.

Esa tarde el teniente Pedraves ganó la categoría de tiro libre con pistola, asegurando su escaño entre los mejores tiradores de la isla. Manolo entendía ahora por qué Anna se había empeñado en acompañarlo a la competencia, pero tuvo la delicadeza de no mencionarlo. Tenía la creciente impresión de que el teniente Pedraves figuraría en la conversación de su hija de ahora en adelante.

CAPÍTULO DIECISÉIS

Comerío, P.R.

2 de febrero de 1935

Todo Comerío sabía que iba a llegar el día en que Fernando Ramos perdiera su batalla con la tuberculosis. Su ataúd, arropado por una vistosa corona de lirios blancos, bajó hacia el cementerio en los hombros de los peones de la finca de Anselmo Longoria vestidos en sus mejores, pero aun así humildísimas, galas. En esa encapotada tarde de febrero, el pueblo se echó a la calle para ver al cortejo fúnebre cruzar el puente del río de la Plata, parar en la iglesia del Santo Cristo de la Salud y acabar su tristísimo paseo en el cementerio.

Rumbo al cementerio, uno de los peones reemplazó la corona con la bandera del Partido Nacionalista. La familia seguía el féretro en el carro de Anselmo, todos callados, menos Maruja, quien lloraba a pierna suelta en los brazos de su esposo. En el cementerio los esperaba el cura y dos sacristanes portando los incensarios, los cuales despedían grandes nubes de sándalo al aire.

Joaquín, ya casi un hombre con su camisa blanca, corbata oscura y pantalón largo, ayudó a su madre y a sus hermanas a salir del carro. Lucía, portando un vestido negro que acentuaba su extrema delgadez, se apoyó en los brazos de sus hijas para mantenerse en pie. Sentía que en cualquier momento se iba a desmayar y dio gracias por la tupida mantilla negra que cubría su cabeza hasta los hombros. Así nadie iba a poder ver su rostro, maltrecho de tanto llorar.

Maruja sollozaba con tal desconsuelo que su marido tuvo que esperar a que se calmara para sacarla del carro. De la boca del párroco salió un suspiro, unos comentaron que de compasión; otros, más cínicos, lo describieron como impaciente. Lo cierto es que por poco deja caer el breviario cuando vio el ataúd, no con la vistosa corona que había admirado en la iglesia, sino con la bandera del Partido Nacionalista, un adefesio negro con una cruz blanca de ocho puntos en el centro. Un hombre manco y su mujer cargaban la corona de lirios entre los dos. «Qué insolencia, Dios mío, cómo se atreven a manchar este sagrado recinto con tal barbaridad», se dijo a sí mismo.

Maruja, saliendo del carro al fin, y siguiendo la mirada del cura, se percató de que habían sustituido la corona por la bandera. No podía dejar que permitieran esto, pensó decidida mientras se secaba las lágrimas bajo el velo. Seguramente la familia sería criticada si lo dejara pasar por alto; es más, la reputación de todos estaba en jaque. Respiró hondo y le hizo un leve ajuste a la peineta que sostenía su pelo. Lucía, como si adivinara lo que iba a hacer, se acercó a ella.

—Maruja, sé que el cura está furioso con lo de la corona, pero por favor déjalo así. No quiero que se altere nada ni nadie durante el entierro —le pidió a su cuñada en voz baja.

—¿Cómo vas a dejar que quede Fernando en la memoria de todos de esa manera, Lucía? El párroco no va a permitir que lo enterremos con un símbolo político. Es más, que uno de los peones de la finca haya hecho eso es una ofensa a mi esposo —contestó Maruja, visiblemente descompuesta.

—No, Maruja, que quede en la memoria de todos así, con esa bandera cubriéndole el pecho, porque es lo que él hubiese querido. Fernando sufrió tanto en vida; dejémoslo descansar —dijo Lucía enfáticamente mientras la mantilla que le cubría el rostro se movía suavemente con la brisa.

Maruja pudo haber ignorado a su cuñada, pero a fin de cuentas el mero hecho de que su hermano Fernando falleciera a los cuarenta y cinco años era tragedia suficiente, fuese nacionalista o no. Este no era el día para gestos que, a fin de cuentas, servían para satisfacer a muy pocos. Se acercó al cura, y sin esperar a que abriera la boca para quejarse, le hizo un gesto con la cabeza para que comenzara. «Suficiente lo que le regalamos a la parroquia anualmente para que me ponga peros este señor», pensó Maruja mientras observaba la expresión agria del hombre. El cura no estaba acostumbrado a que nadie, especialmente una mujer, le dijera cómo hacer las cosas en su parroquia. No se inmutó, esperando con los brazos cruzados lo que sin duda sería la capitulación de la familia Longoria a la voluntad de la Madre Iglesia.

Los peones comenzaron a murmurar entre sí, enojados por la actitud del cura. ¿Qué rayos importaba si eran flores o una bandera lo que entraba a una tumba con un muerto?

El acento asturiano de Anselmo rasgó el incómodo silencio.

—Estamos listos para proceder, padre, adelante, por favor.

El cura, de repente consciente de que lo observaban más de un centenar de ojos, y que quizás pondría en peligro los donativos de la familia Longoria a la parroquia, decidió en el espacio de un segundo que era mejor enterrar una bandera que izarla. Abriendo su breviario, hizo una señal para que los sacristanes mecieran los incensarios y comenzó el rito de la última recomendación y despedida.

El insólito enfrentamiento en pleno camposanto fue la comidilla del día en Comerío, pero no en la recepción que ofrecieron los Longoria en su casa a sus familiares y allegados. Nadie, ni la esposa del alcalde ni la misma Marga, se atrevió a mencionar lo que había pasado.

Lucía se quedó en la casa grande unos días después del funeral para complacer a Maruja, pero estaba ansiosa por regresar a la casita que había compartido con su marido. Al entrar, lo primero que notó fue la fragancia de las rosas que Genara le había dejado encima de la mesa. No lloró, porque simplemente ya no le quedaban lágrimas. La ausencia de Fernando agudizó el silencio, y cayó en cuenta de que estaría sola el resto de sus días. Cruzó el umbral y se acostó en el lecho que compartió con Fernando hasta su muerte. Presa de un cansancio arrollador, cayó en un sueño profundo que duró, contando los momentos de letargo en los cuales se sumió, casi una semana. Genara entraba y salía de la casa con el pretexto de limpiar y dejarle algo de comer, pero la verdad es que la vigilaba, preocupada por su estado de ánimo.

Lucía intentó establecer una rutina, pero por más que trataba no daba pie con bola. Comenzó con tratar de levantarse un poco más tarde, pero no podía quedarse en la cama una vez rayara el alba. Se sentaba en el balcón a contemplar el patio, pero al poco rato se levantaba, inquieta de no estar haciendo nada que considerara productivo. Al cumplir con los pedidos de costura, se le enmarañaba el hilo o terminaba desbaratando los ruedos porque le quedaban chuecos. Para mantener la cordura, ella, Ismael y Genara restregaron la casa de pies a cabeza, resolviendo mudar las plantas que tenía en el balcón al patio de Maruja en los próximos días. Decidió no mover el limonero que sembró al poco tiempo de morir su niño hacía casi veinte años. Recoger los limones y rezar por él mientras estrujaba entre sus dedos las fragantes hojas era una rutina que no quería interrumpir.

Una mañana oyó a alguien bajando la cuesta silbando una canción, cosa que la perturbó, porque Fernando solía silbar así antes de enfermarse. Al salir al balcón, vio a Joaquín, quien venía cargando una pequeña maleta. En su cabeza el sombrero de pajilla de su padre, echado para atrás para poder ver mejor.

—Mamaaaaá… —gritó desde lejos—. ¿Adivina qué?… ¡me vengo a quedar contigoooo!

En ese momento, fugaz pero intensamente feliz, Lucía entendió que su hijo menor era el bálsamo que necesitaba en esos momentos. Maruja no insistió más que Lucía se mudara a la casa grande. Entendió que Joaquín estaría más tranquilo sin la bulla que generaban sus hermanas mayores y que quizás, si se aplicaba, sacaría mejores notas. Los pajaritos, sintiendo el cambio en el aire, volaban felices por el techo de la casa.

La muerte de Fernando le había pegado fuerte a Virginia. Lo había ido a visitar un sábado por la mañana, desde el patio, como siempre, y él le había dicho que regresara el día siguiente. No le dijo la verdad, que no podía hablar desde el balcón como acostumbraba porque el mero esfuerzo le provocaba unas hemorragias incontrolables, y no quería que lo viera tan debilitado. Virginia, por su parte, pensó que no la quería ver porque estaba ocupado leyendo o escribiendo otra carta de protesta al editor de *El Imparcial* y, un tanto irritada con el exabrupto, se fue sin pedirle la bendición como tenía acostumbrado. Cuando Fernando murió tres días después, Virginia lloró desconsolada, convencida de que su padre había muerto estando enojado con ella.

Virginia sentía que estaba a la deriva. A veces comenzaba el día triste y terminaba llorando por cualquier tontería. Otras veces se encerraba en su cuarto para no tener que hablar con nadie, porque el esfuerzo de hacerlo era como nadar contra la corriente. En la escuela las maestras notaron su rezago, y enviaron notas a la casa que mencionaban la ausencia que registraba su mirada y su apatía en clase. Hasta las atenciones de Rafael, quien se pasaba día y noche pendiente de ella, le parecían extenuantes.

De regreso a la finca un fin de semana, Virginia se sentó en el balcón con el periódico. Era un placer poderlo leer en paz, sin el revuelo siempre presente en casa de tía Carmen. Al pasar la primera página, quedó tiesa. Un enorme anuncio en la tercera página proclamaba el arribo de Carlos Gardel, su cantante favorito.

Virginia sabía que sería más allá de lo imposible convencer a su madre o a sus tíos de viajar a San Juan a ver el concierto, y que jamás le darían permiso de ir sin ellos, pues estaban apenas en el tercer mes de luto, y, encima de eso, en plena cuaresma. Las visitas que no fuesen relacionadas al duelo familiar estaban prohibidas, y hasta la programación radial estaba sancionada. Nada de frivolidades como el programa favorito de Virginia, *Los Misterios de París*, ni *La Hora Social*, preferida por Maruja. Solamente se podían escuchar programas religiosos o música solemne.

Pero la adherencia al luto tenía sus límites. Virginia y Rafael se las ingeniaban para verse después de la escuela, y la tía Carmen, muda beneficiaria de los regalitos que le dejaba Rafael: café, azúcar y hasta una vez un compacto marca Max Factor que escondía bajo llave, se hacía de la vista larga cuando los veía sentados en el patio de atrás. Hasta Regina, cuando le tocaba trabajar en la casa del teléfono, se cambiaba la ropa negra por una de otro color, pues estaba harta de la cantaleta de su madre y su tía, quienes insistían que todos se vistieran de negro por un año entero. Joaquín, ignorando cualquier instrucción académica o de vestuario, obedecía únicamente a su tío Anselmo porque lo único que le interesaba era el manejo de la finca, y como cuando no estaba en la escuela estaba en la loma, nadie sabía a ciencia cierta lo que llevaba puesto.

Virginia tenía a Gardel entre ceja y ceja. Elaborar un plan para verlo en San Juan era imposible, pero no se lo podía sacar de la cabeza. Resolvió llevarle a Rafael el anuncio del concierto a ver qué opinaba. Siempre podía contar con él para desmenuzar asuntos complicados, pues poseía un nivel de enfoque y concentración asombroso. Quizás podrían, Virginia pensó, escandalizándose ella misma por su atrevimiento, evadir las restricciones impuestas por la familia y darse, en su opinión, una bien merecida escapada de Comerío sin que nadie se enterara.

El plan comenzó a tomar forma una vez Rafael se involucró. A él también le gustaba la música de Gardel, y quería ante todo complacer a su novia, quien se hallaba triste y marchita desde la muerte de su padre. Resolvieron no decirle nada a nadie, ni siquiera a las primas, de lo que estaban maquinando. No se podían arriesgar a que alguien soltara el secreto, accidentalmente o a propósito, porque eso significaría no ver a Virginia nunca más y de seguro otra paliza propinada por su padre.

Julián y Ligia Rivas eran amigos de Rafael desde pequeño y habían escandalizado a sus respectivas familias al escaparse para contraer matrimonio. La pareja se entusiasmó al oír del plan de su amigo, y siguiendo sus instrucciones, compraron taquillas para la función del 5 de abril. Para que no tuvieran que preocuparse de dónde pasarían la noche abrieron las puertas de su diminuto apartamento a la pareja —las muchachas en la habitación y los muchachos en la sala, especificó Ligia, para el gran alivio de Virginia—. No se había atrevido a pensar en lo que pasaría si se quedaran solos. Las expectativas de su madre y su tía en lo que concernía al amor y el romance eran dignas de monjas de clausura, y se crispaba cada vez que Rafael se atrevía a agarrarle la mano o robarle un beso. Los sábados, cuando la visitaba en la finca, Lucía se sentaba en el balcón con ellos, dizque cosiendo, pero pendiente de todo. Tenía razón en no confiar en ellos. Eran capaces de cualquier cosa.

Rafael sabía por experiencia propia que al mentir era mejor arrimarse a la verdad lo más posible para no dar un traspiés y en el proceso delatarse. Su plan era exquisitamente riesgoso, pero simple.

Virginia pidió permiso para quedarse en casa de tía Carmen el viernes con la excusa de hacerle un permanente a su prima María, quien tenía el pelo de su madre, liso como una plancha y renuente a cualquier onda o rizo. Lucía le dio permiso antes de pensar en lo que le iba a decir a Maruja. Ella establecía las pautas de la observación del luto en la casa, y quizás tendría que persuadirla. Bastaría recordarle del último ataque de llanto de Virginia, sucedido hacía pocos días al enfermarse Buñuelo, uno de los bueyes de la finca, para que cediera un poco.

Lucía se despidió de su hija recordándole que arreglara con Ulpiano para que la fuera a buscar el sábado antes de la hora de almuerzo. Virginia, haciendo un leve ajuste, le pidió al chofer que la buscara en la farmacia del pueblo en vez de donde tía Carmen y así evitar que alguien se diera cuenta de que no se había ido a la finca después de todo.

A sus primas, Virginia les dijo que Lucía había vetado su participación en lo del permanente, y que regresaría a la finca seguida de salir de la escuela luego de buscarle un pedido a su madre en el pueblo. El paso más delicado sería encontrarse con Rafael, quien estaría esperando con Aquilino detrás del Casino, donde no había mucho transeúnte. Tendrían que proceder con mucha cautela. Primero, porque todo el mundo en Comerío conocía a Virginia Ramos, y segundo porque la gente del pueblo, hastiada de los ayunos y abstinencias de la cuaresma, estaría en sus balcones, pendiente para desplumar a algún descuidado.

El viernes, Virginia estaba tan nerviosa que ni se le había ocurrido preguntarle a Rafael sobre los detalles de la escapada. Se sentía infame por haber mentido a ambas partes, pero ya era demasiado tarde, había entrado de lleno en una situación completamente nueva —la de estar operando fuera de la protección de su familia—. En una bolsa que le entregó a Rafael días antes para no levantar sospechas iba un vestido, un par de sandalias con tacón cubano, y un neceser con lo primordial: lápiz de labios, cepillo de dientes y un peine. Rafael, quien tenía una sangre fría digna de espía internacional, iba hablando y echando chistes hasta que llegó el momento de despedirse de ella frente a sus primas.

«*Virginia, linda azucena, eres la reina de mi corazón…*» —le cantó Rafael con una voz bastante desafinada al llegar a casa de tía Carmen—. Nos vemos mañana por la tarde, Virginia… ya te extraño… y ni me he ido todavía —dijo Rafael, echándole un guiño no muy disimulado mientras cruzaba la calle en dirección al pueblo.

Virginia lo vio alejarse y entró a la casa para despedirse de tía Carmen y sus primas. Tenía los minutos contados. Ya eran las 2:40 y el *rendevouz* estaba citado para las tres. Le tomaría por lo menos diez minutos llegar a paso mesurado para no entrar en calor. Mientras recogía sus pertenencias se había formado un ruidoso despelote iniciado por los varones de la casa, quienes opinaban a toda boca que María no debía hacerse el permanente porque la casa se impregnaría del olor a huevo podrido del tratamiento. Las muchachas, furiosas, defendían el derecho de hacer lo necesario para verse bellas, y que eso incluía cosas que ellos jamás tendrían las agallas de hacerse, como depilarse con cera caliente o sufrir una noche con tiras de tela por toda la cabeza para forzar ondas en el pelo. Carmen intentó calmar las aguas, pero tal fue la algarabía que nadie se dio cuenta cuando ella salió por la puerta.

Virginia se escondió bajo el parasol, tomando el camino menos transitado, rezando para que no pasara nadie conocido. No se atrevió ni a mirar hacia arriba al entrar al pueblo, metiéndose por las calles de atrás para que no le faltara el ánimo al último minuto. Llegó al punto de encuentro dos minutos antes de lo previsto, y por poco se muere de los nervios mientras esperaba recostada contra la pared trasera del Casino. Unas reinitas la miraban curiosas desde su nido bajo el alero del edificio. De repente, se acordó de su madre y se le aguaron los ojos. Qué pensarán de mí cuando se enteren de todo esto, pensó, dándole rienda suelta a la ansiedad que sentía. Afortunadamente en ese preciso momento el Ford rojo con Aquilino al volante entró silencioso por la calle, la puerta a medio abrir para que ella entrara lo más rápido posible. Cuando abrió los ojos de nuevo se encontró con Rafael, vestido muy guapo de corbata y chaqueta, ofreciéndole una caja de florista con dos grandes rosas.

—Te las puedes poner en el traje o en el pelo, tú dirás —dijo complacido mientras subía las ventanas del carro para que nadie los viera. El carro salió del pueblo sin ningún contratiempo, serpenteando las calles secundarias para no tenerle que dar la vuelta a la plaza. Intuyendo que su novia estaba tan espantada que no podía ni hablar, Rafael guardó silencio durante la mayoría del trayecto. Era un día glorioso de abril, y el sol se filtraba juguetón entre las hojas de los árboles que bordeaban la carretera. Virginia sintió, por primera vez, una emoción distinta. Aquí estaba con el hombre que decía quererla más que nada en el mundo, saliendo del carapacho familiar de finca y pueblo para experimentar una aventura ilícita. En otras palabras, se sentía como una persona adulta. Llegaron a San Juan en menos de dos horas luego de encontrar un poco de tráfico a la entrada de Bayamón.

Era la primera vez que Julián y Ligia hacían las veces de anfitriones, y qué mejor ocasión que la de ayudar a otra pareja, mitad de la cual era un amigo del alma. Ligia era vivaracha y menudita, con un leve parecido a la actriz Merle Oberon. De una vez los hizo sentir bienvenidos en su casa, sacando de la alacena cuatro copitas en las cuales sirvió un cordial que aseguraba era francés. Virginia, quien de vez en cuando probaba el ron que se destilaba en la finca, tomó sorbitos cuidadosos. En esta noche más que en cualquier otra tenía que mantener sus facultades intactas. Mientras Rafael y Julián charlaban en la sala, se puso su vestido color marfil, un lindo modelo que le había comprado tía Maruja en su viaje más reciente a la capital, y dejó que Ligia le colocara las rosas en el pelo. Lo llevaba recogido en un moño en la nuca que acentuaba su cuello, y las rosas, de un coral intenso, eran del mismo tono que su lápiz de labios.

—Ahora entiendo por qué Rafael está loco por ti, ¡si eres tan linda como te describió! —dijo Ligia al ponerle las flores en el pelo—. Vamos a ser amigas de por vida, porque siento que somos muchachas de la ciudad, no del campo, ¿verdad?

Rafael calculó llegar al teatro Paramount media hora antes para tomar un refrigerio antes de la función. Fue una decisión acertada, porque las multitudes que se arremolinaban en las calles vecinas impidieron que el carro entrara a la avenida Ponce de León. Tendrían que bajarse y caminar dos cuadras. Antes de darle permiso a Aquilino de retirarse, Rafael le dio instrucciones para el día siguiente: partirían a las nueve de la mañana para darse suficiente tiempo en la carretera. El chofer asintió discretamente.

—Rafael, usted sabe que deseo lo mejor para usted, así que no se ofenda por lo que le voy a decir —Aquilino lo miró con una expresión seria—. Doña Susana piensa que estamos en la finca de Yabucoa y a eso me sostengo si me llegara a preguntar algo. Pero quiero que piense seriamente en lo que está haciendo. Esta niña, quien viene de buena cuna, se ha puesto en sus manos, y al parecer lo quiere mucho. No vaya a hacer algo de lo cual se arrepienta. Maneje la situación como el buen hombre que sé que es, y todo va a salir bien. Mañana la devolveremos a Comerío sin que su familia se entere —el chofer se ajustó la gorra y, acomodándose tras el volante, se despidió—. Lo veo mañana a las nueve en punto fuera del departamento de los señores.

Quizás en otra ocasión, Rafael se hubiese ofendido por el comentario del chofer, pero en ese momento lo único que sintió por él fue un gran aprecio. Entendía que Aquilino lo quería como a un hijo y que arriesgaría enojarlo si lo consideraba necesario.

Las dos parejas entraron al teatro, un lindo edificio construido al estilo *art déco*, haciéndose camino entre la multitud. Julián había conseguido excelentes asientos; ocho filas hacia atrás en el medio. Virginia miró hacia atrás, sorprendida de que el teatro estuviera completamente lleno. En los palcos del primer y segundo piso tampoco cabía un alma. Los periódicos reportaban que cada función del artista era como una fiesta nacional, y que el cariño que despertaba Gardel en el público era indescriptible. Virginia escuchó la llegada del argentino en casa de tía Carmen, donde no aplicaban las restricciones radiales de tía Maruja.

El buque que trajo al apodado zorzal criollo a la isla atracó en el muelle número uno en San Juan, donde lo esperaban más de tres mil personas que aplaudían y gritaban mientras que el descapotable en el cual se desplazaba se abría paso lentamente por la multitud. Hospedado en el hotel Vanderbilt, Gardel hizo las delicias de la prensa posando con la playa de fondo, mientras firmaba autógrafos y posaba para fotos.

El fenómeno Gardel había alborotado a la isla, y la gente madrugaba fuera de los teatros para conseguir taquillas, no solo en San Juan, sino en Ponce, Mayagüez, Aguadilla, Cayey y Yauco. El cantante sentía una fuerte empatía por el pobre y el obrero. Al enterarse de que cientos de personas, gente humilde que no tenía con qué sufragar una taquilla, esperaban que saliera del teatro para vitorearlo, hacía paradas inesperadas en las plazas de los pueblos para dedicarles dos o tres canciones a los que no podían pagar.

En el escenario, tras la cortina de terciopelo color rojo, los músicos afinaban sus instrumentos. Sentado en su banqueta, el pianista se ajustaba los puños de la camisa y las campanitas que anunciaban el comienzo la función empezaron a tintinear. Las luces del teatro se apagaron y, obedeciendo la señal del pianista, Carlos Gardel, elegantísimo en un traje de paño oscuro, tomó su puesto en el escenario. Al abrirse las cortinas, el público se enfocó en el cantante, con su característico pelo negro engominado, bajo un farol cuya luz fantasmal lo enmarcaba como si estuviese en el mismo Buenos Aires. El público comenzó a aplaudir y Gardel, como si entendiese la emoción del momento, dejó que el aplauso se apagara naturalmente antes de cantar.

Virginia no podía creer su suerte. Allí estaba, sentada escuchando a su cantante favorito con Rafael a su derecha y una amiga nueva a su izquierda. Sintió en carne propia la electricidad del momento y el pulso sofisticado de la ciudad. Decidió en ese preciso momento que su destino no estaba en Comerío. Por más que apreciaba el pueblo y sus encantos, ella no había nacido para quedarse en la finca bajo la tutela de sus tíos y su madre. Aunque no sabía todavía lo que deparaba el futuro, se las ingeniaría para salir de allí de manera permanente. Quizás, pensó mirando a Rafael, él será el que me traiga para acá.

Gardel cantó con su inigualable voz de barítono los tangos que las radioemisoras transmitían a través de la isla: *Amargura*, *Soledad*, *Melodía de arrabal*. Al comenzar los acordes de *Volver* arrancó aplausos delirantes y al seguir con *El día que me quieras* el público, conmovido, unió su voz para cantar con él. En medio de la canción, Gardel dio unos pasos hacia el escenario, directamente frente de donde estaban sentados Virginia y Rafael, y cantó, quizás inspirado por las rosas que llevaba ella prendidas al pelo,

El día que me quieras, la rosa se engalana…
Se vestirá de fiesta, con su mejor color…

Virginia se quiso esconder debajo de la silla pero estaba paralizada bajo la mirada intensa del cantante. Lo único que pudo hacer fue sonreír mientras Gardel le dedicaba la canción. Rafael asintió levemente para ofrecerle al cantante un gesto de agradecimiento. Comprendía por qué Gardel les cantó. Virginia estaba tan hermosa esa noche que era difícil no admirarla. El público rugió, complacido por el intercambio, y Gardel regresó a su posición bajo el farol para terminar la función con *Mi Buenos Aires querido*. Pero el público no lo quería dejar ir. El telón se abrió y cerró siete veces, y el concierto no se dio por concluido hasta que cantara dos canciones más.

En uno de los palcos, Marga Muñoz comentaba con sus amigos sobre la función mientras esperaba que su marido regresara de saludar al promotor, de quien era muy amigo. Le tendría que contar a Maruja lo que se había perdido, aunque le doliera hacerlo. Marga era más moderna que Maruja en lo del luto, y pensaba que mientras más rápido uno se acercara más a la normalidad y la rutina, mejor. Consideraba lo del luto estricto rígido y anticuado, y le daba especial pena cuando veía a Regina y Virginia vestidas de negro por el pueblo. La vida era demasiado corta para tal estupidez. Uno velaba a un muerto con el corazón, razonaba, no había que aferrarse a un color o quedarse encerrado en su casa para llorar la pérdida de alguien querido.

Marga fijó la vista en la muchacha con las rosas en el pelo, pero como estaba de espaldas no logró ver su rostro. El muchacho que estaba con ella se había puesto su sombrero y tampoco logró verlo. Esperó unos segundos a ver si se ponían de perfil. Hmmm, tenían un aire familiar, pensó. Si Gardel le cantó a la muchacha tiene que ser muy bella, pensó Marga, sacando sus *lorgnettes* de la cartera para poderle ver el rostro.

—¡Marga! —gritó su esposo mientras irrumpía en el palco, causando que a Marga se le cayera la cartera, el abanico y los *lorgnettes* al piso—. Me encontré con uno de los promotores, y nos han invitado al camerino de Gardel. Tenemos que ir ahora mismo, porque dentro de unos minutos se lo llevan de regreso al hotel. Vamos, mujer... —dijo, doblándose para recoger lo caído—. Te ayudo a recoger todas estas tonterías para que no se nos pase la oportunidad.

—Espérate, Arturo, que quiero ver quién era la muchacha de las rosas... Qué susto el que me has dado, Dios santísimo, es un milagro que no me provocaste un ataque al corazón —contestó Marga ofuscada, ajustando los lentes de ópera, pero fallando en el intento de enfocarlos.

—Nada de eso, Marga, que no hay tiempo —dijo Arturo apurado, agarrándola del brazo y llevándosela en dirección a la parte trasera del teatro. Allí los esperaba un empleado que los llevaría a conocer a Gardel.

Al encenderse las luces del teatro, se acabó la magia anónima de la función y Virginia sintió una oleada de pánico. Había tanta gente, pensó. Solo necesitaba que una sola persona la reconociera para que todo saliera a la luz, arruinándola para siempre. Se acordó de su tía Celeste, exiliada hacía años a quién sabe dónde sin que nadie supiera nada de ella. Nunca jamás se mencionaba su nombre, y si alguien lo hacía, era como un secreto de confesión que nadie excepto el cura llegaba a escuchar. Le iba a pasar lo mismo, pensó asustada, me van a exiliar y consignar al olvido por ser tan atrevida y desobediente. Respiró hondo para calmarse.

Ligia, feliz de estar en medio de la conmoción, se viró donde Julián, ensartando la mano en su brazo para salir de donde estaban sentados.

—Qué maravilla ese hombre, madre mía, cómo canta. Julián, esas canciones las escribió él, qué talento —exclamaba Ligia dramáticamente, reposando su mano enguantada brevemente sobre el corazón—. Voy a tener que comprar todos sus discos, porque no puedo esperar a que decidan tocarlos en la radio —mirando a su marido, declaró categóricamente—: Los quiero oír ya, Julián, ¡y todo el tiempo! Es más, te vas a tener que aprender las canciones para que me las cantes.

Las parejas caminaron de regreso al apartamento. Rafael y Julián se quedaron en el pequeño balcón fumando y bebiendo mientras las muchachas cuchicheaban en la habitación. Ligia le prestó a Virginia una camisa de dormir y le hizo espacio para que se acostara a su lado en la cama. Los muchachos se las tendrían que arreglar durmiendo en el sofá o en la butaca de la sala, o quizás esperarían el amanecer juntos. Virginia, exhausta, cayó en un soponcio feliz en pocos minutos.

A eso de las tres las despertó un ruido como el de varios gatos maullando a la misma vez. Los acordes de una guitarra desafinada acompañaban a los trovadores, quienes, muy entrados en copas, entonaban una terrible versión de *Volver*.

—Abran la puerta, señoritas, que les traemos una serenata… el mejor tango de Gardel, sin duda.

«*Volver, con la frente marchita, las nieves del tiempo, platearon mi sien …*» —cantaba Rafael con voz trémula del otro lado de la puerta.

—Abran, bellas damas, para poderles cantar más de cerca —rogaba Julián, derramando su vaso de ron en el proceso de tocar otro acorde—. Ay, diantre, Rafael, se me cayó el vaso… espérate…

—¡Pero chico, no me dejes sin acompañamiento, que sueno peor porque no te tengo marcando el compás! —le increpó Rafael, tropezándose con Julián y la guitarra, y haciendo que los dos cayeran, como si fuese en cámara lenta, en el piso del pasillo.

Ligia salió disparada de la cama; abrió la puerta lo suficiente para asomar su respingada nariz y observarlos con soñoliento desdeño. Desde el piso la miraban su esposo y Rafael con sonrisas zánganas. Julián tenía la guitarra agarrada por el cuello mientras balanceaba lo que le quedaba del ron con cuidado exagerado.

—Virginia y yo no queremos serenata; lo que queremos es dormir. Se van los dos a la sala y se callan de una vez porque no quiero que los vecinos se quejen de ese ruido infernal que ustedes piensan es música —les dijo Ligia furibunda, cerrando la puerta de un trancazo.

Virginia, profundamente dormida, achacó el alboroto que imaginó haber escuchado a un sueño raro hasta que se enteró del episodio a la mañana siguiente.

Luego de despedirse de sus anfitriones, los novios comenzaron su regreso a Comerío con Aquilino tras el volante. Rafael se quedó dormido a los cinco minutos de salir, su suave ronquido marcando el compás del trayecto. Virginia, tratando de no pensar en todo lo malo que podía pasar… que tía Maruja llamara a tía Carmen para saludarla, que una de sus primas estuviera en la farmacia o que pasara algo con el carro en el trayecto de Bayamón a Comerío, y enfocó su atención en la vista maravillosa que ofrecían los cerros. Al rato, Rafael despertó, estirándose como un gato. Ajustó su posición para así poder contemplar mejor a su novia.

—Virginia, complacerte y verte feliz es a lo que más aspiro —dijo Rafael en voz baja mientras ponía su mano sobre la de ella, y sintió su pulso batir junto al de él—. Yo sé que somos jóvenes, pero estoy convencido de que eres la mujer para mí. Solo tú me entiendes y solo contigo estoy tranquilo. Si me dices que sí, te esperaré el tiempo que sea necesario —continuó, mirándola con una intensidad que bordeaba en lo incómodo.

Ofuscada por la llegada inminente, y quizás porque el chofer los podía oír, intentó cambiar el tema.

—Mira, tenemos que subir las ventanas, Rafael, que no quiero que nos vean —dijo al ver la represa, la cual se asomaba en la curva.

—Virginia, no pienses que esto que siento es algo pasajero. Es todo lo contrario. Tengo tu nombre y tu rostro grabados en mi corazón, y ahí se quedarán para siempre —continuó Rafael en voz baja mientras fijaba su mirada a la de ella—. Prométeme que te casarás conmigo, no ahora, pero a la primera oportunidad que se nos presente y que sea apropiada. Simplemente no puedo contemplar mi vida sin ti.

Virginia, sintiendo que el corazón le daba brincos y que lo primordial era mantener la calma para no ponerse nerviosa durante la llegada, asintió en silencio y Rafael, queriendo sellar el pacto, se llevó su mano a la boca y la besó con ternura.

Eran casi las doce cuando llegaron al pueblo, hora en que ella había quedado con Ulpiano para que la recogiera en la farmacia. El carro la dejó en el lugar donde la había recogido detrás del Casino, y sin más testigos que los pajaritos que la habían visto un día antes. Caminó hasta una esquina de la plaza y vio que el chofer ya estaba allí esperándola. Virginia sabía que era cuestión de tiempo que Ulpiano escondiera la cara tras las páginas de la sección deportiva y así fue. Aprovechando la distracción del chofer, entró a la farmacia y compró una revista por aquello de tener una bolsa donde esconder la ropa y los zapatos que se había puesto la noche anterior. Al salir de la farmacia sonó la campanita del umbral del local y Ulpiano se bajó del carro para abrirle la puerta. «Gracias, Dios mío», pensó aliviada, «ya pasó lo peor».

Al llegar a la finca, subió las escaleras de dos en dos con el corazón en la garganta, evadiendo a todos hasta que lanzó el vestido y los zapatos dentro de su armario. Aliviada, se miró al espejo, intentando controlar su respiración. Podía haber jurado que se le notaba lo alterada que estaba nada más de mirarla, pero no, tenía el semblante tranquilo.

Maruja estaba sentada sorteando las fotos del último viaje a España. Anselmo había encargado tres álbumes con cubiertas de piel castaño claro para montarlas. Las páginas eran de cartón negro, lo cual requería que se usara una pluma con tinta blanca para que resaltaran las reseñas y comentarios. Esto agradaba de sobremanera a Maruja, quien presumía de su bonita caligrafía.

—Bendición, tía Maruja; bendición, tío Anselmo —saludó Virginia al entrar.

—Dios te bendiga, niña mía —contestó Anselmo, sentado en una de las butacas mientras leía una de sus muchas revistas.

—Dios te bendiga, nena —repitió su tía, subiendo la vista de la enorme pila de fotos en la mesa. Con un leve ademán de la cabeza le pidió a Virginia que se sentara con ella—. Ven, que necesito tus ojos jóvenes.

Lucía todavía no había subido a la casa grande, cosa que alivió a su hija. Mejor que se tarde para que yo me termine de tranquilizar, pensó Virginia.

La monotonía de sortear tanta imagen por fecha calmó a la muchacha. Algún día viajaré, resolvió, y a muchos otros sitios también. Sabiendo que su tía detestaba el olor a pegamento, se ofreció a fijar las fotos en los álbumes, propuesta que aceptó ella de buena gana. Cuando llegó su madre, era como si no hubiese pasado nada.

El almuerzo procedió como todos los sábados anteriores, con el mismo menú, porque los Longoria eran criaturas de hábito: sopa de pescado (por lo de la cuaresma), pana hervida con sal y aceite de oliva, y de postre, flan de coco, el favorito de tío Anselmo. Por más que tía Maruja intentaba eliminar los postres durante la cuaresma no podría hacerlo porque era de las pocas cosas en la cual insistía su esposo, y sus sobrinos se lo agradecían en silencio. Virginia, un poco empachada por el pedazo de flan que se comió, se fue a descansar a su habitación y muy para su sorpresa, se quedó dormitando hasta que la despertaron los gritos alborotados de las guineas del patio. Rafael había llegado a la casa para su visita semanal.

Maruja y Virginia lograron terminar los álbumes antes del Jueves Santo, fecha en la cual cesaban todas las actividades que no fueran de índole religiosa. La vida retornaría a la normalidad el Domingo de Resurrección después de la misa, pero antes de eso se rezaba el rosario, se meditaba sobre la pasión de Cristo, se leían las vidas de los santos o se intentaba mantener silencio, lo cual resultaba ser especialmente difícil para Joaquín, quien hablaba hasta por los codos.

El Sábado de Gloria llamó Marga a la casa, rompiendo abruptamente el ambiente sepulcral de los últimos tres días. Hablaba tan alto que todos escucharon la conversación.

—Maruja, yo sé que todavía no nos podemos ver, pero tengo que contarte mi última aventura en San Juan... No, no te lo quiero decir por teléfono, tengo que contártelo en persona porque es especial... ¿Qué tal mañana? Me invito a almorzar a tu casa después de la misa y te cuento todo con lujo de detalles... ¡Claro que viene Arturo!

El domingo amaneció nublado y la lluvia, leve pero insistente, comenzó a caer al poco tiempo de llegar Marga con su marido a la casa. Maruja había hecho una dispensación especial, permitiendo que las niñas se vistieran de blanco en vez del ya detestado negro. Virginia, sin pensarlo mucho, se puso el vestido que había estrenado el viernes. Recogiéndose el pelo en un moño, lo adornó con jazmines que encontró en el jardín.

Marga admiró los álbumes del viaje mientras se servía el almuerzo.

—Ay, qué maravilla ,Anselmo. Yo quiero ir con ustedes la próxima vez que se vayan de viaje —dijo Marga echando un suspiro—. Arturo, prométeme que me vas a llevar a Madrid y a París también, ah, y regresando habrá que parar en Nueva York para que nadie nos cuente...

Lucía, quien apreciaba a Marga por su vitalidad y dramatismo, esperaba con curiosidad a que les contara de la aventura que decía haber tenido.

—Bueno, Maruja, quizás te hayas enterado de que Carlos Gardel, el cantante de tangos argentino, está en la isla desde la semana pasada —comenzó Marga arreglándose la servilleta en la falda.

Virginia tragó duro y estrujó su servilleta debajo la mesa. Se sentía palidecer con cada segundo que pasaba.

Maruja no se inmutó porque estaba acostumbrada a las andanzas de su mejor amiga. Ella y Marga vivían una competencia intensa, pero nunca reconocida, porque lo que hacía cada una era aceptable a los ojos de la otra y, por consecuencia, se imitaban mutuamente. Si Maruja viajaba, Marga viajaba también; si Marga iba a la ópera en San Juan, Maruja iba a la semana siguiente. Extrovertidas y dicharacheras, las dos se entendían a la perfección.

—Bueno —continuó Marga emocionada—, resulta que la función del viernes fue fantástica. El hombre tiene la voz de un ruiseñor, y ¡cómo canta esos tangos! ¡Qué sentimiento; qué talento! ¿Verdad, Arturo, que fue una maravilla? —Marga pausó un segundo para que su marido asintiera en silencio. Arturo sabía que no necesitaba hablar, que eso le tocaba a su esposa—. Había que estar allí para escuchar tal prodigio.

Los Longoria y los Ramos, exceptuando a Virginia, quien se quería ir corriendo de la mesa, escuchaban embelesados.

—El público no dejaba de aplaudir, y ¿cómo no? Aquella orquesta, y ese hombre tan guapo debajo del farol, cantando con una devoción tan intensa que se podía palpar, Maruja, uf… —añadió Marga—. En un momento, cuando cantaba mi favorita, *El día que me quieras*, encontró con la mirada a una muchacha que estaba sentada en la sección de orquesta. Al parecer tenía rosas en el pelo, no sé, porque apenas la pude ver, y fue de espaldas.

Virginia tragó duro, sintiendo la sangre que le subía a la cara como una ráfaga maligna.

—Y le cantó a ella la estrofa de las rosas: ¡qué belleza! El público rompió a aplaudir, ¿y cómo no? Fue un gesto magnífico.

Maruja repiqueteó la campanita para que las criadas recogieran la mesa. Virginia miraba su plato fijamente, esperando que Marga acabara de decir lo que aparentemente sabía… que ella estaba allí, que ella era la muchacha de las rosas, que ella era la que había conmovido al mismísimo Gardel.

—Al terminarse la función, el hombre tuvo siete llamadas a la cortina, y cantó dos canciones más —añadió Marga, respirando hondo—. Yo intenté sacar mis lentes de ópera de la cartera porque quería verle el rostro a la muchacha de las rosas, pero al fin no pude —miró a Arturo con el rabo del ojo—. Este señor aquí entró al palco voceando mi nombre, y del susto se me cayó la cartera al piso. Resulta que el promotor, quien es amigo de Arturo, ofreció llevarnos a conocer al cantante y para allá me fui, sin poder ver el rostro de la beldad de las flores.

Virginia comenzó a respirar de nuevo, abanicándose disimuladamente con la servilleta. No se iba a poder excusar hasta que se levantaran de la mesa, y todavía sus tíos no daban señal de querer hacerlo.

—Pues lo conocimos, cosa de pocos minutos, pero hay que ver... qué caballero, qué amable... ¡y qué guapo! —concluyó Marga con un ademán de la mano que hizo que sus múltiples brazaletes de oro tintinearan—. Yo creo que Arturo y yo lo vamos a tratar de ver de nuevo. Habrá unas cuantas funciones más, pero hay que comprar boletos desde ahora porque donde cante se agotan en cuestión de pocas horas.

—Bueno, Marga, no creo que pueda ir por lo del luto de Fernando, pero nada más oírlo de boca tuya es suficiente. Era como estar allí contigo —contestó Maruja, desilusionada por el prospecto de perderse algo tan especial como lo era Carlos Gardel, pero no había de otras—. Me tendré que conformar con oírlo cuando pongan sus canciones en la radio.

Marga la miró, y por primera vez detectó una gran diferencia entre ellas. Maruja se adhería a lo que la sociedad y la Iglesia decían era apropiado y ella no, y se alegró de la diferencia.

Virginia tomó refugio en su habitación. Tenía hasta náuseas del mal rato que había pasado. ¡Estuvo a punto de ser descubierta! ¿Qué tal si Arturo no hubiese entrado al palco en ese momento? Marga la hubiera visto y entonces... Miró la casita de sus padres por la ventana y pensó haber visto la figura de su padre en el balcón. No pasó ni un segundo cuando sintió la presencia de Fernando, y con él, una serenidad absoluta. Nada te va a pasar, niña querida, escuchó sin oír a nadie en particular, nada más te pido que me mantengas siempre en tu corazón. Virginia, sentada en su cama, comenzó a llorar.

El lunes 24 de junio llegó Regina a la casa del teléfono a eso de las dos para relevar a la operadora de la mañana. Lo primero que hizo fue cambiarse la blusa por una blanca porque el negro le daba un calor horrible. Ajustándose los auriculares y el micrófono, tomó asiento tras la gran consola telefónica, lista para manejar las llamadas que entraran y salieran del pueblo. Todo estaba tranquilo, así que encendió la radio Philco y sacando el compacto de la cartera, se dispuso a arreglarse el lápiz de labios. WKAQ, transmitiendo a los *Jíbaros de la Radio*, interrumpió la programación para emitir un boletín noticioso.

«Señoras y señores, es con un gran pesar que reportamos el inesperado fallecimiento del ilustre y maravilloso cantante Carlos Gardel hoy, 24 de junio, a las 2:30 de la tarde, en Medellín, Colombia. Informes preliminares apuntan a que la causa del siniestro fue un roce entre dos aviones que se preparaban a despegar de la pista. Se reporta la muerte de casi veinte personas, entre ellas, Gardel, sus músicos y otras personas ligadas a su gira. Continuaremos interrumpiendo nuestra programación para ofrecerles lo último sobre la muerte del gran Carlos Gardel».

Río Piedras, P.R., 24 de octubre de 1935

Virgilio, estudiante de leyes de primer año, miraba desde una ventana en la biblioteca a la multitud que se congregaba en los patios centrales de la universidad. Revisó su reloj, eran casi las once de la mañana. Había quedado en encontrarse con Rodrigo al mediodía para almorzar en un café en la calle Brumbaugh. Docenas de estudiantes salían de una asamblea en el teatro luego de haber declarado a Pedro Albizu Campos, presidente del Partido Nacionalista, como *persona non grata*. Un grupo más pequeño pronacionalista los confrontaba con gritos e insultos. Virgilio creía firmemente que la universidad era terreno neutral para que los estudiantes pudieran concentrarse en aprender, y que el que mejor entiende y argumenta su tema es el que más posibilidades tiene de ganar el debate. Esta gritería no sonaba a buen debate.

En los últimos meses, el rector Chardón había liderado un programa llamado la Administración de Reconstrucción de Puerto Rico, que funcionaba bajo el *New Deal* del presidente Roosevelt. Ambos programas intentaban remediar los terribles estragos de la depresión económica, pero las metas del programa de Puerto Rico eran iniciar, administrar y supervisar proyectos para proveer ayuda y aumentar el nivel de empleo en la isla.

La situación política se había calentado marcadamente desde que Albizu Campos declarara, en un mítin transmitido por radio a toda la isla, que el plan, ahora llamado Plan Chardón, dejaría a Puerto Rico vulnerable a las depredaciones del gobierno americano en lo que refería a recursos naturales. Para rematar, el político subrayó que el rector Chardón usaría su puesto, y, por ende, la universidad, como un instrumento más en la americanización de la isla.

El rector, preocupado de que los insultos intercambiados por las bandas de estudiantes se convirtieran en algo peor, pidió que enviaran patrullas armadas al plantel. Virgilio caminaba por la calle hacia el café cuando vio un carro con dos hombres seguido por una patrulla. Sintió que el estómago se le comprimió de un golpe y apretó el paso, deseoso simplemente de llegar a su destino. Vio a Rodrigo, quien se acercaba desde la acera contraria saludándolo con la mano, feliz de verlo. La sirena de la patrulla comenzó a aullar, y el carro con los dos hombres paró en seco, bloqueando el tráfico en la calle. De la patrulla salieron rápidamente dos policías, pistolas en manos, pidiendo identificación al conductor.

Virgilio, años después, podía acordarse de cada segundo de ese minuto como si fuese una película a cámara lenta. Los hombres en el vehículo comenzaron a discutir con los policías, y Virgilio llegó a ver el centelleo de un arma antes de que comenzaran los disparos. Rodrigo caminaba en el lado de la calle que tenía una gran verja de metal que cercaba los terrenos de la universidad. No tenía cómo escapar. Virgilio, sin pensarlo siquiera, tomó refugio dentro de una farmacia, agazapado con un empleado tras el mostrador. Horrorizado, presenció el momento en el cual Rodrigo, pegado a la verja, caía al suelo herido. El ruido de la sirena, de las bocinas de los otros carros y de los gritos de los transeúntes y las víctimas era ensordecedor. Virgilio esperó a que los policías enfundaran las pistolas antes de acercarse a Rodrigo, quien yacía de lado, como si estuviese dormido.

—¡Ambulancia, llama a una ambulancia, rápido, que mi amigo está malherido! —le gritó Virgilio al dependiente de la farmacia, el cual lo había seguido a la calle. El hombre dio media vuelta y regresó al local para hacer la llamada. Docenas de casquillos de bala rodaban por la calle.

Virgilio acunó a Rodrigo en sus brazos, sin importarle quién lo viera, levantó su chaqueta para ver dónde estaba la herida, pero al hacerlo se percató de que ya no respiraba. La bala le había perforado el corazón. Acarició su rostro con la delicadeza de un amante. Al llegar los de la ambulancia no se atrevieron a decir nada al ver a Virgilio llorar desconsolado mientras abrazaba al muchacho. Los montaron en la ambulancia y los llevaron al hospital, donde los doctores de turno sedaron a Virgilio y declararon oficialmente el fallecimiento de Rodrigo Berán.

Una semana después, Anna y Virgilio, de riguroso luto y portando una botella de champán, despidieron a Rodrigo de la manera que imaginaban él hubiese querido luego de que llegaran a su fin las exequias formales en Yauco… con un brindis y un poema.

El viaje definitivo
Juan Ramón Jiménez

Y yo me iré. Y se quedarán los pájaros cantando.
Y se quedará mi huerto con su verde árbol,
y con su pozo blanco.

Todas las tardes el cielo será azul y plácido,
y tocarán, como esta tarde están tocando,
las campanas del campanario.

Se morirán aquellos que me amaron
y el pueblo se hará nuevo cada año;
y lejos del bullicio distinto, sordo, raro
del domingo cerrado,
del coche de las cinco, de las siestas del baño,
en el rincón secreto de mi huerto florido y encalado,
mi espíritu de hoy errará, nostálgico…

Y yo me iré, y seré otro, sin hogar, sin árbol
verde, sin pozo blanco,
sin cielo azul y plácido…
Y se quedarán los pájaros cantando.

CAPÍTULO DIECISIETE

Central Aguirre, Salinas, P.R.

29 de marzo de 1936, 7:30 pm

La novia consideró, luego de media hora de tensa espera, cancelar la boda y salir rumbo a quién sabe dónde antes de que los invitados se dieran cuenta. El novio, citado a las siete para darle suficiente tiempo de llegar a la ceremonia, no aparecía por ningún lado. Una de las damas, familia lejana de la novia, tampoco había hecho acto de presencia. Es más, nadie sabía de ella desde el mediodía.

En el vestíbulo del elegante club Americano de Aguirre, la familia del novio, y los ujieres, quienes formarían el arco de espadas bajo el cual desfilaría la pareja al dar por terminada la ceremonia, procesaban en incómodo silencio la situación.

Manolo Santillán, esperando bajo el umbral de la entrada del club, debatía su próximo paso. ¿Dónde estaba este hombre, por Dios? Frunciendo el ceño buscó con la mirada alguna señal de que bajaba alguien por la escalera, pero nada. Debió haberlo sabido el momento en que lo conoció. ¿Acaso no era cierto que un mujeriego puede reconocer a otro igual de descarado que él? Anna merecía lo mejor; ella era su mayor y más preciado tesoro. Al acordarse de sus múltiples infidelidades, y de la docena de hijos ilegítimos que tenía desparramados por la comarca, se arrepintió con toda la sinceridad de la que pudo ser capaz en ese momento. Con manos temblorosas, encendió otro cigarrillo para calmar los nervios.

Virgilio Cañedo se veía guapísimo en su traje azul oscuro, un sobrio *boutonniere* verde prendido en la solapa. «Rodrigo hubiese estado feliz de estar aquí», pensó triste, «comentando sobre todo lo que estaba pasando». Recordó su muerte imprevista hacía apenas seis meses y, sin que lo pudiese contener, las lágrimas afloraron a sus ojos. Buscó refugio afuera para que nadie pudiese ver lo afectado que estaba. Se recostó en una de las columnas de la entrada, y encendió un cigarrillo para recobrar el ánimo. Al secarse los ojos, observó que la familia del novio y los militares se arremolinaban nerviosos en el espacio afuera del salón principal. Eran ya las siete y media, y pensó preocupado: «algo debe de estar fuera de orden».

Camille Benoit, sentada en la sección de los Santillán, achacó la tardanza al vestido de novia. Es normal que las novias pierdan peso antes del día de la boda, razonó, así que quizás está la costurera ajustándole el vestido ahora mismo. Pasó revista al suyo, un vestido de organza de Vionnet, el cual la hacía ver divina en todo el sentido de la palabra. Su pelo negro, cortado al ras de la quijada, acentuaba sus ojos de gato y una boca generosa pintada, como siempre, de rojo. El vestido, dramáticamente escotado y de corte sencillo, dejaba al descubierto sus hombros y fino cuello.

A su lado, contemplándola con una expresión de obvio deseo, su esposo de cuatro meses, James Denby. Lo había conocido hacía poco más de un año, al entrar ambos a la Universidad de Puerto Rico como profesores, ella de francés y él de pintura. La primera vez que lo conoció, sintió el corrientazo de su mirada en todo su cuerpo; la segunda vez que se encontraron, él le pidió que posara para él. Camille aceptó, y pasó varias tardes sentada en su taller mientras él preparaba sus pinturas y conversaban. Nunca se había sentido tan a gusto con un hombre. Una tarde en particular, James se acercó para moverle un mechón de pelo hacia atrás y sin querer ni poderlo evitar, le besó la nuca. Ella agarró su mano y se lo llevó al interior del taller, donde se olvidaron de todo excepto la innegable atracción que existía entre los dos.

La madre del novio se levantó, haciendo temblar las flores de seda de su tocado. Acercándose a su hijo mayor, le pidió que continuara tocando el programa de danzas que habían elegido. Los invitados lanzaban miradas curiosas desde el salón, sin duda intrigados de por qué la ceremonia llevaba treinta minutos de retraso. A todos les dedicó una leve sonrisa, esperando que con ella eliminara cualquier comentario que reflejara duda sobre su hijo y la que iba a ser su nuera.

Conrado siempre había sido el más rebelde de sus hijos, y ni el amor que le había profesado a Anna parecía haberlo domado del todo.

En la sección del novio, el coronel Antongiorgi y su señora comentaban *sotto vocce* sobre lo bonito del salón, el cual estaba adornado de frondosos arreglos y guirnaldas verdes.

—La mamá de Conrado es mitad alemana, ¿sabías? Por eso es que es rubio y de ojos claros —susurró el coronel pasando revista a los invitados sentados frente a ellos—. La tía del novio conservó los vínculos alemanes al casarse con Félix Rohde; míralos ahí, parece que bajaron de un chalet en los Alpes.

En la habitación de la novia, la tensión era palpable.

Inés estaba pálida a pesar del colorete y el lápiz de labio que le habían aplicado una hora antes. Su hija le acababa de decir que no iba a esperar más, y que la ayudara a ponerse su traje de calle para poder salir del club antes de que otros notaran la ausencia del novio. Anna, magnífica en su traje de seda color marfil, se miró al espejo una vez más antes de comenzar a desvestirse.

El corpiño era sencillo, nada de volantes, encajes o bordados, de cuello redondo y mangas de tres cuartos. Un largo velo de tul, sostenido por gardenias a cada lado de la cabeza, era su único adorno. Su ramo de novia, compuesto de más gardenias e intercalado con cintas de seda, esperaba en la mesa.

La mayoría de las damas, esperando ansiosas en el pasillo afuera de la habitación, sabían que Raquel no aparecía, pero más allá de eso no sabían nada. La última vez que alguna de ellas la vio fue al mediodía, fumándose un cigarrillo con Conrado y sus hermanos en el balcón. Pero la única que sabía lo que estaba pasando, Ella Keynes, no dijo una palabra. Hacía tiempo que albergaba un gran secreto, y en ese momento vio un ápice de posibilidad, una apertura, para demostrarle a Anna de lo que era capaz. Tocó a la puerta, entrando a la habitación sin esperar permiso. Era obvio que Inés intentaba razonar con la novia. Ella, convencida de que una vez que confesara lo que sabía Anna se iría con ella a Boston sin pensarlo dos veces, respiró antes de hablar.

—Doña Inés, don Manolo quiere que vaya donde él ahora mismo —dijo Ella en excelente español, aferrándose a su ramo con las dos manos.

Inés la miró extrañada, pero salió apresurada de la habitación, convencida de que todo estaba perdido.

—Ven, ayúdame a desabotonar la espalda del traje —le pidió Anna a su amiga en tono urgente.

Ella se puso detrás de la novia y comenzó la intensa labor de desabotonar cincuenta diminutos botones forrados de seda. Las manos le temblaban y encontró que no podía hacerlo. Con suma delicadeza puso sus manos sobre los hombros de su amiga, quien la observó extrañada en la reflexión del espejo.

—Anna, yo sé por qué Raquel no está, y por qué Conrado no ha llegado —le dijo Ella, con el rostro pegado a su cuello como si quisiera beber su esencia.

La cara de Anna registraba sorpresa, y no de la buena. Su amiga jamás se había portado así. ¿Qué era aquello? Una corriente extraña le subió por la espalda. Sabía, en teoría, de mujeres que sentían atracción por otras mujeres, pero nunca se había topado con ninguna. ¿Era eso lo que estaba pasando? Confundida, comenzó a repasar los incontables momentos que había compartido con Ella, su mejor amiga y la hija del presidente de la Central Aguirre. ¿Cómo es que nunca se había dado cuenta de que su amiga la quería de esa manera? Con un leve ademán de hombros se la desprendió del cuello.

—Dime, Ella, lo que está pasando antes de que me enoje contigo. ¿Dónde está Raquel? ¿Qué es lo que sabes? —le preguntó Anna mientras se disponía a quitarse las muchas horquillas que sostenían su velo.

Ella, sospechando que la situación se le iba de las manos, habló sin pelos en la lengua.

—Raquel ha estado coqueteando descaradamente con el que quizás será tu marido, Anna, los últimos dos días. ¿Cómo es que tú no te has dado cuenta? —el rostro de la muchacha estaba encendido como un candil—. ¿Sabes lo que hacían hoy? —Anna la miraba sin decir nada—. Al terminar el almuerzo, Conrado esperó a que todos nos marcháramos y se llevó a Raquel a un paseo en la bahía en lancha. —dijo Ella, poniendo su ramo en el tocador—. Lo sé porque regresé al salón para revisar las mesas y los vi en el muelle muy agarraditos, confiados de que no los observaba nadie. Quizás están todavía navegando, o quién sabe qué otra cosa estén haciendo.

Anna, pálida y enmudecida, entrelazó sus manos para que Ella no la viera temblar. Raquel. Quién lo hubiera dicho, esa mojigata. De todas sus damas era la que menos conocía, una prima lejana de Salinas que su madre le había impuesto a última hora. Una ratita sucia, punto. Y Conrado...

Ella se acercó y agarró sus manos.

—Anna, si te es infiel en estos momentos imagina el infierno de dudas y mentiras que será tu vida —dijo Ella, con un tono de voz sobrio—. Te ofrezco el cariño de una amiga ahora, y quizás en un futuro, si me lo permites, amor. Tenemos el mundo en la palma de las manos —añadió Ella, emocionada por el prospecto—. Ven conmigo y dejemos esto atrás. Si salimos de aquí tú y yo nadie hablará de nosotras, pero sí hablarán de Conrado, quien por más soldado que sea no ha tenido los pantalones de presentarse a su propia boda.

El semblante de eterno sufrimiento de Inés invadió la conciencia de Anna. ¿Cuántos desplantes, cuántas humillaciones había tenido que aguantar su madre en silencio, enyuntada de por vida a un hombre incapaz de serle fiel? ¿Llegaría al altar convencida de que la fuerza de su amor arrasaría con todo lo indeseable, o se casó entendiendo que la constante infidelidad de su marido formaría parte de su vida para siempre? Anna entendía que Conrado era un hombre experimentado, y que ella tendría que ser la más sublime y fascinante de todas las que sin duda pasaron por su cama. Estaba convencida de que lo podía hacer, pues sabía que poseía todo lo que él buscaba en una mujer: belleza, coraje, inteligencia y temple. Más que nada, Anna sabía que necesitaba un hombre como él, alguien que la mantuviera al borde de la silla, y que casarse con alguien que le dijera «sí, mi amor» todo el tiempo le traería aburrimiento o, peor aún, desamor.

Anna, contemplando la cara esperanzada de Ella, no sabía cómo decirle que no, pero era demasiado honesta para mentirle. La oportunidad de responderle no llegó, pues Inés entró a la habitación con el rostro extrañamente sereno.

—El novio llegó, Anna, y está esperando en el salón. Todo está listo —explicó Inés, su rostro demostrando un obvio gesto de alivio. Al ver la cara sorprendida de su hija, se apresuró a añadir—: Al parecer se fue de paseo por la bahía con uno de sus ujieres y la lancha se averió. Llegó hace diez minutos.

Anna miró a su madre fijamente. Estaba segura de que Inés albergaba serias dudas sobre la versión que le había ofrecido su prometido, pero que jamás lo mencionaría, y menos en ese momento. Decidió agarrar al toro por los cuernos. «Este es el que me toca», concluyó en silencio. Abrazó a Ella, quien lloraba en silencio, agarró su ramo y se dispuso a salir de la habitación cuando de pronto paró en seco.

—Mamá, le dices a Raquel ahora mismo que se quite el vestido y regrese a su casa. Si se atreve a asomar la cara en el salón no respondo por lo que le pueda suceder —dijo Anna con tono tranquilo mientras miraba a su madre—. No te tengo que explicar porque creo que ya sabes la razón.

La novia se tomó su tiempo para desfilar hacia donde la esperaban el juez y Conrado, saludando con especial cariño a sus futuros suegros y cuñado, quien tocaba la marcha nupcial con particular brío. Caminó segura y grácil, la falda de su vestido flotando a su alrededor al pasar. Se veía preciosa. Al llegar donde el juez, su padre levantó el velo que cubría su rostro y, dándole un beso, le susurró al oído palabras que agradeció en esos momentos y años después:

—Si esto no resulta sabes que estaremos a tu lado.

Y con eso, pasó la mano de su hija a la de Conrado, quien, bronceado del sol, sonrió inocentemente al aceptarla. Y quizás, pensó Anna en ese instante, no llegó a pasar nada. Quizás fue producto de la imaginación de Ella, quien tenía motivo suficiente para inventarse algo que no sucedió, o que sucedió a medias. Quizás Conrado era capaz de los mismos desagravios de los cuales era capaz su mismo padre; quizás no. Su mirada se clavó en la mirada azul de Conrado, transmitiendo en un abrir y cerrar de ojos que, a pesar de que lo quería como nunca había querido a otra persona, no se doblegaría, ni por él ni por nadie. El novio, sin bajar la mirada, se llevó su mano a los labios, plantando en ella un suave beso y telegrafiando con ello su respuesta: te quiero así como eres. Muchas de las mujeres suspiraron en unísono, conmovidas por tan romántico gesto.

Camille y James decidieron fugarse de la fiesta en cuanto terminara la cena. Llegaron a la habitación quitándose la ropa, dejando un rastro de medias, zapatos y paños menores en la alfombra. A la mañana siguiente, una de las mucamas reportó muerta de la risa que había intentado entrar a una de las habitaciones a limpiar y se había encontrado con una pareja en plena faena. Tan enfrascados estaban que ni siquiera se dieron cuenta de que estaba allí.

1 de septiembre de 1937, Comerío, Puerto Rico

Los feligreses de Henricus Wilhemus Antonius Maria Nieuwenhuizen, sacerdote de la orden de dominicos holandeses en Puerto Rico, lo habían rebautizado con el nombre de padre Mariano. Había llegado una década antes a la isla para asumir labores parroquiales luego del éxodo de curas españoles que siguió la invasión. El padre Mariano dobló la sotana y añadió una camisa recién planchada y otro cuello almidonado, pues el calor de septiembre, aun con el fresco de los abanicos, lo marchitaba todo. Esa noche oficiaría, con el expreso permiso de la diócesis, una boda muy esperada en la iglesia del Santo Cristo de la Salud.

El padre Mariano personificaba el pragmatismo y sentido común holandés. Nada de sermones hirientes ni visiones funestas del catolicismo. El amor, la aceptación, la compasión y el perdón eran los puntos cardenales de su brújula. Quizás por esa razón era tan apreciado por sus feligreses. Esa mañana le preocupaba el que la pareja que iba a casar era muy joven y no estaba convencido de que poseían la madurez necesaria para unirlos por siempre bajo los preceptos de la Iglesia. Le daba la impresión de que la novia, ansiosa de salir del ámbito pueblerino, se casaba buscando con ello conseguir algo más allá del amor, y le quedaba claro que el novio, rico y apuesto, estaba acostumbrado a hacer lo que placía... quizás una combinación que traería problemas.

El padre Mariano, buscando respuestas y consuelo en la oración, se arrodilló bajo un gran crucifijo de madera y se concentró en los problemas más obvios y urgentes: la furia generada por la reciente masacre de Ponce y el descanso de las almas de las diecinueve personas que murieron ese día, la oscura amenaza del fascismo en Europa, y en sus feligreses y los problemas que acarreaban. Cerró con broche de oro su meditación rezando por la pareja, deseándoles una vida colmada de bendiciones.

Maruja, Lucía y Marga se encontraban esa mañana en la iglesia, enredadas en otra rencilla con el párroco, quien insistía que no podían decorar la iglesia hasta que terminara la misa de las seis. Sacudiendo la sotana como un cuervo sacude sus alas, se dispuso a tomar refugio en la sacristía. «Dios me libre de estas mujeres, quienes, me apena observar, no siguen el ejemplo de humildad y obediencia de la Virgen María», pensó contrariado.

—Padre, permítame recordarle que la boda comienza a las ocho, o sea que no dispondremos del tiempo necesario para engalanar esta iglesia como lo merece, siendo la más bonita del pueblo —dijo Marga con tono neutral para que el cura no se crispara más de lo que obviamente ya estaba.

Incrédulo de que todavía, luego de que les dijera claramente que no, y luego de que, a sus espaldas, trajeran al padre Mariano desde Yauco para presidir la boda, y de que años antes tuviese que enterrar a un muerto con una bandera revolucionaria, no comprendieran el grave nivel de tales ofensas, repitió su respuesta con mal fingido gusto y gana: *no*. Marga sabía que los sacristanes estaban preparando la iglesia para la próxima misa, y alzó la voz para que todos los que estaban allí la escucharan.

—Bueno, padre, no nos queda más opción que irnos ahora mismo a casa del alcalde para contarle de nuestra conversación con usted y de una vez llamar a la diócesis. Estamos perdiendo tiempo tratando de persuadirlo de algo que, francamente, no debiera ser una decisión a nivel de Vaticano —marga notó con gusto que las cejas del cura subieron de la furia apenas contenida.

El párroco no acababa de entender que Marga poseía la fuerza de un vendaval y el poder persuasivo de un jurista experimentado. A la media hora lo estaba llamando el arzobispo. Achacando todo a un malentendido, mandó a uno de los sacristanes con un mensaje.

—El padre dice que permitirá que la florista entre a la iglesia a la una en punto, y que debe terminar quince minutos antes de la próxima misa para que no estorbe a los feligreses que vengan a rezar —dijo el muchacho, apenas recobrando el aliento luego de tanto correr—. Ah, y dice que va a visitar a unos parientes en Aguas Buenas, así que no podrá asistir a la boda.

Las mujeres asintieron, manteniendo expresiones serias hasta llegar donde Ulpiano, quien las esperaba al lado de la plaza. Una vez el carro salió del pueblo de regreso a la finca, les dio un ataque de risa tan grande que apenas podían respirar. Cada vez que Marga imitaba al sacerdote sacudiendo la sotana mientras les negaba el permiso, las tres mujeres se volvían a desternillar de la risa. El chofer, complacido pero confundido, las miraba por el espejo retrovisor. Ese cura, luego de tanta batalla campal, todavía no entiende su trabajo bien, se dijo a sí mismo.

A la casa entraban mensajeros portando los ramos de la novia y sus damas en cunas de musgo húmedo para evitar que se marchitaran, bandejas de entremeses y dulces encargados a La Bombonera, cajas de champán con sus respectivas copas, y enormes bloques de hielo acunados en aserrín. En la cocina, Socorro y Sabina pulían las bandejas de plata y, sentados en las escaleras del patio, los jardineros picaban pedazos de hielo para enfriar el champán en grandes tinas de metal. Sarita y Trini planchaban los manteles más vistosos de Maruja, asegurándose de que la casa estuviese en perfecto orden. La recepción comenzaría en cuanto llegaran los novios y los invitados a la finca después de la misa.

Regina, enfundada en su bata, se sentó frente al tocador, acariciando automáticamente la mota de su compacto. Si todos afirmaban que era la mujer más linda del pueblo, ¿por qué no era ella la que se casaba hoy?, se preguntó en silencio. Iba a cumplir veinticuatro años en agosto y todavía su novio de hacía casi ocho años, Manolín, no acababa de pedir su mano. Si no lo hacía pronto, ella permanecería en la finca vistiendo santos con su madre, pensó preocupada, un prospecto no muy alentador. En el espejo del tocador vio el reflejo de su vestido y eso le levantó el ánimo. Al contrario de su hermana, a quien poco le importaba lo que llevaba puesto, Regina era meticulosa con su atuendo.

Maruja decidió hacer un viaje a San Juan con Lucía y Regina para visitar su tienda favorita, P. Schira, donde la dueña se encargaba personalmente de sus clientas. Eligió un modelo de seda floreada, dándose por vencida con Lucía, quien seleccionó de la sección de rebajas un sencillo modelo color celeste. La madre de la novia estaba exquisitamente consciente de que sus cuñados estaban costeando la boda de su hija y no quería seguir sumando al ya extravagante gasto seleccionando algo caro. Regina no se consideraba sujeta a la moderación de su madre y se fue a mirar los modelos parisinos. Maruja, instalada en el probador y hojeando una revista de modas, subió la mirada al ver a su sobrina mayor entrar con el vestido que había escogido.

—Me encanta este, miren qué bonito me queda —exclamó Regina complacida mientras se admiraba frente al espejo. Sabía que su tía iba a protestar, pero no le importó.

—¿Regina, ¿qué crees que dirá la gente cuando te vea salir vestida igual que esa mujer, la que causó que abdicara el príncipe en Inglaterra? —preguntó Maruja con expresión estupefacta. Había seguido fielmente la saga de los Windsor y no aprobaba para nada el romance entre el príncipe heredero y la dos veces divorciada Wallis Simpson.

—Pues nada, tía Maruja, porque tú, mami y Marga son las únicas que saben quién es ella, y porque a nadie en Comerío le ha importado que abdicara el heredero al trono inglés. Tienen cosas más importantes que hacer que estar pendientes a un príncipe y su enamorada —respondió Regina, mirando de reojo a la dueña por el espejo. Era crítico que ella se pronunciara a favor del modelo que llevaba puesto.

—Señora Longoria, mire lo maravilloso que le queda este vestido a su sobrina. Tiene tan linda figura que no necesita que se lo entallemos… —interrumpió la dueña mientras ajustaba la falda con movimientos expertos. Conocía bien a su clienta y desplegó su arma más certera—. Pero si desea ver otros modelos, con gusto les muestro los que me llegaron ayer de Nueva York. Son lindos, y para clientas con un presupuesto más… modesto —pausó para mayor efecto—. Nada se acerca a este modelo al hablar de calidad y hechura, de eso no hay duda.

Maruja, contemplando a su sobrina, a quien adoraba, no le pudo decir que no. Sabía que estaba ansiosa por la parsimonia matrimonial de su novio. Había cosas peores que tener un vestido parecido al de la duquesa de Windsor, justificó en silencio, sacando la chequera para pagar.

Virginia, resplandeciente en su vaporoso vestido de tul, hizo su entrada a la iglesia del brazo de Anselmo, su padrino de bodas, a quien, igual que a Maruja y Lucía, se le aguaron los ojos de la emoción. Regina, su corona de trenzas ensartada con dos rosas color melocotón, lanzaba miradas furtivas a Manolín desde el altar. Su novio registró un nivel decepcionante de entusiasmo al verla en la iglesia y eso tenía a Regina preocupada.

Los padres del novio, forzados a sentarse en el mismo banquillo durante la misa, disimulaban como mejor podían el profundo malestar que sentían al verse nuevamente. Susana, luciendo la mantilla y las perlas de la tía abuela Ana, sintió una sensación de pánico debilitante, no solo al volver a ver a quien ya no era su esposo, sino al presenciar el momento en que su hijo, la única familia que le quedaba, tomaba la mano de su desposada con una ternura que nunca había demostrado con nadie. Quién iba a decir que una mujer tan fuerte como ella, con tan férreo control sobre su familia y sus asuntos, sentiría que con este matrimonio se le escapaba lo poco que le quedaba entre las manos. Aurelio no sentía el nivel de angustia de Susana, pero no quitaba que estaba ofendido de que su actual esposa no hubiese sido invitada a la boda. Es más, no iba a ir a recepción, decidió en ese momento. Si su hijo lo quería en su vida, él y su nueva esposa tendrían que pedirlo en persona.

Las velas del altar desparramaban su luz trémula en los arreglos de jazmines, orquídeas y tallos de jengibre blanco. Al concluir la misa y recibir la bendición final de manos del padre Mariano, los esposos comenzaron su lento desfile hacia la entrada de la iglesia. Virginia, luego de recibir la felicitación de su hermana mayor, se detuvo para darle un abrazo a Lucía, Joaquín y a sus tíos, y echó un beso en el aire a sus primas, quienes lloraban de la emoción mientras que los varones de la familia hacían ruido y echaban porras. Al llegar donde su suegra, pausó para abrazarla, pero al ver que no recibía más que un leve gesto de cabeza, siguió su paseo hacia la entrada. Rafael, furioso con su madre por el desaire, apretó la mano de su esposa con la suya, intentando con ello transmitir su apoyo. Era de esperarse que su madre se sintiera un poco insegura durante la boda de su único hijo, pero que se quedara rígida como un palo mientras todos la miraban era otra cosa. Tendría que hablar con ella al llegar a la recepción. No podía permitir que su madre comenzara a buscarle tres patas al gato en lo que concernía a Virginia.

Maruja, quien había aguantado heroicamente las lágrimas en la iglesia, dio rienda suelta al llanto cuando los novios y sus respectivos parientes se acomodaron en la entrada y la sala para recibir a los invitados. El fulgor de cientos de luces iluminaba el patio y el balcón, una extravagancia por la cual Anselmo pagó sin titubear, insistiendo que una ocasión tan feliz ameritaba que la iluminara luz como la de las estrellas. La novia, feliz al lado de su guapísimo esposo, semejaba una espigada muñeca vestida de blanco. Al ver su perfil enmarcado con el velo no pudo evitar que su corazón diera un brinco.

El padre Mariano había presidido innumerables bautizos y bodas en calidad de párroco. Estos usualmente eran seguidos por recepciones de las cuales se quería zafar a los diez minutos de llegar. Pero esta boda fue la excepción, no solo por la belleza y juventud de la pareja, sino porque los Longoria echaron la casa por la ventana. De la cocina salía bandeja tras bandeja colmada de aperitivos y copas de champán. Luego del brindis, el padre Mariano fue arrinconado en el balcón por los primos de la novia, quienes se encargaron de mantener su vaso de ron lleno la noche entera. Con cada vaso se volvía todo más borroso, pero estaba seguro de que en un momento dado entraron unos músicos a darle una serenata a la novia. De lo único que se acordaba el día después, en medio de un dolor de cabeza diabólico, era que lo pusieron a cantar, y que cantó en holandés y muy mal, aparentemente. Un alma bondadosa se apiadó de él y le dio un caldo cucharada por cucharada para bajarle la borrachera. No tenía la más mínima idea de quién lo trajo de regreso, o quién se encargó de meterlo en la cama; más aún, no se atrevía a preguntar.

Virginia, sentada en el balcón entre sus primas, escuchaba la serenata y rogaba mentalmente que Rafael no cantara, primero porque tenía una voz fatal y segundo, porque cuando las cantaba estaba bastante entrado en copas y nunca se acordaba de la letra. Pero sus plegarias cayeron en oídos sordos. Del fondo del patio salió una voz destemplada pero insistente, secundada por otra voz que dejaba mucho que desear, la de Julián, cantando la ya familiar (porque a su ahora esposo le encantaba cantársela) danza *Virginia*. Los músicos, ofendidos por lo mal que sonaban, ni siquiera se dignaron a acompañarlos.

Virginia, linda azucena, eres la reina de mi corazón,
Virginia, eres tan buena que tienes toda la gracia de Dios.
Las aves con dulces trinos entonan una canción de amor,
y tú en un suspiro le das tu corazón.

La novia esbozó una sonrisa para su marido, quien luego de un saludo digno de cupletista, dio un traspié en la oscuridad y fue llevado en brazos por sus amigos a donde estaban las botellas de pitorro. Virginia se levantó del sofá, buscando un pedazo del bizcocho de bodas porque no había comido nada desde el mediodía y tenía un hambre atroz. Sarita le sirvió una gran tajada, la cual se dispuso a comer sola en su habitación, tan escondida como cuando le metía el dedo al plato del dulce en casa de tía Carmen. En el pasillo vio una sombra y paró en seco; era su suegra saliendo del baño. Susana la vio, y sonriendo como si nada, comenzó a hablar.

—¿Sabes, Virginia, que mi primer marido y yo fuimos a los baños de Coamo antes de San Ciriaco? —Susana la miraba fijamente con sus extraños ojos grises en la penumbra del pasillo. Quizás se acordó del lugar al enterarse que ellos pasarían su luna de miel allí. No esperó la respuesta de su nuera—. Yo estaba ansiosa por concebir y no podía por más que intentáramos —pausó con obvia tristeza—. Fue mi idea ir allí, porque ya no se me ocurría más que hacer, luego de tanto doctor y tanto diagnóstico inconcluso. El pobre Antonio era mayor que yo y creo que, al tratar de complacerme, se enfermó por mi culpa… —sus dedos acariciaron la mantilla que llevaba ahora alrededor de los hombros—. Contrajo tuberculosis aguda, pero tardó casi una década en morir. Cuando me casé con Aurelio estaba locamente enamorada de él y había perdido toda esperanza de tener un niño. Me concentré más en el placer de tener un esposo joven y vigoroso en la cama, y cuando quedé embarazada a los treinta y siete años fue como un milagro del cielo. Quizás por eso es que tengo a mi hijo aferrado al corazón. Estoy segura de que entenderás cuando tengas los tuyos, ya verás —y con eso le dio una palmadita en el brazo y salió al bullicio de la sala, como si no hubiese dicho nada de gran consecuencia.

Virginia llegó casi corriendo a su habitación. El tul de las mangas y el cuello le picaba y estaba loca por quitarse el vestido. ¿Cómo es que me ha contado todo eso ahora y no antes o después?, se preguntó confundida. Quizás, con más edad y experiencia, hubiese entendido mejor las palabras de su suegra, pero en ese momento las interpretó con la madurez de una muchacha de tan solo diecinueve años. Lo consideró casi una declaración de guerra.

Virginia se comió el bizcocho por aquello de matar el hambre, pero estaba tan alterada por la conversación que no pudo saborear lo bueno que estaba. Al salir al pasillo, se encontró con tío Anselmo, Aurelio, quien había cambiado de parecer al llegar a la finca y ver lo espléndido de la recepción, y Julián. Entre los tres cargaban a Rafael, quien había tomado con tanto ahínco que se había quedado dormido en una banqueta en el patio.

—Creo que es mejor que lo acostemos en lo que se le pasa lo que sin duda será la peor resaca del mundo cuando despierte —dijo tío Anselmo en voz baja mientras lo acomodaban en la cama—. Menos mal que lo más que hay en esta casa es caldo, porque eso es lo único que va a poder tragar este pobre señor cuando se levante.

Regina, colándose disimuladamente tras ellos, entró a la habitación. Virginia tenía una expresión rara en el rostro y una marca roja en el cuello, como si se hubiese rascado con fuerza.

—Si quieres te ayudo a quitarle por lo menos la chaqueta y los zapatos —le dijo Regina hablando en voz baja, poniendo una bacinilla que encontró debajo de la cama al lado de Rafael, quien roncaba como un tren de carga. Se cercioró de que la jarra tuviese agua por si le daba sed—. Mientras más descanse, mejor. Y te recomiendo que vengas a mi cuarto para que no te despierte cuando se levante a… —Regina se calló mientras las dos despojaban al novio de lo esencial—. Bueno, sin duda tendrá el estómago revuelto, así que será mejor si pasas la noche conmigo.

—Esto no era lo que yo tenía en mente cuando pensaba en mi noche de bodas —dijo Virginia contemplando a su marido.

—Ven, que ya es tarde y debes de estar cansada. Vas a ver lo bien que te vas a sentir cuando te quitemos ese traje, porque veo que te comenzaste a rascar y te vas a dejar una marca fea —dijo Regina, mientras se llevaba a su hermana del brazo.

En el cuarto, Regina desvistió a su hermana en silencio, tendiendo el traje con cuidado en el armario para que no se ajara. Mientras lo hacía imaginaba que sería ella la próxima en vestirse de blanco, y que sería pronto si todo iba como lo había planeado. Virginia, exhausta, aceptó sin titubear el camisón de dormir y se metió en la cama, quedándose dormida mientras su hermana se retocaba el lápiz de labios.

Regina cerró la puerta, saliendo nuevamente a la sala donde todavía un gran número de invitados comían y conversaban. Afuera, los músicos seguían tocando, y se oía una voz cantando en otro idioma. Confundida, salió al balcón, donde se topó al fin con su novio, quien continuaba evadiendo su mirada mientras él y su madre se despedían de los anfitriones y de Lucía.

—¿Manolín, ya se van? —le pregunto su novia sorprendida—. ¡Pero si apenas te he visto desde que llegaste a Comerío! ¿Nos vemos mañana entonces? —preguntó, sonriendo coqueta—. Tengo tanto que decirte, y me tienes que contar de lo que tienes planeado cuando te gradúes…

Manolín esperó a que su madre estuviese a su lado antes de contestar, como para que le diera fuerza.

—Sí, Regina, mañana nos vemos, no te preocupes —dijo, con una sonrisa que no llegaba a sus ojos. El chofer había llegado con el carro y se montaron apresurados.

Regina, mirando las luces del carro alejarse, percibió una leve brisa, casi como una exhalación, susurrar: «No te merece». Asustada, se viró a ver si había alguien a su lado, pero no, estaba completamente sola. Subió la vista para contemplar el mar de estrellas que se desplegaba en el cielo y, de repente, se echó a llorar. Las evasivas de su novio eran seguramente el preámbulo de algo mucho peor. Fue en ese momento que entendió que para ella y Manolín no habría boda, a pesar de sus más sinceros esfuerzos.

Los novios, mientras tanto, comenzaban oficialmente su vida de casados en camas distintas.

CAPÍTULO DIECIOCHO

Mar Caribe, 150 millas sur de Puerto Rico

15 de enero de 1942

Fecha/Hora:	*15.01.1942, 17:33*
Prioridad:	*Urgente*
Clasificación:	*Confidencial*
Código:	*Operación Nueland*
Destinatarios:	*U-156, U- 67, U-502, U-161, U-129*

Operación Neuland autoriza ataques U-boat a refinerías petroleras y tráfico marítimo mercantil en las proximidades inmediatas de las islas de Aruba y Curazao en las Indias Occidentales. Hora de ataque: 5 horas antes del amanecer, 16 de febrero.

Cayos Caribe, al sur de la Bahía de Jobos, 30 de enero de 1942, 2 am

El pescador permaneció en silencio absoluto hasta que cambió la dirección del viento y pudo encender el motor de su lancha. Sabía que disponía de solo tres horas para ir y venir del *rendezvouz*, programado para las tres de la madrugada del viernes. Las celebraciones de lo que quedaba de las octavitas navideñas mantendrían a los más vigilantes empinando vasos de ron hasta que cayeran inconscientes en sus camastros.

Claro que no quería que ganara la guerra Hitler, nadie en la isla deseaba tan odioso resultado. Pero lo que le habían prometido era algo inalcanzable para una persona como él, una persona humilde con poca educación y aún menos prospectos. Lo hacía por su familia, se repetía a sí mismo una y otra vez, por su hijo mayor, quien le había dicho que quería ser médico, y por su esposa, quien se pasaba limpiando el interior de la casucha donde vivían, intentando con su esfuerzo embellecer algo de por sí destartalado y casi imposible de mejorar. ¿Cuánto tiempo y esfuerzo le tomaría levantar a su familia, si era del todo posible, se preguntó? La contestación era obvia: jamás tendría suficiente para sacarlos de allí en tiempos de paz y menos aún en tiempos de guerra.

La situación laboral se había complicado aún más desde el ataque japonés contra Pearl Harbor el 8 de diciembre, y la inevitable declaración de guerra que siguió tres días después. El desempleo era rampante y los salarios míseros, a pesar de la implementación de programas y proyectos financiados por el *New Deal* del presidente Roosevelt. La huelga azucarera, la cual había comenzado hacía pocos días, ya estaba alterando el ritmo y la rutina de las centrales de la región. Por un lado, las demandas de los trabajadores, cortadores de caña a los que se sumaron otros obreros y un gran número de desempleados, y por el otro, los intereses de las corporaciones azucareras. Y encima del tenso tirijala de los dos bandos y los partidos políticos, la enorme preocupación del gobierno estadounidense de proteger sus territorios en el Caribe, y utilizarlos de la manera más eficaz posible.

El extranjero, un hombre de mediana edad, con acento que no era el de los americanos que trabajaban en la Central, había aparecido en la playa hacía unos días, buscando a un pescador experimentado para que lo llevara a pescar pez aguja. Pero nadie quería cargar con un novato que ni siquiera sabía que la temporada de ese pez comenzaba en junio. Además, no valía la pena gastar los cupones de gasolina, que estaba estrictamente racionada, en lo que seguro resultaría ser un paseo de un día en lancha. Pero el hombre no se dio por vencido. Se sentó a observar al pescador mientras lavaba la lancha y remendaba redes y trampas y, viendo que no había nadie cerca, sacó de su mochila una botella de ron y le ofreció un trago. Bebieron en silencio por mucho tiempo antes de que alguno pronunciara palabra.

—Amigo, sé que le parecerá extraño, pero traigo conmigo la oportunidad de cambiar su vida si así lo desea —dijo el extranjero con su peculiar acento—. Lo único que tiene que hacer es dejar que contrate sus servicios el día 30 en la madrugada. Hasta la gasolina se la voy a proporcionar para que no gaste la suya. Usted, quien estoy seguro es una persona inteligente y discreta, se encargará de llevar un pequeño cargamento en su lancha y la persona que lo recibirá le pagará generosamente. Eso es todo.

El pescador lo miró curioso. ¿Este no sería otro fulano contrabandista? Años antes, cuando reinaba la ley seca, su padre había juntado suficiente dinero para comprar la lancha y el motor contrabandeando cargamentos de licor bajo las narices de las autoridades. Sabía que cualquier tipo de negocio chueco era doblemente riesgoso durante la guerra, y que la bahía de Jobos estaba bajo extrema vigilancia por su proximidad a la Central Aguirre, pero las carencias bajo las cuales estaban viviendo lo empujó a hacer la próxima pregunta.

—¿Qué tipo de carga? —preguntó, mientras contemplaba el filo del horizonte al atardecer.

—Alimentos frescos y enlatados —contestó el extranjero, tomando otro sorbo de la botella y observándolo de soslayo—. No se extrañe si le pagan en barras de oro, a veces prefieren hacerlo así.

¿Barras de oro? Sonaba como una treta, pero a pesar de sus dudas aceptó la propuesta.

Esa madrugada el hombre lo ayudó a cargar la lancha en silencio, dirigiéndose hacia la orilla al terminar. La lancha zarpó a la una de la madrugada bajo el resplandor de una luna tan luminosa que no necesitó encender la linterna para orientarse. El pescador respiró aliviado al cerciorarse de que el cargamento era lo que se había pactado, alimentos. Sacos de viandas, jamones enteros, cajas de productos enlatados, leche en polvo, botellas de licor, todo lo que escaseaba en la isla en esos momentos. Por un instante estuvo tentando a quedarse con todo y echarle la policía encima al extranjero, pero se contuvo. ¿Qué tal si lo que decía el hombre era cierto? Ya había dado su palabra y él, aunque fuese pescador y de muy poca escuela, era alguien que cumplía sus promesas. La lancha avanzaba fatigosa hacia el punto de encuentro siete millas al sureste de Cayos Caribe. Allí, el hombre le aseguró, lo estarían esperando.

Al llegar a donde estimaba era el punto de encuentro, apagó el motor y se dispuso a esperar. No tenía idea de cómo lo iban a encontrar, pero confió en las palabras del hombre cuando lo ayudó a empujar la lancha: no se preocupe, amigo, esta gente lo va a encontrar a usted, ellos se especializan en eso. Escudriñó el horizonte a ver si veía algún indicio de luz, pero nada. La luna se escondió brevemente tras el velo rasgado de las nubes, lo cual le permitió echar una ojeada a su alrededor.

Sintió la vibración antes de verlo, y gritó despavorido al ver emerger de la profundidad lo que parecía una criatura de otro planeta bufando agua y espuma. La lancha se bamboleaba peligrosamente, lanzando latas de leche en polvo y jamones por toda la cubierta. El pescador se aferró al timón con un brazo, agarrando una boya con el otro. La lancha se iba a volcar, pensó asustado. El monstruo resoplaba estrepitosamente al emerger del agua. Era lo más grande y aterrador que había visto en su vida, un enorme cilindro de metal gris oscuro con la mitad posterior pintada de rojo. Apenas podía discernir una estructura que semejaba una torre con escalerillas de metal, y encima de eso, una serie de palos que suponía eran antenas. Sus oídos se esforzaron en identificar sonidos nuevos: la fuerte vibración que emanaba del aparato, el agua que chorreaba de las alturas de la nave y un chirrido metálico proveniente de la torre. Al pescador apenas le dio tiempo de recobrar el aliento. El ruido que venía desde arriba cambió; algo se abría, porque de repente comenzó a percibir voces. Agazapado entre los grandes sacos de viandas, vio un cabo de amarre aterrizar en la proa de la lancha, seguida de inmediato por una escalerilla de soga y madera que bajó rodando desde el tope de la torre hasta chapotear en la superficie del agua.

Los hombres que bajaron por la escalerilla amarraron la lancha al submarino sin decir palabra. El pescador rezaba un Ave María en silencio, más asustado que cuando el hocico de un tiburón le rozó la pierna al revisar la hélice del motor en mar abierto. La tripulación, con sus rostros barbudos y pantalones cortos, eran casi tan jóvenes como su hijo. Luego de que le brindaran un lacónico saludo con la visera de sus gorras, se dispusieron a transferir los comestibles de la lancha a la nave, tarea que completaron con asombrosa rapidez en menos de diez minutos. De la torre salían fantasmales gritos de júbilo con cada cosa que subían por la escalera. No en balde están tan delgados, pensó el pescador, en ese tubo debajo el mar no hay manera de comer bien.

Al subir el último marinero, un muchacho de ojos claros y barba rubia con insignias en la gorra, sacó de su bolsillo cinco pequeños pero pesados lingotes de oro. Aunque la lancha yacía directamente bajo la sombra plomiza de la nave, pudo apreciar el fulgor del metal y las marcas que denotaban su pureza, 999.9. El pescador las aceptó con un gesto de gracias, y el marinero asintió, murmurando algo que sonaba como «*dan-que*». El muchacho subió la mirada y respiró hondo, apreciando la brisa fresca y el espectáculo de luz que desplegaba la luna. Era obvio que no se quería ir. Antes de subir por la escalerilla empujó la lancha con el pie para alejarla del aparato, indicando con señas que encendiera el motor y se alejara.

El motor, gracias a Dios, volvió a la vida, y la lancha, vacía de carga, brincó como una liebre en la superficie de la mar. El pescador enfiló la proa hacia la bahía, virándose justo a tiempo para ver cómo el submarino se sumergía, sus hélices rugiendo al desplazar el agua. Logró ver un emblema de un castillo blanco y una designación, U-156, en el tope de la torre antes de que se hundiera, desapareciendo como si nunca hubiese estado allí. No dejó ni la estela.

El pescador llegó al muelle exhausto de los nervios, los lingotes haciendo un leve pero insistente *chink-chink* cada vez que daba un paso. Pensó que vio la sombra del hombre que lo contrató entre las uvas playeras de la orilla, pero eran las nubes, jugando con la luz insistente de la luna.

El pescador sabía que la gente comenzaría a hablar si mencionaba los lingotes, o si gastaba el caudal en extravagancias. Guardó su tesoro y decidió esperar, pensando que una decisión precipitada no era lo mejor durante tiempos tan inestables. Una tarde, a mediados de febrero, llegó su hijo a la playa para ayudarlo a remendar las redes.

—En la escuela nos dijo la maestra que submarinos nazis acaban de atacar las refinerías en Aruba y que hundieron una docena de barcos. Uno en particular, el U-156, hundió un buque petrolero —comentó el muchacho con tono ansioso—. ¿Tú crees que suban para acá para atacarnos, papá? La maestra dice que es posible, pues ellos están por todo el Caribe… Quizás sea mejor que no te vayas lejos cuando salgas, por si uno de esos aparatos se acercara a la costa. Pero quizás los alemanes no se atrevan. Al pueblo llegaron tropas y han instalado puestos de observación con metralletas por toda la bahía.

El pescador palideció al oír la noticia. Ese, el U-156, era el submarino que él había abastecido. Se acordaba porque el número, pintado de blanco, fue lo último que vio de la nave antes de que desapareciera bajo la superficie. Si lo llegaran a interrogar podría usar la excusa de que no tenía idea de lo que hacía en una lancha llena de abarrotes a las dos de la madrugada, donde el mar Caribe agarra gran profundidad, con luces y motor apagado, pero sabía que sonaría como un perfecto idiota. Tenía que actuar antes de que se impusieran controles de viaje aún más estrictos.

Esa misma semana, sin decirle nada a nadie, se fue al pueblo y envió un telegrama a un primo que llevaba años establecido en Nueva York para avisarle que venía con la familia a quedarse. A los pocos días, vendió la lancha y, antes de que parientes o vecinos plantearan conjeturas, se llevó a la familia a comenzar una nueva vida lejos de las redes y los anzuelos. Los lingotes, la existencia de los cuales jamás divulgó a nadie, sufragaron las deudas del viaje, la compra de un sencillo pero cómodo apartamento cerca del edificio donde trabajaba como *handyman* y la matrícula de su hijo en la mejor escuela de medicina del estado de Nueva York. Cuando su esposa le preguntó, años después, cómo había podido financiar todo aquello con lo poco que tenían ahorrado, le dijo con toda la seriedad del mundo que se había ganado el premio grande de la lotería de reyes. Mirándolo con una expresión entre duda y asombro, su mujer aceptó que, por más que preguntara, jamás sabría el cuento completo.

Comerío, P.R., 29 de julio de 1942

Virginia estaba tan incómoda que aceptó sin protestar que su mamá le pusiera los pies, hinchados por el calor y la barriga, en una palangana con agua y hielo. Qué alivio y qué agotamiento, pensó. Apenas poseía la energía para mecerse en el sillón que le había enviado su suegra cuando estaba embarazada de Nena hacía casi tres años, y menos ánimo tenía de seguir a la niña en sus idas y venidas, las cuales eran muchas y comenzaban apenas asomaba el sol. Todavía estaba sorprendida con lo del segundo embarazo. La pérdida de un niño antes de que naciera Nena la había convencido de que no estaba en las cartas tener una familia numerosa. Había descubierto que su esposo era una persona que, aunque generoso y trabajador, demandaba atención de maneras buenas y no tan buenas, y que cada hijo sería competencia para él. Cuando salió encinta por tercera vez lloró amargamente hasta que su hermana le dijo que se dejara de tonterías.

—De veras, Virginia, que no te entiendo. Tú llorando porque no quieres este bebé y yo llorando por no tener ninguno todavía —le dijo Regina furiosa, mientras le seguía los pasos a su sobrina en el patio de la casa—. Sé que Rafael no es fácil de vez en cuando, pero mami está dispuesta a irse contigo para San Juan para darte una mano. Quién sabe qué me va a tocar a mí… la cantaleta y las histerias de tía Maruja, sin duda —suspiró Regina—. Aquí no hay pretendientes serios, solo soldados pendientes de darte un apretón en los bailes del USO —dijo, agarrando el borde del vestido de Nena para que no se fuera detrás de las gallinas.

Virginia entendía la frustración de su hermana mayor. Regina estaba por cumplir los veintinueve años y todavía no aparecía la persona para sustituir al desgraciado de Manolín Cervera. Las oportunidades de escapar del tedio del pueblo eran pocas ahora que las primas iban formando familia, y los bailes del USO, aunque divertidos, no eran el mejor lugar para encontrar a un hombre serio y con buen porvenir.

Nena pidió que la llevaran a ver los animales de la finca y Regina se la llevó para enseñarle la cría de conejos acabada de nacer. Virginia suspiró aliviada mientras contemplaba sus pies hinchados. No se atrevía a admitirle a nadie que la maternidad no parecía encajar bien con ella. Adoraba a su niña, pero criarla era otra cosa. Temía no tener la paciencia ni la entrega absoluta requerida por un niño, y menos dos. Y Rafael dejaba entrever en rara ocasión un carácter completamente en desacuerdo con el que ella conocía. Era como si otra persona, una carcomida por la desconfianza y los celos, se poseyera de él. Cuando pasaban por esos episodios, Virginia, por su inexperiencia y falta de madurez, no sabía cómo manejarlos. Lo único que la animaba era la eventualidad de mudarse a San Juan. A pesar de tenerlo todo a la mano en Comerío, estaba un tanto hastiada de vivir su vida en un escaparate, a la vista de todos.

La niña era un acertijo que su madre no lograba desenredar. Es más, Virginia temía que Nena heredara las mañas de su suegra, una mujer a quien sus crecientes manías y obsesiones relativas a su hijo y su fortuna la hacían difícil de tolerar. Llamada María Eugenia en honor a Maruja, la apodaron Nena luego de aceptar que todos le decían así desde el momento de haber nacido. Anselmo y Maruja, preocupados por lo enclenque que era, mantenían en la finca una vaca lechera solo para ella y derrocharon en la bebé todo el cariño y los cuidados reservados para una nieta preferida. Comía poco, muy a pesar de los esfuerzos de Socorro y Sabina, quienes elaboraban innumerables caldos y guisos para despertarle el apetito. Lo que más le gustaba era levantarse al amanecer a desayunar con su papá, quien salía temprano a trabajar como inspector de proyectos de carretera, y de ahí se iba a casa de Lucía a regar las matas.

Virginia sintió una patada en la barriga y se levantó, estirándose hasta donde podía. A lo lejos vio a su hija bajando la loma de la mano de Regina, la falda de su trajecito subiendo y bajando cada vez que daba un paso. Lo blanco del vestido resaltaba la piel trigueña de Nena, la cual terminó siendo una novedad para una familia acostumbrada a pieles más claras. Tenía los ojos negros de Maruja, y una mirada profunda y a veces un tanto desconcertante para una niña de su edad. El pelo negro, aguantado a duras penas por un gran lazo, era tan lacio que todo esfuerzo para sacar un bucle era en vano. Era tímida, pero nada endeble si quería salirse con la suya.

Regina estaba hasta la coronilla de contestar teléfonos y de tener que disimular lo bien que había sobrellevado la humillación del desplante de Manolín cinco años atrás. No era fácil haber sido la muchacha más guapa de Comerío y todavía no tener algún pretendiente. Era, si creía los cuentos de su tía, igual que su fenecida tía Virginia, famosamente linda, pero con todo y eso, ya casi solterona. Le daba un poco de vergüenza ir a los bailes de los soldados, pero era definitivamente mejor reír y cuchichear con su primas que quedarse en la casa con su mamá y sus tíos escuchando la radio. Y, de vez en cuando, algún oficial valiente la sacaba a bailar, lo cual la complacía más de lo que quisiese admitir.

El sábado había un baile del uso en el vecino pueblo de Corozal, y la guagua que buscaba a las señoritas, la llamada «sapa», pasaría por

Comerío a las siete a recoger pasajeras de camino al evento. Desde su puesto en la casa del teléfono llamó a Teresita, una de las hijas de tía Carmen, a ver si iban juntas a Corozal. Su prima le dijo que por supuesto que iría y, antes de colgar, le comunicó dos noticias de interés. La primera era que le acababan de hacer un permanente en el pelo y que estaba dudosa de cómo le sentaba; la segunda era que acababa de llegar un médico nuevo a Corozal. Regina se quedó pensando en lo del médico por un rato. ¿Sería viejo, o casado, o poco atractivo? Despertó de su reflexión al entrar una persona a hacer una llamada, y, molesta por estar pensando en musarañas que no le traerían nada productivo, decidió guardarse la noticia del doctor nuevo. Lo menos que quería era que comenzaran a darle cantaleta por eso en la casa.

Nada le gustaba más a Nena que ver a Regina arreglarse cuando iba a salir. Su tía tenía una rutina de belleza a la cual se adhería religiosamente. Primero, se ponía un turbante para que el pelo no le estorbara que la hacía ver, a ojos de Nena, como una actriz de cine mexicano. Seguía la aplicación de una capa de polvo en el rostro con una gran mota, la cual vivía encerrada en una gaveta porque a Nena le encantaba llevársela para practicar con sus muñecas. Al polvo le seguía el colorete, y luego venía la parte llena de tensión: las cejas. Nena aguantaba la respiración en lo que Regina acentuaba cada una con un fino lápiz color castaño, otro objeto favorito, pues subía y bajaba como por arte de magia al girar la base con los dedos. Un movimiento en falso y tendría que repetirse el paso desde el principio. El proceso concluía con la cuidadosa aplicación de lápiz de labios rojo escarlata para darle un aire digno de diosa de Hollywood.

—Ay, Regina, te ves tan guapa… Qué rico poderte acompañar, aunque fuese para disfrutar de la música —dijo Virginia con algo de añoranza.

—Mami, tú no puedes ir al baile porque a las señoras que van a tener bebés no les dan permiso —dijo Nena, mirándola fijamente por el espejo con esos grandes ojos negros. Su expresión era inescrutable.

Virginia, preocupada de que Nena repitiera lo que dijo frente a alguien, menos aún Rafael, frunció el ceño mientras pensaba en algo para cambiar el tema. Su marido tenía una fijación con ella fuera de lo común. Decía amarla hasta la locura y Virginia llegó a creer que eso era posible porque a veces reaccionaba con unos arranques que la dejaban exhausta. La mera idea de bailar con otro era suficiente para que su marido iniciara una campaña de comentarios sarcásticos y miradas fijas que nunca terminaba bien. Virginia se convirtió en adepta esquivadora de malos ratos diciendo solo lo justo y necesario.

—No, mi vida, tu mamá nunca quiso bailar con nadie excepto tu papá —aclaró Regina, entendiendo la situación de su hermana y sabiendo que su comentario llevaba peso con Nena—. La que voy a bailar soy yo.

La *sapa* hizo una parada en la plaza de Comerío a recoger a una docena de muchachas, todas vestidas al último grito de la moda a pesar del racionamiento. Regina y Teresita se montaron, diciéndole adiós a Ulpiano desde sus asientos. El chofer estaría allí esperándolas a las once, hora en que la *sapa* regresaría de Corozal.

El baile estaba en pleno apogeo al descargar la *sapa* su cargamento de muchachas en la plaza del pueblo. El calor apretaba, y Regina y Teresita decidieron tomarse un refresco a un lado de la tarima de baile, donde decenas de parejas bailaban versiones tropicalizadas de *swing*, *lindy* y *jitterbug*. Para bailar las versiones más extremas del *jitterbug* había que ser coordinado y tener excelente pareja. A las muchachas las zarandeaban de un lado a otro de la tarima con vertiginosas vueltas, o las deslizaban entre las piernas del parejo para ser alzadas de nuevo hacia arriba como un cohete. Inevitablemente este exceso de atletismo y hormonas escandalizaba a muchos, y se convertía en tema favorito del cura durante la homilía de la misa dominical.

—Ufff, ojalá que toquen algo más pausado para cuando nos saquen a bailar. Hay que tener agallas para bailar así —comentó Teresita—. Hace tanto calor que van a tener que traer a los bomberos para echarle agua a la tarima.

Regina observaba la actividad detrás de la plataforma, donde voluntarias servían refrigerios o bailaban con los soldados. Un grupo de muchachos del pueblo, enojados por no poder bailar con las voluntarias, comenzó a echar petardos encendidos en la pista de baile. Como era de esperarse, las parejas se esparcieron por toda la tarima para evitarlos. Una de ellas se acercó al borde demasiado rápido y cayó de la plataforma. El soldado tuvo la suerte de caer en la grama, pero su pareja aterrizó en el duro asfalto de la acera y yacía inmóvil con los ojos cerrados. Regina, sin pensarlo, corrió hacia ellos, usando su abanico para abrirse paso entre los curiosos que se comenzaron a aglomerar alrededor de la pareja.

—Sosténgale la cabeza en posición fija por si tiene concusión —ordenó al soldado mientras ella le tomaba el pulso a la muchacha—. Tiene pulso fuerte, pero alguien llame a un doctor, rápido, que la tiene que examinar un profesional.

La muchacha se despertó a los pocos minutos y comenzó a llorar. Su pareja de baile le tenía la cabeza agarrada fijamente y a su lado, una desconocida le agarraba la muñeca mientras consultaba su reloj. No se acordaba de lo que había pasado y le dolía mucho el tobillo izquierdo.

—Tú tranquila, que ya viene el doctor. Se cayeron los dos de la tarima, pero como ves tu parejo está perfectamente y creo que tú también —le dijo Regina, dando varios abanicazos a su alrededor para que los curiosos les dieran espacio—. ¡Échense para atrás, por Dios, para que pueda respirar! Yo te estaba mirando desde allí… —continuó Regina señalando a Teresita Longo, quien se había quedado velando los refrescos y las carteras—. Y no sabes cómo quisiera bailar tan bonito como lo haces tú. Ya verás que lo del tobillo se arregla en par de semanas y quedas como nueva.

Regina oyó a los noveleros decir que había llegado el médico y dio gracias a Dios en silencio. La multitud se abrió como el mar Rojo de la Biblia y entre ellos pasó un hombre alto, de bigote fino y ojos azules con un maletín negro en la mano. Regina, notando que el soldado estaba todavía azorado, ofreció un corto boletín al médico.

—Doctor, se cayeron los dos de la tarima. Él cayó en la grama, pero ella cayó en el cemento y se lastimó el tobillo —recitó Regina, mirando al doctor de soslayo. Tenía las manos de un cirujano, finas y de movimientos precisos—. Perdió el conocimiento varios minutos, pero su pulso es estable. No dejamos que moviera la cabeza hasta que llegara usted, por supuesto.

El médico asintió en silencio mientras sacaba del maletín su estetoscopio. Pasaron unos minutos (los que observaban el drama ahora pedían silencio) en lo que revisaba el pulso, la cabeza y el tobillo de la muchacha, el cual se le había roto.

—Habrá que ponerle un yeso en la clínica —murmuró el doctor mientras lo inmovilizaba—, antes de que se le hinche demasiado.

—La ambulancia está por llegar —dijo el doctor, enderezándose y ayudando decorosamente a Regina a hacer lo mismo—. Le agradezco mucho que haya intervenido. Lo de la cabeza es muy importante y a la gente se le olvida —añadió mientras enrollaba el estetoscopio para guardarlo en el maletín. Era de piel muy blanca y pelo oscuro cortísimo, lo cual resaltaba sus pequeños, pero vivarachos ojos claros. Regina notó complacida las dos chapas rojas que aparecieron en su rostro. Quizás se debían al calor… o quizás por estar cerca de ella.

—Me llamo Edmundo Barea y soy el doctor nuevo aquí en Corozal —dijo mientras le extendía la mano.

—Mucho gusto, me llamo… —comenzó a responder Regina.

—Yo sé quién es usted, Regina Ramos —dijo el médico con una leve sonrisa al ver que llegaba la ambulancia a la plaza—. La conozco porque su foto adornaba el escritorio de Manolín Cervera, mi compañero de cuarto durante mis días universitarios en Filadelfia. Qué gusto poderla conocer en persona al fin.

Regina sonrió. El desplante de Manolín Cervera había dado paso a algo mucho mejor. Estaba segura de ello.

Periódico *El Mundo*, 30 de agosto de 1942, Sección de Nacimientos
El señor Rafael Pérez de la Fuente y su gentil señora, Virginia Ramos de Pérez, residentes en Comerío, le han dado la bienvenida a una preciosa niña llamada Carlota Virginia el 27 de agosto en la Clínica San Rafael de Caguas. La llegada de Carlota significa que María Eugenia, de tres añitos, se convirtió en su feliz hermana mayor.

2 de septiembre de 1942
La guerra por fin se había llevado a Conrado al frente con sus tropas.

Manolo e Inés visitaban a Anna con frecuencia, ayudando con los niños y sobrellevando el racionamiento con trueques hechos por la izquierda. No había nada en las tiendas, ni siquiera con las libretas de racionamiento distribuidas por el gobierno. En la isla no se conseguía ni combustible para los carros, ni harina para el pan, ni clavos para la construcción. Las carencias causadas por los hundimientos de buques mercantes en el Atlántico se sentían por todo el Caribe, y aún más en la isla, la cual dependía por completo de las importaciones estadounidenses. Pero algunos poseían el don de conseguir cosas aquí y allá, y Manolo era uno de ellos. Cada vez que llegaba el Pontiac a la casa, Federico y Manuel lo recibían con gritos de alegría. Del baúl del carro salían, como por arte de magia, latas de manteca, tinas de jamón, barras de chocolate, cigarrillos, o, si Anna tenía suerte, medias de seda. Inés decía que no entendía cómo se las arreglaba para conseguir tanta cosa racionada. Pero la verdad es que a la Central llegaba de todo, fuera por la entrada principal o por la de atrás, y era clave estar pendiente, ser discreto y tener algo comparable para hacer trueque. En el caso de Manolo, podía intercambiar el excelente pitorro que destilaba el abuelo de Jacinto.

Anna salió al patio de su casa con un preciado ejemplar del *New York Times* buscando quince minutos de paz. Finalmente había podido dejar dormido al más pequeño de sus tres hijos, un bebé de apenas seis meses llamado Agustín. Los dos mayores, Federico, de cinco, y Manuel, de cuatro, se entretenían jugando en la bañera bajo la estricta tutela de Justina, la nana que había enviado Inés desde Aguirre cuando Anna dio a luz por primera vez. Sentada bajo un gran árbol de mango, leyó con genuino horror las últimas noticias sobre la marcha de Bataan, pausando para agradecerle a Dios que Conrado no estaba peleando en el Pacífico, sino en Europa. No lo había visto desde que se embarcara en febrero al concluir estudios avanzados de infantería en el estado de Georgia, ni había tenido noticias sobre él desde la última carta, recibida a principios de agosto.

Pobre bebé, pensó, apenas tuvo tiempo con su padre. Los dos mayores lo miraban entre extrañados y maravillados cada vez que cruzaba el umbral de la puerta. Su carrera militar no le había permitido ser una presencia estable en sus vidas, incluyendo la de ella. Cuando regresaba de algún entrenamiento o asignación, los niños se escondían tras las piernas de Anna, confundidos por los frecuentes exabruptos de un padre a quien adoraban, pero también temían. Ella, luego de la euforia de los primeros días, se agotaba al tener que intervenir de manera constante para apaciguar a su esposo, quien se quejaba por todo: el orden en la casa, las travesuras de sus hijos mayores, el gato que se acicalaba airoso en la verja trasera esperando que Anna le diera de comer, y el mero hecho de que ella deseara salir de la casa a trabajar, entre muchas otras cosas. Pero cuando la gota estaba a punto de colmar el vaso, el ejército lo enviaba a otro sitio y regresaba la paz al hogar.

La algarabía y el desorden generado por los niños no dejaba de sorprenderla. Se preguntaba por qué ser madre no parecía ser suficiente para ella, y por qué, a estas alturas, sentía que le quedaba tanto por descubrir. Tres hijos en cinco años la habían dejado con los ánimos en el piso y los nervios a flor de piel, y buscaba ansiosa el equilibrio perdido en las cosas que le atraían, el teatro, la literatura, la tertulia con gente interesante. A Conrado no le interesaba ninguna de esas cosas, y aprovechaba sus estadías en la casa para perfeccionar su afición a la fotografía o participar en torneos de tiro. Era claro que no veía con buenos ojos que ella buscara pasatiempos fuera de la casa, pues cada vez que llegaba de alguna actividad le decía que estaba malgastando el tiempo en sandeces, y que su lugar estaba con él y los niños.

Una vez al mes, Anna, estuviera Conrado de acuerdo o no, tomaba el *trolley* a Miramar para almorzar con su antigua maestra y ahora amiga, Camille Benoit.

La pareja vivía en una de las casas hechas por el famoso arquitecto Necodoma. Enmarcada por espigadas columnas adornadas con mosaicos, estaba abierta a los elementos por grandes ventanales de ausubo. Anna vivía enamorada del jardín. Espigas de *ginger* blanco, rosado y rojo competían con las del vistoso bastón del rey en el frente de la casa, mientras que en la parte trasera heliconias de todas variedades dominaban el espacio. En la verja que colindaba con la casa vecina se recostaba una enorme trinitaria escarlata, que, agradecida por el beso del sol, florecía todo el año. James era feliz, porque toda esa profusión le recordaba la casa de sus padres, sus tiempos en Panamá y hasta su visita a Giverny hacía más de cincuenta años.

Camille siempre invitaba a gente interesante a su casa, y fue en una de estas reuniones donde Anna conoció a una pareja tan singular que parecía sacada de un cuento de hadas. El ingeniero Félix Benítez Rexach y su esposa, la francesa Lucienne D'Hotelle, eran para Anna objeto no solo de franca admiración, sino de absoluta fascinación. Lucienne era una famosa cantante de los cabarés de Montparnasse y el casino de París apodada Moineau por su voz, clara y pura como la de un gorrión. El acaudalado ingeniero se enamoró perdidamente de la tonadillera y luego de casarse con ella derrochó villas y castillas para mantenerla a todo lo alto. Comisionó un enorme yate al cual bautizó *Moineau* en su honor, decidiendo poco después que viajar por aire, específicamente a bordo de su propio DC-3, era mucho más eficiente. Cada viaje a París estaba demarcado por las visitas del ingeniero a las mejores joyerías de la ciudad. «No existe diamante demasiado grande o vistoso para mi mujer porque ella los luce mejor que nadie», decía feliz. Las alhajas de Moineau eran, le contaba Camille, comparables a las de cualquier princesa en cuanto a su cantidad de quilates. Había que verlas para creer.

El ingeniero había completado numerosos proyectos en la isla, entre ellos el idílico Escambrón Beach Club, donde se nadaba de día y se bailaba de noche. Años atrás, había convencido al gobernador Winship de que intercediera para poder comprar el terreno adyacente al club. Una vez cedido el permiso, se dedicó a erigir el mejor y más elegante hotel del Caribe usando el buque transatlántico *Normandie*, favorito de él y su esposa, como inspiración. Grandes balcones agraciaban los primeros dos pisos del frente de la estructura *art déco*, haciéndola ver como la proa del buque. Los interiores del edificio rendían homenaje a Egipto por medio de murales, azulejos y otros elementos decorativos, y en los salones de oro y plata reinaba el lujo y buen gusto. En el techo de la fachada, un rótulo, igual que el de la famosa nave, anunciaba su nombre en enormes letras de neón plateado. El ingeniero, decían, se había gastado dos millones de dólares en su inversión, justificando la exorbitante cantidad diciendo que quien visitara el hotel no lo iba a olvidar jamás.

Estaban a ley de dos meses de la apertura del hotel. Anna observaba en silencio mientras las dos parejas se saludaban con obvio afecto. Moineau, de quien había escuchado tanto, era bajita, delgada, con una boca en forma de corazón pintada de rojo. Tenía dos grandes orquídeas prendidas en su cabello ondulado, un detalle un tanto exagerado para la hora y ocasión, pensó, pero que a fin de cuentas le sentaban bien. No era una mujer hermosa, pero emitía una vitalidad innegable. Moineau era de esas mujeres que se disfrazaba sin tener razón para hacerlo, o lucía sus más imponentes joyas en el desayuno.

James llegó a la mesa, frotando sus manos en un trapo para quitarse la pintura de las manos.

—Bueno, cuéntenme, ¿cómo está todo con el hotel? Ya casi abren las puertas, ¿verdad? Me han dicho que los interiores son impresionantes; los felicito —dijo James con su acento apenas perceptible—. Camille y yo esperamos poder visitarlo una vez pase por allí todo Puerto Rico. La gente necesita algo que les traiga placer y belleza en estos tiempos tan difíciles.

—La inauguración está agendada para el 10 de octubre. Moineau y yo tendremos el gran honor de recibirlos esa noche, la cual estoy seguro será inolvidable. Todo está progresando bien, pero nos hace falta alguien que tenga experiencia en relaciones públicas, una persona que pueda organizar las muchas actividades y eventos que tenemos planeados —contestó Félix tomando un sorbo de vino—. Moineau ha movido montañas, pero la pobre no puede hacerse cargo de todo lo que queda por hacer. Si conocen a alguien avísennos.

Camille le señaló a la cocinera que trajera el almuerzo. Las heliconias, respondiendo a la brisa, mecían sus peculiares flores de lado a lado.

—Moineau, la candidata perfecta está sentada aquí con nosotros. Habla inglés y francés a la perfección, conoce a todo el mundo en San Juan, puede conversar sobre todo o nada, te escribe un poema o un discurso, y para rematar tiene título universitario —dijo Camille mientras servía expertamente el pescado—. Su esposo está con el *army* en Italia, así que estoy casi segura de que aceptará, porque necesita salir de la casa un poco. ¿Verdad, Anna?

Anna contempló a Camille sorprendida.

—Ay, Camille, la pobre Anna no se esperaba esto —dijo James, examinando sus manos por si le quedaba pintura por quitar—. Pero ahora que mencionas el asunto, tengo que admitir que Camille tiene razón, Anna es la persona perfecta para ustedes. Si hay alguien que puede manejar las complejidades de los eventos del Normandie es ella.

—Pues entonces no hay que buscar a nadie si tenemos a Anna en nuestro equipo, ¿verdad, mi vida? —exclamó Félix mirando a su esposa.

Moineau, acariciando su magnífico collar de perlas, sonrió complacida.

—Anna, *ma chérie*, me hace muy feliz que puedas darnos una mano en el hotel, pues hay tanto que hacer antes de la inauguración. Y la maravilla de que hables inglés y francés… ni hablar —dijo, poniendo su mano sobre la de ella en un gesto solidario.

Fueron los dos meses más interesantes y divertidos de su vida. Moineau dependía de ella para todo, desde detalles menores como revisar los menús hasta mayores como lo era la lista de invitados para la inauguración. Aparte de eso, se encargaba de enseñarles a las mucamas, botones y mozos cómo interactuar con los huéspedes del hotel, asegurar que las orquestas y talento musical tuviesen el tiempo y el espacio para ensayar, y apaciguar al chef si algo no estaba perfectamente sincronizado en la cocina.

Moineau era parcial a la vestimenta naval, lo cual incluía gorra de capitán, pantalones blancos y saco azul marino. Otras veces se remontaba a la campiña francesa y caminaba por el hotel en alpargatas, blusas y faldas de volantes. Todos los días llevaba puestas alhajas, sin importarle que fueran ostentosas. En su mente era primordial lucirlas, y con eso bastaba. Anna, cuyo estilo se acercaba más al de Camille, donde menos era más, tuvo que admitir que Moineau impactaba donde quiera que fuese, y que eso era clave para que la gente hablara de ella, y consecuentemente, de Félix y del hotel. Era una excelente estrategia de relaciones públicas.

El día antes del evento, Inés viajó a San Juan para supervisar el cuidado de los niños, permitiéndole a Anna quedarse esa noche en el hotel. Había tanto que quedaba por hacer, pero lo más importante era que los invitados estuvieran a gusto. No se podía, por ejemplo, sentar al dinámico rector de la Universidad de Puerto Rico junto al obispo de San Juan, porque el primero simpatizaba con la causa republicana española y el segundo con el régimen franquista. En la mesa principal, presidirían el ingeniero y Moineau con los invitados de honor: el gobernador, los presidentes del Senado y la Cámara de Representantes y el comandante de las fuerzas norteamericanas en la isla.

Su puesto estaba al lado del de su amigo Virgilio Cañedo, quien ahora lideraba su propio bufete de abogados y estrenaba, muy discretamente, pareja nueva. La mesa estaba conformada por un grupo de académicos de la universidad, varios de ellos españoles en el exilio, y el presidente del Ateneo Puertorriqueño.

Anna dio una última vuelta por el salón de oro para ver cómo andaba todo. Camareros pulían la bellísima barra de caoba, tallada en solo ocho meses por artesanos traídos especialmente desde Europa. La florista y su equipo barrían los últimos pétalos y hojas del piso, habiendo acomodado un sinfín de arreglos por todo el salón y las mesas, y en la tarima la orquesta aprovechaba para revisar los micrófonos y afinar instrumentos. Tranquila de que todo estaba en su sitio, se fue a su habitación a arreglarse.

Ya casi estaba lista para salir cuando escuchó que alguien tocaba la puerta. Al abrir, un botones le entregó una caja de cartón y celofán.

—Señora Anna, esto llegó hace cinco minutos para usted —dijo el muchacho mientras le entregaba el paquete. Cerró la puerta y abrió el pequeño sobre.

«Gracias, querida Anna, por tu experta ayuda durante la recta final del largo y complicado proceso de la apertura del Normandie. Con cariño, Félix y Moineau».

En un nido de musgo reposaban tres gardenias perfectas. Se acomodó las flores en el pelo y salió de la habitación, suspirando sin saber exactamente la razón. ¿Sería porque su labor con el hotel, y con ello sentirse productiva, independiente y orgullosa de poderse ganar un pequeño sueldo, pronto vendría a su fin? ¿O sería porque Conrado no estaba a su lado? Honestamente no estaba segura. Llegó al salón justo antes que el ingeniero y Moineau y se dirigió a su mesa, absorta en sus pensamientos.

WKAQ Radio, 3 de diciembre, 9 pm

«Estimados radioescuchas, interrumpimos esta programación del show del Cuarteto Victoria con un boletín de última hora que sin duda calará hondo en el corazón de muchos puertorriqueños.

»El buque Coamo, *previamente parte de la ilustre New York - Puerto Rico Line, y convertido en transporte para la marina mercante norteamericana al comienzo de la guerra, fue ultimado por el submarino alemán U-604 en aguas al norte de Bermuda el 2 de diciembre. Un*

torpedo penetró la coraza del buque bajo el puente, causando que se hundiera en menos de cinco minutos.

»Es con gran pesar que confirmamos el hundimiento del Coamo *y la pérdida de 186 tripulantes y pasajeros de varias nacionalidades. Informa el portavoz del departamento de Defensa de los Estados Unidos que ha sido la mayor pérdida de vida sufrida por la marina mercante hasta el día de hoy».*

12 de diciembre de 1942

Mi querida Anna:

Primeramente, mi vida, te envío todo mi amor en este mensaje, y a los nenes también. No te puedes imaginar la falta que me haces y lo mucho que te extraño. A veces, cuando logro cerrar los ojos, lo único que veo es tu hermoso rostro, y eres tú la que me lleva de la mano al sueño.

¿Cuéntame, cómo se está acoplando Federico a la escuelita? ¿Y Manuel, todavía persigue a las iguanas del patio con la pistola de juguete? ¿Ya gatea Agustín? ¿A quién se parece? ¿Has visitado a mis padres? Alguien me ha contado que estabas trabajando con los dueños del Normandie… ¿Qué hacías y cómo te fue?

Me habías preguntado sobre lo que estoy haciendo luego de completar el curso. El entrenamiento de las tropas es mi mayor responsabilidad, y en eso estoy orgulloso del talante de los soldados de la isla. La mayoría son muchachos humildes y con escasa educación, pero están prestos a pelear, y a pelear con ganas.

No deja de frustrarme el hecho de que seguimos segregados de las fuerzas regulares del ejército, y nos lo restriegan en la cara todos los días, sea con disimulo o abiertamente. Ni se diga el maltrato de los de nuestro batallón a los que sean trigueños o negros. Admito que en casa hay barreras, pero nada como esto. En el pueblo les restringen el paso y les dejan saber en la cara lo que piensan de ellos —nada bueno—. Las tropas americanas negras soportan un trato vil y repugnante, y a muy pocos se les permite el privilegio de entrar en la trifulca como los soldados que son. Al ejército americano se le debería caer la cara de la vergüenza. Si nos mandan al frente europeo, y creo que ese sigue siendo el plan, vamos como fuerzas puertorriqueñas bajo el mando de oficiales como yo, quienes recibirán órdenes de algún oficial americano sin la menor idea de quiénes somos. Mi misión es que las tropas de la isla estén entrenadas al mayor grado posible para que sobrepasemos una y otra vez las expectativas que tienen de nosotros.

Anna mía, te envío un caudal de besos y abrazos, y ya sabes, todo lo que lo acompaña. Espero oír de ti, y de cómo pasaste las fiestas. Dales a los nenes un gran beso de mi parte y enséñales la foto que te envié para que no se olviden de su papá que los adora.

Con todo mi amor,

Conrado

CAPÍTULO DIECINUEVE

Santurce, P.R.

Junio de 1944

«Estimados radioescuchas, interrumpimos esta programación para emitir un boletín informativo recién publicado por la fuerzas armadas estadounidenses, el cual lee como sigue: La operación del Día-D, con fecha del 6 de junio de 1944, reunió las fuerzas aliadas de tierra, aire y mar en la invasión mas grande de la historia. Miles de barcos, con apoyo aéreo, despegaron de la costa inglesa y llevaron a unos 150,000 soldados de Estados Unidos, Gran Bretaña, Canadá y otros países aliados a las playas de Normandía en Francia. Su objetivo, liberar a Francia y avanzar hacia Alemania para poner fin al dominio nazi en toda Europa».

El día que admitieron a Anselmo en el Auxilio Mutuo, Maruja entendió finalmente que a su esposo ya no le quedaba mucho tiempo. El segundo ataque cardíaco había tenido secuelas, y Anselmo apenas podía abrir los ojos o hablar. Lo único que podía hacer era apretar la mano de su esposa, como para decirle «aún estoy aquí; no me dejes solo».

El primer ataque obligó al traspaso de la administración de la finca a Joaquín. Aunque le pesaba no manejar las riendas, a Anselmo le traía gran satisfacción el que su sobrino heredara la mayoría de la propiedad, y que Regina y Virginia recibieran tierras para que hicieran con ellas lo que desearan. La finca era su legado más importante y el ancla que los mantenía unidos como familia.

Maruja decidió mudarse al pueblo para estar más cerca de los doctores que atendían a Anselmo, y arrendó la casa del teléfono, la cual disponía de una cómoda vivienda en la parte trasera y un excelente balcón para mirar a quienes iban y venían. Anselmo pasaba el día entre el balcón, donde tomaba el fresco y conversaba con quienes pasaran por allí, y la sala, donde leía el periódico y escuchaba la radio.

Virginia y Rafael encontraron, luego de mucho caminar, dos apartamentos en un edificio recién construido, uno para ellos y otro para Susana, quien quería, a pesar de tener casa cerca y de llevarse pésimamente con su nuera, estar al lado de su hijo, y de Carlota, de quien se había encariñado desde haberla cargado en sus brazos por primera vez.

Lucía había decidido irse a San Juan con Virginia, esperanzada de que el cambio le vendría bien. Maruja le había ofrecido que se quedase con ellos en la casa del teléfono, pero ella se encontraba ansiosa por echar vuelo. Estaba agradecida, pero también abrumada de tener que depender de la generosidad de sus cuñados por tantos años. Maruja estaba acostumbrada a mandar y Lucía, resignada a vivir bajo su sombra desde que Fernando se enfermara, se refugiaba en la casita cuando a su cuñada se le subían los humos. Técnicamente iba de una casa a la otra bajo la misma rúbrica, la de depender de otros, pero no podía independizarse, porque no poseía absolutamente nada. A sus cincuenta y tres años, la suma de sus posesiones cabía en dos maletas. Eso le provocaba una profunda tristeza, prueba de que sus vivencias no eran suficientes para traerle alegría y consuelo.

Se hizo tres firmes resoluciones al entrar al apartamento de la calle Antonsanti: ayudar en la crianza de las niñas, apoyar a su hija cuando Rafael se pusiera difícil, y tratar de neutralizar la mala saña entre su hija y Susana. Su pragmatismo era algo innato en ella, y ¿cómo no?, sin él no hubiese podido poner un pie frente a otro.

Antes de irse, le encomendó al manco y Genara el limonero que sembró luego de haber fallecido Nando.

—Cuídenmelo bien, que lo vendré a visitar cada vez que venga de San Juan —les pidió. Hasta despedirse de los pajaritos que llenaban las vigas del techo del patio con sus nidos había sido un reto doloroso. La casita, con todo y que le traía recuerdos de la enfermedad de Fernando, era lo más cerca que había estado a ser dueña y señora de algo.

Lucía se aferró a las rutinas para sobrellevar las incertidumbres que arrastraba desde que se mudara a la capital. Todos los días salía a dar una vuelta, pues sabía que la bulla de la ciudad era el perfecto antídoto para disipar la melancolía. Caminaba con prisa y propósito, y se llevaba a su nieta, quien, a pesar de tener apenas cinco años recién cumplidos, había heredado de su abuela su pisada impaciente. Usualmente aprovechaban el fresco de la mañana para hacer sus excursiones y casi siempre comenzaban en la iglesia. Lucía dejaba que Nena prendiera una vela en la capilla de la Inmaculada Concepción, y luego se sentaban las dos frente al altar, Lucía a rezar su rosario sibilante y veloz, y Nena a recitar las oraciones que ella le había enseñado. La niña perdía el hilo de sus Padrenuestros al contemplar embelesada los enormes vitrales de la capilla y la linda imagen de la Virgen María, triunfante con su manto azul y corona de doce estrellas. De vez en cuando pasaban las monjas del recinto, en sus hábitos negros y enormes cofias blancas en forma de paloma, y sin poderlo evitar, Nena dejaba caer la oración mientras las seguía con la mirada.

—¿Abuela, cómo es que no se tropiezan cuando andan juntas por el pasillo? Son como unas alas para volar, ¿verdad? ¿Cómo duermen por la noche? —preguntaba con sincera curiosidad la niña al salir de la iglesia.

—Ellas saben cuánta distancia guardar y se quitan la cofia cuando se van a dormir. Dice la Iglesia que las monjas entran al cielo siempre porque son esposas de Jesús —le contestó su abuela simplemente—. Yo lo que no entiendo es cómo almidonan esa cofia. Debe de ser un proceso muy complicado…

Nena se quedó pensando en el asunto, imaginando monjas en fila afuera del teatro Paramount, lugar que para ella era la manifestación del cielo en la tierra, y de enormes cofias blancas flotando por los aires mientras sus dueñas dormían su sueño de beatas.

Lucía visitaba Comerío dos veces al mes para pasar tiempo con su hija mayor, y se llevaba a Nena con ella para darle a la joven pareja un descanso. Las frecuentes visitas de la niña eran un bálsamo para sus tíos abuelos, y para Regina también, quien adoraba a su sobrina y la paseaba por todo el pueblo cada vez que la traían de visita.

Nena se levantaba con los pájaros y, muy para la consternación de los mayores, se iba a pasear por las calles del pueblo sin que nadie le impidiera el paso hasta que se cansara o le diera hambre. No estaba fuera de lugar ver a la niña en la misa de seis, o en la panadería esperando que sacaran las hogazas de pan de agua del horno. Siempre tenía en el bolsillo diez centavos que le daba tío Anselmo, porque él sabía que las peregrinaciones de la niña terminarían en la plaza, y que allí se tomaría una bien merecida piragua de tamarindo.

Era solitaria. Corría, no caminaba, para quemar toda la energía que tenía embotellada dentro. Cuando daba la vuelta por el pueblo, sus largas trenzas negras, adornadas con lazos hecho por Lucía, le rebotaban en la espalda. Al llegar a la casa de sus rondas, desayunaba con Maruja y Anselmo, y luego se iba a ayudar a Regina a despachar las llamadas que entraban y salían. Para Nena la consola, con sus extrañas cuerdas metálicas y luces rojas que se encendían y apagaban, era mágica. Su tía usaba unos auriculares especiales para escuchar a la persona que llamaba con más claridad, y a veces, cuando no había mucha actividad, Regina dejaba que Nena se los pusiera. La cabina, con su teléfono para el que quisiera más privacidad, era su escondite favorito. Por las tardes paseaba silenciosa con Regina y las primas que estuvieran disponibles, en un perenne círculo de la plaza hasta la hora de la cena. Oírlas hablar de todo y de nada era uno de sus mayores placeres, pero el mayor de todos seguía siendo el sentarse al lado de Regina mientras se arreglaba para salir con el doctor.

En mayo de 1944, Joaquín recibió una carta de la junta de reclutamiento local avisando que se tendría que reportar al Camp Tortuguero en Vega Baja para comenzar entrenamiento básico. A Lucía y a Maruja casi les da un síncope. ¿Cómo era posible que la junta no supiese que era imposible que se llevaran a Joaquín en un momento tan delicado? No solo estaba Anselmo mal de salud, si se llevaban a Joaquín quizás tendrían que poner la finca en manos de gente que no era de confianza. No importaba cuántas veces Regina les explicaba que al ejército le valía un bledo la situación de cada soldado, ambas tenían la ingenua noción de que los miembros de la junta entenderían una vez escucharan por qué no se lo podían llevar. De nada serviría la palanca que se puso en marcha para tratar de posponer la salida de Joaquín;

toda intercesión llegó a oídos sordos. Para rematar, no tenían idea de a dónde iba ser enviado el batallón, el cual se embarcaría a finales de septiembre.

El día de la despedida llegó con una velocidad inesperada. Las mujeres de la familia, escoltadas por Rafael, a quien la junta todavía no lo había llamado por ser padre de familia, fueron a despedir al muchacho. La escena en el puerto era dantesca, no solo por el sofocante calor, sino por la cacofonía generada por la muchedumbre. Madres y esposas lloraban, niños corrían gritando por el muelle, ajenos a la tensión del momento, vendedores de piraguas y cucuruchos de maní pregonaban su mercancía a voces, y soldados a cargo del proceso de abordaje leían por altoparlantes los nombres de quienes tenían que subir al buque. Regina y Virginia intentaban consolar a Lucía, quien, aferrada al cuello de su hijo menor, se enjugaba los ojos en silencio con un pañuelo bordado. No quería desprenderse de Joaquín porque no podía concebir que Dios le quitara otro hijo, aunque fuese —si todo iba bien— de manera temporera. Maruja abrazó a su sobrino, intentando proyectar un semblante de entereza, pero se desplomó en los brazos de Rafael al oír que llamaban el nombre de Joaquín.

A ninguna de las dos les trajo consuelo el que Joaquín y su batallón iban rumbo a las muy tranquilas costas de Trinidad y Tobago, localizada a apenas siete millas de Venezuela, y no al Pacífico, donde cada batalla era cien veces más cruenta que la anterior. Hasta que regresase, la mera mención del nombre de Joaquín activaba fervientes ráfagas de rosarios y señales de la cruz por parte de Lucía y Maruja para que Dios lo mantuviera sano y salvo.

Una mañana de octubre, Lucía llegó al apartamento y se encontró a Virginia moviendo muebles y sacando ropa de cama del armario. Rafael se había ido de viaje con Julián a Nueva York hacía dos días. Su viejo amigo lo había convencido de que poseía las destrezas necesarias para ser corredor de seguros: hablaba excelente inglés, tenía buenas conexiones en San Juan, Yabucoa y Comerío, y experiencia en el manejo de proyectos federales. Virginia, quien no veía con buenos ojos el que dos hombres solos, casados y bien parecidos anduvieran sueltos por Nueva York, aunque fuera para cambiar de trabajo, decidió iniciar su propia aventura. Invitó a sus primas a San Juan para ir todas al evento más esperado del año, el concierto de Jorge Negrete, programado para el 13 de octubre en las escaleras del Capitolio. No le dijo nada a su madre por aquello de evitar la inevitable cantaleta sobre salir sin chaperona, y aún menos a su suegra, quien encontraba falta en todo lo que hacía o dejaba de hacer. El charro cantor, como le decían las revistas de cine mexicano, pasaría en un descapotable por la avenida Ponce de León para recibir los vítores del público. Virginia, quien no se perdía ni una de las películas del guapísimo actor, tenía toda la intención de salir a la calle para verlo pasar.

—Vienen las primas este fin de semana, mami, y nos vamos todas al concierto de Jorge Negrete el sábado. Lucía no tuvo el corazón de llevarle la contraria. Ir a un concierto con toda esa muchachería era un disparate, pero ella ya no tenía la autoridad de prohibirle nada. Aunque sí podía advertirle que habría un gentío tremendo, y también mucho soldado suelto, porque el concierto era en honor de las tropas, y que ella estaría pendiente hasta que regresaran a la casa.

En el balcón del apartamento vecino, Susana fumaba un cigarrillo tras otro mientras escuchaba el intercambio entre las dos mujeres. Era increíble cómo las voces flotaban en el aire, pensó complacida, casi intactas, como para que las oyeran otras personas. ¿Sabía su hijo de los planes de Virginia? Estaba plenamente segura de que no, pues Rafael jamás dejaría salir a su mujer sola, aunque fuese rodeada por esa falange de primas gritonas y desordenadas. Quizás esta sea la gota que colme el vaso, se dijo, echándose otra bocanada de humo al pecho.

Susana ya no era la mujer intrigante y atractiva de antes. No importaba que todavía fuera rica, y que se podía comprar lo que le diera la gana o ir al salón de belleza todos los días. En lo único que gastaba era en cigarrillos, los cuales valían su peso en oro, pues todo el tabaco disponible estaba destinado a los soldados. Había perdido interés en todo lo que no fuese relativo a su hijo o a Carlota, a quien consentía sin disimulo. La bebé era la única persona que tocaba su corazón, marchito luego de tantas decepciones. Apuntaba que iba a ser el opuesto de su hermana mayor, lo cual complacía a su abuela paterna: dócil, dulce y feliz de quedarse con ella jugando con sus muñecas.

Susana, quien nunca salía del apartamento excepto para diligencias urgentes o visitas al doctor, la cuidaba todo el tiempo, preparándole meriendas de avena colada o tostadas con mantequilla. A Nena la velaba desde el balcón, cigarrillo en mano, aceptando que el pelo lacio negro y los ojos eran de su hijo, pero que su piel trigueña era un misterio.

Jorge Negrete llegó un jueves y el gentío fue tal que Virginia no pudo llegar ni a la esquina de la avenida Ponce de León a ver su carro pasar. Frustrada, regresó al apartamento y encendió la radio.

«Son las dos de la tarde en San Juan y a continuación WKAQ presenta el boletín noticioso de la hora, traído para para ustedes por Corona Deluxe, elaborada, envejecida y embotellada aquí mismo en Puerto Rico. Calma la sed y devuelve los bríos agotados. Un deleite al paladar; pruebe y compare. Manufacturada por la Corona Brewing Company de San Juan, Puerto Rico».

«Estimados radioescuchas, Miguel Ángel Torres reportando desde los altos del teatro Matienzo en la parada 23, para aquellos que no hayan podido llegar a darle la bienvenida al consagrado artista mexicano Jorge Negrete, o quienes quieran oír todo lo acontecido con su llegada desde la comodidad de sus hogares. El avión que transportó al charro cantor aterrizó hace aproximadamente dos horas en la Isla del Encanto bajo un magnífico cielo azul. El artista y cantante ofreció palabras de agradecimiento al público presente en el aeropuerto antes de salir en carro descapotable hacia San Juan.

»Kresto, Denia y Malta Duquesa presentan la gran novela radial todos los días de lunes a viernes. Las más destacadas novelas originales del escritor José Sánchez Arcilla, el creador de El collar de lágrimas *y* Cuando quiere una mujer…».

Virginia suspiró. Por lo menos lo vería cantar el sábado, se dijo.

El teléfono sonó el viernes al mediodía y Nena corrió para contestarlo. Cada vez que lo hacía se imaginaba que era la operadora de la casa del teléfono, pero a veces se le olvidaban los recados o enganchaba antes de tiempo. Virginia, pendiente a la llamada de la delegación de Comerío, la interceptó en el pasillo.

—¿Luisa, a qué hora las esperamos? —preguntó Virginia entusiasmada luego de intercambiar saludos—. Sí, seguimos en pie de ir temprano al Capitolio para conseguir sitio frente a la tarima... ¿Espera... qué me dices? ¿Pero cómo es que a estas alturas se te había olvidado que mañana era el bautizo de la niña de tu hermano? —dijo con expresión incrédula mientras contemplaba los muebles que iba a tener que regresar a su sitio—. Ay qué pena... sí, claro, entiendo... no, no se preocupen, yo tengo la firme intención de ir y les contaré cómo me fue... sí, sí, abrazos a todas —se despidió resignada, recordando en los merengues que tía Maruja horneaba para cada fiesta familiar. Se le aguó la boca nada más de pensar en ellos.

—Ven, Nena, que vamos a jugar a poner los muebles y los cojines en su sitio —le dijo a su hija, quien merodeaba impaciente pendiente a la llegada de las primas—. Las titis tienen que quedarse en el pueblo, mi vida, y no van a poder venir.

Virginia notó la sincera expresión de congoja en el rostro de su hija mayor. No la culpaba, pues cada vez que venían de visita se llevaban a la niña de compras a González Padín o a la Bombonera a comer mallorcas.

—Pero no te preocupes, que tú y yo vamos esta tarde al Matienzo para que veas al hombre que sale del piso tocando el órgano, los muñequitos, las noticias, la película y comas...

Nena la miró con su ya famosa mirada, la cual era capaz de comunicar una infinita variedad de sentimientos: sé que me mientes, no te entiendo, por qué no me complaces, no me siento bien o no me gusta lo que dices. Pero la mera mención del protocolo del cine fue suficiente para que olvidara la visita cancelada.

—¡*Popcorn*! —gritó, vibrando de la emoción.

Virginia sonrió. Su hija no era fácil, pero sí era fácil de complacer.

La niña sentía verdadera pasión por la pantalla grande. Cada vez que la llevaban al Paramount o al Metro era como si pisara otro mundo, uno que brindaba, por una peseta, un espectáculo incomparable que duraba casi tres horas. Lucía la llevaba al cine a menudo, pero ella prefería películas sobre las vidas de los mártires y de Jesús, y se rehusaba a gastar más allá del boleto de admisión, insistiendo en traer sus propios dulces, los cuales escondía en la cartera hasta que apagaran las luces. A Nena no le gustaban las películas religiosas, pues los protagonistas siempre terminaban encarcelados, torturados o muertos.

Esa tarde Virginia y Nena se fueron caminando al teatro Matienzo, donde vieron la función de las cuatro de *Meet Me in St. Louis.* Nena, *popcorn* en mano, estaba en el borde de la silla cuando escuchó los primeros acordes del órgano, el cual a veces le daba un poco de espanto por lo potente de su sonido. Ella y su madre se miraron sonriendo.

—Aquí viene, Nena —avisó Virginia.

Una tarima frente al escenario comenzó a subir con lentitud, revelando dos grandes filas de tubos de metal y un imponente órgano de madera labrada con dos niveles de teclados. A los lados del instrumento, misteriosos botones de marfil y en el suelo una docena de pedales de madera. Un muchacho elegantemente vestido estaba sentado frente al instrumento, abrió un corto programa musical con *La Polonesa* de Chopin. Nena se la sabía de memoria luego de haberla escuchado tantas veces. Le siguieron varias danzas. El muchacho terminó su programa con *Ensueño de Marta* y, poniéndose de pie, ofreció un saludo al público antes de que bajaran el aparato para comenzar la función.

El pesado telón de terciopelo se abrió y todos escucharon el suave zumbido del proyector en el segundo piso. Los primeros diez minutos estaban dedicados a las noticias mundiales, y dentro de ese marco dominaba todo lo relacionado a la guerra. Cualquier segmento que se mostrara: enormes acorazados en plena batalla naval, tropas norteamericanas liberando la ciudad de París, mujeres armando aviones de caza, estaba sujeto a aprobación oficial.

Al terminar el resumen mundial comenzaban las noticias locales, las cuales usualmente mostraban al gobernador Tugwell y líderes locales en plena faena oficial. Luis Muñoz Marín, el dirigente del recién formado Partido Popular Democrático, siempre estaba cerca del gobernador. Tugwell, firme proponente de las políticas del nuevo trato de Roosevelt, encontró en el político un contraparte inteligente y carismático, y Muñoz Marín entendía que la experiencia previa de Tugwell en cuanto a los problemas del latifundio era necesaria para el éxito de su proyecto de reforma agraria.

Luego de los políticos, venía la sección social, la favorita de Virginia. Un segmento en particular capturó su atención de tal manera que se enderezó en su butaca, la inauguración del hotel Normandie, acontecida hacía apenas dos días con un despliegue de lujo y sofisticación inigualado en el Caribe. Allí, en blanco y negro, estaba la pareja que le había mencionado Ligia, los dueños del hotel, Félix Benítez Rexach y su señora, la famosa francesa con su espectacular despliegue de joyas, al lado del gobernador y su esposa. Siguieron los baluartes de la sociedad capitalina, los políticos, y, al final del reportaje, un grupo de la universidad de Puerto Rico, entre ellos el rector, alzando sus copas para el fotógrafo. Le llamó la atención una mujer alta y de cabello oscuro adornado con gardenias. Virginia logró captar parte de su nombre, impresionada por lo elegante que se veía… Anna.

Finalmente, los muñequitos que tanto fascinaban a Nena: Tom y Jerry, el Pájaro Loco y el Pato Donald. Ya cuando llegaba la película había transcurrido casi una hora, pero Nena nunca mostraba señales de cansancio. La película era una puerta a un mundo especial, donde los problemas se resolvían en menos de dos horas, las mujeres lloraban sin que se les borrara el maquillaje y los niños eran siempre obedientes. Nena, sacudiendo la bolsa de papel para alcanzar las últimas rosetas de maíz, suspiró feliz al oír a Judy Garland cantar ataviada con su traje de volantes y sombrero a juego.

Rafael regresó a San Juan a los pocos días del concierto a una casa vacía. Susana, quien se había quedado con Carlota, le dio la noticia.

—Se han ido todos al Auxilio Mutuo porque Anselmo está muy grave —le dijo Susana—. Vete, que yo me encargo de Carlota.

Rafael se encontró a la familia en el pasillo esperando que el cura terminara el ritual de extremaunción. El doctor les había dicho que era cuestión de horas, y entraron a la habitación a despedirse. Finalmente, Maruja pidió que los dejaran solos. Cerró la puerta, se acostó en la cama junto a su esposo de más de treinta años. Anselmo se deslizaba entre la conciencia y el sueño. Maruja agarró su mano y la besó con ternura.

Subió la vista unos segundos al notar que un pequeño pero radiante arco iris había aparecido en la pared frente a la cama. Extrañada, porque llovía a cántaros, bajó la cabeza para decirle a Anselmo que abriera los ojos para que lo viera, pero su esposo ya había cruzado el umbral de la manera en la cual había vivido, suave y sencillamente. Cuando alzó la vista, el arco iris, sin duda el último regalo de su marido y el más hermoso de todos los que le dio, ya se había desvanecido.

ANSELMO LONGORIA Y SOLÍS
Ha fallecido

Su viuda, María Eugenia Ramos de Longoria, su cuñada Lucía y sus sobrinos Regina, Virginia y Joaquín, y demás familiares, al participar de tan sensible pérdida acontecida el miércoles, 18 de octubre de 1944, ruegan que se eleve una oración al Todopoderoso por el eterno descanso de su alma.

Notificamos que será velado en la Casa del Teléfono en Comerío el jueves 19 de octubre, y que el acto de sepelio se llevará a cabo el viernes 20 de octubre en el Cementerio Municipal de Comerío a las diez de la mañana.

Se celebrará una Misa de recordación en la Casa de España en San Juan el martes 24 de octubre de 1944 a las seis de la tarde.

La congoja de Maruja era absoluta. No tenía el ánimo ni de visitar la finca ni de quedarse en la casa del teléfono. Veía a Anselmo en la penumbra de cada esquina, y juraba que el chasquido de las páginas de su periódico la mantenía despierta por las noches. Su fallecimiento les había pegado duro a todos. Maruja decidió alquilar una casita más pequeña, asumiendo correctamente que Regina estaría con ella hasta que se casara, y que Virginia, Lucía y las niñas continuarían visitándola.

Rafael decidió entrarle de lleno a los seguros a las pocas semanas de la muerte de Anselmo, y se afanó por sacar la licencia de corredor lo más pronto posible. Tenía el presentimiento de que la guerra llegaría a su fin en el próximo año y quería estar listo para poder ofrecer seguros de todo tipo a quien los necesitara. La mayoría de los cursos se hacían por correspondencia, cosa que él despachaba sentado en la mesa del comedor, luego de que Lucía y las niñas se retiraban a dormir. Cuando no estaba estudiando, practicaba su inglés consultando el diccionario bilingüe.

Fueron unas navidades mustias. Maruja observaba un riguroso luto y se pasaba regañando a Regina porque no se enfundaba de negro de pie a cabeza como ella. El único evento feliz durante ese invierno fue la pedida de mano de Regina por parte de Edmundo Barea, la cual se celebró con una pequeña fiesta en casa de tía Carmen y las primas a mediados de enero. La fecha de la pedida fue sujeto de varias acaloradas discusiones entre Regina y su tía, quien insistía que dejara pasar un año para así honrar la memoria de Anselmo. Durante el último intercambio de opiniones, Maruja seguía sin dar su aprobación, cosa que hasta a la misma Lucía le parecía mezquina, dada la devoción de Regina con sus tíos. Pero la paciencia de la muchacha llegó a su límite.

—¡Tía Maruja, si me sigues poniendo peros y trabas te juro que me voy a San Juan y me caso frente a un juez esta semana! —gritó Regina desesperada cuando Maruja le volvió a acordar del periodo de luto recomendado por la Iglesia—. Edmundo y yo ya tenemos treinta y dos años y estamos ansiosos por formar familia. ¡No quiero esperar más; me caso en mayo y se acabó!

Maruja mantuvo actitud de víctima ofendida por tres días y luego se permitió el lujo de entusiasmarse. Había tanto que hacer y disponemos de tan poco tiempo, decía preocupada, desde el vestido de boda hasta la fiesta que seguiría la ceremonia, aunque los novios insistieran en que no querían recepción por aquello de economizar. La boda sería en el pueblo de Cataño, cosa que horrorizó a Maruja hasta que le explicaron la razón. El padre Guillermo de Hass, quienes las primas aseguraban que vivía secretamente enamorado de la novia, había sido transferido a una nueva parroquia en Cataño y ofreció casarlos en cuanto se anunciaran las proclamaciones. Lucía, mientras tanto, ensartó su aguja y se dedicó a coser y bordar camisas de dormir y sábanas de hilo dignas de una reina.

De Joaquín llegaban cartas en las cuales se quejaba amargamente de la comida y de las patrullas nocturnas, las cuales variaban de lo tedioso, porque nunca encontraban nada, a lo aterrador, si detectaban la presencia de submarinos alemanes. Varios soldados en su pelotón cargaban consigo guitarras y otros instrumentos, y durante las horas de descanso, cantaban canciones de Bobby Capó y Daniel Santos para alejar la melancolía.

La mañana del 8 de mayo Lucía se vistió con especial cuidado. Regina le había pedido que le llevara al padre Haas en persona los certificados de salud de la pareja, pues ella estaba ocupada con otros menesteres. Lucía concluyó su rosario con diez Padrenuestros adicionales para que no pasara nada en los próximos cuatro días que pudiera impedir la ceremonia de su hija y otros diez para la protección de Joaquín. Nena, aburrida luego de jugar con Carlota, vio a su abuela ponerse el sombrero y se empeñó en acompañarla.

Lucía llamó a la muchacha de la casa para que se encargara de Carlota porque sabía, por no verla en el balcón fumando, que Susana todavía andaba con la bata de dormir puesta. Agarrando el sombrero de Nena, salió con ella a la calle en dirección a la avenida Ponce de León para montarse en la guagua rumbo a San Juan. Allí tomarían la lancha para cruzar la bahía hacia Cataño.

Su nieta era la acompañante perfecta. No se quejaba nunca y se quedaba pegadita a su lado mientras admiraban juntas los escaparates de las tiendas para ver lo que estaba de moda. Lo único que pedía la niña era parar frente al escaparate de la tienda de pianos Nin para ver a la esposa del dueño tocar el instrumento para los que pasaban frente al local. Al parecer le gustaba lo que escuchaba porque se quedaba completamente inmóvil hasta que Rosita Nin daba fin al concierto con un gesto teatral de las manos.

Nena consideraba el paseo en guagua maravilloso, porque pasaban por sus sitios favoritos de camino al muelle, pero el prospecto de una travesía marítima era aún más emocionante, pues incluía la compra de boletos, abordar la lancha y tomar asiento al lado de una ventana para aprovechar la brisa de la bahía. Al otro lado las esperaba tía María, hermana de parte de padre de Lucía, quien ejercía como enfermera en un hospital privado. Nena no la conocía muy bien, pero sabía que era un poco más joven que su abuela. Era raro que Lucía se quejara, pero a veces se lamentaba de no haber conocido a sus hermanas de padre cuando era joven. Todas eran como María, amables y cariñosas a pesar de haber pasado tiempos difíciles al morir Emilio. Querían muchísimo a Lucía, a quien consideraban la mayor de las hermanas a pesar de tener madre distinta. Quizás su vida hubiese tomado un giro distinto si su padre se la hubiese llevado, como había planeado originalmente, pensaba con un dejo de tristeza.

En la terminal de Cataño divisaron a María desde la lancha, resplandeciente en su uniforme blanco. Las hermanas se fundieron en un gran abrazo. Nena, de la mano de su abuela y de María, caminaba contemplando la bahía y los edificios de la plaza. Una vez depositado el mandado en la parroquia de Nuestra Señora del Carmen se dispusieron a tomarse un café, pues las hermanas tenían meses de no verse.

Nena, tranquila con sus dulces de tamarindo, observaba a un grupo de niños jugar un partido de béisbol a un lado de la glorieta de la plaza cuando se escuchó el repique fuerte de campanas. Los comensales se miraban confundidos. No eran las campanas marcando la hora, sino un repique desenfrenado, como el que avisara algo de manera urgente. En la distancia, se escuchaban las campanas de las iglesias de San Juan. El dueño de la panadería salió apresurado de la parte de atrás del local para encender la radio, la cual apenas se podía oír por el alboroto de las campanas. Los niños seguían jugando, ajenos a la conmoción. Nena miró el reloj de la panadería, el cual marcaba las diez y diez de la mañana.

El panadero sintonizó el aparato y se oyó en el local la voz sonora del locutor de turno de WKAQ interrumpiendo la programación de *La Tremenda Corte*.

«Estimados radioescuchas, ponemos un alto temporero a nuestra programación para diseminar un importante boletín de última hora.

»Portavoces del gobierno de los Estados Unidos acaban de confirmar que el día de hoy, 8 de mayo de 1945, a las tres de la tarde hora de Londres y diez de la mañana hora de San Juan, marcó el fin de la Segunda Guerra Mundial en Europa con la aceptación y certificación de la rendición incondicional del gobierno nazi y de la derrota de las fuerzas del eje en el continente europeo por las fuerzas aliadas.

»Escenas de júbilo, alivio y regocijo se están presenciando en estos instantes en todas las capitales mundiales. En Londres, el primer ministro Winston Churchill recibió el aplauso de cientos de miles de personas reunidas frente al Ministerio de Salud, y en Nueva York, medio millón de personas se han congregado en el área de Times Square para celebrar la victoria.

»En San Juan, y estamos seguros de que, en todos los pueblos de nuestra bella isla, se está oyendo el feliz repicar de las campanas anunciando en final de tan terrible conflicto. Estaremos dedicando el resto de la programación de hoy a esta noticia tan deseada y esperada, la cual no dudamos provoque júbilo a todos los puertorriqueños».

María, Lucía, y los demás clientes de la panadería irrumpieron en gritos de felicidad, abrazándose y aplaudiendo al concluir el boletín noticioso. Nena jaló la falda de su abuela para que viera lo que estaba ocurriendo afuera. Los niños en la plaza dejaron de jugar para darle paso al padre Haas, quien salió de la iglesia cargando un gran cirio prendido seguido de dos diáconos, unas monjas que estaban de visita en la parroquia y feligreses que encontró por el camino... todos ellos con velas encendidas. Detrás de ellos, el cura asistente salía cargado con cajas de velas para que todo el que quisiese pudiese participar. El padre, visiblemente emocionado con la noticia, hizo un ademán con el brazo para que todos los que estaban en la plaza y en los locales aledaños se unieran a la procesión, la cual daría la vuelta al pueblo.

En ese momento, Lucía supo que Dios le había enviado no solo uno, sino dos milagros: el primero era que Joaquín regresaría a la casa sano y salvo y el segundo que Regina se casaría con quien Él le había puesto en el camino. Agarró a Nena de la mano y, ensartando su brazo con el de su hermana, cruzó la calle para incorporarse a la procesión, la cual le dio la vuelta al pequeño pueblo mientras la gente cantaba y lloraba de júbilo.

CAPÍTULO VEINTE

Condado, P.R.

Mayo de 1946

Conrado salió de su estudio de mal humor. La bulla de los niños jugando en el patio de la casa y los ladridos histéricos de Lindo, el perro de su esposa, no le permitían concentrarse. La bola que se estrelló contra una destartalada puerta de madera resultó en un estruendo apocalíptico y terminó siendo la gota que colmó el vaso. Tapó el lente de la cámara y caminó furioso hacia el patio con toda la intención de repartir correazos, fuesen hijos o no. Al llegar vio que los culpables, excepto el perro, quien lo miraba con expresión curiosa, se habían esfumado, sin duda alguna porque sabían de que era propenso a dar fuete primero y hacer preguntas después.

Desde que regresara Conrado del frente el nivel de tensión en la casa había aumentado. Cualquier cosa lo sacaba de quicio, que los niños tocaran su equipo fotográfico, que Anna dejara su lápiz de labios fuera de la gaveta o que se sirviera el desayuno un minuto más tarde de las siete de la mañana. Los supuestos agravios resultaban en discusiones acaloradas, portazos o correazos, o en silencios que podían durar muchos días. Y lo peor era que no parecía haber manera de apaciguarlo. Los dos niños mayores, ansiosos con los frecuentes y a veces impredecibles cambios de temperamento del padre, se refugiaban en donde podían. Federico, tras una fachada de indiferencia y rebeldía, y Manuel sacando buenas notas o payaseando para hacer reír a quien le hiciera caso. Agustín, de apenas cuatro años, todavía no tenía noción de lo que estaba pasando más allá de que no le gustaba.

El progreso de su carrera se había dado contra la pared luego de su retorno a la isla. El ejército, su refugio desde los dieciocho años, le había comunicado recientemente que no había sido seleccionado para subir al rango de coronel, una noticia que le dolió más de lo que se atrevía a admitir.

La guerra que había dejado atrás estaba vivita y coleando dentro de su cabeza. Interrumpía sus pensamientos, lo privaba de sueño y lo llenaba de una ira irracional. Nadie a su alrededor entendía lo que habían vivido él y sus tropas en las alturas de los Alpes marítimos de Peira Cava. Los muchachos bajo su mando, quienes meses antes habían estado cultivando la parcela familiar, no poseían la experiencia y brutalidad de las tropas alemanas. Eran valientes, eso sí, y querían que todos los que se cruzaran en su camino supieran que peleaban con el mismo ahínco que sus contrapartes americanas, aun si lo hacían segregados de esa fuerza. Conrado revivía cada pérdida, repasando mentalmente las muchas cartas que tuvo que escribir, las cuales comenzaban usualmente con las palabras «*Es con un gran pesar que les escribo para notificarles de la pérdida de su hijo…*».

Su frustración con sus superiores era evidente, y tuvo que responder a su coronel luego de propinarle un puñetazo a otro oficial después de que este dijera que el ejército tenía razón al segregar a las tropas negras e hispanas porque jamás estarían a la altura de la fuerza principal. «Cómo se atreve a decir tal cosa», pensó. Él y sus muchachos eran tan bravos como cualquier otro, y sangraban igual.

No pensaba que fuese a estar tan afectado por lo que vio en Italia. La miseria era tan arrolladora que le faltaban palabras para describirla, por tanto, se abstuvo de compartir sus observaciones con otros. Niños de la edad de Federico y Manuel merodeaban harapientos por las calles despedazadas por los bombardeos, arrimándose desfallecidos a las piernas de los soldados para que les dieran algo de comer. Mujeres de todas las edades se acercaban, algunas acompañadas por sus esposos, padres o hijos, para venderse a cambio de una barra de chocolate. La devastación era completa. Los pocos que se acercaban a hablar con él ya no tenían ni la fuerza de quejarse. Lo único que se les ocurría hacer era pedir algo de comer o dar gracias de que les había tocado una invasión americana y no rusa. Eso pudo haber sido mil veces peor. En lo único que podía pensar Conrado era en su regreso, y en su familia. Pero supo al instante de llegar a la casa que nunca lograría encajar de nuevo como antes. Se sentía a la deriva.

Dio la vuelta por el patio para aclarar la cabeza y vio la sombra del gato en busca de algo que comer. Lindo alzó su largo y refinado hocico, encontrando de una vez al invasor entre las matas de canarias. De nuevo miró a su amo como diciendo: «¿Y ahora qué?». Conrado no sabía por qué detestaba tanto al gato. Quizás porque Anna se pasaba dejándole leche por hacer exactamente nada, aunque ella juraba que era un campeón ratonero. Regresó al garaje para darle los últimos retoques a una fotografía que tenía que entregar esa semana.

Anna, mientras tanto, caminaba desanimada de regreso a la casa luego de sostener una conversación con la directora de la escuela de los niños. Encendió un cigarrillo para calmar los nervios y pensar en su siguiente paso, pues era consciente de que la noticia iba a poner a Conrado colérico. En resumen, Manuel había terminado el segundo grado en St. John's sin incidentes de disciplina y con buenas notas, pero Federico había batido el récord de visitas a la oficina de la directora durante su huracanado paso por el tercer grado. La administración recomendaba que Federico continuara su educación en otro plantel.

Anna aplastó la colilla del cigarrillo con el zapato, decidiendo en ese instante resolver la situación sin que Conrado se enterase. No le iba a mencionar el intercambio que había sostenido con la principal, ni le iba a mostrar la carta que anunciaba oficialmente la expulsión del niño. Sabía que Conrado le propinaría una paliza a su hijo mayor o discutiría con ella sobre la necesidad de ser mucho más estrictos con él. Iba a necesitar tiempo y paciencia para solucionar los problemas que confrontaba en la casa, y qué mejor cómplices que sus padres. Llevaría a los niños a Aguirre con la excusa de que comenzaban las vacaciones y, una vez allí, convencería a Conrado de que lo mejor sería que los niños fuesen a la escuela en Guayama. Tenía la impresión de que su esposo no le pelearía mucho la decisión, y más aún porque Agustín, el más pequeño, se quedaría con ellos. Una vez armado el plan en su cabeza, caminó con más confianza hacia la casa.

Esa tarde Flavia había preparado lengua rebozada, plato que complacía a los adultos y horrorizaba a los niños, quienes inventaban métodos para deshacerse de ella. Conrado, sabiendo que Lindo se paseaba por el comedor con el hocico en el suelo para recoger los muchos bocados que caían misteriosamente desde la mesa, se levantó para sacarlo al patio. Federico aprovechó la ausencia momentánea de su padre y los lloriqueos de Agustín, quien peleaba por sentarse en la falda de su madre, para lanzar un pedazo de lengua en dirección a la cocina. Manuel, ni corto ni perezoso, lanzó dos pedazos sin que su madre se diese cuenta.

Conrado regresó a la mesa, viendo satisfecho que los niños parecían habérselo comido todo. Acarició con su mano la cabeza de su hijo menor, como si con ese gesto pudiese transmitir su conexión emocional con los otros miembros de la familia. Anna sonrió complacida. Quizás lo que necesitamos él y yo es tiempo y espacio, pensó.

Flavia había dejado la puerta trasera abierta para que entrara fresco. Federico y Manuel sonreían tras sus respectivas servilletas. Desde donde estaban sentados divisaron la estilizada figura del gato, quien, aprovechando la ausencia de su archienemigo canino, entró sigiloso a la cocina sin que Flavia lo viera. De una vez olió los pedazos de lengua en el piso, acercándose más con cada uno que se comía al comedor.

Todo pasó en menos de quince segundos.

Conrado subió la vista para ver al gato comiendo en el umbral de la cocina, ajeno al peligro que corría de estar dentro de la casa. Sin decir palabra, subió a la habitación a buscar una de sus pistolas, teniendo cuidado de elegir la de menor calibre, y bajó las escaleras mientras revisaba las balas en el tambor. Al llegar al comedor se detuvo, apuntó el arma y disparó. Acto seguido se sentó a comer.

Flavia, quien partía con cuidado un flan de coco para servirlo de postre, gritó del susto, y al salir corriendo de la cocina y ver el sangriento desmadre en el piso del comedor, se tapó la boca con el delantal para contener su horror.

Anna, muda del espanto, agarró a los niños, quienes gritaban de pánico al ver a la criatura en su agonía, y se los llevó en un taxi a casa de sus suegros. Su suegra, sentada con ella mientras lloraba a pierna suelta, le dio la razón. Su hijo no era el de antes.

Anna regresó a la casa al día siguiente solo para empacar. Llenó cuanta maleta tenía disponible de ropa y juguetes y se fue luego de convencer a Flavia, con un aumento de salario como incentivo, de que cuidara de la casa y de su marido. Ella y sus hijos se montaron en el carro de Manolo en silencio, como si entendieran que lo que habían presenciado la noche anterior no era de este mundo.

Central Aguirre, julio de 1946

Federico y Manuel andaban siempre juntos, especialmente después del asunto que nadie se atrevía a mencionar en voz alta. Los primeros días de las supuestas vacaciones, Anna daba vueltas por la casa fumando, posponiendo con cada cigarrillo la difícil conversación que le esperaba. Pero las aguas no tardaron en regresar a su cauce. Luego de múltiples llamadas, telegramas y cartas, decidió regresar a San Juan, pero solo luego de que su esposo le jurara que nunca, jamás haría algo tan horroroso frente a ella o sus hijos. También había conseguido, a fuerza de mucho persuadir, que Federico y Manuel continuaran sus estudios en el Colegio San Antonio de Guayama. Aunque no era de su preferencia que estuviesen tan lejos, estaba convencida de que era la decisión más acertada, por lo menos hasta que las cosas se normalizaran. La mejor manera de apoyar a Conrado era ayudándolo con el pasatiempo que se había convertido en sustento, la fotografía. Para lograr esa meta tendría que renunciar a la suya, algo que consideraba injusto, pero igual se lo iba a tener que tragar. Decidió, mientras empacaba su maleta de regreso, que lo mejor era no decir nada a los niños para no preocuparlos. Los muchachos, pensando que estarían de regreso en la casa antes de que comenzaran las clases, no flaquearon al ver a su madre diciendo adiós desde el asiento trasero del carro.

En Aguirre, los niños andaban a sus anchas el día entero. El escondite favorito de Manuel se encontraba en las ramas más altas del árbol de ceiba en el patio de la casa de sus abuelos. Desde su promontorio divisaba los puntos cardenales de la Central: el muelle donde los buques cargaban toneladas de azúcar, el gran molino donde se procesaba la caña, la entrada, flanqueada por dos filas de enormes palmas reales, y en la cima de la loma, la casa del presidente de la Central, el señor Price. Más importante, podía ver quién frecuentaba la tienda de abastos Tybor, el cine o la fábrica de helados Mento, o saber por dónde andaba su abuela o los miembros de su pandilla.

Y tenía palco de primera fila para observar, en un rincón del gran patio de los Santillán, la porqueriza de Venus, la cerda pinta más grande y de peor temperamento de toda la comarca. Inés, orgullosa de sus rosales y su huerta, y pendiente a lo que opinaran los vecinos, detestaba tener a la puerca en su patio, aunque estuviese escondida detrás de las matas de plátano y parcha. La toleraba porque dos veces al año paría camadas de puerquitos, que se convertían en las chuletas, morcillas y manteca que consumía la familia.

Manuel le tenía miedo a Venus. No solo pesaba más de trescientas libras, sino que arremetía con sus afilados colmillos al que no estuviese pendiente. Pero los puerquitos que paría eran como cualquier cría, graciosos, y a veces Federico y él intentaban agarrar a uno de ellos sin que la madre se fijara. Pero Venus era más lista de lo que pensaban, y al verlos acercarse embestía las vigas de madera que cercaban la porqueriza, rugiendo y chillando como un alma poseída por el mismo diablo. Manolo, sabiendo que la puerca era tentación peligrosa para sus nietos y sus amigos, les advirtió repetidamente que no se acercaran.

—Si uno de ustedes entra ahí con ella no respondo de lo que pueda pasar, pero una cosa es segura, si sobrevive el culpable se va a llevar una tunda de la cual se va a acordar para siempre —dijo serio una vez que los vio acercarse demasiado al animal—. Ya saben, en guerra avisada no muere gente, así que ni se les ocurra acercarse o molestarla porque esa puerca tiene la fuerza y la furia de un toro de plaza mayor.

Manuel dejó de escrutar los movimientos de su hermano para ver si Bernabé, el empleado de la heladería, estaba afuera con su cigarrillo. Ya era mediodía y, en cualquier momento, su abuela tañería una campanita de plata anunciando el almuerzo. No había señal del hombre todavía, pero quizás, como a eso de las tres, saldría de nuevo y habría otra oportunidad de que le regalara una barquilla. Comenzó a bajar con cuidado, acordándose de que había visto a su abuela batiendo huevos después del desayuno, señal de que estaba preparando postre. Tanteaba con el pie la rama siguiente cuando escuchó un fuerte ronroneo tras la cortina de hojas. El gran gato blanco perteneciente a los vecinos lo miraba desde la rama vecina, desde donde les seguía el rastro a las alimañas que se atrevieran a asomarse. Inés decía que era un ejemplar digno de feria agrícola porque venía de Iowa.

Como la familia era de gran tamaño, era lógico que el gato también lo fuese. Sin poderlo evitar, la mente del niño regresó a la fatídica tarde de lengua rebozada y gato baleado. Intentaba consignar tan horrible experiencia al olvido, pero este gato, que de por si parecía un fantasma con su pelaje blanco, lo sorprendía en los sitios menos esperados, como si estuviera empeñado en que no se olvidara del difunto. Sintió la rama con la punta de sus *Converse*, saltando a la grama justo cuando la campanita de Inés comenzó a sonar.

Federico venía por la calle vecina con una honda en la mano, la cual se apresuró a esconder en el bolsillo del pantalón, pues sabía que su abuela las detestaba. Es un arma bíblica, decía consternada, hecha para matar gigantes, no animalitos inocentes que no se pueden defender. Pero Federico, queriendo de alguna manera imitar a su padre, seguía practicando su puntería en los terrenos baldíos de la Central.

Inés salió al balcón de la casa para darles la bienvenida a ellos y a Manolo, quien llegaba a caballo de los cañaverales para almorzar. De postre, el favorito de su abuelo, tocino del cielo.

El verano se desperezó frente a ellos en toda su gloria. Inés despachaba a los niños a la calle luego de darles el desayuno, prohibiéndoles la entrada a la casa hasta la hora del almuerzo. La pandilla, compuesta por los hijos de gerentes y supervisores, se reunía en la base del árbol de ceiba a las nueve para planear la jornada. Entre las actividades favoritas estaban colarse dentro del exclusivo campo de golf para buscar guayabas, jugar partidos de béisbol que inevitablemente generaban trifulcas y subirse a las locomotoras del tren de caña. Por las tardes, Manolo los llevaba al área de fundición a recoger ruedas, rodamientos y pedazos de tabla para que fabricaran patinetas y teresinas.

Cuando las noches eran claras, los niños acompañaban a su abuelo a pescar. Al final del gran muelle donde atracaban los buques de carga los esperaba Salao, un empleado que se convertía en pescador al caer el sol. Bajo la luz tenue de crudos quinqués de fabricación casera llamados *jachos*, sacudía sus redes y trampas y las echaba al agua. Los niños siempre atrapaban jueyes, y el pescador se encargaba de curarlos antes de entregárselos a la cocinera de los Santillán.

Los fines de semana visitaban el club Americano con los abuelos, quienes pasaban las tardes jugando cartas o tomando aperitivos en el balcón con sus amigos. Federico y Manuel se deleitaban en fastidiar a las niñas en la piscina con enérgicos saltos de trampolín, y ellas, a pesar de sus protestas, gustaban de la atención y terminaban persiguiéndolos por todo el local. Una vez el salvavidas los sacara de la piscina por insurrectos, Manuel se vestía y visitaba la bolera. Allí encontraba a los viejos empleados de la Central, ingenieros y expertos de caña que jugaban boliche todos los días, excepto el domingo, y cuyas manías y técnicas se esforzaba en imitar. Su abuelo siempre lo encontraba al final del día sentado en la barra con ellos, practicando su inglés mientras escuchaba cuentos de partidos míticos de boliche.

El jornalero entró a la tienda de abastos de la Central Aguirre a las siete de la mañana del día 6 de julio sin decir palabra. Frente a él, Martín Olbes compraba dos hogazas de pan fresco mientras intercambiaba saludos con el matrimonio Tybor, los administradores del local. Al darse la vuelta, Martín se percató de la presencia de un tipo delgado con un sombrero viejo de fieltro.

Olbes, transformado su característico buen humor por un enojo glacial, se le acercó. Joe y June Tybor, intrigados por el cambio de ánimo del gerente de la Central, observaban la escena mientras el *bing* de la máquina registradora sonaba por toda la tienda. Olbes parecía estar enojado con el hombre, quien lo miraba impasible desde el umbral de la puerta.

Tenían razón. Martín había perdido la paciencia. El fulano, luego de ser aprehendido por amenazar a la criada de la residencia Olbes con un revólver al desdeñar sus avances, se sentía lo suficientemente impune como para acercarse de nuevo a la casa como si con él no fuera la cosa. Martín, alarmado por la amenaza que representaba un hombre inestable y armado no solo para su familia, sino para todos los que residían allí, reportó el incidente a la policía, pero esta se había desligado del caso luego de no encontrar causa suficiente para continuar sus indagaciones. Los otros clientes se movieron instintivamente al fondo de la tienda, como si supiesen que algo malo iba a pasar. Joe Tybor, acordándose que había olvidado su arma en la casa, se plantó frente a su esposa.

—¿Usted de nuevo? —preguntó Martín incrédulo—. ¿Qué quiere, que llame a la policía para que se lo lleve de una vez por todas? Piense en su familia y en el daño que les va a causar si insiste en darnos problemas.

El hombre, mirándolo fijamente, esbozó lo que parecía ser una levísima sonrisa, lo cual hizo que Martín perdiera su famosa calma.

—¡Sálgase de aquí antes de que llame al jefe de la policía y al fiscal para que lo metan preso hoy mismo!

El hombre ni se inmutó. Del bolsillo del pantalón sacó un revólver y, sin decir ni una palabra, le vació la pistola encima. Antes de que Joe Tybor pudiese reaccionar, el hombre soltó el arma en el piso y salió corriendo. El cuerpo inerte de Martín Olbes yacía en un charco de sangre que se ampliaba con cada segundo que pasaba. El pan que había comprado segundos antes cayó en trozos ensangrentados a su alrededor.

Manolo, quien se estaba disfrutando el primer café negro de la jornada, escuchó los gritos de June Tybor y salió de su casa corriendo con la camisa a medio abotonar y su pistola apuntando hacia arriba para evitar un tiro accidental.

—¡Cierra las ventanas y las puertas de la casa con llave y no le abras la puerta a nadie hasta que yo regrese! —le gritó a su mujer, quien había saltado como una liebre al escuchar los disparos. Los niños se asomaban asustados desde la habitación. Inés agarró un enorme cuchillo, y seguida por la criada, se metió en el cuarto con ellos, cerrando la puerta y la ventana hasta nuevo aviso.

Manolo sabía que la conmoción era en el almacén, pues la tienda de Tybor estaba al otro lado de la fábrica de helados Mento, la cual colindaba con la casa, y los gritos venían de allí. Corrió la corta distancia en menos de quince segundos, abriéndose paso entre un nudo de empleados del turno de la mañana que se comenzaba a aglomerar en la entrada del local.

Su respiración se entrecortó cuando vio el cuerpo de su amigo Martín tirado en el piso. Era claro que estaba muerto, pero aun así se dobló de rodillas para tomar su pulso. June Tybor lloraba descontrolada desde su puesto tras la registradora, y las clientas se abrazaban horrorizadas, tratando de no mirar la gran mancha de sangre que insistía en abrirse paso por el piso. Joe Tybor salió corriendo de la alacena con un pedazo de lona, el cual usaron para cubrir a Martín. Acto seguido, cerró las puertas de la tienda para proteger la dignidad de quien había siempre sido una persona íntegra y decente.

—Yo me quedo aquí con él hasta que llegue la ambulancia, Manuel, no te preocupes —dijo Joe Tybor—. Tú tienes una pistola y yo dejé la mía en casa hoy, maldita sea... Vete en dirección a la entrada a ver si das con él antes que la policía.

Manolo entendió a Joe. Si encontraba al asesino, debería matarlo, punto.

Salió corriendo como un loco en dirección a Montesoria, encontrándose de camino con los guardias de la entrada y uno que otro empleado que le indicaba por dónde iba el asesino. Vio el carro de la policía hacerse camino hacia las barracas que albergaban a los cortadores y lo siguió, metiéndose por los matorrales para que no lo vieran. El estruendo de un disparo rebotó por las barracas. Manolo llegó jadeando al umbral de una habitación donde se arremolinaban alterados un puñado de empleados. El cuerpo del hombre yacía en un camastro, un revólver en su mano derecha. Todo apuntaba a que se había disparado él mismo, pero habría que esperar el informe oficial. Manolo salió de la barraca luego de consultar con los policías y caminó de regreso hacia la tienda, notando que los vecinos lo miraban pasar en silencio, sin duda horrorizados por lo que había acontecido.

La muerte de Martín Olbes fue un suceso tan fuera de serie que mereció mención en el *New York Times* y recibió amplia cobertura en el *Puerto Rico Ilustrado* y los periódicos de la isla. Todos se preguntaban por qué la policía no tomó las medidas necesarias para evitar tal desventura. El nivel de indignación fue de poco consuelo para Paquita, quien no conocía más vida que la que había llevado junto a su marido en la Central, y para los que se habían cruzado en su camino más de cuarenta años atrás, como Manolo.

A principios de agosto llegó un gran paquete de San Juan, lo cual emocionó a los niños porque no sabían qué podía contener. Federico decía que quizás eran unos *Converse* nuevos para reemplazar los que le quedaban pequeños, y Manuel cruzaba los dedos porque le había pedido a su mamá un guante de béisbol. Inés lo abrió frente a ellos y se arrepintió de inmediato de haberlo hecho. Debió de haber dejado que lo abriese su hija, quien se supone que viniera ese fin de semana para hablar con los niños sobre la escuela nueva en Guayama. De la caja salieron uniformes, zapatos, bultos y útiles escolares para Federico y Manuel, quienes observaban en incómodo silencio.

Federico fue el primero en hablar.

—¿Por qué no nos acaban de decir que nos vamos a quedar aquí para siempre? —dijo, tratando de disimular la rabia que sentía—. ¿Cuándo vienen, abuela? De seguro que tú sabes porque te lo han dicho.

Al ver que Inés no le respondía, salió hacia la calle, la honda en su bolsillo. Manuel, confundido por el contenido del paquete y el extraño silencio de Inés, caminó hacia la heladería Mento para ahogar sus penas de la manera en que sabía y podía, con una barquilla de vainilla… o dos.

Washington, D.C., 8 de junio de 1950

Antonio Fernós era conocido en el Congreso estadounidense por su carácter afable y poco pretencioso. Médico de profesión, concentró sus esfuerzos en el sector de la salud pública antes de ser nombrado comisionado residente hacía cuatro años. El aliado clave del gobernador Luis Muñoz Marín pasaba poco tiempo en su oficina. Prefería rondar por los pasillos del Congreso para interceptar a sus colegas, usando cada paseo para persuadirlos de que concedieran el derecho de gobierno autónomo a los puertorriqueños.

Esa tarde tuvo la gran satisfacción de ver al Senado votar unánimemente para ratificar la ley pública 600, la cual permitiría a los puertorriqueños a establecer su propio gobierno autónomo constitucional. Los diecinueve años que llevaba en Washington habían rendido fruto: Puerto Rico disfrutaría de la autonomía política que tanto deseaba. Dentro de poco regresaría a San Juan a liderar una asamblea constitucional, la plataforma para la construcción del llamado Estado Libre Asociado.

Los nacionalistas, bajo el liderazgo de Albizu Campos, estaban furibundos con Muñoz Marín por empujar el proyecto de ley que se acababa de aprobar. El líder del Partido Nacionalista había regresado a la isla tres años atrás, luego de cumplir once años de cárcel en Atlanta. No tenía intención de darle paso a la asamblea constitucional, aunque las medidas a su alcance fuesen más allá de lo aceptable. Ya lo habían tratado de callar usando la ley de la mordaza, aprobada en mayo del 1948 para restringir a los partidos nacionalistas e independentistas, pero no daría su brazo a torcer jamás.

Titulares del periódico *El Imparcial*, 31 de octubre y 1 de noviembre de 1950

Nacionalistas y policías se baten a tiros en varios pueblos de la isla
A la hora que entra en prensa esta edición de El Imparcial *las fuerzas del Partido Nacionalista están llevando a cabo un asalto sobre el Palacio de Santa Catalina, residencia de Luis Muñoz Marín, gobernador de Puerto Rico, produciéndose un tiroteo general en la mansión ejecutiva. Este es el punto culminante de una serie de revueltas que se produjeron en la madrugada y en el día de ayer simultáneamente en varios puntos de la isla.*

Es inminente su arresto
Pedro Albizu Campos, presidente del Partido Nacionalista de Puerto Rico, quien cumpliera condena en Estados Unidos durante varios años, es acusado de conspirar para el derrocamiento del régimen norteamericano en Puerto Rico mediante la violencia. Su arresto se espera de un momento a otro, en vista de los sangrientos sucesos registrados en varios puntos del país.

Santurce, P.R., febrero de 1951
Las niñas se habían acostumbrado a los ritmos y rituales del colegio de la Inmaculada Concepción. Carlota y Nena se montaban en la guagua escolar a las siete y media de la mañana, regresando por la misma vía a la casa para almorzar mientras se reían con las payasadas

de Diplo en el *Show de la Taberna India*. Una hora después, regresaban a la escuela para terminar la jornada escolar a las tres con una merienda de galletas de soda untadas con mermelada de naranja.

Entrada la tarde, hacían sus tareas y salían a la calle a jugar o, en el caso de Nena, a escuchar por la radio los partidos de béisbol con los niños del vecindario. Conocía tan bien el juego que se lo había enseñado a su mamá y a tía Maruja. Ni Lucía ni Carlota tenían ni el menor interés en aprenderlo, prefiriendo la primera sus telenovelas radiales y la segunda menesteres más tranquilos supervisada por Susana. Por las noches, las niñas se dormían arrulladas por el sonido del abanico, pero de vez en cuando, si la brisa soplaba de cierta manera, las despertaba el extraño ululular de las locas del asilo, y Carlota salía como una bala hacia la cama de sus padres.

En el plantel no había espacio para rebeldes, y Nena, con su afición a correr en vez de caminar y usar la mano izquierda para escribir, ponía a prueba, como decía sor Francisca, la paciencia infinita de Dios. Hasta la mirada de la niña, fija y sin bochornos, era de por sí considerada un acto de rebeldía. Nena no cometía estas injurias a propósito, eran simplemente parte de quién era ella y, aparte de su timidez, era una niña como cualquier otra. Pero había quienes no quedaban satisfechos. Sor Angustias, quien había llegado hacía pocos meses proveniente de la casa matriz de la orden, estaba convencida de que a los zurdos, a quienes consideraba díscolos por naturaleza, había que ayudarlos a pesar de sus protestas.

Un viernes a mediados de febrero, buscó a Nena durante el recreo para que fuese con ella a la biblioteca, un amplio salón con pisos de pasta verdes, grises y rojos y grandes libreros y mesas de caoba. Ambas notaron la presencia del padre Javier María y una docena de monjas sentadas a sus pies en el piso, todas concentradas en el cura mientras sonreían beatíficamente.

El padre Javier María era el sacerdote encargado de las misas y del currículo religioso de las novicias. Hasta Nena, quien no era ni una *teenager*, como decían las muchachas grandes, sabía que el cura era uno de los hombres más guapos que había visto, y eso que ella sabía de galanes, especialmente los de Hollywood. Alto, fornido y rubio, el cura tenía unos penetrantes ojos azules que provocaban un éxtasis como el de Santa Teresa entre las estudiantes mayores y confusión entre sus pupilas religiosas, para quienes el deseo era casi siempre un concepto desconocido. Sor Angustias carraspeó levemente, sonriendo a pesar de no querer dar la impresión de que ella también caía presa bajo el sortilegio del padre cada vez que se lo encontraba en el pasillo. Bajaba la mirada para que nadie se diera cuenta de que ella, una mujer de cuarenta y tantos años, se sonrojaba como una mera quinceañera. Nena todavía no entendía por qué las monjas estaban en el piso y no sentadas en las mesas. ¿Quizás era porque con las cofias no cabían? El fuerte acento castizo de sor Angustias rompió el hechizo.

—No queremos interrumpir —dijo de manera general al grupo—. Estamos aquí para tratar de remediar una situación grave.

El cura fijó su magnífica mirada en la niña, a quien conocía por verla correr como un bólido durante la hora de recreo, y sonrió.

—Sor Angustias, le recomiendo que si tiene que hacer algo hágalo porque es vital, y hágalo con mucho amor y paciencia, pues es difícil ir contra la naturaleza. Lo digo por experiencia —aconsejó el padre Javier María.

—Pero por supuesto, padre, usted sabe que tenemos una misión muy importante aquí y hay que cumplirla a cabalidad —respondió la monja con tono un tanto agredido.

Nena seguía sin entender exactamente lo que había que remediar hasta que desde las oscuras profundidades de su hábito sor Angustias extrajo un cuaderno de rayas y varios lápices. La niña se sentó donde le indicó la monja y escuchó sus instrucciones y comentarios sin decir palabra.

—No, María Eugenia, el lápiz se agarra así, con la mano de Dios, la derecha... ¿No te han dicho que la zurda es la del mal, la del diablo? —dijo la monja, quitándole a Nena el lápiz de la mano izquierda, su cofia mustia de sudor por el esfuerzo de mantener la compostura frente al cura y las novicias, quienes habían dejado la lección a un lado para observarla—. Pues te lo digo yo, y el padre Javier María también, que esto se tiene que corregir, aunque ya tengas once años... No puedo creer que han permitido esto aquí... En España no dejábamos que los niños fueran zurdos, va contra Dios y le abre paso al desorden y el desenfreno.

Durante quince minutos Nena intentó de todo corazón complacer a sor Angustias, formando letras torpes en el cuaderno mientras la monja le corregía la posición de la mano y le repetía que su esfuerzo no era suficiente, que tendría que venir a la biblioteca todas las tardes después de clase para practicar con la mano derecha hasta que ella lo determinara.

Algo en Nena despertó, quizás por lo injusto de la situación o por el mero hecho de que le comenzó a doler el brazo derecho, y le dio el ímpetu que necesitaba para ponerse de pie y tirar el lápiz en dirección a los libreros.

—A mis papás no les importa que yo escriba con la izquierda, aunque fuese la mano del diablo —dijo a punto de llorar—. ¡Ellos están orgullosos de mí porque saco buenas notas, hasta en caligrafía!

—¡María Eugenia Pérez, siéntese ahora mismo antes de que usted y yo tengamos que ir a la oficina de sor Francisca! —amenazó sor Angustias, pálida de la ira. ¿Cómo se atrevía esta niña a llevarle la contraria en frente del padre y las novicias?

El padre Javier María se levantó de su silla.

—Sor Angustias, creo que sería mejor que la niña regrese a su salón de clase, y que usted le presente el asunto a sor Francisca para que ella determine si todo esto… —el padre pausó para señalar con la mano el cuaderno, a Nena, quien intentaba sofocar su llanto, y finalmente a la misma monja— amerita lo acontecido. Yo quisiera creer que usted lo ha hecho con la mejor de las intenciones y eso, al final, es lo que cuenta, ¿verdad? —dijo con tono apaciguador.

Sor Angustias no respondió, concentrándose en un punto en la pared para no tenerlo que mirar. Estaba lívida y a la misma vez avergonzada.

—Anda, María Eugenia, regresa a tu salón y dile a Sor Betania que si necesita una nota para excusarte que se la llevo yo mismo —dijo el cura mirando a Nena con expresión amable.

La niña salió disparada de la biblioteca, evadiendo las faldas que formaban abanicos en el piso.

Esa tarde, al bajarse Nena de la guagua, Lucía notó su rostro compungido y preguntó qué le pasaba, pero la niña no dijo nada. En su bulto tenía una nota de sor Francisca a sus padres, la cual tenían que firmar luego de leerla. Nena no tenía la menor idea de lo que decía la misiva, pero estaba segura de que mencionaba el lío con sor Angustias, y tenía pánico que su papá, quien tenía un carácter volátil e impredecible, la castigara. Al terminar la cena, la niña se acercó a su madre y, dándole el sobre, se sentó en la sala, resignada al castigo que de seguro vendría. Virginia abrió el sobre con genuina curiosidad. Las monjas se habían quejado de que Nena prefería correr, no caminar, de que hablaba sin permiso en clase, pero nada especialmente preocupante. La niña sacaba buenas notas, hasta en matemáticas, lo cual enorgullecía a su madre, pues ella era un desastre más allá de lo básico. Al terminar de leer la nota de sor Francisca, Virginia se la mostró a su marido, quien la leyó en silencio.

—¿Cómo se atreve una monja a hacerle eso a mi hija? —preguntó Rafael en tono neutral.

Virginia se preparó mentalmente para lo que imaginaba iba a ser un despliegue de gritos y amonestaciones de parte de su marido. Era imposible poder pronosticar cómo iba a reaccionar a cualquier cosa, fuese inocua o importante. Tenía que mantener la calma; eso era primordial en todo intercambio con él. Pero muy para su sorpresa, Rafael mantuvo la cordura.

—Mañana vas a donde sor Francisca y le devuelves la nota tú misma —dijo, metiendo la nota en el sobre—. Le dices que no queremos a esa monja cerca de Nena o Carlota jamás, y si tenemos que ir de nuevo a su oficina, será para sacar a las niñas de la escuela.

Rafael se sentó en el sofá al lado de su hija mayor, notando con genuina pena que tenía los ojos aguados. No iba a permitir que alguien con un mandato basado en superstición lastimara a su hija, aunque la directiva llegara del mismísimo Pío XII.

—Nena, no te preocupes de lo que pasó en la escuela. Esa monja no entiende que aquí en la tierra hay gente que escribe no solo con la mano izquierda, sino hasta con los pies y Dios no toma ofensa —dijo Rafael, inspirándose sin duda en una de las vecinas, quien había nacido sin brazos y escribía y tejía con los pies—. Es más, para olvidarnos de esta estupidez te tengo una sorpresa —la niña lo miró con expresión neutral, imitando inconscientemente a su madre—. Hace un rato el vecino, sabiendo que eres fanática del béisbol, me regaló dos entradas para el último juego entre los Cangrejeros y los Criollos. El sábado se baten en el Sixto Escobar, y tú y yo vamos a estar allí con ellos.

Demás está decir que sor Angustias fue consignada al olvido en un santiamén. En el universo de Nena no había nada más importante que este partido, cuyo ganador iría a competir por la serie del Caribe en Caracas y con equipos del calibre de Cuba y la República Dominicana.

Ese sábado, más de dieciséis mil fanáticos se dieron cita en el estadio Sixto Escobar para presenciar lo que sin duda sería un partido excepcional, pues los equipos venían empatados con tres juegos cada uno. Los Criollos habían sido designados por comentaristas y locutores deportivos como los favoritos para llevarse la corona. Rafael, viendo las multitudes apretujadas en las gradas y los que se conformaron con treparse en aleros, verjas y torres de alumbrado, agradeció el generoso gesto del vecino. A diferencia de los que estaban a los costados del estadio, ellos estaban sentados en un palco, cada uno en su silla y en la sombra. Una brisa fresca entraba desde el balneario del Escambrón. A su lado izquierdo se encontraba un señor mayor y su esposa, a primera vista extranjeros porque hablaban una intrigante mezcla de español, inglés y francés. Al lado derecho de Nena se sentó un grupo de universitarios, ondeando banderitas cangrejeras y echando porras dignas de campeonato.

El partido comenzó a las 2:40 de la tarde en punto, y desde el principio estuvo reñido. Durante los periodos de *time out* Nena intercambiaba información sobre los jugadores con la muchacha a su derecha y Rafael miraba al señor a su lado hacer pequeños bocetos a lápiz en una libreta de dibujo. En poco tiempo había capturado a varios jugadores en plena faena, a un vendedor de refresco y una vista del balneario del Escambrón. El hombre subió la vista al ver que lo observaba.

—Lo sé, vengo al partido porque mi amigo me regaló los boletos y lo que hago es dibujar —dijo un tanto avergonzado—. Aprovecho los *time outs* para hacer bocetos porque es lo que he hecho toda mi vida.

—¡Fíjese usted, a mí también me regalaron los boletos! —contestó Rafael al entablar conversación—. Mi vecino es el superintendente de la policía y…

—¡Él es mi amigo también… que casualidad tan grande! —exclamó el señor—. Yo le doy clases de pintura a su hija mayor en la universidad y él, tan amable, nos envió las taquillas ayer —añadió, virándose hacia el lado para incluir en la conversación a la señora sentada a su costado.

Rafael se presentó, echándose hacia atrás para señalar a Nena, quien sonrió tímidamente desde su asiento. La niña notó de inmediato la sencilla elegancia de la indumentaria de la señora. Protegida del sol por un sombrero de paja negro de ala ancha y unas estilizadas gafas de sol; su único maquillaje consistía en un lápiz de labios rojo profundo. La corta melena negra, libre de permanente o redecilla, apenas rozaba los hombros del sencillo vestido de rayas negras y blancas que llevaba puesto. En sus manos un abanico que manejaba tan expertamente como tía Maruja. Nena no dejaba de mirarla, queriendo memorizar cada detalle.

—Me llamo James Denby, y esta es mi señora Camille. Vivimos en Miramar desde hace casi veinte años. He sido fotógrafo, abogado y soldado, pero ahora me dedico a mi pasión verdadera, la pintura —dijo, señalando la libreta como queriendo justificar su profesión.

—Pues si es tan amable, quizás me pueda recomendar a alguien para darle clases de dibujo a mi hija Carlota —le pidió Rafael—. Ella es pequeña todavía, pero creemos que tiene buena mano.

—Por supuesto, sería un gran gusto hacerlo —dijo James asintiendo.

El altoparlante anunció una vez más el comienzo del juego.

Nena saltó de su silla para celebrar los dos bateadores cangrejeros que empataron el marcador. El estadio vibraba con los gritos y aplausos de la fanaticada, y de las secciones de arriba bajaba una leve lluvia de confeti que se mecía en el aire con la brisa marina. Los dos lanzadores, Luis Cabrera de Santurce y Roberto Vargas de Caguas, hacían una labor heroica manteniendo a los bateadores de ambos equipos en la zona de *strike*. En la segunda parte de la octava entrada, con el marcador empatado en 2-2, Mike Clark entró a reemplazar a Vargas.

En la segunda parte de la novena entrada el flamante Clark procedió a retirar a los bateadores cangrejeros Willard Brown y Bob Thurman. La fanaticada de Santurce gimió frustrada al ver a José Saint Hilaire, un jugador dominicano delgado conocido como Pepe Lucas, caminar hacia la zona de bateo. Con dos *outs* en el marcador en el fondo de la novena los Cangrejeros no podían permitirse el lujo de cometer un solo error, y Pepe Lucas, aunque conocido por su habilidad como primera base, no era un bateador del calibre de los dos anteriores. Todo quedaba en manos de Pepe Lucas, séptimo bate en la alineación cangrejera.

Clark lanzó fuego a Lucas, extrayendo dos *strikes* que parecían presagiar una victoria criolla. Lucas se volvió a poner en posición. Nena, de pie en el palco, intentaba adivinar lo que Clark iba a lanzar. Creo que va a lanzar un *fast ball*, dedujo, telegrafiando su opinión a Pepe Lucas. La niña leyó al lanzador correctamente. Clark se puso en posición, y estirando su brazo hacia atrás, lanzó una recta ardiente. La verdad es que nadie se esperaba lo que pasó, especialmente Clark. El bate del cangrejero hizo un arco perfecto, conectando con la pelota con el *crack* sonoro de un jonrón. Los jugadores criollos del jardín izquierdo ni siquiera se molestaron en buscar la pelota, pues salió como una bala por encima de la verja lateral del estadio. Pepe Lucas dio la vuelta a las bases estupefacto, asegurando el título de campeón a los Cangrejeros de Santurce por primera vez. Un nuevo término se acuñó en su honor: el *pepelucaso*.

Nena, con el permiso de su padre, se fue a celebrar con los universitarios al terreno de juego, brincando de la alegría y gritando consignas cangrejeras hasta quedar ronca. James Denby y su señora aprovecharon el momento para salir del estadio, no sin antes darle a Rafael un pedazo de papel de la libreta. En él, James había dibujado un sencillo pero hermoso perfil de Nena. Debajo de este, su nombre y el teléfono de la casa.

—Cuando quiera nos llama, señor Pérez, que con gusto le recomiendo a mi mejor alumna para que comience con su niña. Un placer conocerlo —le dijo al despedirse.

Esa noche, luego de apagar la luz del cuarto de las niñas, Virginia regresó a su habitación para ponerse la camisa de dormir. Rafael, sentado en la cama, sacaba lo que parecía ser un pedazo de papel de un pantalón que se había caído de su percha.

—Mira esto qué bonito —dijo Rafael mientras se lo enseñaba a su mujer—. Lo dibujó el señor que estaba sentado a mi lado durante el *pepelucaso*. Es un pintor que enseña en la universidad. Me dijo que nos podía recomendar a una maestra para Carlota.

Virginia examinó con cuidado el dibujo, un simple boceto en perfil que capturaba la esencia de Nena. Ella, quien se pasaba la vida preocupada por su hija, pudo ver en el dibujo trazos de la muchacha intensa, inteligente y atractiva que iba a ser. Decidió proponerle algo a su marido en ese momento.

—Rafael, tía Maruja está dispuesta a pagarle las clases de piano a Nena. Está muy agradecida de que la niña le haya enseñado el juego porque eso la entretiene ahora que está en casa de Regina —dijo Virginia cruzando los dedos—. Hay que aprovechar estos gestos. Si ella se encarga de las clases de piano de Nena, quizás tu mamá se anime a pagar las clases de dibujo de Carlota.

Virginia guardó el papel en su tocador antes de que Rafael terminara de desvestirse. Todavía a estas alturas estaba aprendiendo a interpretar el ánimo y los gestos de su marido, y no quería que el dibujo terminase hecho trizas porque a él le diera de repente un ataque de celos.

La estrategia de Virginia rindió fruto. Susana, no queriendo que Maruja acaparara elogios, financió sin titubear las clases de su nieta menor. Carlota aprendía los fundamentos de perspectiva y forma, mientras que Nena practicaba escalas y descifraba partituras.

La caligrafía de Nena, mientras tanto, se refinó hasta tal punto que sor Francisca le pidió que escribiese los nombres en los premios que se entregaban a fin de año. El padre Javier María entró a la biblioteca una tarde de mayo y la vio en una mesa rodeada de pilas de certificados, tan concentrada en su labor que ni cuenta se dio de que él estaba allí, y sonrió complacido.

Los Cangrejeros procedieron a barrer la serie del Caribe en Caracas, ganando el campeonato cinco juegos a uno. Nena, acompañada de amigos y vecinos, entre ellos el superintendente de la policía y su familia, fue parte del grupo que le dio la bienvenida al equipo al regresar de Caracas.

San Juan, P.R., julio de 1952

La Asamblea Constituyente se reunió a finales de agosto, liderada por Antonio Fernós y compuesta por setenta delegados populares, estadistas y socialistas. Los delegados independentistas se abstuvieron de participar. La asamblea, al cabo de varios meses, redactó la Constitución, el preámbulo de la cual trajo lágrimas a los ojos de Virginia cuando la leyó en marzo del 1952. Se acordó de su padre y también de Pedro Albizu Campos, en confinamiento solitario en la cárcel de La Princesa, y a pesar de su apoyo a la causa estadolibrista sintió en lo más profundo de su ser que los había decepcionado.

«Nosotros, el pueblo de Puerto Rico, a fin de organizarnos políticamente sobre una base plenamente democrática, promover el bienestar general y asegurar para nosotros y nuestra posteridad el goce cabal de los derechos humanos, puesta nuestra confianza en Dios Todopoderoso, ordenamos y establecemos esta Constitución para el Estado Libre Asociado que en el ejercicio de nuestro derecho natural ahora creamos dentro de nuestra unión con los Estados Unidos de América».

La Constitución, aprobada por una gran mayoría de puertorriqueños, fue proclamada en vigencia el 25 de julio de 1952.

Ocean Park, P.R., 1 de agosto de 1954

Conrado salió de la casa con paso sigiloso arrastrando dos pesadas maletas, que depositó en el asiento trasero de su Jaguar descapotable. Quería evitar a toda costa que sus hijos se percataran de su partida, y, aunque apenas rayaran las cuatro de la madrugada, no se fiaba de que estuviesen dormidos en sus camas. A pesar de todo lo que había pasado entre él y Anna, se consideraba un buen padre, y detestaba saber que el espectro del abandono que lo acompañaba esa noche iba a estar presente al despertar sus niños la mañana siguiente. Salir como un ladrón en medio de la noche le parecía pésimo, pero tenía que admitir que abandonar la casa por la parte de atrás y de puntillas era lo que se merecía luego de las pachotadas cometidas con otras mujeres a través de los años.

Lindo se había despertado al oírlo bajar las escaleras y lo acompañó al garaje, husmeando el aire con su fino hocico por si acaso se presentaba algo interesante en el patio. Qué ironía, pensó Conrado, un perro despide a su dueño, quien también se portó como un perro. Anna tenía toda la razón cuando le pidió que se mudara de la casa. Él no era ejemplo para sus hijos en cuestión de fidelidad. Dio gracias en silencio a su madre, quien, luego de haberlo tratado de convencer de hacer las paces con su esposa, había aceptado que viviera con ella en la casa de la calle de Diego hasta que se asimilara a su nueva situación.

Abrió el portón del garaje y sacó el carro sin encenderlo, aprovechando que no había tráfico. Lo menos que quería era hacer ruido. Lindo, sentado en la marquesina, lo contemplaba impasible. Conrado llamó al perro con un chasquido casi inaudible y lo entró a la casa, donde este retomó su posición favorita al pie de las escaleras. Todo estaba en su lugar, pensó Conrado con una punzada de nostalgia. Imaginó a su esposa pateando las sábanas como siempre hacía cuando le daba calor, y el pelo alborotado de sus hijos sobre las almohadas. Por un instante pensó en entrar, despertar a Anna y rogar que lo perdonara. Pero descartó ese impulso, convencido de que había tomado la decisión correcta. Al cerrar la puerta, se dio cuenta de que estaba llorando, y apuró su paso por el jardín para acabar de salir de allí. Mañana o, mejor dicho, hoy, sería otro día, se dijo a sí mismo. El motor del Jaguar ronroneó suavemente al salir de la calle McLeary, pero no llegó a despertar a nadie.

Miramar, P.R., septiembre de 1952

Los miércoles por la tarde estaban dedicados a las actividades extracurriculares de las niñas. A las tres, salía Virginia con Carlota en el carro para llevarla a su clase de dibujo y a esa misma hora llegaba la maestra de piano a la casa. Lucía le ofrecía a la maestra un café con leche en taza de porcelana, acompañado de una servilleta bordada por ella misma, y una generosa porción del dulce de la semana. Sospechaban que la merienda era también almuerzo, porque el plato siempre regresaba a la cocina sin una migaja.

El piano, con sus escalas y elementos matemáticos, agradaba a Nena. Tenía un oído excelente, una memoria sin par para las notas y letras de las canciones, y las manos largas y finas de una pianista.

Nena practicaba por las tardes y, al cabo de poco tiempo, los vecinos se acostumbraron a escuchar el progreso musical de la joven. Le gustaba la música popular, y se pasaba en una batalla campal con la maestra para que le enseñara a tocar piezas que no fueran las típicas del canon clásico de enseñanza. De vez en cuando la maestra dejaba que aprendiera una que otra danza, y pronto volvía a insistir en que se concentrara en las complicadas cantatas y fugas del barroco, pues así era que se convertiría en pianista de conservatorio. Pero Nena las encontraba tan predecibles como el metrónomo que medía el compás de lo que estaba tocando. Afortunadamente a ambas les gustaba Chopin, así que las cocineras que preparaban la cena, los niños que jugaban en las marquesinas y las señoras que se juntaban a cuchichear en terrazas y balcones disfrutaban de las polonesas, estudios y nocturnos del compositor.

El sábado, Virginia se montó en el carro para llevar a Carlota a su clase de pintura. La profesora usualmente enseñaba en la sala de su pequeño apartamento en la calle de Diego, pero en esa ocasión pidió que llevaran a la niña a la casa de su maestro, un señor mayor casado con una francesa. Al parecer, quería que Carlota tuviese su lección sobre colores en el patio de la casa de su profesor en Miramar, porque tenía un jardín lleno de plantas y flores maravillosas.

A Virginia le sonaba familiar lo del pintor y su esposa, y al buscar unas enaguas en la gaveta supo por qué. El boceto de Nena, hecho durante el famoso partido de la serie de 1951 y escondido entre sus cosas desde entonces, era sin duda de su autoría. Nena le había contado lo de la señora francesa y su vestido de rayas blancas y negras; tenía que ser la misma persona.

Si iba a conocer a la mítica francesa más valía ponerse algo más impactante que su usual uniforme de falda y blusa. Se puso un vestido de algodón blanco con unas alpargatas de tacón alto que le había traído Maruja de Madrid. Le siguieron el collar de perlas que le había regalado Rafael las navidades pasadas. Cepilló su pelo castaño, y, sabiendo que su suegra velaba sus idas y venidas desde el balcón, se puso el colorete y pintalabios solo después de salir de la calle Colón.

—Me contó la profesora que el maestro había estudiado en París, y que había conocido a Monet —anunció Carlota desde el asiento trasero del carro—. Tú sabes cuál es, el artista que pintaba su jardín, el del libro que traje de la escuela.

—No me acuerdo, pero suena muy interesante —contestó su madre, concentrada en el tráfico—. Asegúrate de prestar especial atención hoy, pues estoy segura de que es un privilegio ser invitada a la casa del maestro de tu maestra —Carlota asintió, su carita seria.

La profesora las recibió en la puerta y cruzaron una gran sala cuyas paredes estaban cubiertas de cuadros de personas, del mar y de pescadores, de vistas y vegetación, de París. La luz del sol se filtraba por grandes ventanales abiertos de par en par para dejar entrar la brisa de la laguna.

La terraza era una profusión de colores y Virginia se apenó de no tener a Lucía a su lado. Su madre se pasaba la vida tratando de que se le prendieran las matitas que traía desde Comerío cuando visitaba a Joaquín, pero no había heliconia ni bromelia que brotara en el balcón o en el patio de atrás del edificio. La profesora trajo una silla para Virginia y puso el caballete de la niña frente a una enorme trinitaria color escarlata para comenzar la clase. El fresco y el susurro de las hojas era tan agradable que Virginia cerró los ojos un rato hasta escuchar una voz cálida y con un leve acento.

—Que linda está la tarde, ¿verdad? —preguntó una voz con un levísimo acento extranjero.

Virginia abrió los ojos y, mirando a su alrededor, vio a un señor mayor alto, de porte elegantísimo, vestido con una camisa blanca y pantalones de lino manchados de pintura. Traía varios pinceles en una mano, y con la otra se apoyaba en su bastón.

Virginia se levantó de su silla al mismo tiempo que la profesora, quien se apuró donde ellos sonriendo.

—Maestro, Camille, me da mucho gusto presentarles a Carlota Pérez y a su mamá Virginia. Carlota es una de mis alumnas más jóvenes, pero tiene un talento notable para la composición y el dibujo, y sé que le va a ir muy bien una vez dominemos los colores —la maestra empujó suavemente a Carlota hacia la pareja para que los saludara.

James Denby, feliz de estar fuera de la cama donde había pasado casi un mes recuperándose de una operación, fijó su atención en Virginia. Era una mujer muy linda, de ojos expresivos y una sonrisa aún más encantadora por lo imperfecta que era. Su traje blanco le acordaba las pequeñas velas que izaban los pescadores de su isla natal. Una memoria antigua despertó en lo más profundo de su ser, pero la ignoró, sabiendo que ya no podía acordarse de las cosas como antes. Todo se le hacía tan difícil estos días, especialmente después de la operación. Era como si le hubiesen borrado grandes arcas de memoria y vivencias. Decidió no pensar en lo perdido y hacer lo que todavía podía hacer... pintar.

—Jovencita, vamos a ver cómo le va pintando esta trinitaria irredenta... Es tan rebelde que casi no la podemos podar, pero nos complace floreciendo todo el año —dijo James, acercándose lentamente al caballete de Carlota. La niña lo miraba con curiosidad obvia.

—Me contó la maestra que usted conoció a Monet cuando era joven —dijo Carlota mientras el maestro se sentaba junto a ella.

James se quitó el sombrero de paja que llevaba puesto y lo puso a un lado. Carlota, quien se fijaba en todo, notó sus ojos verdosos y cómo contrastaban con el color trigueño de su piel.

—Sí, lo llegué a conocer, ya estando él tan viejo como lo estoy yo ahora, en Giverny. Me topé con él por pura casualidad, y lo ayudé a llevar algo a su casa. Fue muy amable conmigo y me dio muy buenos consejos —dijo mientras se enrollaba las mangas de su camisa—. Cuando pinto vegetación o agua me acuerdo de él y de su jardín, un verdadero paraíso terrenal.

Carlota registró la emoción de su voz, y cómo sabía, a pesar de tener apenas diez años, que ella era artista también, se conmovió tanto que se le aguaron los ojos. El mero hecho de estar sentada al lado de un artista de renombre quien, a su vez, conoció a uno de sus pintores favoritos era como sacarse el premio grande de la lotería.

—Si usted sigue pintando con la emoción e inteligencia que ya va desplegando en este lienzo, le va a ir muy bien —dijo el maestro simplemente—. Pero sepa que este es un proceso de por vida, y que siempre seguirá aprendiendo e interpretando según pasen los años. Mis pinturas más recientes no se parecen en nada a las de mi juventud, pero en todas me veo, porque son parte de lo que he vivido. A usted, Carlota, le pasará igual. Nunca se cohíba al pintar... es la más pura expresión de quién es usted.

Virginia se había quedado charlando con Camille mientras el maestro aconsejaba a Carlota. Cualquier preocupación que hubiese tenido de parecer poco sofisticada se esfumó al darse cuenta de que su anfitriona era una persona sencilla y amable. Entendió de una vez por qué había impactado a Nena de tal modo. El pelo le rozaba la quijada como una cortina, lo cual acentuaba su boca pintada del rojo más intenso. Era una mujer sumamente atractiva.

Entonces ,Virginia, ¿de dónde es su familia?, ¿de aquí de San Juan? —preguntó Camille.

—Mi familia es oriunda del pueblo de Comerío, y la de mi marido es de allí y de Yabucoa —respondió Virginia—. Mi apellido de soltera es Ramos y el de casada es Pérez.

—Mi marido viajó por toda la isla durante los meses que siguieron a la invasión —observó Camille mientras lo contemplaba desde donde estaban sentadas—. Me dijo que pasó un tiempo muy especial en Comerío, y que salió del pueblo uno o dos días antes de San Ciriaco. Le he pedido a través de los años que me lleve a verlo, pero siempre surge algo que nos lo impide. La recuperación de James ha sido más lenta de lo usual por su edad y condición cardiaca. Hoy es de las primeras salidas a la terraza, pero pienso… —la voz de Camille se entrecortó por un segundo—, pienso qué mejor ocasión que esta, en la cual le imparte a su hija consejo y sugerencias. Me alegra mucho que hayan venido, Virginia —añadió Camille mientras se secaba disimuladamente una lágrima—. Carlota es una jovencita encantadora y con mucho talento. Ojalá se pueda coordinar otra sesión con James para que sigan su conversación. Ahora me lo tengo que llevar, pues le toca descansar.

James descubrió, muy para su sorpresa, que los tres cuartos de hora que había pasado con Carlota lo habían dejado extenuado. Se dejó llevar a la habitación de la mano de Camille mientras la maestra y la niña terminaban la lección. Ella le contó mientras caminaban por el pasillo que la familia de Virginia Pérez era de Comerío.

—Mira qué interesante, James, tú que estuviste allí hace tantos años. Deberíamos ir cuando te sientas mejor —dijo Camille tratando de subirle el ánimo.

Esa noche James no pegó el ojo, preocupado por un recuerdo que no parecía poder recobrar. Fragmentos de eventos y rostros de personas hacían acto de presencia tras sus párpados cerrados, pero se movían tan rápido que apenas los podía hilvanar juntos para que tuvieran sentido. Se aferraba a una inexplicable corazonada que tenía que ver con la mamá de la niña que conoció esa tarde, pero no podía explicar por qué. Se concentró en su rostro, el cual le parecía familiar, pero nada le venía a la cabeza. Ya cuando se estaba deslizando en los brazos de un sueño intranquilo, se acordó de la falda de su vestido, blanca y crepitante en la brisa, y de repente vio el sol reflejado en el rostro de otra mujer, y la sombra jugando con su cara sonriente mientras él le tomaba una foto desde el balcón.

—Sargento…

—Ya me acordé, Virginia, al fin me acordé —murmuró en su sueño.

Agradecimientos

Alborada no hubiese sido posible sin el apoyo y la ayuda de muchos. Comienzo dando las gracias a mis abuelas, Anna y Virginia, por haber sido las narradoras principales de nuestra historia familiar, y a mis padres, Walter y Annette, por haber continuado la tradición de manera cabal y entretenida. A mis hermanos, Sabrina y Walter, y mi tía Vanessa, quienes leyeron cada capítulo y compartieron conmigo valiosas observaciones y puntos de vista, un especial abrazo de gracias.

Tengo el gran honor de señalar a la periodista mexicana Rossana Fuentes, al historiador mexicano Enrique Krauze y al novelista nicaragüense Sergio Ramírez, ganador del premio Cervantes de Literatura del 2017. Gracias, amigos, no saben cómo aprecio la generosidad y apoyo que me brindaron.

En una categoría especial están María Eugenia García, Margarita Suárez, Marina Jacobo, Clarissa Colberg, Natalia Cabrer, Mayri Carrero, Paola Guajardo y Richard Figueroa, quienes se interesaron tanto por la obra que leyeron el manuscrito, o partes del mismo, antes de que estuviese en forma final. Sus mensajes de aliento y cariño me animaron cuando más lo necesitaba.

Agradezco profundamente que mi amigo y autor Alfredo Corchado haya enviado el manuscrito de *Alborada* a los magníficos editores de Grupo Planeta, Cristóbal Pera y Fernanda Martínez. Bajo la experta tutela de ambos pude convertir a *Alborada* en la novela que es hoy.

Y finalmente, a John. Gracias por siempre ser mi norte verdadero.

ACERCA DE LA AUTORA

Annette «Cherie» Pedreira Feeley es una exdiplomática estadounidense oriunda de San Juan, Puerto Rico. Durante sus 26 años en el servicio exterior de los EE. UU. Cherie estuvo asignada en varios países de Latinoamérica, adquiriendo un profundo conocimiento del hemisferio occidental. Bicultural y bilingüe, y casada con un colega diplomático estadounidense, crio a sus dos hijos en la República Dominicana, Colombia, México y Panamá. Feeley es licenciada en Historia rusa por la Universidad de Georgetown y egresada de la Escuela Eisenhower de Seguridad Nacional y Estrategia de Recursos de la Universidad de Defensa Nacional. Su concentración académica de posgrado le permitió matizar sobre los temas geopolíticos y militares estratégicos que impregnan su primera novela, *Alborada*. Reside en Washington, D.C.